दिल ने फिर याद किया

दिल ने फिर याद किया

गंगा राम राजी

प्रलेक प्रकाशन

*in association with JVP Publication Pvt. Ltd.

प्रलेक प्रकाशन का लोगो विश्वप्रसिद्ध महान चित्रकार ***मिकी पटेल** ने बनाया है।

ISBN : 978-81-946662-6-4

प्रलेक प्रकाशन प्राइवेट लिमटेड

PRALEK PRAKASHAN PVT. LTD

वितरक

JVP PUBLICATION PVT. LTD.
602, I/3, Global City, Virar (west),
Thane, Mumbai-401303.
Cell : 9833402902/ 7021263557
ईमेल : pralek.prakashan@gmail.com
वेबसाइट : www. pralekprakashan.com

प्रथम संस्करण : 2020

आवरण सज्जा : JVP Publication Pvt. Ltd.

लेजर टाइप सेटिंग प्रखर कम्प्यूटर
झलवा, प्रयागराज 211015

Dil ne Fhir Yaad Kiya by
Ganga Ram Raajee

दिल ने फिर याद किया
गंगा राम राजी

समर्पित

सुकेत और बग्गी की अवाम के लिए
सादर

अपनी बात

अपने जीवन के बहुत ही रोचक, अर्थात खट्टे-मीठे जो मुझे याद रहे हैं वे संस्मरण मैंने यहां प्रस्तुत किए हैं। कुछ बातें ऐसी होती हैं जो मनुष्य की आयु के साथ साथ याद आती रहती हैं। आदमी को अपने अनुभव जो उसे कुछ दे जाते हैं दूसरों के साथ सांझा कर लेने चाहिए जिससे आदमी कुछ ग्रहण कर सके और अगली पीढ़ी के काम आए। जैसे आग के अविष्कार से आदमी उसके गुण दोषों को जब यह समझ पाया कि इससे जल भी जाते हैं तो यह अनुभव स्वतः ही आगे आगे सांझा होता गया आने वाली पीढ़ियों को स्वयं को हाथ जला कर इसके गुण दोष नहीं समझने पड़े। इसी तरह से समाज एक पीढ़ी से ज्ञान प्राप्त कर दूसरी पीढ़ी तक प्रगति करता आया है।

जीवन स्वचलित नहीं होता। आप अपनी योजना अपने अनुरूप बना सकते हो, विभिन्न प्रकार की कल्पना कर सकते हो, लेकिन यह नहीं जानते कि रिमोट कहीं बाहर है और हम स्वभाविक उस रिमोट के अनुसार चलने लगते हैं। मैं नहीं जानता कि कोई शक्ति आपको चला रही होती है या हम स्वयं चल रहे होते हैं या नियति अपने नियम से चला रही होती है क्योंकि हम वर्तमान में उसे देख नहीं सकते, नहीं समझ सकते। इतना मुझे अनुभव अवश्य हुआ है कि यह रिमोट आपके अपने व्यवहार पर आधारित रहता है। आपकी सोच पर निर्भर करता है। लेकिन आदमी भूल जाता है और उसे भाग्य का नाम देता है। अगर अच्छा हो जाए तो हम उसे भाग्य मान लेते हैं अगर ठीक नहीं हुआ हो तो उसे दुर्भाग्य मान लेते हैं अर्थात आदमी की फितरत है कि वह बुरे का दोष अपने पर लेना ही नहीं चाहता और वहीं दूसरी ओर अगर अच्छा हो जाता है तो उसका सारा श्रेय अपने पर लेने का प्रयत्न भी करता है। मैंने अच्छे बुरे का श्रेय अपने पर ही लेने का जिम्मा उठाया है। जो मैंने जीवन में किया उसका उत्तरदायित्व मेरा ही है। फिर दूसरे दोषी नहीं हो सकते। हमारा कर्म प्रतिक्रियाओं पर भी आगे बढ़ता है। प्रतिक्रियाएं भावनात्मक, विचारात्मक, बैद्धिक सब प्रकार की आदमी पर अपना प्रभाव छोड़तीं हैं।

मेरा यह मानना है कि प्रत्येक आदमी जीवन में जो करता है या जो उसके साथ घटित होता है गीता में उसे कर्मों का फल माना गया है। यह सत्य है प्रकृति के नियम ही ऐसे हैं और वह अपने नियमों के दायरे में ही चलती है। वह अपने नियम नहीं तोड़ती, जैसे सूर्य अपने समय पर अपनी किरणों के जाल को बिखेरेगा भी और अपने निश्चित समय में समेटेगा भी, कभी सैकेंड की भी देरी नहीं करेगा। इसलिए ग्रामीण कहावत भी है जो करेगा वही भरेगा भी।

अगर आप मानव कल्याण के लिए कटिबद्ध रहते हैं तो आपकी सोच भी उसी तरह से रहेगी ही और आपके इर्द गिर्द एक वायुमंडल भी इसी अनुरूप में निर्मित होगा। उसी तरह से दूसरे भी आपसे जुड़ते रहेंगे, आपके इर्द गिर्द वायुमंडल का विस्तार भी उसी तरह से होगा।

संसार की सभी सभ्यताओं में धीरे धीरे बदलाव आता है और आया भी। यह बदलाव उस समय से ही शुरू हुआ जब आदमी आदमी बनाने के लिए प्रयत्न करने लगा। हजारों वर्षों के बाद यह बदलाव आज हम पीछे की तुलना में करते हुए देख रहे हैं जब कि वर्तमान में उस समय के लोग इसे भले ही महसूस भी न करते होंगे। यह बदलाव उसी तरह से रहता है जैसे समुंद्र अपने तट से टकराता है और वर्तमान में तो लगता है कि इस टकराव से कोई बदलाव नहीं, कुछ ही समय बाद तट में परिवर्तन देखने को मिलता है।

रीतिकाल के महाकवि वृंदाबन दास ने भी अपने नीति के दोहों में इसी संदर्भ में कहा है, 'करत करत अभ्यास से जड़मति होत सुजान
रसरी आवत जात से सिल पर परत निशान।'

इसी तरह से समय के चलते बदलाव हमारे विचारों में भी आते हैं। हमारी सभ्यता ऊंचाइयों पर पहुंच कर अब नीचे गिरना शुरू हुई है। बदलाव तो है परन्तु आज की समझ में इनसान अवनति की ओर अधिक झुक रहा है। इसलिए सभ्यता भी बदलती रहती हैं।

इन्हीं बातों को ध्यान में रखते हुए मनुष्य के दोहरे चरित्र पर शायद अज्ञेय ने भी सांप कविता की रचना की होगी। और आज भी बहुत सी फिल्मों में यह बातें आ रही हैं गाली गलौच को प्राथमिकता मिल ही रही है न ? और दर्शक उसे पसंद इसलिए कर रहा है कि वे स्वयं उसका प्रयोग दैनिक चर्या में करते आए हैं।

यहां एक बात का जिक्र करना चाहूंगा योरोपीय संस्कृति ने जहां संसार को ज्ञान और विज्ञान की प्रगति के कारण अपनी ओर आकर्षित किया उसी योरोप में मानव विरोधी विचारधाराओं का जन्म भी तो हुआ। यह एक विरोधाभास है। दोनों विश्व के महायुद्धों का कारण भी योरोप ही रहा है। जापान जैसे देश में लाखों की संख्या में मानव संहार करने वाला अमेरिका ही तो था। मानव सभ्यता का अभूतपूर्व बर्बरता का तांडव संहार। यह बीच

का पर्दा इतना बारीक होता है कि किसी के भी बीच की, कभी भी, यह झीनी दीवार टूट सकती है जैसे आधुनिक शिक्षा से भलिभांति प्रशिक्षित होने पर 26/11 के खलनायक। उच्चतर प्रशिक्षण प्राप्त कर उसे मानव संहार के लिए को प्रयोग में लाया उसी झिल्ली का फटना है।

यह सब सिद्ध हो गया कि बुद्धि और बर्बरता के बीच का पर्दा कितना बारीक होता है कभी भी फट सकता है और धरातल पर जो बैठा है वह ऊपर आ सकता है। उथल पुथल इसी को कहते हैं।

जब चारों ओर से मनुष्य को निराशा का सामना करना पड़ता है तो कवि पं. बालकृष्ण शर्मा नवीन भी अपने कवि हृदय से विप्लव-गायन के द्वारा गुहार लगाता है

कवि कुछ ऐसी तान सुनाओ,
जिससे उथल-पुथल मच जाए,
एक हिलोर इधर से आए,
एक हिलोर उधर से आए।

कहीं भी देखें भोगता आम आदमी ही होता है शायद यह बताने के लिए मानव अपनी शक्ति का प्रदर्शन आम आदमी पर ही करेगा, यह बताने के लिए कि वे शक्ति शाली हो गए हैं कुछ भी कर सकते हैं टकराव फिर निहत्थे आम आदमी पर ही। शायद वे बने ही उसी लिए है। चतुर आदमी तो लोगों को ठग कर उन पर शासन करता रहता है।

हम भारतवासियों को सबसे अधिक योरोप ने ही आकर्षित किया है। हमने जब प्राचीन परम्पराओं के चौराहे पर खड़े अपने को पाया जहां से दो रास्ते जाते थे एक मानवनिर्मित और दूसरा हमाारी पंरम्पराओं के अनुरूप ईश्वरीय। हम मानव द्वारा चलित रास्ता जहां चकाचौंध के अतिरिक्त कुछ नहीं था उसे ही अपनाने लगे। ईश्वरीय रास्ता हम छोड़ते गए। मानव निर्मित रास्ते में जहां हमने अपने ऐशोआराम आधुनिक स्वचलित सुविधाएं जो हमारी कल्पना में भी नहीं थी पाई वहीं हम अपने से अलग भी होते गए। अपने को शक्तिशाली बनाने की होड़ में मनुष्य दो विश्वयुद्ध कर बैठा और उसके हाथ में कुछ भी नहीं आया उसी गाने की तरह," सब कुछ लुटा के होश में आए तो क्या किया ' मुझे तो यह सारा बाजारवाद का ही परिणाम लगता है।

प्रश्न यह नहीं है कि उसका अस्तित्व है या नहीं यहां तो मेरा मानना यही है कि आदमी अपने इतिहास को भूल जाता है उसे याद ही नहीं रहता है कि मनुष्य जब जब भी कमजोर होने लगा तो हर समाज के इतिहास में वह ईश्वर का निर्माण करता गया, हमारे यहां भगवान, दूसरे समाज में ईसा मसीह, अल्लाह, बुद्ध हर जमाने में होते आए और आज हम अधिकांश इससे दूर होते गए। तर्क वितर्क को सामने रख कर ईश्वर को शक्तिशाली

ही नहीं मानने लगे। किसी के डर के बिना हम नीचे गिरते गए। मेरा कहने का अर्थ यह नहीं है कि ईश्वर है और वह शक्तिशाली है, उसकी मौजूदगी के अहसास से मनुष्य अपराध करने से डरता आया है यह समझ कर कि उसकी आंखे हर जगह मौजूद हैं उसकी नजरें सब जगह चौबीस घंटे हर क्षण देखती रहती हैं, आदमी बुरा करने से रूक जाता है। आज हम तर्क से बुद्धि से सोचने लगते हैं और उसे भूलते जा रहे हैं हम अपराध की ओर बढ़ रहे है। उसके दवाब में गलत काम नहीं करते थे, बस तर्कपूर्ण जीवन में जब हम जीने लगे हैं ईश्वरीय कल्पना को हम झूठा मानने लगे और दुराचार की ओर जाने लगे।

आम आदमी में ईश्वर का डर ही था जो उस पर अदृश्य होता हुआ नजर रखता रहा था। हमारे मनीषियों ने इसकी कल्पना इसका निर्माण, इसका प्रादुरभाव मनुष्य को ठीक रास्ते पर चलने के लिए ही किया था। मेरा मानना है कि यह कोरी कल्पना ही नहीं है यह एक मनोवैज्ञानिक प्रभाव भी आदमी पर बनाता है। इस उत्तरआधुनिक अब कहें परउत्तरआधुनिक युग में मनुष्य में जो आधुनिक बोध की उत्पत्ति हुई है उसने इस आध्यात्मिक पक्ष को जहां भुला दिया है और कुछ जो निराश समाज है उसने नए ईश्वरीय पाखंड को भी जन्म दिया जिनका पर्दाफाश होने पर भी "आशा राम बापू, बाबा रहीम, आदि बहुत हैं' मोह नहीं छोड़ पा रहे हैं कंस की भांति अपने को ईश्वर मानने लगे हैं और बहू संख्यक लोग भी उनके भक्त होने लगे हैं इस पाखंड ने भी लोगों को ईश्वर से दूर जाने को प्रेरित किया है।

सभ्यता में शब्दों को देखभाल कर बोलने की नीति अच्छे नागरिक होने की एक कड़ी मानी जाती रही है।

मेरे बाबा का समय का आदमी स्पष्ट अधिक था परन्तु बदलाव के लक्षण भी दिखाई देने आरम्भ हो गए थे। अधिकांश आदमियों में दोहरा पन आने लगा था। नेता की कथनी और करनी में अंतर, स्वार्थी पन की ओर डगर पकड़ने के युग का आरम्भ होने लगा था। एक सभ्यता के दूसरी सभ्यता में प्रवेश के लिए हमारे पांव की जमीन खिसकती नजर आने लगी थी। आदमी दोहरे व्यक्तित्व की ओर बढ़ने लगता है।

मनुष्य का अपना सैल्फ, अपना भीतर का मनुष्य अपनी धुरी पर से फिसलने लगता है। उसके अंदर दो अंतर्विरोध होने लगते हैं। इस अंतर्विरोध के बीच के द्वंद का परिणम हमें स्वार्थपन की ओर ले जाने लगे हैं। यह नई सभ्यता के द्वार पर हम अपने को खड़ा महसूस करने लगे हैं और दूसरी ओर स्वार्थपन की ओर अग्रसर होने लगते हैं।

आज प्रातः जब मैंने फेसबुक खोली तो मेरी नजर सामने मेरी 16 वर्षीय नातिन अरूधति की अंग्रेजी में लिखी एक कविता पर पड़ी। जिसमें एक बुढ़िया शीशे के आगे खड़े होकर अपने चेहरे को देखती है और परेशान होने लगती है। यह कविता एक बुढ़िया की

परेशानी का जिक्र करती है और हकीकत पेश करती है। बहुत मार्मिक कविता, जिसने मुझे सोचने पर मजबूर कर दिया। इतनी छोटी आयु में तो यह कविता वैसे ही विचार उजागर करती है जैसे गौतम बुद्ध को महात्मा गौतम बनने से पूर्व पैदा हुए थे।

विचारों में डूबने लगा हूं मैं। महान कविता को जन्म दिया है इस बिटिया ने।

'दिल ने फिर याद किया' पूरा करते हुए अपने अंदर झांकने पर देखता हूं कि सब व्यक्ति अपना काम करके इस दुनियां से विदा हो जाते हैं। जो वे कर सकते हैं अच्छा बुरा करके अपना पार्ट अदा करके स्टेज को दूसरों के लिए छोड़ जाते हैं। हमारी पिछली पीढ़ियों ने जो किया उसमें से कुछ याद रहा कुछ भूल गए। आने वाले भी कुछ याद करेंगे कुछ भूल जाएंगे। अपने जीवन काल में ही अपने प्रिय भूलने लग जाते हैं। वर्तमान ही याद रहता है जिसे हम भोग रहे होते हैं। वास्तव में वर्तमान ही महत्वपूर्ण होता है। भूत से शिक्षा, भविष्य की योजना वर्तमान में भोगना यही तो जीवन है।

मैं जब मुम्बई पहुंचता हूं यहां भी अपने वतन जैसा माहौल लगता है, सब में घुल मिल गया हूं। जलेस के लेखक मित्र, दूसरे लेखक मित्र उनका प्यार और उनकी साहित्यिक गोष्ठियां तो निरंतर सांझा करता रहता ही हूं, सब अपने से लगते हैं, ऐसा प्रतीत होता है युगों युगों का रिश्ता लगता है। कभी कोई औपचारिकता नहीं।

साथ में इधर उधर के कुछ नए स्थान को देखने के लिए सारा परिवार भी तैयार रहता ही है। इस पुस्तक में भी वर्णित है। बड़े महान लेखकों से समीप का रिश्ता, मुम्बई विश्वविद्यालय से लेकर यहां की साहित्यिक संस्थाओं से मेल जोल और उन लोगों से बहुत कुछ सीखने का मुझे सुअवसर प्राप्त होता रहता है। कबीर के ढ़ाई अखर प्रेम के ने मुझे सबको अपना बनाना सिखा दिया है। मित्र ऐसे हैं कि दिसम्बर महीने में ही फोन आने शुरू हो जाते है कि कब आ रहे हो ? आ गए हैं क्या ?

यह सिलसिला जारी रहेगा।

सभी के जीवन में कुछ न कुछ घटित होता रहता है, आपके भी हुआ है और मेरे भी। प्रत्येक बात से मनुष्य को सीखना चाहिए यह बात अपने लिए ही महत्वपूर्ण नहीं होती समाज के लिए भी महत्वपूर्ण होती है इसी से समाज में बदलाव आता है अच्छे बुरे की पहचान बनती है। मैंने ईमानदारी से इन संस्मरणों की प्रस्तुति की है। इसे रोचक बनाने के लिए कल्पना का भी थोड़ा बहुत सहारा लिया है सीमा का उल्लंघन नहीं किया है, मूल बात हकीकत में ही रखी गई है। बहुत कुछ छूट भी गया होगा, बहुत कुछ अभी बाकी भी है समय के साथ अगर समाज के लिए उपयोगी समझूंगा तो उसे भी आगे जोड़ने का प्रयत्न करूंगा।

– गंगा राम राजी 9418001224

1.

पत्नी तृप्ता राजी हमारे परिवार की कहानी को जानना चाहती थी। बाबा आमा को उसने कभी देखा तक नहीं था। इस घर में आने से पूर्व एक बार मुझे टाइफाइड हुआ तो उससे रहा ही नहीं गया और मुझ से मिलने चली आई थी। तभी वह आमा से तो मिली थी परन्तु बाबा से नहीं मिल पाई थी। वह तो एक हल्की सी मुलाकात थी। कोई भी एक दूसरे को नहीं समझ पाने में यह हल्का सा समय था या कभी कभार मैंने आमा बाबा का कोई किस्सा उसे सुनाया हो यह मुझे भी याद नहीं।

इसी लिए ही तो तृत्पा को हमारे घर की जानकारी बहुत कम या कहूं कि न होने के बराबर ही थी। वह घर की अब बहू हैसब रिश्ते दारों, अपने बेगानों के बारे जानना चाहती है, सब कुछ जानने के लिए उत्सुक रहती थी। एक दिन तो उसने पूछ ही लिया,

"अच्छा मेरे इस घर में आने से पूर्व की बातें आप मुझे एक एक करके सुनाते जाएं। मुझे भी घर का ज्ञान, घर की संस्कृति, इस घर के रिति-रिवाज, अपने रिश्ते दारों की पहचान, आपके दोस्त, आपके जीवन के बहुत से खट्टे-मिट्ठे पल जिनके बारे में मुझे पता नहीं आदि सब बातों का मुझे ज्ञान होना चाहिए। बीच बीच में जब भी समय लगे सुनाते जाना"

"तुम ठीक कह रही हो मुझे स्वयं ही तुम्हें बताना चाहिए था फिर भी समय मिलते ही मैं अपने जीवन के सब खट्टे मिट्ठे पल तुम्हारे साथ शेयर करूंगा"

मैंने भी यह निर्णय लिया कि उसे घर की जानकारी क्रमबद्ध तरिके से शुरू करू। मैं जानता हूं कि प्रत्येक बहू को घर के बारे जानने की उत्सुकता भी रहती है और उसे बताना भी आवश्यक होता ही है, तो परिवार के मुखिया बाबा के ज्ञान ध्यान से ही अपनी कहानी आरम्भ की गई-

बाबा का इस संसार से जाना मैं भूल ही नहीं पाता। कभी कभी खूब याद आते हैं। जिस दिन कोई समस्य, कोई कठिन परिस्थिति का सामना करना पड़ता हो तो बाबा सामने

खड़े हो जाते हैं और फिर किसी दिन तो वो जब याद आए खूब याद आए वाली बात बन जाती है। मुझे यह अनुभव हुआ है जब मा-बाप जिंदा होते हैं उनके द्वारा संतान या अपने परिवार के प्रति किया गया काम पर औलाद का ध्यान नहीं जाता। वे शायद इसे जीवन की एक प्रक्रिया ही समझते हैं। जब वे नहीं रहते हैं तो उनकी एक एक बात याद आती है। जैसे इंगलिस साहित्य के प्रसिद्ध उपन्यासकार चार्लस डीकेंस ने अपने एक निबंध ा में अपने पिता को याद करते हुए लिखा है। बड़े होने पर जब वे अपने पुराने घर लौटे जहां वे अपने पिता के साथ रहते थे। तो बाहर एक बिजली के पोल के पास खड़े भरी दोपहरी में अपने घर पर नजर डाले और अपने बाप को याद करते उनके कष्टों को याद करते भावविभोर हो जाते हैं।

पुराने समय के लोग बहुत कर्मठ, मन के साफ सुथरे, सच्चे, मेहनती होने के साथ जीवन में हमेशा ही संघर्षरत रहें और संघर्ष भी ऐसा कि कभी पीछे मुड़ कर देखते तक नहीं,धूप-छांव,सर्दी-गर्मी, सूखा-बरसात आदि की कभी कोई परवाह नहीं की क्योंकि परिवार जो पालना है, परिवार के सदस्यों के जरूरत की सब बातें पूरी जो करनी है, मशीन की तरह काम पर लगे रहते थे। मेरे बाबा भी उन्हीं में से एक थे, हमेशा मशीन की तरह काम करते रहे।

अप्रैल 1975, गर्मियों ने अभी अपने पैर पसारने आरम्भ ही किए थे। दिन में दोपहरी ठीक गर्म हो जाती, धूप से परहेज़ होने लगा था फिर भी सुबह और शाम का मौसम सुहाना लगता। सब मौसम की तारीफ करते। हमारे घर के बाहर थोड़ी दूरी पर पीपल का पेड़ है, आज भी है, उससे हल्की हल्की हवा चलती ही रहती। इसकी हवा अच्छी लगती, शुद्ध प्राकृतिक हवा। फिर भी मैंने एक टेबल फैन खरीद लिया था। सारे घर में एक ही टेबल फैन था और वह बाबा के कमरे में रहता। बाबा अभी अस्सी पार कर गए थे या नहीं यह तो उन्हें भी पता नहीं। उनकी आयु के बारे में जब कोई बात करता तो वे कहते थे कि "जब कांगड़ा का बड़ा हिलण(भूकंप) आया था तो वे बहुत छोटे थे उन्हें उस भूकंप की हल्की हल्की याद है।' इसका अर्थ यह हुआ कि वे 1905 में पांच वर्ष के आस पास रहे होंगे।

बाबा की तबीयत कुछ दिनों से ठीक नहीं चल रही थी। बोबो अर्थात् बड़ी दीदी भी आ गई थी। खुशी या ऐसे मौके पर बोबो अक्सर आ जाया करती थी। आमा उसी के साथ अपने सुख दुख हमेंशा ही बांटती रहती।

मैं समझता था कि बाबा ठीक हो जाएंगे कभी कभी उनकी तबियत इस तरह से खराब हो ही जाती थी। लेकिन आम्मा और बोबो की बात को मैंने सुन लिया था कि बाबा अब ठीक नहीं हो पाऐंगे, इनका आखिरी समय आ गया है कुछ दान आदि करवा ही लें।

जिस बात की मुझे उम्मीद नहीं थी वही सुन कर बहुत धक्का लगा था। कुछ देर वहीं बैठ गया और बाबा याद आने लगे।

आखिरी दिन बड़ा धक्का दे गया यह शब्द यह दिन सबके जीवन में आता है फिर भी सब याद भी तो नहीं रखते बाबा का आखिरी दिन एक दिन मेरा भी तो आएगा हम सब उसी ओर तो बढ़ रहे हैं

बात बात में बोबो और आमा कभी कभी बाबा की बातें सुनाते रहते थे। उनके दोस्त भी बाबा की बातों को सुनाते हुए चुटकियां लेते रहते थे और मैं बड़े ध्यान से सुनता रहता था। एक एक करके बाबा के जीवन की झलकियां मेरे सामने चल चित्र की तरह आंखों के सामने आने लगीं।

यह वह समय था जब मैं अपने गांव के स्कूल में मुख्याध्यक के पद पर कार्यरत था। स्कूल घर के पास ही था। केवल पांचमिनट में ही स्कूल पहुंच जाते थे। सारे दिन बाबा का ही ख्याल आने लगा। इसी बात को लेकर स्कूल में मन उखड़ने लगता तो दिन के तीन चार चक्कर स्कूल से घर के लग ही जाते। स्कूल पहुंचता तो बाबा बहुत याद आते। आफिस में बैठे बैठे उनके जीवन के बहुत से पहलु चल चित्र की तरह एक के बाद दूसरा मानस पटल पर सामने आने लगते।

याद आने लगा कि“बचपन में बाबा का किस तरह शाम को इंतजार करना। घर पहुंचते ही वे आंगन से ही मुझे आवाज लगाते। बस उनकी आवाज कानों में गूंजते ही हम सब (मैं और मेरी बहने) दौड़ कर उन्हें पहले छूने के लिए ललाइत रहते कि कौन उनकी कोट की जेब में सबसे पहले हाथ डालेगा क्योंकि उस जेब में हमारे लिए कुछ न कुछ हमेशा ही होता था। मैं ही हमेशा सबसे आगे पहुंचता पहले ही उनकी जेब में हाथ डालता। यह तो अब पता चला कि मेरी सभी बहने जानबूझ कर पीछे रहतीं थी। मुझे ही सबसे पहले पहुंचने का मौका देती थीं।

ये वे दिन थे जब बाहर चाक्लेट,टाफियां आदि नहीं मिलते थे। मिलते तो पतासे, मखाने, गलेपी छोले आदि परन्तु बाबा को मालूम था कि मुझे गलेपी छोले (स्थानीय नाम) के अतिरिक्त कुछ भी तो अच्छा नहीं लगता। गलेपी छोले काले छोले पर खंड की चाशनी चढ़ाई होती,वह मुझे स्वाद लगते, बहनों को भी। इसलिए अधिकांश बार बाबा उन्हीं को लाते। (समय के साथ मिट्ठाइयों में भी परिवर्तन आया है आज मेरे पोतों ने तो गलेपी छोले देखे तक नहीं होंगे।)

कभी कभी आते हुए थोड़ी देर हो जाती तो वे काटल(स्थान का नाम) की भाटी में ही देशी शराब पी कर आते। उन्हें पीने का बहुत शौक था। लगभग रोज ही पीते वह भी देसी शराब ही, मिलती ही देसी शराब थी। जब वे भाटी में पी कर आते तो अपनी कोट

की जेब में तली हुई मछलियां लाते। काटल की भाठी, महशूर भाठी, राजाओं के समय से मान्यता प्राप्त कानूनी भाठी। अब भाठी तो उसी प्रकार चलती परन्तु गैर कानूनी। बाबा से मैंने सुन रखा था कि भलखु का बनाया हुआ शराब अंग्रेजी शराब को भी मात देता है। भलखु मतलव भाठी का ठेकेदार।

वहीं काटल की खड से भलखु का पड़ौसी मदन मंछलियां पकड़ता और उन्हें अपने ढंग से भूनता तलता, मसाला लगाता और शराबियों को बेचता।

शराबियों को भी उसकी मछली का चश्का लगा हुआ था। "मछली के ओलंग के साथ शराब पीने का मजा ही कुछ और है' यह वहां भाठी में सभी शराबियों की मान्यता रही है। मदन की मछलियां खूब बिकतीं। यह मदन का परिवार को पालने के लिए एक साध ान हो गया था। बाबा भी उन्हीं मछलियों के साथ शराब पीते और कुछ दोने में लपेट कर कोट की जेब में डाल कर हमारे लिए ले आते। छोटी छोटी मछलियां मसाले में तली हुई बड़ी स्वाद बनती थी,इन मछलियों का स्वाद ही हम सबको बहुत ही अच्छा लगता तो हम सोचते कि बाबा रोज ही भाठी में पी कर क्यों नहीं आते। आज भी इस स्वाद को मैं भूलता नहीं जबकि मैं अब पूरी तरह से शाकाहारी हूं ।।

आज सोचता हूं कि हर बाप को जो अच्छी चीज़ लगती है उसे अपनी औलाद के लिए ले आता है क्योंकि मैं भी तो इसी तरह से करता आया था।'

आफिस में बैठे इस तरह से याद करते हुए मेरी आंखें गीली हो जाती थीं और मन मसोस कर रह जाता, उठता और घर की ओर कदम चल पड़ते, पांच मिनट में पहुंच जाता था। बाबा खाट पर इस तरह से पड़े रहते की जैसे वे किसी बड़ी सोच में पड़े हों। आदमी एक दिन इसी तरह से निढाल हो जाता है, सभी राजा रंक सब इसी तरह से

मैं थोड़ी देर दरवाजे के पास खड़ा होकर उन्हें देख रहा होता। वे अपनी गर्दन घुमाते मेरी ओर देखते जैसे उन्हें मेरे आने का आभास हो जाता और नजर सीधी कर लेते, मैं धीरे धीरे उनकी खाट पर ही पांव की ओर बैठ जाता। उनकी ओर एक टक देखते रहता तो मुझे लगता कि उनकी आंखों के दोनों कोरों से आंसू की बूंदे गिर रही हैं, मैं अपनी उंगलियों से उन्हें पोंछता तो वे चौंक जाते और मेरा हाथ पकड़ते बोलते,

"तूं स्कूलाओ जो नहीं गया"(स्कूल को नहीं गया)

मैं उनके साथ नजर मिलाकर हां में गर्दन हिलाता और शायद धीरे से हां भी कहता। मैं अधिक कुछ नहीं कहता उन्हें आभास नहीं होने देना चाहता था कि मुझे कुछ-कुछ हो रहा है मुस्कराता रहता। और थोड़ी देर बाद जब वे आंखें बंद करते तो मैं स्कूल की ओर चला आता।

बाबा का जीवन बहुत ही संघर्षपूरण रहा। यह वह समय था जब दुनियां प्राचीनता से आधुनिकता की ओर बढ़ रही थी। विशेष कर अर्थ व्यवस्था पटरी पर नहीं थी और जब अर्थव्यवस्था पटरी पर नहीं हो तो मध्यवर्ग को जीवन यापन के लिए अधिक जूझना पड़ता है। इस वर्ग की स्थिति हर युग में ऐसी ही रही है।

अपने जीवन में उन्होंने बहुत उतार चढ़ाव देखे थे। मैं घर में सबसे छोटा था और सबसे बड़ी बहन तो बड़ी थी ही। हमें उनसे मां जैसा प्यार भी मिला शिक्षा भी मिलती रही। बड़ी बहन और मेरा बारह वर्षों से भी अधिक के समय का अंतर होगा। सब उनकी इज्जत करते उनका कहना मानते। आमा भी सलाह मश्वरा उन्हीं से करतीं। इसलिए ही तो नाजुक समय पर बोबो को बुला लिया था। उनके आने से सारे घर में एक राहत सी महसूस होती थी। आम्मा भी एक और एक ग्यारह हो जाती थीं।

शाम होती और हम सब बाबा के कमरे में बैठ जाते। बड़ी देर तक वहीं पर बैठ कर बात चीत करते, बोबो बाबा की बहुत सी बातों को याद करतीं। मैं बड़े ध्यान से सुनता रहता। कई बातों में जब बोबो कुछ भूल जाती तो आमा उस बात को पूरा करतीं। बाबा हमारी बातें सुनते रहते लेकिन कुछ भी प्रतिक्रया देने में असमर्थ से लगते थे फिर भी जब वे किसी भी बात से असमर्थ हो तो हाथ हिलाकर या धीरे से न शब्द का उच्चारण कर लेते थे।

जिन बातों का मुझे पता नहीं था या मेरे पैदा होने से पहले ही घटित हो गई थीं, शाम को बाबा के पास सब बैठे होते और बातों ही बातों में बोबो बाबा के किस्से सुनाती रहती।

आज दिन में बाबा के पास चूड़ा संभाल करने आया था। मुझे भी मिला, बहुत बुढ़ा हो गया है। अब झुक कर चलता है, मुझे याद है जब मैं छोटा था बाबा मुझे अपने साथ जब ले जाते थे तो वह अपने कंधे पर उठा कर सबसे आगे आगे चलता था। आज देख कर लगता है कि जो ताकत इसके शरीर में थी वह कहां चली गई समय सबको पीछे छोड़ देता है, सबको बाबा को भी, और कभी मेरे को भी छोड़ेगा एक एक करके सबको उस बस की तरह जो सड़क में चलते हुए पेड़ों को पीछे छोड़ देती है और बस में बैठी स्वारियों का ध्यान भी नहीं जाता।

आज बोबो ने चूड़े की जानकारी दी। चूड़े की मुझे अच्छी तरह से याद है बचपन में जब कहीं इधर उधर बाबा के साथ गया हूं तो चूड़ा साथ ही होता, जब मैं चलने में थक जाता था तो वह कई बार मुझे कंधे पर उठाता था।

वह था बड़ा चालाक भी। कई बार मैं जानबूझ कर थकने का नाटक करता था तो वह कंधे पर तो बैठा लेता था साथ में चुटिंयां काटता रहता था। जब मैं बोलता कि चुटिंया क्यों काट रहा है तो वह बोलता था कि चिंटिंया मकौड़ा हैं

यह महाशए जो साथ के गांव सलवाहण का रहने वाला था, उनका मित्र कहें या उनका भक्त कहें या सीपहसालार कहें, कुछ भी कहें वह बाबा के साथ हमेशा ही रहता था। जाति का वह चानाल था। छह फुट से भी ऊंचा, रंग उसका काला, रात को केवल उसके दांत ही दिखाई देते, स्टील की बॉडी जैसी उसकी देह, नाम उसका चुहड़ा। उसके काले रंग को देखते हुए गांव वाले उसे चुहड़ा करके पुकारने क्या लगे उसका नाम ही चुहड़ा पड़ गया था। लेकिन बाबा को यह अच्छा नहीं लगता था उन्होंने उसका नाम चूड़ामणि रख दिया वैसे आम तौर पर उसे चूड़ा कह कर पूकारते। बाबा के सामने उसे कोई चुहड़ा बोल भी नहीं सकते थे, बाबा बहुत नाराज होते थे। परिणाम यह हुआ कि उसका नाम ही अब चूड़ा पड़ चुका था। कोई आधा ही उसे पुराने नाम से पुकारता था।

उसकी विशाल देह देख कोई महिला डर के मारे उससे शादी नहीं करती थी। एक तो उसके मेल की कोई भी औरत उनकी जात में आस पास तो नहीं थी। बाबा ने एक बार उसे अपने साथ कुल्लू ले जाकर एक औरत से शादी भी कराई थी परन्तु वह भी एक आध महीने ही उसके पास रही और उसे छोड़ चली गई थी।

बाबा का यह अनन्य भक्त हमेशा ही सुबह शाम बाबा के पास अवश्य हाजरी देता, जैसे उसके दिनचर्या का यहां आना अनिवार्य सा हो।आकर हाजरी ही नहीं देता काम भी अपने आप करने लगता था। हमारे खेतों में काम करना, इधर उधर से कुछ सामान ढोना, गाय के लिए घास काट कर लाना, सब काम करता जहां उसे लगाया जाए वहां वह फिट हो जाता था परन्तु काम उसे समझाना तो पड़ता ही साथ भी खड़े होकर कराना पड़ता, अगर समझ में न आए नहीं तो कुछ का कुछ वह कर लेता था, फिर आमा से झिड़किंया भी खाने ही पड़ती थी। आमा को वह देवी मानता आया था। घर जब भी पहुंचता तो आमा को जमीन के साथ अपना माथा लगाकर प्रणाम करता था।

जितनी बड़ी देह थी उतना ही वह खाना भी खाता था। उसे भात और पीछ (मांड़) चाहिए होती थी, अगर इसके साथ सरसों का साग मिल जाए उसकी तो बांछे खिल जाती थी। यह उसे हमारे घर में हमेशा ही मिल जाता था।

बोबो ने बताया, एक बार की बात है कि हम घर के पास ग्वायण (गौशाला) तैयार कर रहे थे। ग्वायण मिट्टी के पटार से तैयार हो चुकी थी। अब केवल छप्पर ही डालना शेष था। बाबा ने पास के जंगल से एक चील का पेड़ सरकारी इज्जाजत से लिया हुआ था। उस पेड़ के तने का लादा (छप्पर के केंद्र में डालने वाला लकड़) डालना था। वह पेड़ काटने वाले से कटवा कर वहीं जंगल में ही रखा था। उसे घर लाने के लिए बाबा ने पांच आदमी जवारी के (मुफ्त की सेवा, सहयोग) लिए बुलाए हुए थे। वे सब उस लकड़ को लाने की तैयारी में अभी चाय ही पी रहे थे कि चूड़ा आ धमका।

"ओए चूड़े तू कहां था आज एक लकड़ चलौणा से लाना था। लादे के लिए''

"बझिया मैं चली गइरा था इतने आदमी क्यों बुलाइरे?"(मैं तो कहीं चला गया था परन्तु इतने आदमी क्यों बुलाए हैं ?)

बाबा ने उसे बताया कि एक लकड़ जंगल चलौणा से लाना है इसलिए यह सब आए हैं। उसने तभी बताया कि वह जंगल चलौणा की ओर से आ रहा था रास्ते में मुझे एक बड़ा सा लकड़ देखा तो सोचा कि बझिया ग्वायण बना रहा है उसके काम आऐगा, ले आया हूं। यह सुनकर बाबा ने जल्दी से वह लकड़ जा कर देखा तो उन्हें लगा कि यह तो वही लकड़ है जिसे वे लाने के लिए पांच आदमी किए हुए हैं। वे बड़े खुश हुए। पहले उसे ही खाना दिया गया तो चूड़ा उन सबके लिए जो खाना बनाया था उसे ही खा भी गया, दूसरों के लिए और बनाना पड़ा था।

बाबा उसे बहुत चाहते थे। जब भी बाबा जुए में जितते उसे ढेर सारे पैसे मिलते। फिर भी उसने बाबा से कभी कुछ नहीं मांगा परन्तु बाबा से हमेशा ही कुछ न कुछ पाते रहा था। कपड़ों की बात कहें तो बाबा का केवल उसे कोट ही मिलता था। शेष कपड़े उसे आ ही नहीं सकते थे अलग से सिलाने पड़ते थे। कपड़े ही नहीं उसे चमारों से जूते भी अलग ही बनाने पड़ते उसके साइज़ के जूते, बूट कहीं मिलते ही नहीं थे। दस नम्बर से कम का जूता उसे आता ही नहीं था।

जब बाबा भाठी में शराब पीने जाते तो वह अक्सर साथ होता। बाबा भी उसे पीने को देते। वहां पर लोग उसकी जात पर सवाल भी उठाते थे परन्तु बाबा के हठ और रोब के आगे कोई कुछ नहीं बोल सकता था, दूसरा यहां भाठी में कोई जात पात नहीं, कोई धर्म नहीं, यहां तो केवल आदमी ही है एक दूसरे को चाहने वाले, एक ही जात के केवल मानव जात के।

पंडित पियकड़ कहते कि जब पानी शराब में मिल जाता है तो वह पानी नहीं रहता, वह पवित्र बन जाता है, गंगा जल की तरह, उसमें कोई छूह नहीं ! बाबा कहते,

"इन जाति पाति के ठेकेदारों को न भाठी में, न ही प्रेम में जात पात दिखाई देती है। डफंतरी लोगों को भ्रमित करते हैं, अपने अनुसार धर्म में रंग डालते रहते हैं"

"धर्म गुरूओं को सबको शराब के रंग में रंगो सबको शराबी बनाओ तब इन्हें समझ आएगा"

इसलिए चूड़ा का यहां बोल बाला था। उसे भी बाबा का हौंसला, "संइयां बने कोतवाल तो भय कहे का ?' यहां तक कि भलखु भी उससे डरता था। एक बार के पाठ से ही भलखु उसके आगे नत मस्तक रहता था। बाबा की एक बार भलखु से किसी बात पर बहस हुई तो उसने भलखु की गर्दन को अपनी बाहों में इस तरह से लपेटा की सब लोगों

के छुड़ाने पर भी कोई भी भलखु को छुड़ा नहीं पाए थे। बाबा के कहने पर ही भलखु छूट पाया था। हां था यह मस्त मौला, कभी कभी गायब भी हो जाता था फिर उसका पता ही नहीं चलता था कि वह कहां है क्या कर रहा है उसने खाना भी खाया है कि नहीं ? बाबा को उसकी चिंता हो जाती तो बाबा घोड़े पर बैठ कर उसका पता करने चल निकलते थे। जिन दिनों वह नहीं आता था तो आमा खुश रहती थी क्योंकि वह खाना इतना खाता था कि आमा सारे दिन किचन में ही रहती थी। जब उसे बहुत दिन न आए हो जाते तो आमा यह जरूर चिंता व्यक्त करती थी कि कहीं वह भूखा ही तो नहीं।

2.

मेरे पैदा होने से पूर्व परिवार की सारी दास्तान बोबो बड़े ध्यान से सुनाने लगी-

बाबा गुसाऊंमंहत और माता दुर्गा देवी के यहां पुत्र प्राप्ती की आशा में चार बेटियों से घर में चहल पहल हो गई थी, फिर भी पुत्र की इच्छा तो बाबा और आम्मा में बनी ही रही।सारा घर बेटियों की कुछ न कुछ हरकतों से कभी लड़ना कभी मेल मिलाप करना, कभी आंगन में सटापू खेलना और सायं में तो पड़ौंसियों के यहां से भी लड़कियां लड़के आ जाते तो सारा घर आंगन में एक मेला सा लगने लगता, अम्मा का मन खिल जाता। हमारे घर का आंगन बहुत बड़ा था। इसी आंगन को समय आने पर खलियान के रूप में भी इस्तेमाल किया जाता और सांयकाल में तो आस पड़ोस सबके बच्चों का जमघटा भी यहीं जम जाता।उनके खेल, कभी कोरडा, कभी रस्सी टापना, कभी मियां मीटठू, कभी लूका छिपी, कई प्रकार की खेलें और इन खेलों से उत्सव जैसा शोर से सारा वातावरण खिल उठता।

अम्मा दुर्गा देवी अपने घर के बरामंदे में रात के खाने की तैयारी भी करती रहती और इन बच्चों को देखती भी रहती और प्रभु भक्ति के गीत भी गुनगुनाती ही रहतीं। आम्मा दुर्गा का कंठ, कोकिला जैसा मीठा, बरामदे में बाहर बैठे मीठे स्वर में गुनगुनाती रहती और रसोई का हल्का-फुल्का काम, जैसे साग काटना, आलु के छिलके अलग करना, प्याज काटना आदि चला ही रहता। कभी कभी बड़ी बोबो आमा का रसोई के काम में हाथ बंटाती तो रहती ही थी आमा के कोकिल स्वर में भी रस घोलती रहती थी।

गांव में कहीं भी कुछ व्याह शादी, मुंडन, जन्मदिन, या फिर मंगलवार के दिन किर्तन आम्मा सबसे आगे या कहा जाए कि उनके बिना यह संगीत आदि का कार्य संपन ही नहीं हो सकता, हमेशा सबसे आगे होती। बोबो प्रेमी आमा का साथ स्वर के साथ स्वर मिलाने में और ढोलक पर हल्के हल्के सुंदर हाथों की थाप से भी देतीं रहती। अब तो दूसरे नम्बर की बेटी कमला भी चिमटा बजाकर आमा के किर्तन की स्वर लहरियों को रसमय बनाने

लगीं थी। दोनों बहने पांचमी पास कर गई थी। इसके आगे तो गांव में स्कूल ही नहीं था। पढ़ने भेजते तो सात आठ मील जाना लडकियों के लिए संभव ही नहीं था। वैसे भी गांव में किसी ही घर से लड़कियां बड़ी मुश्किल से पांचवी तक पढ़ीं हों। शेष दोनों बहने अभी तीसरी, चौथी में पास के स्कूल में पढ़ ही रहीं थीं।

जब सभी बेटिंयां बाहर आस पास के बच्चों के साथ खेलतीं तो अम्मा उन्हें देखती भी रहतीं और गुनगुनातीं भी रहतीं। आंगन में कभी बच्चे आपस में झगड़ भी जाएं तो उनका आपस में समझौता भी तो करा ही देतीं। और मन ही मन प्रभु से प्रार्थना भी करती,

"हे प्रभु मेरे घर में भी अपना जैसा एक पुत्र दे दे पुत्र की चाह में चार लड़कियां तुमने दे दी हे मेरे वृंदावन कन्हैया तुम भी तो सात बहनों पर आए थे। परन्तु मेरे से चार पालना भी मुश्किल हो रहा हैअब तो मेरे यहां आ जा"

बाहर बैठे यह सोचते सोचते आमा की आंखे भर आई थीं, तभी बोबो की नजर आंमा पर पड़ी तो वह खेल छोड़ आंमा के पास आ गई,

"आम्मा तुम क्या सोच रही हो तुम्हारी आंखें"

"नहीं बच्चु कुछ नहीं बस यूं ही सोचण लगी री थी, बस अब तेरा भाई एक आ जाना चाहिए कान्ह को बोल रही थी, तूं ही आ जा मेरा घर भर दे " आगे आमा से बोला ही नहीं गया और बोलते ही उसकी आखें बरस पड़ी थीं।

बोबो को मालूम था कि आम्मा पुत्र की कामना के लिए हमेशा सोचती रहती और यह विचार आते ही उसकी आखें हमेशा सजग भी होती रहतीं। बोबो ने आम्मां से दराती पकड़ ली जिससे वह साग काट रही थी उसकी पीठ पर हाथ रख कर बोली,

"अरी आम्मा सब ठीक हो जाऐगा भाई भी आ जाणा। मैं भी तो तेरा बड़ा लड़का ही हूं। बाबा तो मुझे हमेशा ही लड़का समझते हैं चल अंदर चलदे हैं रसोईया जो वहीं खाना भी बनाएंगे और गलां भी करेदे"

"तूं जा खेल ले अभी"

"आमां मैं सबसे बड़ी हूं अब मुझे इनके साथ नहीं खेलणा है चल उठ" और वह आमां को उठा कर रसोई घर में ले जाती है।

आमांको बच्चों का खेलना वह भी अपने आंगन में ही अच्छा लगता। वह बच्चों को देख खुश होती और अपने मन में हमेशा एक पुत्र की कामना भी करती रहती। कभी कभी वह बच्चों को कुछ न कुछ खाने को देती रहती, कभी अपनी ही रसोई में मक्की के भोगड़े बना कर बच्चों को खिलाती, कभी पिन्नियां बनाई होतीं उन्हें देती, कभी देसी घी और शक्कर में मक्की की रोटी गूंथ कर उसके लड्डू बनाए होते उसे बच्चों में बांटती रहती। इसलिए बच्चे भी वहीं पर ही खेलना पसंद करते और उनके आंगन में बड़ी धमा-चौकड़ी

मचाए रखते। जिस दिन आम्मा बच्चों को कुछ नहीं दे पाती तो बच्चों में पड़ौसी का सबसे छोटा, दुबला पतला बच्चा जिसे उसकी सेहत के अनुसार मकोडु के नाम से पुकारते सब उसे ही आम्मा के पास कुछ खाने के लिए मांगने भेज देते और आम्मा कभी उसे खाली नहीं भेजती। सभी को कुछ न कुछ खाने को मिल ही जाता, चाहे बाहर दुकान पर रखे बतासे ही क्यों न हों। और जब आम्मा उन्हें देने बाहर आंगन में निकलती तो सब एक साथ मिलकर शोर मचाते जो आम्मा को बहुत अच्छा लगता और प्यार में आम्मा की आंखें यहां भी सजल हो ही जातीं।

हमारे देश में प्रायः केवल मात्र लड़कियों के ही किसी परिवार में होने से संतुष्टि नहीं हो पाती थी।इसलिए परिवार में प्राचीन समय से ही राजाओं महाराजाओं से लेकर रंक तक पुत्र की कामना की जाती रही है। पुत्री को पराया धन समझा जाता रहा है, जब पुत्री की शादी की जाती तो लड़की का कन्या दान किया जाता। उसे पराया धन समझते क्योंकि वह दूसरे के घर अर्थात पति के घर चली जाती अपना शेष जीवन वहीं व्यतीत करती। उसका कुल बदल जाता, उसका घर बदल जाता। उससे उत्पन होने वाली संतान उसके पति के कुल के वंश को आगे बढ़ाती।

आदि काल से चल रही मान्यताओं के अनुसार वंश वृद्धि के लिए कुल में पुत्र का होना आवश्यक माना गया है। उस समय के सामाजिक दुराचार को देखते हुए अधिक कन्या का होना घर में एक बहुत बड़ा बोझ समझा जाता रहा था, आज भी यथावत यही स्थिति है परन्तु उस समय जैसी नहीं। हां इस घर में यह स्थिति तो नहीं थी यहां तो सभी बाल कन्याओं को देवी मां का रूप समझकर उन्हें उचित मान सम्मान मिलता रहा। बात केवल घर में होती तो वंश वृद्धिके लिए पुत्र होने की ही होती, पुत्रियों से लगाव, प्रेम यथावत आम्मा बाबा दोनों में ही बराबर बना रहा।

पुत्र प्राप्ति की चिंता बाबा गुसाऊंगीर को भी सताती रहती।उन्होंने कोई मन्दिर न छोड़ा कोई धार्मिक स्थान नहीं छोड़ा, जहां भी कोई जाने के लिए बोलता वहीं बाबा गुसाऊंगीर पहुंच जाते। पुत्र कामना की इच्छा इतनी प्रबल थी कि वे हर दिन कोई नया पड़ाव देखते रहते।

सांय का समय होता अक्सर बाबा अपनी दुकान पर बैठते। आस पास उनके चार पांच दोस्त थे जो इस समय दुकान पर आते, ताश खेलते, गप शप मारते। दोस्त चाय पानी पीते। बाबा हुक्के का बहुत शौक रखते थे, उनके दोस्त भी हुक्का पीते। बार बार कटोरी में तम्बाखु डाला जाता और बड़ी देर तक हुक्के की महफिल तो लगती ही रहती,ताश का दौर भी चलता रहता। कभी कभार कोई दोस्त अगर सुलफे की गोली ले आते तो फिर चिलम का दौर चलता तब तो कोई उठने का नाम ही नहीं लेते परन्तु आमा की एक आवाज

से बाबा के सब दोस्त अपने अपने घर की राह पकड़ते और बाबा भी दुकान बंद करके अंदर रसोई में सीधे आ जाते। बाबा गीर मंहत थे, सभी साधुंओं का आदर करते, कभी कभी मज़ाक भी करते। अक्सर मज़ाक करना उनकी आदत थी। उनके आस पास के मित्र भी मजाकिया प्रवृति के थे। शाम को सब इकट्ठे होते, ताश खेलते और दिन ढल जाने पर दो चार पैग गले से नीचे भी उतार ही लेते। किसी दिन कोई मित्र अपने साथ अच्छी सी ब्रांड की शराब की बोतल ले आए तो जब तक वह खत्म नहीं होती तो तब तक चैन कहां, फिर मस्ती छा जाती, पहाड़ी गाने,

"नाच मेरी घुंघरिए इस ढोलक की'

गाना सबकी जुबान पर चलने लगता और वहीं पर पड़ा एक टीन का कनस्तर उसकी बारी आती उसे पीट पीट कर चाहे ताल बेताल ही बजाया जाए परन्तु उसे सबसे अच्छी ताल समझते हुए सब यार झूमते रहते जो आने जाने वालों के लिए मज़ा लेने का एक केंद्र तो बन जाता, लेकिन अम्मा को वह बड़ा ही अभद्र लगता बुरा लगता और जब अति हो जाती तो आम्मा बाहर आ कर उन्हें गुस्से में कुछ बोलती उससे पहले ही बाबा के सब दोस्त एक दम से नौ दो ग्यारह हो जाते। उन्हें दुर्गा माता का पता था पहले भी कई बार झेल चुके हैं। अब तो उन्हें देखते ही दुम दबा कर भागने की कोशिश करते हैं परन्तु अधिक पीने से लड़खड़ाते हैं कोई गिर जाता है तो धक्के खाते लड़खड़ाते हुए भागने की कोशिश करता तो है परन्तु इनकी स्थिति को देख माता का गुस्सा भी गायब हो जाता है और वह मुस्कराते हुए भीतर तो चली ही जाती है परन्तु बाबा का नशा और उसके साथ की मस्ती भी सब गायब हो ही जाती।

एक सांय को उनकी महफिल इसी तरह से जमी ही थी कि बाबा गुसाऊं गीर के घर एक साधु आ पहुंचा। साधु के तन पर एक लंबा सा भगवां रंग का चोला, एक हाथ में कमंडल और दूसरे हाथ में बजाने वाला चिमटा, बालों की लम्बी लम्बी जटाएं, रंग काला जैसे अभी अभी ही भट्ठी में से जला भुना बैंगन निकाला हो, काला कलूटा बैंगन लूटा, इतना होने पर भी साधु का व्यक्तित्व आकर्षक था।

जब देर हो गई तो अम्मा बाहर आई। बस फिर क्या था अम्मा को देख सभी उनके मित्र गायब हो गए थे। बाबा वहीं पर बैठे कुछ सोचने लगे थे, साधु सामने खड़ा था। बाबा साधु को सामने देख इस तरह मुस्कराने से लगे कि अभी कुछ हुआ ही न हो। आम्मा की उपस्थिती का जैसे उन्हें कोई ज्ञान ही नहीं हो। इस घर की परम्परा साधुओं की आवा भगती की रही है आम्मा ने भी बाबे के आगे हाथ जोड़ दिए। साधु बाबा भी बोले,

"ओम नमो नारायण"उच्चारण इतना ऊंचा था कि आस पास वाले, और जो मित्र आम्मा के डर से कुछ ही दूर पर पहुंचे थे पीछे मुड़ कर तमाशा देखने लगे थे।

साधु अपनी जगह खड़ा रहा फिर हाथ में पकड़े कमंडल और चिमटे के साथ दोनों हाथ ऊपर उठा कर मुस्काते हुए बोले,

"ओम नमो नों रायण" का प्रति उत्तर दिया। लगा कि बाबा कुछ शब्द अटक कर बोलता था। जब शब्द अटक जाता तो अपने पट पर चिमटे वाला हाथ जोर से मारता तो चिमटे की पत्तियां भी झनझनाती और साधु के मुख से भी शब्द निकलते, लगता जैसे शब्द उनकी टांग में फंसे हुए होते।

"बैठिए क्या लेंगे आप"

बाबा गुसाऊं के शब्दों का प्रभाव साधु पर इस तरह से पड़ा था कि अब तो साधु के शब्दों के उच्चारण में अधिक बल लगने लगा।

"पहले हम जल ले लेगें"

"लेंगे" वाक्यसाधु बाबा ने पूरा किया। आम्मा के साथ पीछे सब बेटिंया आ खड़ीं हो गई थीं, वे साधु के उच्चारण पर हंसने लगीं। बाबा ने उन्हें एक नजर डाली तो सब वहां से चलीं गई।

उसी समय जल का गिलास आ गया।

अम्मा साधु को देख पीछे रसोई की ओर चलीं गई थीं। बाबा के दोस्त दूर से सब देख रहे थे, साधु बैठ गया था। कंधे पर अपनी पोटली में हाथ डाल रहा था। झोली से चिलम को निकालते हुए दोस्तों ने देख लिया था। एक दम से यह समझ कर कि आज तो महफिल जमेगी तुरन्त लौट आए।

सांझ तो हो गई थी। दोस्त भी लौट कर आ धमके। अब तो साधु के साथ महफिल जम गई। सुलफे का दौर चल पड़ा था। चिलम तो साधु ने निकाल ली थी। सुलफे की गोली तम्बाकु के साथ मिलाई गई और सब दोस्तों का चिलम का दौर चल पड़ा। साथ में आपस की बातें विशेषकर गप्पें, कोई इधर उधर की कहानियां चलने लगीं, सब अपने अपने किस्से आरम्भ करते गए। चिलम का दौर पर दौर चलने लगा। चिलम को जोर से खैंच कर लंम्बे सांस से खींचने में जोर लगता। जो जोर से खींचता तो चिलम के ऊपर आग की लपट उठ जाती। जिसके भी खींचने में लपटें ऊपर उंठती उसे सब शाबाशी देने लगते, उसे ताकतवर मानते, अच्छा कश लगाने वाले मानते, इस काम में बाबा सबसे आगे रह रहे थे। वे जब जोर का कश लगाते तो चिलम से ऊपर की ओर एक अग्नि की लट निकलती। तो सब मिलकर कहते,

"वाह गीरी"

साधु बाबा की इस प्रक्रिया को देख बहुत प्रसन्न हुआ। फिर सब मस्त और बातों के दौर में बात चल पड़ी संतान की तो साधु बोला,

"हे ग गीरी तु तु तुम गिरी हम भों भारती गुसांऊं गीर ह ह हरिद्वार जा, गंगा मैया ते ते तेरी पुत्र कामना पूरी क क करेगी जा"

फिर क्या था, साधु बाबे के द्वारा दिया गया सुझाव बाबा मंहत गुसाऊं गीर के दिमाग में ऐसा पड़ा किघर के वंश की चिंता में एक सुबह पिता जी उठे और किसी को कुछ बताए बिना ही वे अंनजान दिशा की ओर चल दिए। उन्हें भी कोई पता नहीं वे कहां जा रहे हैं बस चलते गए। कुछ फांसला पैदल उन दिनों सड़के ही कहां थी जो बस आदि मिल जाती और शेष बस में और तीन चार दिनों में पहुंच गए हरिद्वार।

पीछे घर में सब परेशान, आमा परेशान, बच्चे परेशान ! वे अक्सर जब कभी भी जुआ खेलने या दोस्तों के साथ शराब पीने जाते तो इसी तरह से बिना बताए चले जाते रहे थे। घर में किसी को कोई पता नहीं कि वे कहां गए हैं।

हरिद्वार पहुंचकर पिता जी ने गंगा में गोता लगाते हुए गंगा मां से पुत्र की इच्छा जाहीर की, और वहीं घाट पर खड़े दूसरी ओर से एक गुलाब का फूल बहता हुआ उनके पास आ गया। उन्हें नहीं मालूम कि यह फूल उनकी ओर क्यों आया उन्हें इच्छा हुई और उस फूल को पकड़ कर गंगा मां का प्रसाद समझ कर अपने थैले में डाल लिया। जब पंदरह दिनों बाद घर लौटे तो मां जो चिंतातुर थी उन्हें देख खुशी से रो पड़ीं। पिता जी के चरणें में पड़ कर,

"मेरे देवता मेरे से कोई भूल चूक हुई हो तो माफ कर दो"

बस फिर क्या था मां तो फूवक फूवक कर रोने लगी तो बड़ी दीदी जो उस समय दस वर्ष के आस पास रही होगी यह दृश्य देख वह भी रोने लगी, इससे छोटी बहने जो उस समय न समझ थी सब देख रोने लगी थीं, तो पिता जी ने सबको गले लगाया और कहा,

"हे पियारी मंहतानी मुजों भी मालूम नहीं था कि मैं कहां जा रहा था मैं तो बेखबर घर से निकला, तो तुजो क्या बताता" और वे भी भाव विभोर हो उठे थे।

मां को गंगा का प्रसाद, फूल देते हुए कहा था, "इस प्रसाद फूल को संभाल कर रखना हमारे घर में पुत्र अवश्य आएगा।''

मां खुश हुई थी वह पंदरह दिन के दुख संताप, कई बुरी कल्पनाओं में कटे दिन के दुख को तुरन्त ही पुत्र कामना की खुशी में सब भूल गई थी।

3.

बाबा की हालात में सुधार नहीं आ रहा था। पड़ौस में ही डाक्टर सत्यदेव जी रहते थे। वे नियमित देखने आ जाते, कुछ दवा दारू दे जाते। कुछ नहीं बोलते, न ही मेरे से पूछने की हिम्मत होती लेकिन जाते हुए सर हिला जाते। मैं सब समझ जाता और दरवाजे तक कुछ कहे बिना ही उन्हें सी ऑफ कर देता।

बोबो हर शाम को बाबा की बातें बताती रहीं और मैं अपनी बहनों के साथ बड़े ध्यान से सुनता रहता। आजकल हम सबको यह सब रूचिकर लगता। आमा भी बोबो की बातें सुनती रहती और बाहर की ओर देखती रहतीं। जब कभी मेरी नजर आमा पर जाती उन्हें मैंने अपनी आंखें दुपट्टे से कई बार पोछंते देखा।

हरिद्वार में बाबा को लगा कि उनकी इच्छा पूरी होगी, उनका मन प्रसन्न था। उन्हें विश्वास हो गया था कि इस बार मां गंगा उनकी मनोकामना पूरी करेगी। उनकी आस्था काम आई और एक वर्ष के बीच में ही आम्मा दुर्गा देवी ने एक पुत्र को 29 मई 1944 को सांय के समय जन्म दिया। चार बहनों पर एकमात्र पुत्र होने की खुशियों से घर चहक उठा।आमा को इतनी खुशी हुई और हौंसला हुआ कि एक घंटे के बाद वे गोशाला में जाकर गाय को दूह कर दूध ले आई थी।

बाबा ने यह घोषणा कर दी कि पंडित चाहे कुछ भी बेटे का नामकरण सुझाए मेरे पुत्र का नाम गंगा ही रहेगा और बेटे का नाम गंगा राम रख दिया गया। पंडितों ने ग्रहों की गिनती के अनुसार नाम दलीप ही रखा था परन्तु वह नाम तो कागजों में ही सीमित रह गया था। यह सब मुझे भी तब पता चला जब मैं हरिद्वार गया था और अपने पांडे के यहां जब उसने हमारे खानदान का पर्चा खोल कर पढ़ा जो वहां आज भी यह सब टंकित है। आस पास के सब जाने पहचाने लोगों के साथ जश्न मनाया गया था। बाबा के दोस्तों ने खूब डट के पी, अंग्रेजी शराब लाने की तैयारी पहले से ही एक फौजी दोस्त को सौंपी गई थी और देशी शराब बनाने वाले गांव के मशहूर भलखु को अलग से बढ़िया सी शराब

के लिए बोल रखा था वह अलग। बोबो ने आज एक बात और सुनाई, "मंहतों में यह जग जाहिर है वे खूब पीते हैं सबको खूब पिलाते भी हैं। हमारे एक मामा बरडू नाम था उनका। फौज में सूबेदार थे। खूब पीते थे। घर छुट्टी आते समय फौज से दर्जनों बोतले लाते थे। बाबा से मिलने मामा जरूर आते। शराब का जाखीरा भी लाते और कई दिनों तक दोनों साला जीजा नशे में धुत्त रहते। आमा से रोज हीझाड़ भी पड़ती, मान भी जाते शाम होते ही फिर से दोनों डट जाते।'

मामा के पास तवियों वाला बाजा था। जब भी वह घर आते अपने साथ तवियों वाले बाजे को जरूर लाते। बोबो कहती कि उस समय हम समझती थी कि इन तवियों में एक कुत्ता बैठा होता है वह गाता रहता है।

मुझे भी मामा की थोड़ी याद तो थी ही मैंने बोबो को कहा, "मुझे भी मामे की याद है मैं तो तवी लेकर उसमें बैठे कुत्ते से छेड़ता भी रहता था'

बोबो बोली, "हां तब तूं भी तो पांच छह साल का हो गया था। मामा तो तेरे लिए कपड़े लाता था, हमें किसी को नहीं तो हम रूठ जातीं तब मामा हमें एक एक चांदी का रूपया देते थे और फिर हम खुश हो जातीं'

अगले दिन ही सारे गांव में मामा के आने का पता चल पड़ता था। फिर क्या सारा गांव बाजे को देखने टूट पड़ता। गांव के बच्चों के तो झूमने लग जाता। जब तक उन्हें दो चार तवियां बजा कर नहीं सुनाई जातीं तो वे जाते नहीं थे।

आमा ने बताया कि वह बरामदे मैं एक दरी बिछा लेती थी सब लोग उस पर बैठ कर बाजे को सुनते। बच्चे कहते कि तवी में बैठा यह कुत्ता कैसे गा लेता है! बहुत से लोग बहुत सी बातें करते।

घर में मामा के आने से रौनक लग जाती तो थी परन्तु शाम के समय वे पीने बैठ जाते और तवी गा री होती मुझे एक गाना याद है, "अंखियां मिला के जिया भरमा के चले नहीं जाना ओ चले नहीं जाना' मां ने गा कर सुनाया भी। बाबा के कान में भी आमा के गाने की आवाज पड़ी तो उनके चेहरे पर मुस्कराहट झलक गई थी। उन्हें भी शायद सब याद आने लगा हो।

मामा की एक बात और याद आई। सुकेत में जब राम लीला शुरू हुई तो राम लीला के निदेशक को कुम्भकरण के लिए सुयोग्य पात्र नहीं मिल रहा था। निदेशक को मामा का ध्यान आया और कुम्भकरण का रोल मामा को दे दिया। मामा वास्तव में इस पात्र के लिए उपयुक्त थे, मोटा शरीर, पेट आगे को,मांस मंदिरा का शौक, सबसे उपयुक्त उनका हर शब्द का उच्चारण और उनकी डॉयलौग डलबरी बेहद कमाल की थी,फिर क्या मामा कुम्भकरण बन गए। यह चरित्र उनको इतना भाया कि सुकेत बाजार में उनकी पहचान

ही कुम्भकरण के नाम से बन गई और तो और हम भी उन्हें कुम्भकरण मामा पुकारने लगे थे।

मामा राम लीला के दर्शकों में इतने लोकप्रिय हो गए थे कि का मंच पर प्रवेश के साथ ही दर्शक तालियों से उनका स्वागत करते। मंच पर अभिनय करते समय भी वे पीते रहे थे। राम लीला में रावण पक्ष के अभिनेताओं को पीने की आज्ञा थी। वे शराब के बिना रह नहीं सकते थे। एक बार मंच पर कुंभकरण के सोए हुए को जगाने का दृश्य था। दृश्य आरम्भ हुआ, पर्दा खुला सोए हुए कुम्भकरण को राबण के दूत उठाने के लिए ढोल ढमाका बजा रहे हैं और कुम्भकरण नींद्रा में खर्राटे मार रहे हैं उठ ही नहीं रहे हैं बड़ी देर हो गई और जब वे उठे ही नहीं तो अंत में निदेशक ने उन्हें पर्दे के पीछे से एक डंडे से हिलाया परन्तु मामा कहां उठने वाले, खर्राटे लिए जा रहे थे उन्हें वास्तव में ही गहरी नींद आ गई थी। बाहर दर्शक भी सिट्टिटंयां मारने लगे लेकिन मामा नहीं उठे आखिर में पर्दा ही बंद करना पड़ा उस दिन वह सीन ही काट दिया गया था। यह तो बाद में मालूम हुआ कि उनके किसी दोस्त ने शराब के साथ उन्हें नींद की गोली भी दे दी थी।

और सुनो मामा फौज में कैंटीन के इन्चार्ज भी तो थे। एक बार शराब का फौजी सपलाई का पूरा ट्रक योल कैंप को ले जा रहे थे। स्वयं भी पीते जा रहे थे। इस बार कुछ ज्यादा ही लग गई। जोगिन्दर नगर जब पहुंचे तो महंतो वाली जुंग आ गई। ट्रक को खड़ा किया। उनके साथ जो सिपाही और ट्रक ड्राइवर था "यैस साहब" यैस साहब' करते रहे। सारे जोगिंदर नगर में डौंडी करवा दी गई कि जिसने भी शराब पीना है वह जल्दी से फौजी ट्रक के पास आए और मुफ्त में अंग्रेजी शराब पी जाए। फिर क्या सारे जोगिंदर नगर के शराबी आने लगे यहां तक कि काजी भी आ पहुंचे, तो मामे ने एक केले के तने का एक पिउ बना दिया। ऊपर से एक फौजी शराब डालता गया दूसरी ओर शराबी पीते गए। ढोल नगाड़े से सारे जोगिंदरनगर में जश्न होने लगा था। सारा ट्रक जोगिंदर नगर वाले पी गए। परिणाम फौजियों ने मामे की फौज से छुट्टी कर दी। मामा घर आ गए।

यह मंहतो के जश्न मनाने की खानदानी परम्परा रही थी। बाबा भी तो जब भी कोई जश्न घर में करते तो बड़े चाव से धूम-धाम से करते। जश्न में कोई कमी नहीं छोड़ते चाहे उसके लिए उन्होंने किसी साहूकार से पैसे उधार ही क्यों न लिए पड़ें ! वे तो इस विचार के थे मस्त रहो, आंनद से रहो चाहे उधार लेकर ही घी पीओ। आज तो उनकी कई सालों से चल रही मांग पूरी हुई तो वे किसी भी बात की कमी नहीं छोड़ना चाहते थे।

उस समय बाबा, हम सब मलहणु गांव में ही रहते थे। बेटे के लालन-पालन में कोई कमी नहीं रखी जाती। बाबा की एक बात थी जो जग प्रसिद्ध थी, महंत गुसांऊ गीर के घर से भूखा कोई नहीं जाता। इसमें आम्मा का बहुत बड़ा हाथ था। आम्मा की रसोई की

आग कभी भी नहीं बुझी। और इसी बात का प्रभाव बोबो प्रेमी पर पड़ा था जिसके घर में दर्जनों गांव वाले खाना खा जाते और कभी इस दंपती के माथे पर बल नहीं पडता।

बाबा कहते थे कि गरीबी और अमीरी सब आदमी के मन से होती हैं। इसका प्रभाव बेटे पर भी तो पड़ा ही। कहावत भी है कि "बाप पे पूत जात पे घोड़ा,बहुत नहीं ते थोड़ा-थोड़ा।' आम्मा और बाबा के बहुत से गुण बेटे में अनायास ही आ गए थे। आज भी कुछ घर में घटित होता है तो बाबा अम्मा याद हो जाते हैं, जब वो याद आते हैं तो खूब याद आते हैं।

हमारे घर में ऐसा वातावरण था कि छोटे बड़े सब एक दूसरे की मदद करते। कभी बाबा इस हेतु छोटा बड़ा उपदेश दे भी देते थे। घर में सबसे बड़ी बात यह थी जिसे आज मैं महसूस करता हूं कि जो बात बाबा हम सब बच्चों को अच्छे बुरे की पहचान के सूत्र बताते आम्मा उस बात से सहमत होती और हम सबको बैठा कर लोक कथाओं के माध यम से समझाती भी रहती। अम्मा बहुत सी लोक कथाएं गा गा कर सुनाती। सर्दियों के दिनों में चूल्हे की आग के पास सब बैठे होते और खाना खाने के बाद लोक कथा का पीरियड शुरू होता और हम सब चूल्हे के पास बैठ कर मंत्रमुग्ध हो कर कथा का आनंद लेते।

हां मैं बात कर रहा था कि हमें यह शिक्षा मिली थी कि मिल जुल के रहो क्योंकि "एक और एक ग्यारह होते हैं।'यह बात उपदेशात्मक तरीके से नहीं प्रयोगात्मक तरीके से समझाई जाती थी।

मैं अभी तीन या चार साल का रहा हूंगा। बाबा जी को हम कभी बाजी कह कर भी पुकारते थे। बाजी कठिन परिश्रम करने वाले पुरूष थे। किसी भी काम की वे कोई शर्म नहीं समझते थे। परिवार को उन्होंने कभी भी किसी किस्म की कमी नहीं महसूस होने दी और न ही उन्होंने परिवार को यह समझने दिया कि उनके पास परिवार को चलाने के लिए कोई उपयुक्त साधन भी हैं या नहीं है। केवल आम्मा ही सब समझती थी लेकिन वह भी तो अपने बच्चों को यह सब नहीं बताती थी।

हां मैं बाबा के परिश्रम की बात कर रहा था। बाबा रोजमर्रा की चीजों कोअपनी पीठ पर भारी से गठरे में उठा कर गांव-गांव, घर-घर सामान को बेचने जाते थे। छुट्टी वाले दिन मैं भी उनके साथ अपने हाथ में तेल का डिब्बा पकड़ कर आगे आगे चलता था। मुझे उनके साथ यह काम करते अच्छा लगता था और इसलिए मुझे छुट्टी के दिन का इन्तजार होता था। वे जहां भी जाते उनका मान सम्मान होता, साथ में सामान बेचते वह अलग। यह बात लगभग 1948 के पास की होगी। आज मैं इसे याद करता हूँ तो मुझे रवीन्द्रनाथ ठाकुर जी की "काबुली वाला'कहानी की याद आती है। काबुली वाले की तरह

मेरे बाजी अपनी पीठ पर भारी बोझ उठाए एक घर से दूसरे घर जाते एक छोटा सा लड़का आगे आगे बड़े उत्साह से चल रहा होता, जिसे दुनियां की कोई खबर नहीं, कोई समझ नहीं,उसकी दुनियां तो अपने परिवार तक सीमित थी,वह तो सुख-दुख से परेथा। वह जानता था कि बोझ उठाने वाला उसके पीछे है उसे क्या चिंता। चिंता वाला बोझ तो उसके बाबा उठाकर उसके पीछे-पीछे आ रहे थे, चार-चार बेटियों की शादियां, परिवार का लालन पालन,यह सब बोझ तो उनकी पीठ पर हमेशा से ही रहा था। अभी यह बालक नहीं जानता कि कल यही उसे भी उठाना पड़ेगा। काबुली वाले पठान की तरह बाजी को तो चार बेटियों और एक मैं जो साथ साथ चल रहा था इन सब की ममता के आगे पीठ पर उठाया बोझ ही तो सब बोझों को हल्का करने का साधन है, यह वे सब जानते थे और इस संघर्ष को हमेशा एक खेल के रूप में लेते आए थे, और हमें जीवन की रणभूमि के लिए तैयार करते रहते। फिर न जाने क्यों क्या समझ कर कुछ दिनों के बाद बाबा ने यह काम छोड़ दिया शायद यह सोचकर कि उन्होंने अपने बेटे को दुकानदार नहीं बनाना है।

सब इस तरह से चलता रहा। हमें सबको बाबा ने मस्ती में रखा। बाबा का छोटे मोटे काम के कारण भी समाज में उनका एक सम्मानीय स्थान था। सब पढ़े लिखे लोग, राजनीतिज्ञ, सरकारी कर्मचारी, व्यापारी, आस पास पड़ौसी, उन्हें हमेशा आदर देते, इस तरह से उनका रूतवा कोई कम नहीं आंका जाता। सत्य के लिए वे हमेशा सबसे आगे ही खड़े मिले।

जब मैं कुछ बड़ा हुआ तो हम सब बग्गी गांव में शिफ्ट कर गए थे। बात तबकी है जब मैं आठवीं कक्षा में पढ़ता था। हमारा स्कूल हटगढ़ उस समय आठवीं तक का ही था। दूर दूर से लड़के पढ़ने आते थे, यह कहा जाए कि पांच या सात आठ मील के दायरे से लड़के उस स्कूल में पढ़ने आते थे। इतनी दूर लड़कियों को मां बाप स्कूल पढ़ने नहीं भेजते थे। समाज के बुरे लोगों का उस समय भी डर था। इसलिए मेरी एक बहन को छोड़ सब पांचवीं तक ही पढ़ी थीं। एक लड़का वह बहुत ही शरारती था। वह दूसरे गांव की एक लड़की के साथ शरारत करता रहता था। एक दिन वह लड़की रोने लगी तो उससे मालूम हुआ कि गोवर्धन सिंह उससे शरारत करता रहता है उसे डराता रहता है।

मैने उसे कहा, "तूं घर में क्यों नहीं बोलती?"

"घर में बोलूंगी तो वे स्कूल से नाम कटवा देंगे। मैं आगे पढ़ना चाहती हूं स्कूल में मास्टर से शिकायत लगाऊंगी तो वह बोलता है मैं रास्ते से ही उठा लूंगा, वहां मास्टर क्या कर लेगा मेरा जिस पर मेरा मन आता है उसे मैं'' और वह बोलते बालते रोने लगी।

मुझे यह बहुत बुरा लगा। सब बातें मेरे मन पर चोट कर गईं। मेरे साथ मेरा सहपाठी भरत कुमार था। वह था तो हमसे बड़ा परन्तु वह हर क्लास में फेल हो जाता इस तरह

से अब वह हमारा क्लास फैलो बन गया था। वह देखने में बड़ा हृष्टपुष्ट था परन्तु उतना ही डरपोक भी था। डींग बड़ी मारता था परन्तु जब जरूरत पड़ती तो भाग भी जाता था। मुझे उसकी नेचर का अच्छी तरह से पता था। मैंने उसे पूरी कहानी सुनाई और कहा तूं मेरे साथ खड़े रहना। उसे पता नहीं क्या जोश आया, वह मेरे साथ ही रहा।

हम सब यह बातें कर ही रहे थे कि वह लड़का वहीं उसी समय आ पहुंचा। उसे लगा कि यह लड़की उसी की बात कर रही है तो वह डींग मारने लगा और हमारे सामने खड़ा हो गया। लड़की बहुत घबराने लगी।

“क्यों भई तूं सरस्वती से शरारत करता है?”

“तेरे को क्या तकलीफ है तेरी यह बहन लगती है।”

“हां लगती है मेरी लगती है ”भरत को नजाने क्या हुआ उसने बड़े जोश में उस लड़के को आंखे तरेर कर उत्तर दिया।

इससे वह लड़का कुछ सहम गया। मुझे आभास हो गया कि वह डरने लग गया है तो मुझे भी भरत को देख कर ताव आ गया। मैंने उसकी कमीज़ पकड ली बोला,

“देख आज के बाद अगर इसके साथ छेड़ा या कुछ बोला”

“तो हम सब, और सरस्वती के भाई, मेरे भाई तेरा वह हाल करेंगे कि तूं याद करेगा तेरे घर जाकर तेरे बाप से बोलेंगे” भरत बीच में ही जोश में बोलते जा रहा था।

लड़के को हम मिंया कह करके बोलते थे। वह अब सहम सा गया और कुछ न बोलता हुआ वहां से तेज कदमों से चला गया।

मुझे तो भरत के इतने जोश पर ताज्जुब होने लगा था कि उसे कैसे हौंसला आ गया। जब मैंने उससे बाद में पूछा तो उसने बताया,

“अरे भाई मैं तो सरस्वती को मन ही मन चाहता हूं। उससे प्यार जताने का इससे बड़ा मौका मुझे कहां मिलता, आर पार की बात थी। उस समय मैं मिंया के तो सारे दांत ही बाहर निकाल देता”और जोर से हंसा भी था।

यह बात हमारे गांव में जल्दी ही फैल गई। सब पूछने लगे, हमें शाबाशी देने लगे। सरस्वती के भाई ने आकर मुझे गले लगाया। बात आम्मा तक पहुंची तो आम्मा बोली,

“तूं बड़ा पहलवान बन जाता है। अभी ढाई फुट का है नहीं अगर वे सब तेरे को मारते तो”

कहते हुए उसने गले लगाया। उसका गला भर आया, अपने आगोश में ले लिया फिर रूंधे गले से बोली,

“बहुत अच्छा किया मेरे कान्ह रे” फिर वह आगे बोल ही नहीं सकी बड़ी देर तक अपनी बाहों में मुझे भरे रखा।

और जब यह बात बाबा तक पहुंची, तो बाबा ने मेरी पीठ पर हाथ रखते हुए उन्होंने मेरा हौसला बढ़ाते हुए अपने जवानी की ऐसी ही कहानी सुना डाली।

"वाह पुत हमने भी अपने समय में जनानी (नारी) को बचाने में कोई कमी नहीं छोड़ी एक बात बताऊं पड़ौस के गांव के लोग ही ऐसे हैं। एक बार पड़ौसी बोहरी को ये उठाकर हटगढ़ के जंगल ले गए। मुझे पता चला तो मैं घोड़े पर गया, जल्दी से मेरे हाथ में डंडा ही आया। जंगल पहुंचा तो वह बोहरी चिल्ला रही थी। जंगल में उसकी आवाज कौन सुनने वाला था। मेरे हाथ में जो एक डंडा था उससे मैंने आव देखा न ताव दो चार उसकी पीठ पर ही ठोक दी बस वह बोहरी मेरे साथ ही चिपट गई। मैंने भी उसे अपने कंधे पर बैठाया और घोड़े पर युद्ध भूमि के वीर की तरह गांव ले आया। सब मेरी ओर देखने लगे थे कि माजरा क्या है। महंत घोड़े पर और एक महिला मंहत के कंधे पर"

कह कर बाबा बहुत हंसे थे।

"शाबाश ठीक किया तूने दूसरों की मदद करनी चाहिए। एक बात बताऊं अब उस लड़के की हिम्मत तेरे साथ हाथ लगाने की नहीं पड़ेगी। अब तेरा भी बोल बाला हो गया है शाबाश" और बाबा ने मेरी पीठ एक बार फिर से थपथपाई।

सबने बाबा के चेहरे पर एक नजर डाली, देखा बाबा के चेहरे पर मुस्कराहट देखी जा सकती थी। सबने यही समझा कि बाबा बात को सुन रहे हैं। सबको अच्छा लगा। इसलिए ही तो हम बाबा के पास बैठते हैं ताकि बाबा हमारी बातों को सुनकर खुश रहें।

4.

बात शायद 1950 के आस पास की होगी जब मैं लगभग छह वर्ष का हूंगा। बग्गी के पास एक गांव है मल्हणु जहां मैं पैदा हुआ हमारा पैत्रिक घर वहीं था। घर के चारों ओर हमारे खेत थे। खेत बहुत लम्बे एक छोर से दूसरे छोर पर खड़ा व्यक्ति पहचाना नहीं जा सकता था। हमारा घर खेतों के बीच में था। शौच आदि के लिए घर के पिछवाड़े अपने खेतों में जाते थे।

मुझे धूमिल सी याद है लेकिन मैं इस लम्हें को कभी भूला भी नहीं। मैं बिमार हो गया था। शायद टाइफाइड हो गया था या कुछ और बीमारी जिसमें वैद्य हकीम ने आमा को कहा था कि इसे पूरा आराम ही करने देना, खेलने भी मत देना घर के बाहर तो जाना ही मत देना मां तो फिर मां ही है न। मैं कभी कभी अपने को शायद ठीक भी महसूस करता और घर से बाहर जाने के लिए लालायित भी रहता था ही क्योंकि मैं एक जगह पर आराम से बैठ नहीं सकता था। ऐसा मुझे आमा ने बताया था। इसलिए मेरे पर सबकी नजर रहती थी और विशेष कर जब मैं बिमार था और वैद्य हकीम ने मेरे पर हिलने डुलने पर पावंदी लगा रखी थी।

यह वह समय था जब शौच आदि के लिए हमें पास के अपने ही खेतों में जाना पड़ता था। हम क्या सब अमीर गरीब खेतों में या दूर जैसे एक खड्ड थी उस ओर जाते थे। अब जब वैद्य ने मुझे बाहर जाने या हिलने तक इनकार किया हो तो फिर मेरा जाना चाहे शौच के लिए ही हो पूरी रोक थी।

हमारा मकान एक मंजिला मकान था। उस समय के हिसाब से बड़ा मकान था। तीन कमरे पहली मंजिल पर और चार कमरे जमीनी तल पर। उन दिनों नहाने के लिए रसोई में एक चला जैसा बना था उसी में ही नहाना,बर्तन धोना आदि सब होता था। अब समस्या मेरे शौच जाने की आई। हम पहली मंजिल पर रहते थे। भूमि तल में अनाज का गोदाम, दूसरे कमरे में शयन कक्ष था परन्तु मेहमानों के लिए ही था। और एक कमरा बच्चों के खेलने के लिए या कुछ और स्टोर करने के लिए काम आता था। और बाहर एक बरामदा

इसी के ऊपर पहली मंजिल पर भी बरामदा था। इस पहली मंजिल वाले के बरामदे को सारा परिवार अधिक प्रयोग करता था। इसी पर उठना, बैठना, गर्मियों के दिनों में सांय के समय गप-शप और सर्दियों के दिनों में धूप का आनंद भी इसी पर बैठ कर लेते थे।

जब पेट पर मुझे कुछ प्रैशर पड़ने लगता और शौच के लिए पुकारता तो आम्मा ने मेरी शौच के लिए एक बर्तन की व्यवस्था की थी जो मुझे रास नहीं आ रही थी या यह कहा जाए कि उसमें मुझे शौच होती ही नहीं थी। बाहर जाने को मनाही थी। आमा ने पहली मंजिल के बरामदे में ही एक छेद करा दिया और मुझे वहीं पर बैठाने लगे। वहां मुझे शौच होने लगी थी। मैं वहां बैठना पसंद करता था।

आज याद करता हूं कि आम्मा ने बरामदे की छत ही में बड़ा सा छेद करा दिया था कि बेटे को वैद्य हकीम ने बाहर जाने से इनकार किया है तो वह नहीं जाएगा, कोई बात नहीं छेद फिर ठीक हो जाएगा बेटे का ख्याल रखना है उसके आगे मकान को क्षति पहुंचे बेटे के लिए मकान में छेद कराना तो बहुत छोटी बात थी। आमा की बहुत सी यादें बातों बातों में दस्दतक दे जातीं हैं। क्षण क्षण में आमा याद आती हैं तो मन भर आता है।

मां प्राण है, शक्ति है, मां उर्जा है, मां प्रेम है, करूणा और ममता का पर्याय है मां जन्म दात्री ही नहीं जीवन निर्मात्री भी है।

5.

मैं अभी छटी कक्षा में पढ़ता था अर्थात् 1955-56 की बात होगी। पूरी तरह से याद नहीं। बाबा काम से कुल्लू गए हुए थे। वे अक्सर कुल्लू बिजनैस के सिलसिले में जाते रहते थे। जाते वे तभी थे जिन दिनों मंडी के मठ वाले मंहत बद्री गीर कुल्लू नगवाई में अपने बागीचे होते थे। वहां ठहरने और पीनेपिलाने का काम भी हो जाता और दोस्ती में समय भी अच्छी तरह से गुजर जाता। कुछ वहां की फसल जैसे लाल मिर्च, मक्की आदि की कुछ बोरियां खरीद कर ले भी आते और यहां आकर बेच भी लेते जिससे कुछ पैसों की वचत भी हो जाती जिससे घर परिवार चलता।

यह काम वे मई महीने के आस पास गर्मियों में करते आए थे। इस बार भी वे घर से बाहर कुल्लू इसी काम के लिए गए हुए थे। मल्हणु वाले हमारे पुराने घर की ही बात सुना रहा हूं। गांव के हिसाब से अपने समय का अच्छा मकान माना जाता था। इस मकान के दो बरामदे एक नीचे ही जमीन वाली मंजिल में, खुला बरामदा था और इसी बरामदे के ऊपर पहली मंजिल में भी खुला बरामदा था। इस बरामदे में कोई भी खिड़की नहीं लगी हुई थीऔर इसी बरामदे में हम रात के समय सब भाई बहन आम्मा बाबा बैठते थे, खुला था हवा भी खुली आती थी।बरामदे के पास वाले कमरे में ही तो रसोई थी। आमा खाना बनाती रहती और हम वहीं बैठ कर स्कूल का भी काम करते और एक दूसरे से बात भी करते। बिजली तो उन दिनों थी नहीं दो लालटेन जालाई हुई होती थीं,उसकी की रोशनी में हम पढ़ते भी थे। जिस दिन बहुत गर्मी होती तो कभी कभी खाना भी वहीं बैठ कर खा लेते थे। और बहुत गर्मी होने पर रात को यहीं पर सब एक साथ सो भी जाते थे।

गर्मियों के दिनों में आमा बटूहरू बनाती थी। हम क्या गांव के सारे घरों में बटूहरू बनते थे। आजकल मैंने कहीं बनते देखे ही नहीं। बटूहरू मतलव आज के समय की ब्रैड, बस उसी तरह के बटूहरू होते थे। आज बटूहरू के बदले ब्रैड का इस्तेमाल होता है। वास्तव में बटूहरू लकड़ी की आंच में ही अच्छे बनते हैं जिसकी जगह अब गैस ने ले ली है जो

खाना चूल्हे की आंच में स्वादिष्ट बनता था वह खाना गैस में कैसे संभव हो सकता। आज की पीढ़ी को चूल्हे के बारे में बताने पर भी समझ नहीं आऐगा यह सब अब इतिहास का विषय हो गया है।

बाबा की गांव में न होने की खबर सबको हो जाती थी। बाबा दिन में गांव में जब तक अपने मित्रों से या गांव में लोगों से हाल चाल न पूछ लें तब तक वे शाम को ऊपर वाले बरामदे में बैठने नहीं आते थे। अगर किसी कारण वे किसी से न मिल पाएं तो उनके मित्र उन्हें पूछने घर आ जाते थे।

बाबा कुल्लू गए हुए थे। आमा जल्दी से खाना बना लेती और हम जल्दी ही सो भी जाते थे। बस इस तरह से एक रात हम बात चीत के बाद सो गए थे। देर रात आमा को कुछ खटर पटर रसोई की ओर से सुनाई दी। आम्मा की नींद का मतलब बाहर जरा सा भी खटका हो या कहा जाए कि अगर बाहर पेड़ का पत्ता भी गिरे तो भी आम्मा की नींद टूट जाती थी।

जब आम्मा को खटरफटर लगातार सुनाई दी आम्मा को कुछ शक होने लगा,यह देखने के लिए कि जरूर कोई बात है वह रसोई की ओर चल पड़ीं। खटर पटर की आवाज रसोईघर से आ रही थी। आम्मा धीरे धीरे चुपके चुपके रसोई के दरवाजे के पास पहुंची तो देखा कि एक आदमी चूल्हे की आग में रोटी गर्म कर रहा है और धीरे धीरे उसे खा भी रहा है।

“कौन है तू क्या कर रहा है”

चोर के कान खड़े हो गए। वह घबरा गया जोर से बोला,

“चुप रह महंतानिए चुप कर ”

अतिंम स्वर वह जोर से बोला

आमा ने अब उसे पहचान लिया। वह कठयाला बाबा आमा और हम सबका पहचान वाला झट से दो ही कदमों में एक मक्की की रोटी को कांछ में दबा कर दो ही कदमों में बरामदे से नीचे गायब हो गया और भाग गया।

आमा ने बरामदे से बाहर झांक कर देखा तो एक सीढ़ी रखी हुई थी उससे ही वह ऊपर चढ़ा था और उसी से वह झट से उतर भी गया और गायब।

आमा ने हमें नहीं उठाया न ही कोई उस समय शोर शराबा किया।

आमा बिस्तर में बैठ कर ही कठयाले के बारे सोचती रही, कि उसने ऐसा क्यों किया ? बड़ी देर तक बिस्तर में बैठी रही सुबह तक कठयाला हमारे घर से एक किलो मीटर दूरी पर रहता था,एक कमरे वाला घर में, हम सबने देखा था। हम सब जब मक्की के टांढू (डंढल) चुगने जाते थे। टांढू चूल्हे में आग जलाने के काम आते हैं। अपनी बहनों

के साथ मैं भी चुगने गया हूं वहीं खेतों के पास कठयाले का एक कमरे वाला घर था। उसी कमरे में रसोई वहीं सोना और उसने एक बकरी भी पाल रखी थी वह भी उसी कमरे में। सब वहीं उसकी आमदनी इधर उधर से कुछ कमा लेता, शायद कुछ नहीं केवल पेट भरना उसका काम था। हां जब कभी घर से बाहर वह निकलता तो बड़ा बन ठन कर निकलता, साफा पहनता चूड़ियों वाला पाजामा अचकन पहन कर, कोई उसे यह नहीं कह सकता कि उसके पास खाने को कुछ नहीं। वह गांव के पहचान वालों के कभी एक घर में कभी दूसरे घर में अपना पेट भर लेता था। वह खाने के समय किसी भी परिचित के घर पहुंच जाता तो खाना खा के ही उठता था। लोग भी उसके बारे में जान गए थे। गांव की बात उसे खिलवा कर भेजते थे। कुछ दिनों से लोगों ने उसे खाना देना बंद कर दिया था। मंडयाली की एक कहावत है, "जहां देखा तवा परात वहीं काटी सारी रात 'वाला उसका काम हो गया था।

सुबह हुई, आम्मा ने रात की सारी कहानी हमें सुनाई। मैंने आम्मा को कहा कि रात को हमें क्यों नहीं बताया हम उसे ठीक करते तो आमा मेरी बहादुरी पर हंसने लगी थी।

सुबह हम सबने देखा तो उसके जूते वहीं नीचे सीढ़ी के पास पड़े थे मालूम हुआ कि सीढ़ी उसने पड़ौस के घर से लाई थी। वह एक दिन पहले भी हमारे घर आया था। उस दिन उसने सारा सर्वे कर लिया होगा। जिस जिस को पता लगा आस पास के लोग इकट्ठा होते गए। कठयाले के बारे में सबको पता चल पड़ा था। एक पड़ौसी ने बोला,

"मैं पुलिस थाने जाकर रिपोर्ट करा आऊं "

"खबर दार जो बात भी बाहर फैलाई वह भूखा था और कुछ नहीं"

बाबा भी दो दिन बाद आ पहुंचे थे। बाबा को जब पूरी बात का पता चला तो बाबा ने कुछ नहीं बोला आमा को कहा,

"तुम एक थैले में राशन डालो उसे छोड़ कर आऊंगा पता नहीं कितने दिनों से भूखा होगा" बाबा जब राशन छोड़ने गए तो वह डर के मारे अपने कमरे में एक कोने में बैठ कर छुप गया। उसे शक हो गया था कि बाहर गांव में उसके चोर होने की खबर सबको पता चल गई होगी वह कोने में अपना मूंह छुपा कर,दुबक गया था। बाबा को अपने सामने देख, पहले डरता रहा फिर वह बाबा के पांव में गिर गया।

"मंहता मुझे माफ कर दे माफ कर दे क्या करूं पेट लगा है मेरे शरीर में जब ऊपर वाला नहीं इंतजाम करता तो स्वयं ही कुछ करना"

"उस पर विश्वास रख यह इंतजाम भी वही कर रहा है विश्वास रख यार" बाबा ने उसे गले लगाया और उसे हर हफ्ते कुछ न कुछ राशन उसके आखिरी दम तक छोड़ते रहे।

6.

बाबा की तबियत उसी तरह से बनी हुई थी। पड़ौसी डाक्टर आया हुआ था। बाबा को देखा बोला,

"मास्टर जी एक बात कहूं "

"जी सर"

"आपने इनका पीना छुड़ाया है जो शायद इनके लिए ठीक नहीं रहा। जो आदमी हमेशा ही पीता रहा हो अंततः वह बॉडी की एक रिक्यारमैंट बन जाती है मैं सोचता हूं कि एक आध पैग इन्हें दे कर तो देखो"

उनकी ओर देख मैं मुस्कराया। डाक्टर चला गया।

कुछ साल पहले उन्होंने इतनी पी हुई थी कि मुझे और भानजे हेम राज के साथ जाकर पीठ पर उठाकर उन्हें घर लाना पड़ा था। दूसरे दिन हमने उनसे शराब न पीने की कसम दिलाई थी। यह भी बोलते हुए उन्हें एक ऑपसन भी दी थी,

"अगर पीना ही हो तो घर में बैठ कर एक दो पैग ले लिया करो।'

परन्तु उस दिन उन्होंने ऐसी कसम खाई और वह दिन और वार आजतक उन्होंने कभी शराब को हाथ नहीं लगाया।जब उनकी तबियत बिगड़ने लगी थी तो डॉक्टर ने तब भी बोला था कि एक आध पैग उन्हें दे दिया करो।

मैंने उन्हें उस दिन फिर से कोशिश की परन्तु बाबा ने शराब की ओर देखा तक नहीं। बोबो ने भी यही सुझाव दिया कि जब इन्होंने एक बार छोड़ दी है तो बाबा कभी भी नहीं पिएंगे। बाबा अपनी जुबान के पक्के थे और हमेशा ही रहे।

मुझे एक किस्सा याद आया है, सुनाता हूं -

कुछ वर्षों के बाद मेरे हम उमर लड़के, हम सब दोस्त, चंद्रमोहन, रामप्रसाद, राजेंद्र आदि की एक मित्र मंडली बन गई थी। यह मित्र मंडली अपनी शरारतों और कामों के कारण सारे इलाके में प्रसिद्ध थी। मुझे याद है कि हमारे पड़ौस में एक गरीब परिवार रहता

था। यह परिवार कहीं बाहर से, कोई कहते कांगड़ा से कोई कहता था बिलासपुर से यहां पर कमाने आया था। हम सब ने उस परिवार के आने जाने के बारे में कभी सोचा तक नहीं कि वह कहां से आया है बस यही देखा कि वह अपने परिवार को पालने के लिए यहां इस गांव में शरण लिए हुए है।

परिवार का मुखिया कभी मजदूरी करता, थोड़ा बहुत पढ़ा लिखा होने के कारण, कभी किसी दुकानदार का हिसाब-किताब देखता, यह कहा जाए कि जो काम उसे मिलता, बोरी ढोने से लेकर रेहड़ी तक का काम अपने परिवार के पेट भरने के लिए करता रहता था। इतनी कड़ी मेहनत से भी वह अपने परिवार का पेट अच्छी तरह से नहीं भर पाता था।

पड़ौस के एक ब्राहमूण परिवार ने दस रूपए पर एक पुराना घर जिसमें केवल एक कमरा और रसोई ही थीउन्हें किराए पर दे रखा था। उसे घर तो नहीं कहा जा सकता केवल सर के ऊपर छत है बस यही समझा जाए, बरसात पड़े तो पानी अंदर, बाहर हवा चले तो सारी आंधी तूफान अंदर, सारे बाजार के चूहे अंदर, चूहे हैं तो बाजार की बिल्लियां घर में हैं, बिल्लियां हैं तो बाजार के कुत्ते वहीं आस पास घात लगाए बैठे रहते और दिन रात भौंकते रहते। मनुष्य समाज की प्रक्रिया भी इसी तरह से है सब यहीं देखने को सामने मिलती एक पर दूसरा घात लगाए बैठा, ताक में रहता कि कब किस का सिक्का चल पड़े। समझ में आ रहा था कि दुनियादारी क्या है।

उसके दो बेटे दो बेटियां थीं सब उसी मकान में एक कमरे में रहते। सबसे बड़ा बेटा जिसे हमसब जग्गू के नाम से पुकारते हमसे दो क्लास पीछे पढ़ता था। जग्गू पढ़ने में निपुण था, हमारे साथ-साथ स्कूल जाता था। सर्दियों के दिनों में सुबह की ओस पर वह नंगे पांव, ठंड से ठिठुरते हुए स्कूल जाता जो हम सब सेदेखा नहीं जाता। हम कभी रास्ते में कांटो के झीट जला कर तपने का काम करते तो वह अपने पैरों को थोड़ी देर तापता रहता। उसके पांव पर जब हमारी नजर जाती तो बड़ी बड़ी बिवाइयां पड़ी दिखती। आम्मा से जब मैंने उसके पांव का जिक्र किया तो आम्मा ने अपनी वी शेप की चप्पल उसे दे दी।

जब गर्मियों का मौसम आता तो तपती धरती पर उसके पांव ताप सहने के आदि हो गए थे। एक दिन स्कूल से घर लौटते हुए एक पेड़ की छाया में हम गरमी से राहत लेने के लिए कुछ पल बैठे थे तो नंगे पांव से धरती की तपस को जब देखा तो पास बैठे जग्गू की ओर ध्यान गया तो मैं सहम सा गया था। यह प्रकृति भी गरीबों पर ही अपना प्रभाव छोड़ती है दूसरे तो किसी न किसी तरह से मुकाबला कर ही लेते हैं। राज्य की मार, प्रकृति की मार, सब का भार उठाने के लिए गरीब ही तो पैदा हुआ है।

लोहड़ी का मौसम आ गया। हम सब ढेरनी बोलने बाजार में जाते और हमारे पास कुछ पैसे इकट्ठे हो जाते तो उसे कुछ न कुछ खा कर खतम कर देते थे। इस बार दोस्तों

ने एक मीटिंग की कि इस बार जो भी कुछ मिलेगा वह जग्गू के नाम पर रहेगा और पैसे न देकर उसे कपड़े,पांव में पहनने के लिए जूते,स्कूल की कापियां पुस्तकें लें कर देने का फैंसला सर्व सम्मति से लिया गया।

छोटी सी जगह तो है हमारा उद्देश्य जग जाहिर हो गया,तो लोगों ने हमें लोहड़ी के पैसे भी खूब दिए। जब हम ढेरनी गाने के लिए कपड़े की दुकान पर जाते तो पैसे के बदले हम दुकानदार से कपड़े मांगते, जूतों वाली दुकान पर जूते मांगते, राशन की दूकान पर राशनही मांग लेते और कहीं कहीं पर तो हमें पैसे भी लेने ही पड़े थे जैसे नाई की दुकान पर, परन्तु एक नाई की दुकान पर तो हमने जग्गू की हजामत भी कराई थी, जिससे नाई भी हंसा था परन्तु उसने पांच रूपए का नोट भी तो दे दिया था और यह भी विश्वास दिया कि जब भी जग्गू बाल कटवाने आएगा वह इससे पैसे नहीं लेगा। हम सबने तालियां बजाई थी, नाई का जिंदावाद का नारा भी लगाया था।

इसअभियान से जग्गू के कपड़े तो बने ही साथ में उसकी किताबें भी खरीदी गईं। इस बात की चर्चा स्कूल व गांव में खूब रही और स्कूल के अध्यापकों ने मॉर्निंग असैंम्बली में,चंद्रमोहन, राम प्रसाद और मुझे सबसे आगे बुलाकर हमारी प्रशंसा के पुल बांधे तो हम फूले नहीं समाए, राम प्रसाद तो लड़कियों की ओर ही देखता रहा।

समय बदलते पता नहीं चलता। कब किस का समय बदल जाए। समय ने पासा पलटा। जग्गू ने मेहनत की,ईमानदारी से परिश्रम करता रहा, आज वह फटे हाल लड़का हमीरपुर की तहसील बड़सर का एक सफल व्यापारी बना है, जिसके पास कारें हैं ट्रक है, पत्नी है, बच्चे हैं, बहुत बड़ा मकान है, जगह है, जमीन है आगे पीछे नौकर हैं परन्तु अब उसके मां बाप समय के चक्र में खो गए हैं, वे इस सुख का भोग नहीं कर पाए।

एक बार चंद्रमोहन मुझे उसके पास ले गया तो उसने हमारा इतना स्वागत किया जैसे कोई बहुत बड़ा मंत्री, राजा आ गया हो, अपने सभी बच्चों से हमारे पांव को हाथ लगवाया, अपनी घर वाली से मिलाया, हमें अपने दिन तो याद आने लगे ही थे।दूकान की सामने वाली दीवार पर उसके माता पिता का फोटो को जब हम देख रहे थे तो जग्गू की आंखें भर आईं थीं।

हमने उसे गले लगाया। और आते समय उसके बच्चों को कुछ पैसे देकर प्रसन्न मुद्रा में घर आ गए थे।

7.

ज़िंदगी के कुछ लम्हे ऐसे होते हैं जो कभी भूलते नहीं। हृदय में बसी एक ऐसी घटना जो कई बार अम्मा की याद दिलाती रहती है,आज भी मेरी आंखों को नम कर जाती है।

मैं छटी कक्षा में पढ़ता था। इस बार मंडी शिवरात्रि के मेले फरवरी में ही आ गए थे। मित्रों में शिवरात्रि मेले की कई बातें बढ़ चढ़ कर होने लगी थीं, "मेले में विभिन्न प्रकार के पकवान,मांस लुची, सैंकड़ों देवताओं का आना, आस पास के लोगों का जमघटा, कई प्रकार की खेलें, जादूगर का आना, सरकस का आना, मौत के कुएं में मोटर साइकल का चलाना आदि आदि बातों पर आपस में चर्चा होने लगी, तो उत्सुकता बढ़ने लगी। मेला देखने के लिए मन में उथल-पुथल मचने लगी।

स्कूल में कुछ मित्रों ने तय किया कि "स्कूल के बदले मण्डी में लगने वाले शिवरात्रि मेले को देखने भाग जाएं, स्कूल क्या जाना है, स्कूल तो रोज ही जाते हैं, एक आध दिन नहीं गए तो क्या हो जाएगा ? मेले तो साल में यही चार पांच दिन ही होते हैं। देवते भी तो आतें हैं, अगर भाग कर मेला देख भी आए तो क्या है देवता को बोलेंगे वह हमें मार से छुड़ा तो देंगे ही, बड़ा कुछ तो देवता से नहीं मांग रहे हैं।'

इस तरह से आपस में सोच विचार कर अगले दिन मैं और मेरा एक दोस्त जिसने मंडी जाने के लिए तैयार किया था ढमेसर दत्त, उसे हम उसकी बिल्ली जैसी आंखों के कारण बिल्ला भी कहते थे क्योंकि मास्टर उसे कक्षा में बिल्ला कह कर ही संबोधित करते आए थे, मेले को देखने के लिए घर में बताए बिना, पैदल ही चले गए।

घर वालों ने सोचा कि हम स्कूल गए हैं और हम मण्डी मेले में पहुंच गए। उसकी जेब में दुअन्नी और मेरी जेब में चवन्नी थी। थोड़ी ही देर में सब पैसे खर्च हो गए। हम घूमते रहे। घर का ख्याल ही नहीं आ रहा था। मेला देखते-देखते रात हो गई, अब भूख भी लगने लगी थी। पैसे तो अब रहे नहीं थे। अब क्या करें। रात में घर भी तो जाया नहीं जा सकता। घूमते रहे अन्त में गांधी चौक के पास एक पीपल का पेड़,जो आज भी

है, के चबूतरे पर एक बाबा धूणी लगाए बैठे थे। हमारी नजर उस धूणी पर पड़ी क्योंकि हल्की-हल्की ठंड भी हो रही थी। हम ने सहमते हुए दोनों हाथ जोड़कर बाबे को "जय शंकर' की और धूणी के पास बैठ गए। बाबे ने हमारा हाल चाल पूछा, सब पर एक नजर डाली। बाबा सब समझ गए कि भटके हुए प्राणी धूणी की शरण आए हैं और साधु ने तुरन्त अनुमान लगा लिया की हम भूखे हैं।

साधु बाबा वहां से यह कहते हुए उठे, "हे शंकर, भोले तेरे ये बच्चे भूखे हैं। अलख निरंजन ' जाते हुए कहते गए कि वे अभी आए। हम साधु बाबा को दोनों हाथ जोड़ कर नमस्कार करते रहे।

धूणी जमीं थी, तीन बड़े बड़े लकड़ी के ढेले से धूणी जगमग कर रही थी। धूणी के इर्द-गिर्द हम बैठे आग सेकने लगे। थोड़ी घबराहट भी होने लगी थी। मुझे आम्मा बहुत याद आने लगी। सोचने लगा कि आम्मा मुझे बहुत याद कर रही होगी। न जाने मेरे बारे में क्या क्या सोच रही होगी। उसे तो नींद ही नहीं आ रही होगी, उसने तो खाना भी नहीं खाया होगा आदि आदि सोचते आम्मा का चेहरा मेरे सामने आने लगा। उस समय भूख का नामोनिशां नहीं रहा, आम्मा ही सामने थी मुझे लगने लगा कि आम्मा रोने लगी होगी अपने क्रिया कलाप पर पश्चाताप होने लगा मेरी आंखे भी भर आईं थीं। सामने धूणी जल रही थी। मैंने आग की ओर सेकने के लिए दोनों हाथ किए हुए थे। इन हाथों से मैं अपनी आखों को छुपाए हुए था कि मित्र मेरी आंखें न देख ले। मैंने बाजू से ही आंखों से निकलने वाली बूंदें साफ की।

तभी बाबा अपने हाथ में कमंडल पकड़े और "जय शंकर' का उच्चारण करते लौट आए। 'जय शंकर' वे इतने ऊंचे-ऊंचे बोल रहे थे कि हमें दूर से ही उनके आने का आभास हो गया और हमारी नजरें उन पर इस तरह से टिकीं रही कि जब तक वे हमारे पास नहीं पहुंचे एक टक हम उन्हें देखते रहे जैसे कोई दौड़ लगाने वाला एथलीट अपने फनिशिंग प्याइंट पर पहुंचने वाला हो।

वे अपने साथ ढेर सारे केले,सेब,कमंडल में साबूदाने की खीर ले आए थे जो हमने पेट भर खाई। हम दोनों खाने की चीजों पर इस तरह से टूट पड़े थे कि साधु बाबा की ओर अब ध्यान ही नहीं जा रहा था। मित्र बिल्ला केले पर इस तरह से झपटा था जैसे राम लीला के सीन में हनुमान अशोक वाटिका में लगे केले पर टूट पड़ता है। मैं भी केला खाने में व्यस्त था तभी मेरा ध्यान साधु बाबा की ओर गया। बाबा हमें देख मुस्कुरा रहा था। मेरे से नजरें मिलते ही बाबा बोला,

"खाओ मेरे बच्चो खाओ मेरे कान्ह खाओ"

बस बाबे का कान्ह बोलना और मेरा ध्यान आम्मा पर एक दम क्या गया कि इस

बार मैं अपनी आखों को रोक ही नहीं पाया। मेरे हाथ में पकड़ा केला वहीं का वहीं रह गया। बाबा ने मेरी पीठ पर हाथ रख कर बोला,

"अम्मा याद आ रही है न"

मैंने आंखें पोंछते हुए सर हिलाते हुए ही हां कहा और अब मेरी आखें पूरी जोर से बरस पड़ीं थीं। साधु बाबा ने मुझे अपने साथ भींच लिया,

"बेटे पहले इसे खा ले तेरी आम्मा भी भूखी ही है खा ले हम कल आम्मा से मिल लेंगे''

बाबा बहुत कुछ बोलते गए मेरा आधा केला हाथ में ही था। साधु बाबा इशारे से हाथ में पकड़े केले को खाने के लिए कह रहे थे, मैंने उसे खा ही लिया फिर खाने की इच्छा नहीं हुई। साधु बाबा ने मेरे को कमडल में से साबूदाने की खीर एक दोने में डाल कर दी। मेरी और साधु बाबा की आंखे फिर चार हुई मुझे वे आंखें आज भी याद हैं बाबा मुस्कुरा रहा था। अपने सर को हिला कर ही खीर खाने का आग्रह करने लगा। मैंने अब शरमाते हुए खीर पकड़ ली और एक ही घूंट में पी भी गया।

उस दिन के बाद जब कभी कोई भी साधु बाबा रास्ते में या कहीं भी मिल जाए नमस्कार के लिए दोनों हाथ जुड़ जाते थे। परन्तु आज के साधु बाबों की तुलना उन से करता हूं तो निराशा ही हाथ लगती है। टी वी साधु बाबे अलख निंरजंन तो करते हैं केवल इस उद्देश्य से कि "राम राम जपना पराया माल अपना'।

खाना खाने के बाद हम वहीं धूने के पास लेट गए। मुझे मां याद आने लगी। मां पहले मुझे खिलाती फिर अपने आप खाती थी। अब मैं क्या करता? पड़ा पड़ा सुबह का इंतजार करने लगा। अभी भोर होने में कुछ समय शेष था मैं अकेला उठा, साधु बाबा सोए थे नमस्कार किया और मित्र को धीरे से कहा कि मैं चला। मैंने मुड़ कर नहीं देखा कि कोई मेरे पीछे आ रहा है कि नहीं, मां का चेहरा आखों के सामने था, पैदल आए थे पैदल ही घर की ओर भागा।

यह प्रसंग वहां बैठे सुनाने लगा था तो आमा सामने सब सुन रही थी। उसकी आंखें भर आईं थीं, बोबो भी पास ही थी दोनों एक दूसरे को देख आंखें पोछने लगीं।

आम्मा से मिलने का वह दृश्य मुझे आज भी भूलता नहीं। आमा ने मुझे बताया था,"आम्मा रात को बिना खाना खाए सारी रात मेरे कदमों की आहट को सुनती रही कि कब मेरा लाडला आएगा,वह कहां गया होगा, उसे कोई तो नहीं ले गया होगा? कितने देवताओं से आम्मा ने मन्नत मांगी।' क्या नहीं किया होगा आम्मा ने? आज याद करता हूं तो आम्मा के उस समय की पीड़ा की कल्पना भी नहीं कर सकता। मां मां होती है, मां तुझे सलाम। यह वर्णन करते हुए मेरा मन भर आया है। कुछ देर रूक लेता हूं, जी भर

कर आम्मा को याद कर लेता हूं और फिर आगे बढ़ता हूं। मैथिलीशरण गुप्त की पंक्ति याद आ रही है - "वेदने, तू भी भली बनी।' उस दिन के बाद मैंने कसम खा ली कि आगे ऐसा कभी नहीं करूंगा जिससे आम्मा को कभी कोई ठेस पहुंचे। इस घटना का चित्रण मैंने अपनी किसी रचना में किया है याद नहीं आ रहा है यह घटना कभी भूलती ही नहीं। आम्मा की याद आती है तो मां के बहुत से संस्मरणों में से इसे भी याद करता हूं। " जब वो याद आए तो बहुत याद आए' जब मां याद आती है तो खूब आती है।

8.

स्कूल में जब दो महीने की छुट्टियां होती थी तो हमारे लिए यह छुट्टियां बद्रीनाथ के कपाट खुलने जैसी होती थी। साल में एक बार ही तो सब दोस्तों से मिलने का मौका मिलता था। छुट्टी के दूसरे दिन ही सब इकट्ठे हो जाते थे। फिर सुबह ही एक टाइम टेबल बन जाता था कि आज क्या करना है। घर वाले पढ़ने के लिए बोलते परन्तु हमारे आगे उनकी एक भी नहीं चलती। सुबह से ही खाना खाने के बाद चल पड़ते थे अपने मिशन पर।

बरसात का मौसम था लेकिन आज का दिन आसमान में बादलों का नामोंनिशान नहीं था। एक मित्र ने जामुनों की याद कराई फिर क्या था चल पड़े जामुन के पेड़ पर चढ़ाई करने। पास ही के गांव में एक जामुन का बहुत बड़ा पेड़ था। हम हर छुटियों में वहां जाते रहते थे। वैसे तो वह जामुन के पेड़ का मालिक अपने आप जामुन दे देता था परन्तु अपने आप हम पेड़ पर चढ़ें तो वह नाराज होता था और कभी कभी तो मारने भी लग जाता था। हमें पता नहीं क्या होता था अगर वह अपने आप ही हमें जामुन दे तो स्वाद ही नहीं लगता था, अगर चोरी छिपे खांए तो उन जामुनों का स्वाद ही गुलाव जामुन जैसा लगता। उस पेड़ के मालिक का रंग भी जामुन से मिलता जुलता था इसलिए हमने उसका नाम भी जामुन लाल ही रख रखा था।

आज हमने यह तय किया था कि जामुन सारे दिन पेड़ पर चढ़ कर चुपके से बैठ कर खाते रहेंगे। जामुन के पेड़ मालिक को भी पता नहीं चलेगा और हम मस्ती भी करते रहेंगे। कई प्रकार की स्कीमें बनाते हम पेड़ के पास पहुंच गए। वहां पता चला कि पेड़ का मालिक जामुन लाल जी वहां पर नहीं था। हमारी तो लाटरी ही निकल गई। आमा को भी जामुन अच्छे लगते थे सोचा आमा को भी जामुन ले आऊंगा ही। इसलिए दोनों साइड की जेबों वाला कुर्ता पहन डाला था।

जामुन का विशालकाय पेड़, बहुत बड़ा उसका तना था। हम से किसी से भी उस पर आसानी से चढ़ा नहीं जाता था। जैसे हम करते आए थे, पहले छोटे लड़के मेरे कंधे पर या दूसरे दोस्त के कंधे पर चढ़ कर बारी बारी चढ़ने लगे तो पीछे रह गए हम दो। अब कैसे चढ़ा जाए। दूसरा चंद्रमोहन मैंने उसे भी कंधा दिया और वह भी चढ़ गया। अब मैं ऊपर चढ़ने की योजना बनाने लगा। ऊपर चढ़े मित्र मेरे को चढ़ाने लगे थे। वे बड़े आराम से जामुन खाने में मस्त थे। एक दो तो मुझे दिखा कर खाने लगे थे। एक तो ऊपर से मुझे नीचे भी फैंकने लगे थे। चंद्र मोहन ने मुझे बहुत से जामुन फैंके परन्तु ऊपर चढ़ने की इच्छा तो मेरी हो ही रही थी न।

तभी राम प्रसाद को न जाने क्या सूझी वह नीचे जैसे उतरा और बोला,

"देख मैं अपनी टांग नीचे जैसे करता हूं, तूं मेरी टांग को जोर से पकड़ लेना कुछ मैं खिंचूंगा कुछ तू जोर लगाइयो"

"ठीक है"

बोल कर उसने अपने दोनों हाथों से पेड़ की एक टहनी पकड़ी और अपनी एक टांग नीचे की ओर लटका दी। मैं एक बात पहले यह बता दूं कि उसने जो पाजामा पहना था उसमें लास्टिक का नाड़ा डाला हुआ था। लास्टिक उन दिनों नया नया आया था। अपनी आदत के अनुसार उसने अपना यह लास्टिक का नाड़ा सब दोस्तों को बताया था और हम भी मौका मिलने पर उसका नाड़ा खिंचते रहते थे। आज उसने वही नाड़ा वाला पाजामा डाला था,ज्योंही मैंने उसकी टांग पकड़ी और ऊपर चढ़ने की कोशिश करने लगा तो जरा सा मेरा पांव फिसला और मैं नीचे। उसकी टांग के बदले उसका पाजामा मेरे हाथ ऐसे लगा कि उसके पाजामें की एक टांग मेरे हाथ में। वह पूरा नंगे होने से बाल बाल बचा। वह तुरन्त ऊपर ही चढ़ गया। मैं एक बार फिर से कोशिश करने के लिए बोलता भी रहा परन्तु वह नीचे नहीं उतरा ऊपर से ही मुझे जामुन भी फैंकता रहा।

पेड़ पर चढ़े दूसरे मित्र पहले तो चुपके चुपके खाते रहे। जब पेट भरने लगा तो उनसे चुप रहा ही नहीं जाए। बातें ऊंची ऊंची करने लगे। जामुन लाल को पेड़ पर चढ़े लड़कों की भनक लग गई। और गालियां देता हुआ आ पहुंचा। मैं तो नीचे ही था। सबसे पहले एक डंडा लेकर वह मेरे ओर हुआ। कुछ गालियां भी देता रहा। मैं पेड़ की परिक्रमा कारने लगा। वह मेरे पीछे पीछे होने लगा। मैं उसके हाथ नहीं आ रहा था। वह ऊपर पेड़ पर चढ़े लड़कों को गालियां भी दे रहा था और मेरे पीछे भी भागता जा रहा था।

अब मैं वहां से भाग निकला था। उसी के मकान की ओट में हो लिया था। उसका गूस्सा बढ़ता जा रहा था क्योंकि सबसे ऊपर चढ़ा राम प्रसाद उसे अभद्र शब्दों का इस्तेमाल करने लगा था। उसे मालूम था कि जामुन लाल से भी ऊपर तो चढ़ा ही नहीं जाएगा, हर

कुछ बोलता गया। उसका गूस्सा बढ़ता गया और अंत में उसने अपने घर से एक सीढ़ी लाया शायद इसी से वह रोज जामुन निकालने के लिए पेड़ पर चढ़ता होगा। सीढी से वह पेड़ पर चढ़ गया। पेड़ की शाखाएं खूब फैली हुई थी। लड़के बड़े सतरक थे। वह सबसे पहले राम प्रसाद की ओर लपका जो उसे गालियां दे रहा था। इतने में दूसरे टहनियों पर के लड़के नीचे उतरने लगे। वे आसानी से नीचे सीढ़ी के सहारे उतरने लगे थे। एक दो दोस्तों ने मुझे जामुन भी दिए। अब ऊपर पेड़ पर केवल राम प्रसाद ही रह गया था और पेड़ का मालिक जामुन लाल। जब वह राम प्रसाद की ओर जाने लगा, राम प्रसाद पेड़ की टहनी को हिलाने लगा था। परन्तु उसका कोई भी फरक उस आदमी पर नहीं पड़ रहा था। हम नीचे राम प्रसाद के बचाव के लिए कुछ चिंतित हो गए थे। हम सब नीचे खड़े यह देख रहे थे। एक मित्र राम प्रसाद को बोलने लगा,"पैशाब कर इस पर पैशाब कर "

जब पैशाब का नाम उस आदमी के कानों में पड़ा तो वह रूक गया। राम प्रसाद की समझ में आ गया कि पैशाब ही अब उसके पास बहुत बड़ा हथियार है। पेड़ का मालिक कुछ शांत हो गया था। हम उससे प्रार्थना करने लगे,"हम अब कभी भी पेड़ पर जामुन खाने नहीं आऐंगे अब राम प्रसाद को छोड़ दे।' उधर राम प्रसाद भी पाजामें को ऊपर नीचे करने का नाटक करने लगा था।

वह कहां मानने वाला था। तभी न जाने उसे क्या हुआ वह अब अपने लिए भी जामुन तोड़ने लगा और तोड़ते तोड़ते दूसरी टहनी की ओर हो लिया। राम प्रसाद हमारे इशारे से अब नीचे की ओर धीर धीरे उतरने लगा और उतर ही गया। शायद जामुन लाल उसे अब पकड़ना नहीं चाहता था या उसके पैशाब से डर गया था क्योंकि वह देखा अनदेखा किए जा रहा था।

जब रामप्रसाद सीढी से नीचे उतरा तो बहुत खुश था.। हम सब खुश हुए। अब हम घर की ओर जाने लगे तो पेड़ वाले का शुक्रिया करने लगे। राम प्रसाद तो अपने ही शब्दों में कई कुछ बोल गया था क्योंकि अब उसने जल्दी से पेड़ के साथ की सीढ़ी उठा कर एक ओर वहीं पर रख दी थी। पेड़ का मालिक भी तो उस सीढ़ी पर से ही ऊपर चढ़ा था। हम सब घर की ओर चल पड़े जामुन लाल हमें आवाजे लगाता रहा कि सीढ़ी रख दो अब गेंद हमारे कोर्ट में थी हम हंसते हुए घर की ओर भागते जा रहे थे, वह हमें आवाजें लगा रहा था हम कहां उसकी बात मानने वाले थे।

मैंने जो जामुन इकट्ठे किए थे वे सब कुर्त्ते की दोनों जेबों में आमा के लिए डाले थे। सोच रहा था आमा खुश होगी। घर पहुंच कर सबसे पहले एक कटोरी में चुपके से जामुन लिकालने लगा तो देखा मेरी दोनों जेबें जामुन के रंग में रंग गई थी। अब मुझे डर भी लगने लगा कहां पहले में सोच रहा था कि आमा जामुन देख खुश होगी और अब आमा

कमीज का रंग देख नाराज होगी मैं चुप-चाप अच्छे अच्छे जामुन निकाल कर एक कटोरी में आमा के लिए रख दिए और कमीज बदलने के बहाने नहाने चला गया था। जामुन का मैंने कोई भी जिक्र किसी से भी नहीं किया। और चुपके चुपके मैं उन में से खराब जामुनों को खाता रहा, अच्छे अच्छे जामुन आमा के लिए छोड़ दिए थे।

9.

भंगरोटु स्कूल हमारे गांव से नौ किलोमीटर की दूरी पर है, हम सब सात आठ लड़कों का काफिला साइकल पर स्कूल जाता था। वह जमाना गरीबी का था, संपन्नता का नहीं। साइकल रखना उन दिनों बड़ी बात मानी जाती थी। दो एक परिवार थे जिन्होंने अपने बच्चों के लिए नई साइकल खरीदी। मेरे पास अभी साइकल नहीं थी। मैं कोई अच्छी सी पुरानी साइकल की तलास में था। बाबा को जब पता चला कि सामने वाले पड़ौसी ने अपने लड़के के लिए नई साइकल ली है तो उन्होंने कसम खाई कि मैं भूखा रह सकता हूं परन्तु बेटे के लिए नई साइकल ही लूंगा। कहते,

"मेरे बेटे को यह महसूस नहीं हो कि वह किसी लखपति के बच्चे से कम है।'

उनका दोस्त दिल्ली जा रहा था। उसी से उन्होंने मेरे लिए साइकल दिल्ली से मंगवा दी जो एक हफ्ते में ही गांव पहुंच गई। साइकल ईस्टर्न स्टार। मेरे तो मजे आ गए। साइकल पा कर मैं अपने को राजकुमार समझने लगा था। बहुत खुश। सबको अपनी साइकल दिखाता। मेरी दो बहनों की शादियां हो चुकी थी। बोबो प्रेमी का घर पास ही था। पहाड़ी थी। पगडंडियों से मिंढे को पार कर मैं बोबो प्रेमी को साइकल दिखाने पहुंच गया। सब खुश हुए परन्तु मुझे सबसे अधिक खुशी बोबो को दिखाने में हो रही थी।

हमारे अधिकांश दोस्तों के पास पुरानी साइकलें थीं। मेरे दोस्त वीरेंद्र के पास भी पुरानी साइकल थी। उसकी मुरम्मत हम आए दिन करते रहते थे। मुझे साइकल को ठीक करना, उसकी छोटी मोटी रिपेयर करने का शौक था। वीरेंद्र की साइकल को मुरम्मत की जरूरत पड़ती रहती थी और मैं उसका स्थाई मिस्त्री था।

एक इतवार को उसकी साइकल को ठीक कर रहे थे। तेल, साफ सफाई दोनों मिलकर करते रहे। अंत में टैस्ट ड्राइव पर दोनों निकले। मैं चला रहा था वह पीछे बैठा था। मैं साइकल की तारीफ कर रहा था। आगे घंटी बजा रहा था ताकि लोग हमें देखते रहें। वह भी पीछे बैठा मेरी हां में हां मिलाता रहा और खुश होता रहा।

आगे कुछ ही फासले पर एक उतराई आती है बड़ी सटीप उतराई है, हमारी साइकल जब उस उतराई पर उतरने लगी तो वीरेंद्र कहने लगा,"यार थोड़ा धीमें चल रे बहुत तेज हो रही है साइकल बहुत तेज हो रही है ब्रेक लगा ब्रेक लगा"

वह चिल्लाने लगा। मैं ब्रेक लगाता जाता ब्रेक लग नहीं रही थी। मुझे भी लग रहा था कि अब साइकल मेरा कंट्रोल से बाहर है तभी ख्याल आया कि मैंने जो इसकी ब्रेकें खोलीं थी वह तो जोड़ी ही नहीं थीं परन्तु उसे नहीं बताया कि ब्रेक-ब्रूक कुछ भी नहीं है

अपने को संभालो कुछ नहीं बोल रहा था सोचने लगा कि अब तो गए और साइकल मैंने सामने खाली पड़ी लालों की पेटियां थी उस ओर कर दी एक ही क्षण में धड़ाम दोनों बुरी तरह से गिरे। वीरेंद्र को अधिक लगी वह बहुत ही घबरा गया था। लोग आस पास के दौड़ कर आए हमें उठाया "क्या हुआ क्या हुआ"

हमें जोर से लगी थी फिर भी हंसते रहे। वीरेंद्र को साइकल वाले के पास साइकल ले जानी पड़ी, अपने चुतड़ पर पड़े घावों में मरहम पट्टी करानी पड़ी और घर में मार और खानी पड़ी। इसका परिणाम बहुत बुरा रहा। आगे से उसने मेरे से कभी भी साइकल रिपेयर नहीं कराई।

ऐसा ही नहीं था कि साइकल बग्गी वालों के पास ही थी। और जगह से भी लड़के दूर दूर से साइकल पर आते थे। एक मात्र हाई स्कूल होने के कारण बच्चे, घट्टा, सकरोहा, राजगढ़, रत्ती, नागचला, चक्कर,गहरा, रिवालसर आदि दूर दूर जगह से आते थे। सबके पास साइकल नहीं होती थी, कुछ पैदल भी आते थे। गूजरों का एक लड़का कन्हैया जो हमेशा अपने से पिछली क्लास का क्लासफैलो बनता रहता था, स्कूल साइकल पर आता था। तीक्ष्ण बुद्धि वाला लड़का परन्तु घर का काम इतना होता था कि उसे पढ़ने का समय ही नहीं मिलता होगा। इसलिए भी वह पढ़ाई में पीछे रहता था।

स्कूल के पास ही एक हलवाई की दुकान में दूध की धयानगी भी देता था। साइकल चलाने का वह मास्टर था। इसलिए वह साइकल पर बहुत सी कलाबाजियां करता, दोनों हाथ छोड़ कर साइकल चलाना, तेज चलाते हुए एक दम से ब्रेक लगाना और पिछले टायर को खड़ा करना, तेज रेस लगाना, स्लो साइकल चलाना आदि। स्कूल के लड़कियों को अपनी कलाबाजी दिखाना वह अपनी बहादुरी समझता था। स्कूल की जब भी गेमज़ होती तो वह अपनी साइकल की अठखेलियां जरूर दिखाता। हम सब उसकी कलाबाजियों के बहुत फैन तो थे ही हमारे कहने पर वह यह सब करता भी रहता था और इठलाता रहता था।

एक बार हम सब साइकल पर पंदरह बीस के आस पास लड़के छींज देखने जा रहे थे। वह सड़क में अठखेलियां करते सबसे आगे जा रहा था हम सब उसके पीछे चल रहे थे। चलते हुए उसने एक नया ही खेल किया। साइकल का हैंडल छोड़े, गर्दन के पीछे डंडा पकड़े, डंडे के दोनों छोरों से दोनों हाथों से पकड़ कर साइकल तेज गति से दौड़ा रहा था। तभी अचानक मोड़ के पार भैंसों का बहुत बड़ा काफिला सड़क को घेरे हुए था। हम सबने साइकल को ब्रेक लगा दी एक ओर होकर चलाने लगे थे। तभी हमारी नजर कन्हैया पर पड़ी। उससे एक दम से डंडा छोड़ा नहीं गया, साइकल तेज थी और उसकी साइकल आगे भैंस के पीछे दोनों टांगों के बीच घुस गई और वह जोर से भैंस से टकराया और भैंस

के ऊपर जा चढ़ा।

यह दृश्य इतनी जल्दी घट गया कि कोई कोई लड़का ही इस को देख सका जिन्होंने इस दृश्य को देखा उनकी हंसी रूक नहीं रही थी। हम सब उसका मजाक बनाने लगे। उसके घर वाले भैंसे पालते थे हम उसे कहने लगे,

"तूं भैंस को नई दूध से करने लगा था"

वह भी मुस्काता रहा। यही तो उसकी खासियत थी।

कन्हैया अठकेलियां जताने से यहीं नहीं रूका उसके साथ बहुत बार कुछ न कुछ होता रहता था परन्तु न वह मानता था न करतबों को उसने कभी बंद किया।

एक बार हम मंडी फिल्म देखने चले गए। फिल्म लगी थी "धूल का फूल'। स्कूल से ही सब साइकल पर भाग जाते थे। हमारे एक सांइस मास्टर थे। नौजवान हम उम्र जैसे ही लगते थे। उनकी नौकरी ही भंगरोटु स्कूल से शुरू हुई थी। वे भी फिल्म देखने का शौक रखते थे। उन्हीं के मुंह से फिल्म की तारीफ सुनी। राजेंद्र कुमार, माला सिंन्ह उस समय के प्रसिद्ध हीरो हीरोइन उनकी फिल्म और स्कूल के पढ़ाने वाले मास्टर की शह फिर फिल्म देखने क्यों नहीं जाए। कन्हैया उन्हें रोज दूध भी देता था। इसलिए भी उनके साथ कन्हैया का लगाव तो था ही। मास्टर सब लड़कों के चहेते इसलिए भी थे, उनका बालों का स्टाइल देवानंद जैसा, रोज नई पैंट कपड़े, घड़ी जूते,डाल कर आना, स्कूल की मस्टरनियां उन्हीं पर फिदा तो थीं ही लड़कों के लिए भी वे आधुनिकता की पहचान थे।

अक्सर मास्टर जी के साथ हम कई बार फिल्म देखने जाते रहे थे। मास्टर जी किसी की भी साइकल पर बैठते थे। उन्हें एक साइकल दे देते थे और जिसकी साइकल उनके पास होती थी वह लड़का दूसरे की साइकल के आगे वाले डंडे पर बैठ कर जाता था।

कन्हैया, मास्टर के सामने साइकल की कुछ ज्यादा ही अठखेलियां करता था। हम फिल्म देख कर आ रहे थे। नागचले की उतराई पर वह साइकल सबसे आगे दौड़ा रहा था। वह अपने से आगे किसी को नहीं निकलने दे रहा था। इस बार मास्टर जी कन्हैया की साइकल के डंडे पर बैठे थे। साइकल बड़ी रफतार से उतराई में भाग रही थी। हम से आगे एक बस चल रही थी। वह बस से आगे निकलना चाहता था। उतराई पर बस रूकी। वह अपनी साइकल को रौंग साइड से निकालने लगा ही था कि बस का पिछला दरवाजा सवारी उतारने के लिए खुला ही और कन्हैया की साइकल जोर से दरवाजे के साथ टकराई। दरवाजे का तो कुछ नहीं बिगड़ा परन्तु उसकी साइकल का अगला टायर अर्ध चांद बन गया और वे दोनों बुरी तरह से जख्मी भी हो गए। नीचे धूल में बुरी तरह से गिरे, फिल्म धूल का फूल देखने गए थे उस फिल्म के हीरो बन गए।

हमने सबने उन्हें उठाया। हंसी आ रही थी परन्तु मास्टर जी को बुरी तरह से लगी थी इसलिए भी दबी हंसी हंस रहे थे। उस दिन के बाद मास्टर जी हमारे बार बार कहने पर भी कभी हमारे साथ फिल्म देखने नहीं गए।

साइकल की बात चल ही रही है तो साइकल से संबंधित एक बात याद हो आई। मैंने साइकल चलाना कैसे सीखी। बात 1956-57 की है। मैं उस समय आठवीं में हटगढ़ स्कूल में पढ़ रहा था। उन दिनों साइकल ऐसी समझी जाती थी जैसे आज कार रखने का स्टेटस होता है। आज तो कार हर घर में है उन दिनों साइकल ही गिने-चुने घरों में होती थी। साइकल तो होती ही पैसे वाले के पास और उसे चलाने वाले को बहुत बहादुर माना जाता था।

बाबा के एक मित्र थे भगवान दास, वह सरकारी ठेके लेते थे। बाबा से उनकी दोस्ती पीने के कारण हुई थी। कभी कभी बाबा के साथ पीने बैठ जाते। इस हिसाब से उनके साथ बाबा की अच्छी जमती थी। बग्गी-गोहर की सड़क के पैरापट लगाने के काम का ठेका उन्होंने ले रखा था। वे अपने गांव चुनाहन से साइकल पर आते और साइकल को हमारे घर बग्गी में रख देते थे। वह कभी भी साइकल को ताला लगाना नहीं भूलते थे। मैं स्कूल से आता और साइकल को बड़े ध्यान से देखता रहता। उसकी निगरानी करता। पैडल को पीछे की ओर घुमाता अर्थात् बड़ी देर साइकल से खेलता रहता था। साइकल को आगे पीछे भी करता परन्तु साइकल को ताला लगने पर वह इधर-उधर नहीं हो पा रही थी। सोचता की दो पहियों पर आदमी कैसे अपने को संभाल कर साइकल चलाता है। मैं भी क्या चला पाऊंगा साइकल ?

आम्मा मुझे नाराज भी होती थी कि हमेशा ही साइकल के पास खड़ा रहता है। दूसरों की साइकल है खराब न हो जाए आदि आदि आम्मा बोलती रहती। एक दिन भगवान दास जी काम पर से ही पी कर जब हमारे घर पहुंचे, साइकल का ताला खोला मैं यह सब देख रहा था। साइकल पर जब बैठने लगे तो उनसे ठीक से बैठा नहीं गया और गिरते गिरते बचे। बाबा ने उन्हें कहा कि आप आज साइकल पर नहीं जा सकते साइकल रहने दो और पैदल ही घर जाओ।

उन्होंने बाबा की बात मान ली और पैदल ही घर चले गए। परन्तु वे ताला लगाना भूल गए। मैं यह सब देख रहा था। मैं चुप रहा। सोचने लगा था कि कल छुट्टी है साइकल का कुछ करते हैं। अम्मा को मैंने बता दिया कि ठेकेदार चाचा साइकल को ताला लगाना भूल गए हैं। अम्मा ने बोला,

““खबरदार अगर साइकल के साथ छेड़ा तो।”

मैं फिर चुप रहा। कल का इंतजार करने लगा। सोचने लगा कि कल चाचा न आए

तो अपना काम हो जाएगा। उनके बारे में यह कहा जाता था कि अगर वह अपने पीने की मात्रा से थोड़ा सा भी ज्यादा पी जाएं तो फिर वह एक दो महीने पीने से हटते ही नहीं बिस्तर पर ही सारे दिन पड़े रहते हैं। ऐसा मैंने सुना था। मैं यही सोचता रहा, "हे भगवान चाचा इस बार इतने पीएं कि वह दो चार दिन आएं ही नहीं"

और हुआ भी यही कि वह पीने बैठ गए फिर वे आने का नाम ही नहीं ले रहा थे। उनके काम पर का मुन्शी रोज घर आता, उनका पता करता और खाली लौट जाता।

मेरा काम सीधा हो गया, दिन में बाबा अम्मा खाना खाने के बाद थोड़ी देर के लिए सो जाते थे। मैं उनके सोने का इंतजार करने लगा, ज्यों ही वे सोने चले गए मैंने साइकल चुपके चुपके बाहर बिना आवाज के निकाली और स्कूल का ग्राउंड पास ही था वहां ले गया। वहां कुछ दोस्त खेल रहे थे। मेरी ओर बड़ी हैरानी से देखने लगे। मैंने एक दोस्त को बोला मुझे पकड़ कर रखना। दोस्त को काम मिल गया मुझे साथी मिल गया। और साइकल का श्री गणेश कर डाला। कई बार गिरता रहा, उठता रहा। फिर भी डंडे के नीचे से दूसरी ओर एक टांग डाल कर साइकल का बैलेस क्या बना मुझे तो हौंसला हो गया, विश्वास हो गया। साइकल सीख ली गई। सारे गांव के लोग मुझे साइकल चलाता देख खुश तो हुए ही, जब बाबा की नजर मेरे पर साइकल चलाते हुए पड़ी तो वे भी मन ही मन खुश हो गए। मैं सोचता था वे नाराज होंगे परन्त उनके चेहरे पर खुशी देख मैं भी खुश हुआ और जब तक ठेकेदार चाचा एक सप्ताह बाद आए तब तक मैं साइकल सीट पर बैठ कर चलाने लग गया था, माहिर हो गया था।

साइकल की बात चल रही है तो साइकल की ही बात कर ली जाए। मेरा दोस्त राम प्रसाद उसकी छोटी बहनों में से एक जाजो बहुत ही चुलबुली थी। बहुत ही चुस्त और हर काम में सबसे आगे रहती थी। रामप्रसाद से वह लगभग तीन चार साल छोटी होगी, तीसरे नंबर पर थी। हम नौवीं कक्षा में पहुंचे तो वह छटी कक्षा में थी। रामप्रसाद को उसके पिता जी ने साइकल खरीदी। रामप्रसाद के पिता जी पैसे वाले थे रामप्रसाद को नईं साइकल ली थी।

रामप्रसाद की वह चुलबुली बहन चुलबुली तो थी ही, इसलिए घर बाहर उसे जाजो के नाम से पुकारते थे। उसका यही नाम सारे गांव में प्रसिद्ध हो गया था असली नाम का स्कूल में पता होगा वह भी मास्टरों तक,वहां भी सब लड़के लड़कियां उसे जाजो कह कर ही पुकारते थे।

वह चुपके से रामप्रसाद की साइकल निकालती और चलाने लगती। रामप्रसाद को जब पता लगता तो वह दौड़ कर जाता और अपनी साइकल उससे छीन कर ले आता था। उसके पिता जी को बीच-बचाव में आना पड़ता था। उसे साइकल चलाने की इतनी पक्की

धुन थी कि वह भाई की परवाह न मारते हुए साइकल उठाती और चलाने ले जाती थी। इसी इरादे से उसने साइकल चलाना सीख ही ली थी। जब वह साइकल चलाना सीख गई तो उसके घर वालों को बहुत ही अच्छा लगा। अब उसके पिता जी को उसके साइकल चलाने का समय निश्चित करना पड़ा था। स्कूल से ज्यों ही रामप्रसाद घर पहुंचता वह साइकल चलाने के इंतजार में रहती। वह पास के स्कूल में पढ़ती थी, इसलिए घर रामप्रसाद से पहले पहुंच जाती थी।

गांव में लड़की द्वारा साइकल चलाना एक नई बात तो थी ही सातवें अजुबे जैसा भी था। उसे भी मालूम था कि जब वह साइकल चलाती तो लोग दोनों ओर थम जाते थे। थम इसलिए भी जाते थे कि कहीं लड़की लोगों के ऊपर ही साइकल न चढ़ा दे। हम सब भी उसकी साइकल चलाना देखने जाते। गांव की लड़कियां लगभग सब औरतें जब भी उनको समय लगे सब उसकी साइकल चलाने को देखते और मन ही मन लड़की द्वारा साइकल चलाने की उसकी तारीफ भी करते थे। उसके देखा देखी में गांव के एक दो घरों में साइकल लड़कियों के लिए आ गई थी। गांव की लड़कियों के लिए वह मौडल बन गई थी। जिन लड़कियों की इच्छा साइकल चलाने की होती वे जाजो के आगे पीछे रहतीं। सभी लड़कियों के लिए जाजो एक आदर्श बनी हुई थी।

10.

राजकीय हाई स्कूल भंगरोटू में जब मैं नौवीं में पढ़ता था स्कूल के नाटक क्लब में अक्सर भाग लेता था। हर वर्ष की भांति इस बार भी नाटक प्रतियोगिता आई। नाटक को हमेशा की तरह मास्टर धन्नजय जी ने तैयार करवाया। नाटक व स्कूल की सारी सांस्कृतिक गतिविधियां हमेशा वे ही देखते व तैयार करवाते थे। वे स्वयं भी बहुत मेहनत करते और बच्चों से भी करवाते थे। नाटक की तैयारी चलने लगी। नाटक का नाम था "भूख' आज भी याद है। नाटक की कहानी और अपना अभिनय पूरी तरह से आज साठ साल बाद भी याद है। मेरा अभिनय जेल से भागे हुए एक कैदी का था जो भाग कर एक बिशप के घर पंहुच जाता है। चोरी की आदत तो उसकी थी ही। घर पहुंच कर वहां पर रखे बहुमूल्य उपहारों को देख, न चाहते हुए भी उसका मन फिर से चोरी के लिए जागृत हो जाता है क्योंकि कई दिनों से वह भूखा जो था। वहां फिर से चोरी करने लगता है और पकड़ा जाता है।

इस नाटक में एक संवाद था जो आज भी मुझे याद है। "मैं खूंखार दरिंदा नहीं हूं। जेल से भागा हुआ एक कैदी हूं। मुझे भूख लगी है, इसलिए मैं यहां आया हूं।' यह संवाद सारे स्कूल में प्रसिद्ध तो हुआ ही इसके साथ ही इस संवाद से मैं भी अध्यापकों और लड़कों में प्रसिद्ध हो गया था और मुझे एक नया नाम स्कूल में मिल गया, यहां तक की अध्यापक भी मुझे "खूंखार दरिंदा' कह के पुकारने लगे थे। इस नाम से पुकारे जाने से मुझे बुरा नहीं लगता था। मैं जानता था कि इस संवाद ने मुझे अपने सहपाठियों, अध्यापकों में इस स्कूल नुमा संसार में मुझे प्रिय बना दिया था, मुझे एक पहचान दिलाई थी। जब मुझे इस नाम से पुकारते तो मैं मन ही मन खुश होता था। इससे मुझे एक लाभ यह हुआ कि जब भी स्कूल में नाटक खेला जाता अध्यापक यही कहते 'खूंखार दरिंदे' को लाओ।

इसी सिलसिले में एक याद हो आई। हमारी इस नाटक मंडली में घट्टे स्थान का एक प्यारा सा लड़का नानक हमसे एक क्लास पीछे पढ़ता था। पढ़ने में वह बहुत ही

होशियार था। सबको अपनी मधुर जुबान के द्वारा आकर्षित करता था। हम सब नाटक मंडली वाले उसे बहुत प्यार करते और प्यार प्यार में उसके गालों पर चुंटी तो काटते ही रहते थे उसके प्यारे प्यारे गालों से पारी भी लेते ही रहते थे। वह बुरा नहीं मानता था। नाटक की रिहसल के लिए जब सारे इकट्ठे होते तो जब तक मास्टर धन्नजय जी नहीं पहुंचते तब तक उसके गालों पर सब चुटियां काटते रहते।

एक दिन मास्टर जी कुछ अधिक देर से आए थे, तब तक उसके गालों पर चुटियों काटने का सिलसिला जारी हो गया और उसके गाल लाल हो गए। बचने के लिए वह कमरे के चारों ओर भागता भी रहा फिर भी पकड़ा तो जाता रहा और अपने गालों को लाल भी कराता रहा।

मास्टर जी जब कमरे में पहुंचे एक दम से शांति हो गई। मास्टर धनजय जी ने आते ही सबसे पहले उसे ही बुलाया।

"नानकें''

नानक आगे आ गया। आज उसका मूड कुछ खराब ही हो गया था। वह मास्टर जी के पास खड़ा हो गया।

मास्टर जी ने भी उसके गालों पर चूटी काटते हुए पूछा,

"नानक तुझे क्या हो गया?"

बस फिर क्या था सारे बच्चे जोर से हंसे। नानक हमें देखता रहा फीकी हंसी हंसता रहा। सोचने लगा होगा कि मेरे गालों में क्या है अपना एक हाथ अपने गालों पर फेरता रहा और मास्टर जी की ओर देखता रहा।

"अरे क्या हुआ है सब क्यों हंस रहे हो?"

"सर सर नानक के गाल"मैं बोलने लगा था परन्तु बात ही पूरी नहीं हो रही थी सबकी हंसी रूक नहीं पा रही थी। मास्टर जी की समझ कुछ नहीं आ रहा था। देर पहले ही हो गई थी रिहसल आरम्भ हो गई।

नानक एक गरीब ब्राहमूण परिवार से था। इसका जिक्र यहां पर इसलिए आ रहा है कि वह बड़े होने पर एक कुशल डॉक्टर बना। प्रमोशन मिलती गई और हिमाचल के किन्नौर जिले का जिला स्वस्थय अधिकारी बना। इस दुर्गम इलाके में वह अपनी सरकारी जीप में इन्सपैक्शन पर जा रहा था, जीप गिर गई, पहाड़ी से उसकी जीप कहते हैं तीन चार सौ फीट नीचे सतलुज नदी के तट तक पहुंच गई जहां से उसके शरीर को निकालने में भी पूरा दिन लग गया था वह मेहनत से इस मुकाम तक पहुंचा था नाटक में भी उसके इसी तरह के रोल मिलते थे बस उसी तरह से वह अपना रोल अदा करके इस दुनियां के इस मंच से चला गया। जब हमें पता चला बड़ा दुख हुआ उस दिन सब उसके रोल

को याद करते रहे, उसके लाल लाल गाल मेरी आंखों के सामने आने लगे थे, बड़ी देर एक ही जगह पर बैठा रहा, उसे याद करता रहा, उसके सारे रोल का दृश्य मेरी आंखों के सामने आता रहा।

हमारी इस नाट्य टोली में एक और गरीब ब्राहमूण परिवार से चमन लाल के नाम का एक लड़का था। पढ़ने में बहुत होशियार सारे हिमाचल में मैट्रिक में वह तीसरे स्थान पर रहा था। वह हमारी नाटक मंडली का बैक डोर सिंगर था। मास्टर धन्नजय जी उससे कहीं कहीं नेपथ्य में गाना गंवाते थे। बहुत सुन्दर गाना गाता था। उसका प्रसिद्ध गाना था " चल उड़ जा रे पंछी ' भाभी फिल्म का गाना था। यह गाना उन दिनों बहुत ही प्रसिद्ध था, यह फिल्म ही उन दिनों रिलीज़ हुई थी। चल उड़ जा रे पंछी गान को उसने कई बार स्कूल में गाया था,मौरनिगं असैंबली में, क्लास में, बाल सभा में जहां भी गाने की आवश्कता पड़ती तो चमन से "चल उड़ जा रे पंछी' गवाया जाता। वह इसी गाने से सबके दिलो में बस गया था। हमारे नाटक में तो उससे कहीं न कहीं मास्टर धन्नजय इस गाने को फिट कर देते थे। हम उसको "चल उड़ जा रे पंछी' के नाम से भी पुकारने लगे थे।

अब वह इस दुनियां में नहीं है, वह चीफ इन्जींनियर विद्युत परिशद्‌ हिमाचल प्रदेश की जॉब से सेवानिवृत हुआ। चारधाम की यात्रा में पुष्कर में स्वर्ग सिधार गया। जब उसके घर मैं बैठने गया तो उसके बेटे ने कहा कि मरने से पहले वे "चल उड़ जा रे पंछी' बाहर बैठ कर गा रहे थे। उनकी आंखें भर आईं थी।

"हमें पता ही नहीं चला कि यह गाना वे क्यों गा रहे हैं अंकल उन्हें अपने जाने का पता चल पड़ा था।' उनके लड़के ने कहा।

हमारा इस नाट्य मंडली का एक और सदस्य चला गया, मैं उसके इस गाने को याद करता रहता हूं। अब तो मास्टर धन्नजय भी इस संसार से विदा ले चुके हैं। उनका लड़का कान्ह सिंह हमारे साथ पढ़ता था वह भी चला गया, दूध वाला कन्हैया भी चला गया और भी मित्र सहपाठी बिछड़ने आरम्भ हो गए हैं, बिछड़े सब बारी बारी, देखी दुनियां की यारी'। परन्तु लगता है हमारा यह नाट्य मंच कभी खाली नहीं होगा, एक सदस्य मंच छोड़ता है तो दूसरे की ऐंट्री हो जाती है। ऐ मंच तूं जिंदावाद।

11.

गांव के स्कूल के हैडमास्टर बनने से पहले मैं हटगढ़ जिस स्कूल में पढ़ता था उस स्कूल में अध्यापक रह चुका था। उसी स्कूल में मैं एन.सी.सी. ऑफिसर रहा था। मेरे पास एन.सी.सी की वर्दियां, जर्सी, बूट, जुराबें सब थीं। बचपन के दिनों की याद आती तो जग्गू का ख्याल आ जाता। जो लड़के नंगे पांव आते, उन्हें मैं एन. सी. सी के बूट देता, जुराबें देता, ऊपर पहनने के लिए गर्म जर्सी देता, चाहे भले ही वे एन.सी.सी के कैडट न हों। इतना जरूर बोलता कि बाद में यह सब लौटा दें चाहे फट ही जाएं। बच्चे नंगे पांव या सर्दी से ठिठुरते हुए मेरे से देखे नहीं जाते थे।

कुछ दिनों के बाद जब मेरी इस स्कूल से बदली हुई तो बच्चों ने न बूट वापिस किए, न जर्सी लौटाई और मुझे सात सौ रूपए स्टाक कम होने के कारण भरने पड़े थे।सात सौ रूपए उन दिनों बहुत बड़ी रकम होती थी। उस समय मुझे मासिक दो सौ रूपए के आस पास वेतन मिलता था।

आज मुझे इस बात का कोई अफसोस नहीं रहा क्योंकि वे बच्चे बहुत अच्छी जगह पर पहुंच कर समाज सेवा कर रहें हैं कुछ तो उसमें से सेवानिवृत भी हो गए हैं, भले ही उन्हें याद रहा है या नहीं, कोई उनमें थानेदार बना है, कोई उनमें न्यायधीश हाई कोर्ट, कोई ईनजीनियर तो कोई अध्यापक। हां एक ताराचंद नाम का लड़का जोबी.एस.एन.एल में एस डी. ओ. बना था उसने जाते हुए बूट और जर्सीधन्यवाद सहित लौटा दिए थे।वह लड़का अंत तक मेरे संपर्क में रहा, मेरा हर काम करता रहा था। एक समय जब मैं बहुत कष्ट में था तो वही मेरे काम आता था। छोटी ही उम्र में वह इस दुनियां को छोड़ कर चला गया था। उसकी याद आती है तो मन बड़ा ही दुखी हो जाता है।

बाबा शराब ही नहीं पीते थे बल्कि उन्हें जुआ खेलने का भी चस्का था। जब मैं छोटा था तो बाबा जुए से जब पैसे जीत कर आते थे और घर पहुंच कर हम सबको पैसे देते थे बहनों को मेरे से कुछ ज्यादा देते तो मैं नाराज होता था। फिर लगा रहता कि अब बाबा

कब जुआ खेलने जाएंगे। आमा को पूछता रहता तो आमा मुझे नाराज होती और बताती कि यह बहुत बुरा काम है।जब बाबा हमें जुए के जीते हुए पैसों में से पैसे देते थे तो आमा बहुत नाराज होती थी। हमें उन पैसों को लेने से इनकार करतीं थी परन्तु हम अब चुपके-चुपके लेने लग गए थे। आमा बताती की जुआ घर का सत्यानाश कर देता है। बातों ही बातों में पांडवों की कथा को भी सुना देती थी।

जब बड़ा हुआ नौकरी लगा जुए की समझ आई तब हम बाबा को इस काम के लिए जाने नहीं देते थे, उनका रास्ता रोक लेते थे फिर भी बाबा समय लगते ही भाग कर चले जाते थे। यह बीमारी सुकेत बग्गी में ब्यास लिंक परियोजना में काम करने वालों में एक माफिया ऐसा था जो जुए को हर महीने की आठ तारीख को खेलने के लिए प्रोत्साहित करता था। हर आठ तारीख को तनख्वाह मिलती थी और माफिया मजदूरों के वेतन के पैसों को जुए के माध्यम से उड़ा लेता था। पुलिस को भी पता था हो सकता था उन्हें भी इसका हिस्सा मिल जाता होगा।

हमें अब यह मालूम हो गया था कि हर महीने की आठ तारीख को जुआ होगा, हर बार स्थान बदल लिया जाता था। पहले तो बाबा साल में दो दिन सायर और दीवाली को ही खेलते थे। अब तो हर महीने की आठ तारीख को उनका पहरा रखना पड़ता था।

सर्दियों के दिन थे। हमारे साथ मेरा भानजा हेम राज रहता था। यहीं पढ़ता था। एक दिन हेम राज ने मुझे बाबा के जुए में जाने की सूचना दी। मैंने अंदाजा लगा लिया कि अगर वे अभी गए हैं तो जुआ बग्गी में ही होगा। यहां के स्थानों का हमें पता था। मैंने भानजे हेम राज को कहा कि तुम एन.सी.सी. की वर्दी डालो, मैंने भी एन.सी.सी की जर्सी डाली और हाथ में स्टिक पकड़ कर हम दोनों बड़े मिशन पर चल दिए। आमा को चिंता होने लगी। आमा को मालूम था कि यह जुआ बड़े पैमाने पर होता है और बाहर से बड़े लोग आते हैं। उसे डर लगने लगा था परन्तु हमने तो आज एक मिशन को अंजाम देना था आमा के न कहने पर भी घर से एक टार्च लेकर चल पड़े।

हमारा अंदाज सही निकला हम ठीक जगह पर पहुंच गए। जहां जुआ जोरों पर चल रहा था उस कमरे का दरवाजा बंद था। अंदर से पैट्रोमैक्स की रोशनी बाहर आ रही थी और बाहर जुआरियों का शोर हमें सुनाई दे रहा था। हम दरवाजे के पास पहुंचे। मैंने हेम राज की ओर देखा, उसने मेरी ओर। मैंने तुरन्त ही दरवाजे को एक लात मारी और दरवाजा बड़ी आवाज के साथ खुला,

"खबरदार कोई अपनी जगह से हिला तो"

मैंने हूंकार भरी, इधर उधर मैंने देखा। अंदर एक दम से सन्नाटा छा गया। हमारी ओर सबकी नजरें थीं। सबने यही सोचा कि पुलिस का छापा पड़ गया है। सब घबराए

थे। सामने बाबा बैठे थे। मेरी नजर बाबा से चार हुई। बाबा के आगे नोटों का ढेर लगा था। साफ जाहिर हो गया था कि बाबा का ही पासा पड़ा हुआ था।

मैंने भानजे को हुक्म दिया,

"हेम राज उधर खड़े जवानों को कहो किवे वहीं पर खड़े हमारे हुक्म का इंतजार करे हले यह सब पैसे उठाओ"

और बाबा को मैंने एक हाथ से पकड़ कर उठाया। बाबा ने कोई न नुकर नहीं की और तुरन्त उठकर चल पड़े। हेम राज ने सब पैसे बटोर लिए थे। बाबा के पास ही एक थैला पड़ा था सब पैसे उसमें डाले और बाबा भी किसी न नुकर के हमारे पीछे पीछे चल पड़े। किसी कीभी जुबान नहीं निकली सबकी हवा लीक हो गई थी। जब हम काफी नीचे उतर आए थे तो पीछे से दरवाजा बंद होते मैंने देख लिया था।

बाबा कुछ नहीं बोल रहे थे। बहुत दिनों बाद वे जुआ खेलने निकले थे। अब खेलते नहीं थे परन्तु उनके दोस्त उन्हें छोड़ते नहीं थे। साथ चलने को कह ही देते थे। जब हम शिव मंदिर से गुजर रहे थे तो बाबा बोले,

"सामने शिवमंदिर में पैसे चढ़ा आओ"

पैसे कितने चढ़ाने हैं। यह उन्होंने नहीं बोला था हो सकता है जब वे मंदिर के सामने से गुजरे होंगे तो उन्होंने शिव से मांग की होगी कि जीतने पर पैसे चढ़ाऊगां, बाबा वैसे भी तो शिव भक्त थे। मैंने हेम राज को पैसे चढ़ाने के लिए बोला तो वह भी दस रूपए का नोट चढ़ा आया था। मंदिर के पास ही एक बुढ़िया होती थी उसकी नजर इन दस रूपए के नोट पर पड़ी तो उसने तुरन्त ही दस का नोट उठा लिया। यह सब बाबा ने देखा तो वे मेरी ओर देख खड़े हो गए। मैं उनकी बात को समझ गया और स्वयं दस का एक और नोट उस बुढ़िया को दे आया था। बाबा मुझे खुश लगे।

वैसे मैंने बाबा को कभी भी किसी मंदिर में जाते हुए नहीं देखा था और आमा को कभी कोई मंदिर छोड़ते नहीं देखा था जहां वह नहीं गई हो।

इस घटना का परिणाम यह हुआ कि इसके बाद बाबा कभी भी जुआ खेलने नहीं गए। जब मैंने यह कहा तो बोबो बोलीं,

""बाबा जो एक बार ठान लेते थे वह बात हो कर ही रहती थी।"

हम वहीं बड़ी देर रात तक बाबा के पास बैठे रहते उनके कई किस्से याद करते करते बोबो की आंखे भर आतीं थीं, आंमा भी घर का काम निपटा कर पहुंच जाती थी, चुप चाप उदास सी सुनती भी रहती थी। बीच बीच में कुछ यादें हमारे साथ बांट भी लेतीं थीं।

12.

बाबा की तबियत अभी उसी तरह से चल रही थी। आशा की किरण कोई नजर नहीं आ रही थी। हम सब मिलकरउस ऊपर वाले से उनके स्वस्थ होने के लिए प्रार्थना करते थे। आमा सुबह शाम भगवान की आरती करतीं और रोज पूजा में अधिक समय लेने लगीं थीं, बड़ी देर तकवह घर के ठाकुरों के आगे रोती रहतीं। कभी कभी बोबो भी आमा का साथ देती। बोबो आमा को ठाठंस देती रहती कि सब ठीक हो जाएगा।

सबसे बड़ी बात बाबा की बीमारी की यह थी कि उन्हें किसी भी किसम का शारीरिक कष्ट नहीं था। वे कभी कभी तो बिस्तर पर बैठ भी जाते थे। उनकी पीठ के पीछे रजाई का ढासना बनाया जाता था और वे आराम से बैठ कर वहीं आंखें बंद करके सो भी जाते थे। हम सब वहीं नीचे बैठ कर बात चीत भी करते रहते। बाबा हमारी बातों पर कोई प्रतिक्रिया नहीं देते, कुछ बोलते नहीं थे। जब उन्हें कोई बात समझ आती तो मुस्कराते जरूर थे।

बोबो ने आज उनकी एक बात और बताई थी।

आज जब भी कभी एकांत में होता हूं और इस घटना की याद हो जाए तो रौंगटे खड़े हो जाते हैं। आए दिन कभी कुछ कहीं इस तरह से घटित हो जाए तो यह बात याद हो ही जाती है। मैं बाबा को मनही मन सलाम करता हूं।

बाबा का रहन सहन किसी रईसजादे से कम नहीं था। भले ही उनके पास पैसे हों चाहे न हों लेकिन रहन सहन की व्यवस्था में तो गांव के बड़े बड़े रइसपीछे छूट जाते थे।

उन्होंने अपनी सवारी के लिए एक घोड़ा रखा हुआ था, जो उस जमाने में साधारण बात नहीं थी। घुड़ सवारी का उनको बहुत शौक था। बात उस समय की है जब मैं अभी पैदा ही नहीं हुआ था। बोबो ने बताया कि बाबा एक दिन घोड़े को तैयार कर रहे थे। घोड़ा थोड़ा शरारती था। केवल बाबा से ही संभलता था। घोड़े की लगाम उन्होंने अपने पांव के नीचे दबाई हुई थी, वे उसकी पीठ पर काठी को कसने लगे थे। तभी कहीं से एक जोर

की आवाज हुई और घोड़ा बिदक गया। घोड़े ने डर के मारे छलांग मारी, उसकी छलांग मारते ही बाबा ने जो लगाम पांव से दबा कर रखी थी घोड़े के खींचनेसे उनके पांव में उलझ कर गांठ पड़ गई। फिर क्या था घोड़ा भागा और बाबा की टांग तो घोड़े की लगांम के साथ बंधी थी, घोड़ा डर के आभास से दौड़ता रहा और बाबा घोड़े के साथ एक मील भर रगड़ते रहे। कोशिश करते रहे। लगाम को उन्होंने हाथ से पकड़ने की कई बार कोशिश की परन्तु सफल नहीं हुए।

भला हो नौजवान चुड़ा का। सामने के खेत में वह काम कर रहा था उसकी नजर जब घोड़े पर पड़ी तो वह भाग कर आया, चुड़ा तो चुड़ा था जब उसे मालूम हुआ कि उसके मालिक को घोड़ा खींच रहा है तो घोड़ा कहां जा सकता था और पल में ही घोड़ा को पकड़ लिया और बाबा बाल बाल बच गए परन्तु कई दिनों तक घर में ही बिस्तर पर रहना पड़ा। उस जमाने में उपचार की व्यवस्था भी इतनी नहीं थी। मेरे ताया जी वैद हकीम का काम करते थे उनके उपचार, आम्माऔर बोबो की सेवा ने बाबा को दो महीनों में स्वस्थ कर दिया। यह चुड़ा तब से ही बाबा के अंग संग रहने लगा था। बाबा ने अपने ऊपर भले ही आंच आने दी हो परन्तु अपने बच्चों अपने परिवार पर उन्होंने कभी आंच नहीं आने दी।बाबा हम सबको मुसीबत आने की आशंका से इस प्रकार से संभाल कर रखते थे जैसे मुर्गी सामने बिल्ली को आते देख अपने चूज़ों को अपने पंखों के नीचे छुपा कर रख देती है।

बाबा की मुझे भी एक बात और याद हो आई।सबको सुनाने लगा,

बाबा ने सामान बेचने गांव-गांव में बोझ उठाकर जाना बंद कर दिया था। अब वे मेले आदि में अपनी दुकान लगा लेते थे। मैं भी तो कभी उनके साथ हो लेता था। अब मैं काम करने के इरादे से नहीं जाता था बाबा मुझ से अब काम ही नहीं कराते थे। फिर भी जितना मेरे से हो जाता था मैं कर ही लेता था, बाबा का हाथ बांट लेता था। बाहर जब बाबा इस तरह से काम पर जाते तो तीन चार आदमी अपनी मदद के लिए अपने पास रख लेते थे। चुड़ा तो हमेशा ही साथ रहता था। उनके साथ जब जाऊं तो मौका मिलने पर मैं इधर-उधर तफरी भी तो कर लेता ही था।

एक बार बाजी मुझे सरोआ देवी के मेले में ले गए। यह जगह चैल चौकसे आगे ऊंची पहाड़ी के शिखर पर स्थित है। चारों ओर जंगल ही जंगल,घर के नाम पर माता का ही मंदिर था शेष वहां कुछ नहीं था। माता के प्रति वहां के लोगों में बहुत आस्था है और यहां हिमाचल में सब लोग अपने अपने देवी देवताओं को मान सम्मान देने के लिए हर वर्ष अपने अपने स्थान पर मेला मनाते आए हैं। यहां भी तो सरोया गांव में माता के सम्मान में हर वर्ष मेला लगता आया है। यह मेला आज भी लगता है, लोग आज भी दूर दूर से वहां

मेला देखने आते हैं। लेकिन अब पहले जैसा एकांत नहीं रहा है आस-पास बगीचे घर आदि बन गए हैं। अब तो वहां सड़क पहुंच गई है। उस समय तो चैल चौक से या दूसरे रास्ते से दस पंदरह किलोमीटर पैदल चलना पड़ता था।कहीं मैं थक न जाऊं मुझे तो बीच बीच में घोड़े पर बैठा ही लेते थे या चुड़ा मुझे अपने कंधे पर उठा लेता था। परन्तु अब मैं कुछ बड़ा भी हो गया था उसके कंधे पर बैठने से टलता रहता था क्योंकि अब मुझे अच्छा नहीं लगता था।

जब हम वहां पहुंचे तो सुनसान, न कोई आदमी न आदमी की जात। केवल जो हमारे साथ गए थे चार आदमी और दो घोड़े जिसपर वहां सामान ले गए थे। हमारे बाद कुछ और दुकानदार आने लगे। उनसे पहले ही हमारे आदमी जल्दी से टैंट लगाकर अपनी दुकान की तैयारी युद्ध स्तर पर करने लगे थे।

जगह इतनी सुन्दर, मैं पहले प्राकृतिक नजारे ही देखता रहा। पूर्व की ओर सूर्य काफी ऊंचा निकल चुका था। गर्मियों के दिन थे परन्तु यहां गर्मी का कोई नामो निशान नहीं था। हल्की हल्की हवा चल रही थी। उत्तर की ओर धौलाधार अपने को बर्फ से अलंकृत किए हुए सौंदर्य को बढ़ा रही थी। यह जो ठंडी ठंडी हवा चल रही थी यह वहीं से तो आ रही थी। सोचता हूं कि निराला ने "जूही की कली' में मलयानिल का जो वर्णन किया है इसी हवा को देखते हुए ही तो नहीं किया है क्या ?

बाबा ने आते ही मुझे यहां का भौगोलिक ज्ञान दिया, सब बताया। यह भी बताया कि दक्षिण की ओर शिमला है। मैं शिमला को देखने की कोशिश करने लगा था, अभी तक तो मैंने शिमला के बारे सुना ही था, देखा नहीं था। उत्सुकता होने लगी, और उचक उचक कर देखने लगा था। तभी बाबा ने बताया कि दिन में हमारी आंखे यहां से शिमला को नहीं देख सकती हैं रात को यहां से केवल रोशनी दिखाई देती है। मैं निराश सा, रात का इंतजार करने लगा।

तभी लोगों का आना जना शुरू हुआ। इतने लोग ना जाने कहां से आए। छोटा सा मैदान था देखते ही देखते सारा खचाखच भर गया। वहां के लोग बनठन कर आए थे। अधिकांश युवतियां अपनी परपंरागत वेश-भूषा में आईं थीं। मुझे उनका पहनावा अच्छा लग रहा था। युवतियां गोरी चिट्टी सुंदर, उनका चेहरा मक्खन जैसा मुलायम सा लगने लगा। युवक अधिकतर पैंट शर्ट में ही थे। पुरूष-महिलाओं की जोड़ियां इधर-उधर बातों में मस्त थीं। दूसरी ओर लोग माता के मंदिर जाकर माथा टेकते कुछ माता को भेंट करते और फिर मेले में मस्त हो जाते। हमारी दुकान पर मिठाइयों की बिक्री होने लगी थी बहुत भीड़ हो गई थी। मैं बाबा की मदद करने लगा था। बहुत से पैसे बाबा के पास इकट्ठे हो रहे थे। मैं खुश था अब मैं केवल पैसों को ही देख रहा था और उन्हें संभालता भी जा रहा

था। शाम होने लगी थी भीड़ छंटने लगी थीं। थोड़ी ही देर में गिने चुने लोग ही दिखाई दे रहे थे। अब तोऔर रात पड़ने तक चार दुकानों के अतिरिक्त वहां कोई भी नहीं रहा। दिन में मेले में इतनी चहल पहल और अब सुनसान, मुझे डर लगने लगा परन्तु मैंने अपने डर का खुलासा किसी से भी नहीं किया। यदि मैं अपने डर का आभास बाबा को होने देता तो मैं समझ रहा था कि बाबा बाद के मेलों में मुझे अपने साथ कभी नहीं ले जाते इसलिए मैं चुप रहा। मुझे तरह तरह के लोग देखना और उनसे मिलना अच्छा लगता था आज भी अच्छा लगता है। घर वाले मेरे इस व्यवहार को मेरा पागल पन कहते हैं। आमा एक कहावत मेरे लिए भी बोलती थी,“ मुआ चमार वह मेरे बेटे दा यार' ऐसी ही कहावत पंजाबी में भी जो पत्नी से जान पाया था, जो वह भी अक्सर मुझे कहती रहती है, “भैड़े-भैड़े यार मेरी फत्तो दे'। अब समझता हूं कि मानव स्वभाव भी सब स्थानों में एक सा ही होता है। इसलिए तभी तो लोकभाषा में कहावतें भी एक जैसी ही मिलेंगी।

आज रात हमने यहीं तो गुजारनी थी। रात आई, खाना बनाया,खाया और बाबा ने मुझे जंगली जानवरों के डर से तम्बू में अपने साथ बीच में सुला दिया। बाबा ने मुझे दिन में बताया था कि यहां से शिमला की रोशनी रात को दिखाई देती है। मुझे याद था और मैं उस रोशनी को देखना चाहता था कि लट्टूंओं की रोशनी दूर से कैसे दिखाई देती है। अभी हमारे गांव में बिजली नहीं आई थी। इसलिए भी उत्सुकता हो ही रही थी।

मैं शिमला के इस दृश्य को देखने के लिए एक किनारे पर गया परन्तु बाबाने मुझे जंगली जानवरों के डर से इधर उधर जाने से रोक दिया। हमारे साथ चार आदमी और थे। इतने आदमी बाबा अपने साथ हमेशा ही रखते। उन्होंनेचुड़ा मेरी देखभाल के लिए लगा रखा था। चुड़े ने मुझे अपने कंधे पर ऊंचा उठा कर शिमला की रोशनी दिखाई। मेरे मुंह से एक दम निकल पड़ा,

“उई बाबा अरे शिमला तारे जमीं पर” मन में उसी क्षण ख्याल आया कि मेरी बहने, आम्मा भी साथ होतीं तो वे भी शिमला देख ही लेंती। 'अरे उई बाबा'

रात को ठंड हो गई मैं बिस्तर में घुस गया। मैं सबके बीच में था। मुझे लग रहा था कि बाबा को नींद नहीं आ रही थी क्योंकि जब वे सोते तो खर्राटे मारते थे। खर्राटे नहीं चल रहे थे। कई कुछ मेरी कल्पना में आ रहा था। मैं भी जाग ही रहा था तभी मैंने देखा कि दो चमकती हुई रोशनी हमारे तम्बु के पास चक्कर काट रही है। मुझे आभास हो गया कि यह चीता है क्योंकि बाबा ने मुझे अपनी बाहों में कस लिया था। शायद वे इसीलिए ही नहीं सो रहे थे। मुझे आज भी उन बाजुओं का कसाव महसूस होता है। बच्चे अपने मां बाप की बाहों में कितने सुरक्षित होते हैं। यह आज मैं महसूस करता हूं, जब मैं अपने बच्चों के सिर पर हाथ रखता हूं, उन्हें अपनी भुजाओं में कसता हूं। मां-बाप परिवार को

हर सुविधा पहुंचाने के लिए कितनी मेहनत करते हैं मुझे आज महसूस होता है जब हम भी अपने बच्चों के लिए दिन-रात लगे रहतें हैं। यह मानव की प्रगति की एक स्वभाविक प्रक्रिया है, जो पीढ़ी दर पीढ़ी चली आ रही है और अपनी अपनी सुविधा में सुधार के साथ आगे बढ़ती चली आई है।

जैसे जैस चीता हमारे तम्बू का चक्कर लगा रहा था बाबा के बाजुओं का कसाब बढ़ता जा रहा था। वे चुप चाप उसी तरह से पड़े रहे। उस चीते ने वहां पर एक दो चक्कर लगाए और चला गया। सभी सोने का बहाना किए हुए थे क्योंकि चीते के जाने के बाद सब उठ गए और सब अपनी अपनी शेखियां झाड़ने लगे थे। मेरे साथ वाला चुप था सहमा हुआ। तभी उस के साथ वाले ने कहा कि इसने सारा बिस्तर गीला कर दिया है और सब हंसने लगे। इस समय डर का नामों निशान या उसकी झलक किसी के चेहरे पर दिखाई न दे रही थी। चुड़ा तो बुरी तरह से खराटें मार रहा था उसे कोई भी पता नहीं चल रहा था न हमारे उठने का न ही चीते के चक्कर काटने का।

सब चीते के जाने की खुशी मना रहे थे। तभी बाबा ने कहा कि आग जला के रखो, आग के डर से जंगली जानवर नहीं आते हैं। साथ आए दो लडकों ने आग जलाई और हम सब इत्मीनान से सो गए। बाबा ने मेरे पर अपना हाथ रखे रखा, मुझे आज भी लगता है कि उनका हाथ मेरे पर आज भी विद्यमान है। जब भी मैं कभी टैन्स होता हूं तो उनके इस हाथ को याद कर लेता हूं।

13.

आज बाबा कुछ ठीक से लगने लगे थे। रजाई का ढासना बनाकर उन्हें बैठा दिया था और लगा किवे आज मेरी बातों में रस लेने लगे थे इसलिए मैंने ही अपनी बात को जारी रखा।

हमारे गांव के पास थोड़ी ही दूर, एक किलोमीटर पर एक गांव नलसर है। इस गांव का नाम सर के साथ पड़ा है सर का अर्थ तालाब। इस गांव के आस पास सात तालाब थे, एक बड़े तालाब को छोड़ कर बाकी सबको अब मिट्टी से भर कर बंद कर दिया गया है। इन्हीं तालाबों के कारण इस गांव का नाम नलसर पड़ा होगा।

इस गांव का बड़ा तालाब जो प्राकृतिक लगता है वर्षा का पानी इसमें इकट्ठा होता है और किसान जरूरत पड़ने पर इस तालाब के पानी से सिंचाई करते आए हैं। कुछ लोग इसे पांडवों के अज्ञात समय के काम के साथ जोड़ कर भी देखते हैं।

हम सब मित्र इस तालाब में कभी कभी छुट्टी वाले दिन सारस पक्षियों को देखने जाते थे। कुछ तो इसमें नहाते भी थे। इस तालाब का पानी साफ सुथरा नहीं है। बरसात के पानी के इकट्ठे होने के कारण इसके पानी का रंग मटियाला सा बना रहता है। इस तालाब में कमल के फूल बहुत लगते हैं। जब वे फूल खिलते हैं तो यह फूल अपने सौंदर्य से तालाब को और भी खूबसूरत बना देते हैं। सारा तालाब सुन्दर लगता है। हमें तो सारसों के जोड़े के कारण भी खूब सूरत लगता था जिन्होंने इस तालाब के बीचों बीच एक टापू को अपना घर बना लिया था। इस टापू में वे अंडे देते और प्रजनन करते, अपनी संख्या बढ़ाते। इस तालाब की खूबसूरती इन सारस पक्षियों के कारण सोने पर सुहागा का काम करती थी। क्या इनकी चाल, ठुमक-ठुमक चलना, उसी अंदाज से गर्दन हिलाना, और फिर हमारी ताल पर ठुमका लगाना गज़ब हो जाता।

यहां के स्थानीय लोगों ने इन पक्षियों को देखते हुए एक कहावत भी बना डाली थी, "जिथि कुरल कूका तेथी पाणी कभी नीं सूका' अर्थात जहां पर कुरल का जोड़ा होता है

वहां का पानी कभी भी सूखता नहीं। यह सारस जब बोलता है तो, कुर र र ' की आवाज निकालता है। शायद इसी कारण यहां पर इसका नाम कुरल पड़ा हो।

वास्तव में सारस रहता ही तालाब, पानी, या दल दल भूमि के आस पास ही।

इस तालाब के बीचों बीच का टापू आकर्षण का केंद्र है। वह बहुत बड़ा तो नहीं है, यही लगभग चार सौ स्क्वयर फीट के आस पास, तालाब के बीचों बीच में है। मेरे लिए सबसे अधिक आकर्षण इसमें अंडे देनेवाले सारस थे। गर्मियां आरम्भ होने के साथ ही वे यहां पर अंडे देने के लिए टापू में प्रवास करते थे। हमारे लिए उस समय उनके अंडे देना ही आकर्षण नहीं रहा है परन्तु जब वह सारस जोड़ा हमें वहां दिखाई देता तो हम सब मिलकर एक गाना गाते, "कुरला मामा ढोल बजा कुरलिए मामी नाटी पा" सब मिलकर तालियां बजाते हुए एक तान सी जब बन जाती तो वह जोड़ा नाचने लग जाता और हम बहुत ही खुश होते। गर्मियों के दिनों में हम उन्हें नचाने के लिए हर रविवार को पहुंच ही जाते, क्योंकि वे गर्मियों के दिनों में टापू से बाहर खेतों में बिखरे हुए कुछ अन्न के दाने चूगने निकल आते थे।

मैंने बाबा से इन सारसों के बारे बहुत कुछ जान रखा था। बाबा को भी सारस बहुत ही पंसद थे। इनकी खूबसूरती का कारण इनकी आदतें सारस पक्षी हमेशा ही जोड़ों में ही रहना पसंद करता है। अपने जीवन में वे एक से ही प्यार करते हैं और सारे जीवन काल में एक दूसरे के साथ ही रहते हैं। बरसात के मौसम में प्रजनन करते हैं। इसी समय नर सारस अपनी मादा सारस को चुनता है और आसमान की ओर मुंह करके एक मधुर आवाज निकालता है तो मादा सारस दो बार आवाज़ निकालती है। यह शायद उनके मिलन का गीत होता होगा, उसके बाद वे एक दूसरे का वरण कर लेते हैं।

फिर ये उल्लास में नृत्य करते हैं। हमारे लिए यह नृत्य ही आकर्षण रहा है। हम भी तालियां बजाते हुए सब एक साथ गाते," कुरला मामा ढोल बजा कुरलिए मामी नाटी पा ' बार बार यह गाते तालियां बजाते और वे दोनों नृत्य करने लग जाते। हम खुश होते। हम भी उनके साथ नाचने लग जाते, बहुत आनंद आता, बस हम इसी को देखने तो आते थे कहते हैं कि इनमें से एक कोई भी मर जाता है तो दूसरा उदास रहने लगता है और कुछ ही दिनों में वह भी अपने शरीर को छोड़ देता है। इनकी आयु अठारह वर्ष की होती है। बाबा ने यह भी बताया था कि सारस दुनियां में सबसे बड़ा पक्षी होने का मान रखता है। लम्बाई में यह छह फीट लम्बा, पांच सौ से छह सौ किलो मीटर के बीच उड़ कर एक बार में दूरी तय कर सकता है और आसमान में 35 से 40 हजार फीट की ऊंची उड़ान भरता है। अब तो यह सुना जा रहा है कि अब वे नलसर में आते ही नहीं हैं। लोग कहते हैं कि आस पास बिजली टेलिफोन, टावर की तारों के जाल के अधिक होने से इनके उड़ान

में बाधा पड़ने लगी है। अब नलसर इनके लिए एक पराया देश हो गया है। मुझे यह जान कर बड़ा ही दुख हुआ। कुछ दिन पहले मैं तो इन्हें देखने के लिए, अपने बचपन को याद करने गया परन्तु निरास ही लौटा।

एक रविवार को हमने वहां पर गांव के ग्वाले तालाब में नहाते देखे, तैरते देखे हम उस दिन सारस जोड़े को नचाने गए हुए थे, वे तो वहां नहीं मिले परन्तु इन ग्वालों को नहाते देख हम सबका मन भी नहाने को हुआ और फिर क्या देखना, किस को क्या पूछना,कपड़े खोले तो घूस गए पानी में छपाक छपाक नहाने लगे। सब नंगे ही तो नहाते थे। किसी के पास कोई कच्छा होता ही नहीं था। जो लड़के पहले नहा रहे थे उनमें से कुछ ने खेसड़ी मुननी से बांधी हुई थी। शेष तो नंगे ही थे। हमतालाब के किनारे-किनारे पर ही रहे, आगे हमें बहुत गहरा लगता था

तालाब का पानी जहां कम गहरा था वहीं तक ही रहे, तैरना तो हम में से किसी को नहीं आता था। जो ग्वाले नहा रहे थे वे तो तैरते थे उन्हीं ने कहा था कि आगे गहरा है डर के मारे हम आगे गए नहीं। नीचे पानी में किचड़ था। हमारे घूसने से पानी और गंदा होता गया। एक दूसरे पर पानी फैंकते रहे। एक दूसरे को डराते रहे और कुछ देर बाद पानी से बाहर जब नीकले तो हमारा एक दोस्त चमन लाल उसके सारे शरीर पर जोकें ही जोकें लगी हुई थी। ज्यों ही उसकी नजर जोकों पर पड़ी तो वह तो इधर से उधर भागने लगा। उसे डर लगने लगा। हम भी तुरन्त अपने को देखने लगे कि कोई जोक हमें ही तो नहीं चिपक गई है। हम भी इन जोकों से डर के मारे हाथ नहीं लगा पा रहे थे। वह चिला रहा था। कुछ जोकें उसकी चुंई पर लगी थी कुछ चुतड़ पर कुछ टांगो पर   सब जगह वह खींच भी रहा था और चिला भी रहा था और हम हंस भी रहे थे।

गांव का छोटा सा लड़का जो सबके साथ तालाब में नहा रहा था अंदर पानी में छपाक छपाक करते चमन के पास पहुंचा। वह उसकी जोकों को निकालने में मदद करने लगा। वह बिना डर के जोंके फटा-फट खैंचते जा रहा था। जोकें खैंचते हुए उसने चमन की चुंई को भी खैंचने लगा। यह देख हम हंसने लगे थे। चमन पीछे पीछे हटने लगा उस लड़के को इनकार करने लगा था,

"अरे अरे यह जोक नहीं है"

वह कहां माने, "यह बड़ी जोक है यारा जोक है"

चमन आगे भागने लगा लड़का उसके पीछे हम एक ओर हंसते जा रहे थे, मजा भी ले रहे थे, मैं उस लड़के को बोली जा रहा था,

"हां हां यही बड़ी जोक है निकाल इसे"

तभी अंदर नहा रहे लड़कों में से एक बड़ा सा लड़का पानी से बाहर निकल कर वहां आया और बताया कि इस पर थूको तो सब अपने आप ही अलग हो जाऐगी। उसने थूक कर भी बताया और हमारे सामने ही जोक चमन के शरीर से छूट कर नीचे गिर गई। फिर क्या था हमें एक और खेल मिल गया था हम सब एक एक करके उस पर थूकने लगे, मजे लेने लगे और बड़ी देर बाद वे जोकें उसके शरीर से अलग हुई कपड़े पहने और हंसते हुए घर की ओर चल पड़े। चमन सबके थूक से पूरा नहा गया था।

लौटते हुए हमें सारस का जोड़ा खेतों में चुगते हुए दिखाई दिया। मेरी मनों कामना पूरी हो गई। फिर हम उन्हीं के गाने में मस्त हो गए। जोड़े को नचाने में लग गए, "कुरला मामा ढोल बजा कुरलिए मामी नाटी पा " हम सब नाचते भी रहे, तालियां भी बजाते रहे, गाते भी रहे परन्तु चमन एक ओर उदास खड़ा था। हम घर लौट आए थे।

जीवन में कभी कुछ घटनाऐं ऐसी घट जाती हैं,जहां मनुष्य को एक दम से फैसला लेना पड़ता है। ऐसा नहीं था कि गांव में और लड़के थे ही नहीं परन्तु कुछ पीछे पीछे चलने वाले भी होते हैं। नहाने का चस्का लगा हुआ तो था ही। नलसर जोकों के डर से जाना बंद कर दिया था। बी.एस.एल. जिसका वर्तमान नाम बी.बी.एम.बी.है का नहर बनाने का काम बहुत जोरों से चल रहा था, उन्होंने कई जगह पर बड़े बड़े तालाब बनाए थे जिसमें पानी भरा रहता, क्योंकि उन्हें पानी की जरूरत पड़ती रहती। हम इसका फायदा उठाते थे, अक्सर जब भी मौका मिलता इन तालाबों में गर्मियों के दिनों में खूब नहाया करते थे। स्कूल तो गर्मियों में दो महीने के लिए बंद ही रहते थे। बरसात की छुटिटंया जो होती थी। बस जिस दिन बरसात नहीं होती धूप होती तो गर्मी बहुत होती और हम घर से भाग कर चले आते नहाने। बहुत मजा आता था। इतना मजा आता कि हम घर जाना ही भूल जाते और जब घर पहुंचते तो मार पड़ती,झिड़कें पड़ती, गालियां पड़ती और मजाल है कि एक भी शब्द हमारे मुंह से निकले। यह स्थिति एक के साथ ही नहीं होतीं सबके घरों में होती थीं। फिर भी अगले दिन उसी ओर ठीक समय पर चल पड़ते नहाने। नहाने जाने का हमारा फिक्स समय होता था।

एक दिन खूब गर्मी पड़ रही थी,फिर क्या था हम चल पड़े नहाने। राजेद्र गोयल, वह हमेशा हर काम में जल्दबाज़ी करता था। आगे आगे गया। उसको आदत थी कि वह हर काम का पहले होने का श्रेय अपने नाम करना चाहता था। तालाब के पास पहुंचते ही उसने इतनी फुर्ति से कपड़े उतारे कि किसी को भी पता नहीं चला। वास्तव में कपड़े सभी ही फुर्ति से ही उतारते थे क्योंकि सभी पानी में नंगे ही नहाते थे। कच्छा नाम का वस्त्र किसी के पास नहीं होता था। सिक्खों के एक लड़के को छोड़ कच्छे किसी के पास नहीं होते थे इसलिए इधर-उधर से कोई देख न ले जल्दी से पानी में छपाक-छपाक घुस जाते थे। राजेंद्र

ने फुर्ति दिखाई आव देखा न ताव पानी में कूद पड़ा। ज्यों ही पानी में घुसा तो पानी उसके सर से ऊपर हो गया। वह चिल्लाने लगा। हमारा ध्यान तब उसकी ओर गया जब वह डूबने के कगार पर था। ऊपर नीचे होने लगा, हाथ हिलाने लगा हमें तभी पता चला कि आज उस तालाब में और दिनों की अपेक्षा अधिक पानी भरा हुआ था। हम में से तैरना तो किसी को आता नहीं था, तैरना ही तो सीखने वहां जाते थे।

अब क्या किया जाए? राजेद्र पानी से अंदर चिल्ला रहा था, "बचाओ-बचाओ'। उधर एक साथी डूब रहा था और हम सब लाचार, तालाब के किनारे असहाय से उसे डूबता देख रहे थे। मुझे झट से एक युक्ति सूझी। मैंने जल्दी से अपना पायजामा खोला, नंगा हो गया था। कोई परवाह नहीं की अपने मित्रों के सामने तो सभी नंगे होते हैं जैसे हमाम में सभी नंगे होते हैं, एक कहावत भी तो है। पाजामें का एक छोर बाहर खड़े मित्रों के पास पकड़वाया और दूसरा छोर पकड़ के मैं पानी में कूद गया। मेरे कूदते ही उसने मुझे टांग से पकड़ लिया। मैं और वह किनारे की ओर आने लगे। बाहर पाजामें का एक छोर चंद्र मोहन के हाथ में था, हमें जल्दी जल्दी खींचने लगा, तभी वह पायजामा बीच से दो हिस्सों में हो गया भारत-पाकिस्तान अरे अरे क्या कर रहा तूं हम दोनों पानी में हाथ पैर मारने लगे बिलकुल किनारे के पास में यह समझ आने लगा कि जैसे दौड़ में सामने फिनिशिंग पाईंट है और हम पहुंचने को हैं या जैसे कबड़ी के खिलाड़ी को विपरीत टीम के खिलाड़ियों ने पकड़ लिया है और सामने जीवन रेखा को छूना चाह रहा हो कोशिश करने लगा हो वह स्थिति हमारी बन रही थी। रेखा छू ली तो जीवन नहींतो छुट्टी।

तभी महसूस हुआ, शुक्र है भगवान का उस पायजामे के दो हिस्से होने से बच गए अर्थात हिन्दोस्तान पाकिस्तान दो हिस्सों में बंटने से बच गए क्योंकि पायजामें के नाड़ेने पाजामें को दो हिस्से में होने से बचा लिया और हम अपने मित्र को किनारे पर ले आने में सफल भी हो गए, और स्वयं भी बच गए। तभी ख्याल आया कि नाड़े की तरह देश को दो हिस्सों में न बांटने के लिए कोई तो होता। आए दिन यह बंमबारी न होती।

तालाब के किनारे बाहर जब हम आए तो मेरे पर सब हंस रहे थे। पल में मुझे लगा कि ये लोग मेरी बहादुरी पर हंस रहे हैं परन्तु उनका हंसना बंद ही नहीं हो रहा था। तभी मेरा ध्यान अपनी ओर गया और मैं झेंप गया। मुझे तभी पता चला कि मैं तो बिलकुल नंगा हूं क्योंकि पायजामे के नीचे मैंने कुछ पहना ही नहीं था। कोई भी नहीं पहनता था। तभी मुझे भी अपने पर सबके साथ धीरे धीरे हंसी आने लगी ठीक शोले फिल्म की तरह जहां पर गब्बर के बाद सब हंसते हैं। इस घटना के बाद मैंने अंडरवियर डालना आरम्भ किया था।

बात यहीं पर खतम नहीं हुई, घर जाना था कैसे मैं नंगा, पाजामा फट चुका था। घर पहुंचना था अब नंगे घर जाने में शर्म लगे क्या किया जाए ? समस्या! एक समाधान ढूंढा फटा पाजामा पहना गया। आसन से दो हिस्से में फटा था, सब कुछ दिखाई दे रहा था। बीच में हाथ रखा ठीक पंजाबी की उस कहावत की तरह,

"सानु जेहड़े सज्जन मिले साढ़े तों समरथ, साढे तेड़ लंगोंटिया उन्हां दे आगे पिछे हथ।"

मुझे सभी मित्रों ने बीच में किया और घर की ओर चल पड़े जैसे कैसे पहुंच ही गए। फिर जब घर में सब को पता चला तो मार तो पड़नी ही थी अगले दिन से नहाने जाना भी तो बंद हो गया था।

आमां तो रोने ही लग गई थी, "तेरे जो कुछ हुई जांदा ता" इतना बोल कर ही आगे वह कुछ नहीं बोल सकी मैंने आम्मा को भरोसा दिया कि अबमैं इस तरह से नहीं जाऊंगा। आम्मा ने जब यह बात सुनी तो उसने मेरे कंधे पर हाथ रखा। बाबा को देखा तो वे भी लगा कि मुस्करा रहे थे।

इस घटना का एक लाभ जरूर हुआ कि हम बाद में तैरना सीख गए। यह घटना मेरे दिमाग में घर कर गई थी जो हमेशा कभी न कभी देर सवेर प्रकट हो ही जाती है।

14.

बाबा आज लेटे हुए थे, आंखें बंद किए हुए। ऐसा लग रहा था कि वे आज किसी ध्यान में हैं। कभी वे मुस्कुरा रहे थे कभी गुस्से जैसे हाव भाव उनके चेहरे पर देखने को मिल रहे थे। मैं बड़े ध्यान से उन्हें देखने लगा था। मुझे लगा कि वे कुछ कहना चाहते हैं मैं उनके पास जैसे ही बैठा।

तभी उनके मुंह से निकला, "गुलाबु"

मेरी समझ में नहीं आया किवे किस को पुकार रहे हैं गुलाबु वे चुप हो गए थे हालांकि मैंने उनसे पूछा भी,

"कौन गुलाबु"

हम खुश हो गए कि आज उन्होंने बात भी की।

उन्होंने मेरी बात सुनी अनसुनी कर दी मैं भी नीचे ही बैठ गया सोचने लगा किवे किस गुलाबु की बात कर रहें हैं सोचने गा कि आम्मा को पूछता हूं।

और तभी गुलाबु उनकी संभाल के लिए आ पहुंचा।

मैं उसे देख हैरान हो गया। बाबा को कैसे मालूम कि गुलाबु ने आना है मैं गुलाबु को देख अब समझ गया किवे इसी गुलाबु को याद कर रहे थे।

मैंने गुलाबु को बैठने के लिए कहा "आप बैठो"

"गंगे मुझे लगा कि मंहत मुझे बुला रहा है बड़े दिन हुए थे मैं आई भी नहीं सकया न ही मुझे इनकी बीमारी रा पता चलया। आज लगया के मुझे मंहत बुला रहा है ता मैं चला आया"

गुलाबु और मंगती दो भाई बस समझो बाली और सुग्रीव दोनों की आपस में बिलकुल ही नहीं बनती एक दूसरे को हमेशा ही मरने मारने पर उतारू रहते

उनके जीवन के कुछ अंश बाली और सुग्रीव के जीवन से मिलते जुलते हैं, गांव वाले उन्हें बाली सुग्रीव के नाम से भी बुलाते थे। बड़े भाई मंगत राम का पहनावा जैसे किसी

रामलीला का कलाकार मंच पर अपना अभिनय करने जा रहा हो, सर पर पीले रंग का साफा और साफे पर एक मूर्गे की कगली लगी रहती। कोट गर्मी सर्दी में हमेशा ही पहना होता। यह पता नहीं इसे धोता भी है कि नहीं और कोट की ऊपर वाली जेब में एक नहीं तीन तीन पैन सजाए लगे हुए होते। पढ़ने लिखने का अक्षर का ज्ञान नहीं। जब बहुत से अनजान लोग बैठे हों तो अपने आगे अखवार अवश्य लेगा ताकि दूसरा यह समझे कि यह बहुत पढ़ा लिखा इनसान है।

एक बार बहुत से लोगों के बीच अखवार पकड़ी हुई और उसे बड़े ध्यान से देखते हुए बोला, “यह गाड़ी पता नहीं कहां उल्टी हुई गई?”

साथ में बैठे एक आदमी को मंगतु का पता था। उसने अखवार पर नजर डाली। मंगतु ने अखबार उल्टी पकड़ रखी थी। उसके हाथ से अखवार पकड़ कर उसे सीधे करके उसे पकड़ा दी,

“अब देख गाड़ी गिरने के बाद सीधी हो गई कि नहीं”

आस पास बैठे सब हंसने लगे थे।

वह बाजार में कहीं नहीं बैठता अगर बैठेगा तो बाबा के पास ही। सर्दियों में वहीं पर बैठ कर अंगीठी भी सेकेगा और अपनी जेब से सुलफे की गोली भी निकालेगा बाबा के साथ सुलफा-चिलम भी पीएगा। जोर जोर से “जय शंकर’ बोलेगा और चिलम को जोर से खींच भी मारेगा। खींच इतनी मारेगा कि चिलम पर लौ जल जाती।

अपने पास कुछ सामान भी बेचने के लिए कोट की जेब में रखा होता जैसे बगसुआ, कपड़े सीने की सूई, बटन,धागे और बच्चों के लिए फुकनु भी।

धूप हो चाहे सर्दी हो कोई सा मौसम हो एक काला चश्मा आखों पर मिलेगा ही।

दूसरा भाई गुलाबु इस गुलाबु की ठौर भी बाबा तक ही थी। यह भी कहीं नहीं बैठेगा, अगर बैठेगा तो बाबा के पास ही। यह चिलम नहीं पीता था यह हुक्का पीता था। बाबा इसे अपनी नड़ी से हुक्का पीने नहीं देते थे। इसे कहते थे कि अगर मेरे यहां हुक्का पीना है तो अपने घर से नड़ी ले आया कर या बिना नड़ी के पिया करऔर यह भी अपने साथ अपनी नड़ी ही घर से लेकर आता था।

दोनों भाई बैठेंगे भी बाबा के पास ही और किसी भी जगह नहीं बैठते थे। दूसरी जगह इनका मखौल जो उड़ाते थे और पागल कह कर भी संबोधन करते। लेकिन कभी भी एक साथ नहीं बैठते थे। एक बैठा हो तो दूसरा जब दूर से देख लेता तो वह लौट जाता था। उसके उठने के बाद ही दूसरा आता था। और कभी दोनों का आपस में गलती से सामना हो जाए तो समझो युद्ध की नौबत आ जाती। घमासान मल युद्ध छिड़ जाता। इसलिए भी दोनों भाई दूर दूर रहने की कोशिश स्वयं ही करते थे।

दोनों भाईयों का एक बहुत बड़ा खेत था। खेत के पूर्व के छोर पर गुलाबु रहता था और पश्चिम के छोर पर मंगतु रहता था। जब फसल काटने का समय आता था तो जिस भाई ने जितनी जितनी काट ली वह उसकी। इसलिए काटते समय दोनों अपने अपने छोर से लगते जो जितनी काट गया वह अपने घर ले गया। यह अपने आप ही तय हो चुका था। कोई समझौता बैठ कर नहीं हुआ था। बात चीत तो आपस में थी ही नहीं। और खेत जोतते भी उसी तरह से, जो जितना जोत पाया। इसमें जल्दबाजी नहीं करते केवल फसल काटने के समय में ही।

सबसे अनोखी और महत्वपूर्ण बात यह थी कि एक महिला को वे दोनों ही बहुत ज्यादा प्रेम करते थे। महिला श्यामा देवी भी दोनों को बराबर पाटना चाहती थी। वह एक आंख से कानी थी। मंगत राम अपना सूई धागे का सामान बेचते बेचते उसे अपने साथ घर ले आया। और सारे बाजार को बाबा के माध्यम से अपनी शादी के बारे सूचित कर दिया। बाबा ने कहा कि सबको धाम दो तभी ही गांव में शादी मानी जाएगी। और एक इतवार को सारे बाजार को धाम भी मंगत राम की ओर से हो गई थी।

इस धाम में गुलाबु नहीं आया गुलाबु को लगा कि वह तो कुंवारा का कुंवारा ही रह जाएगा। अब बच्चे भी भाई के हो जाएगे और उसका खेत भी उसके मरने के बाद इसके बच्चे ही मार लेंगे। उसे बड़ा धक्का लगा। गुलाबु को अपने भाई की ही पत्नी को पटाने की सूझी। दूसरी जगह तो उसकी दाल कहीं भी नहीं गलेगी। अब वह उसे पटाने की योजना बनाने लगा। गांव के साथ ही बरसाती नाला है। इस नाले में बरसात में ही पानी होता है। सारे नाले में बहुत बड़ी बड़ी चट्टाने हैं। मंगतु आजकल इनमें जो सबसे बड़ी चट्टान होती उस पर बैठ कर एक जोर की सीट्टी मारता, फिर दिन में जिसके साथ झगड़ा होता उसको गाली देता रहता। गाली गलौच करने के बाद फिर शौच जाता। इसी को देखते हुए गुलाबु ने उसको पागल घोषित कर दिया। अब उसने सारे बाजार में खबर फैला दी कि मंगतु पागल है वह कभी भी किसी को मार सकता है। जब यह खबर श्यामा तक पहुंची तो उसे मंगतु से सच में ही डर लगने लगा। क्योंकि वह कभी कभी उस पर गुस्से होने लगा था। और जब वह घर में साफा खोलता तो उसकी शक्ल ही कुछ डरावनी सी लगती।

गुलाबु सुबह खेत के अपने छोर पर खड़ा होकर श्यामा को निहारता रहता। बस वह समय के इंतजार में रहता कि कब वह श्यामा को वहां से उड़ा ले जाए और वह एक दिन इसमें सफल भी हो गया। श्यामा अब गुलाबु के साथ रहने लगी।

तब से दोनों भाई जब भी आमने सामने हुए, आंखे चार हुई तो एक दूसरे पर टूटने लगते। कोई संवाद नहीं बस सीधे हाथा-पाई पर उतर आते, सारे लोग उनको देखते रहते कोई छुड़ा भी तो नहीं सकता था। घमासान मल युद्ध उनकी लड़ाई होती भी बाबा के सामने

ही। एक बार उनका मल युद्ध चल रहा था। छुड़ाने पर भी छूट नहीं रहे थे। सर्दियों के दिन थे। मंगतु में जोर कम था वह तो गुलाबु को अंडकोश से पकड़ता था। गुलाबु को पता था क्योंकि कई बार ऐसा हो चुका था। इस बार फिर से मंगतु के हाथ में उसके अंडकोश आ गए और थोड़ी ही देर में गुलाबु आंखे तरेरने लगा। छुड़ाने पर भी वह छुड़ा नहीं पा रहा था। वह स्वयं अपनी मुठी नहीं खोल पा रहा था। उसके उंगलियों में ग्रिप बंध गया था तभी बाबा एक जलती हुई लकड़ी जब मंगती के हाथ के पास ले गए उसके सेक से उसकी उंगलियों का ग्रिप छूटा और वह उसी समय भाग गया। गुलाबु बड़ी देर वहीं बेहोश जैसा पड़ा रहा था।

थोड़ी देर के बाद वह कुछ होश में आया। उसे अब सबको देख शर्म आ रही थी और कुछ कहे बिना वह चला गया।

उन्हें गांव के माने हुए शास्त्री ने बताया था कि श्यामा की एक आंख है। एक आंख वाली औरत जिस भी भाई को पहले देख लेगी वह उसके साथ ही चली जाया करेगी। शास्त्री की बात का दोनों पर ऐसा प्रभाव पड़ा कि सुबह से हीवे अपनी शक्ल श्यामा को दिखाने लगते और अब वह कभी गुलाबु के साथ चली आती है तो कभी मंगती के साथ।

कुछ दिनों बाद वह दोनों भाइयों से तंग आ गई। एक रात को वह उन्हें छोड़ कर चली गई। तो अब दोनों भाइयों में एक दूसरे के प्रति इतनी दुशमनी हो गई कि एक समझता है दूसरे ने छुपा कर रखी होगी दूसरा समझता है कि पहले ने छिपा कर रखी होगी। दोनों ही बाबा के पास समाधान के लिए बारी-बारी आते रहते हैं एक साथ कभी कोई नहीं आता इस आशा के साथ कि श्यामा कहीं तो मिल जाए।

गुलाबु थोड़ी देर बैठा, आमा ने गुलाबु को चाय दी। गुलाबु ने आम्मा को बताया कि उसे पता चला है कि चुड़ा भी बहुत बिमार है ? जब आम्मा को इस बात का पता चला तो आम्मा ने कुड पैसे चुडे को भिजवाए।

गुलाबु की बाबा से तो कोई बात नहीं हो पाई और थोड़ी देर बाद घर की ओर चला गया।

15.

तृप्ता को मेरी कहानी सुनने में रोचकता आने लगी थी। यह इस बात से स्पष्ट हो गया था कि अगर मैं निधारित समय से थोड़ी देरी भी सुनाने में हो जाती तो वह आवाजें लगा लगा कर मुझे बुला लेती थी। कभी कभी तो मुझे बाथरूम में भी जाने नहीं देती थी वास्तव में मुझे भी अपनी कहानी सुनाने में मजा आने लगा था, इसी बहाने मैं भी अपने जीवन के खट्टे-मिट्ठे पहलुओं को याद कर लेता था।

तृप्ता मेरी बात सुनते सुनते कभी कभी खूब हंसती, बोलती,

"राजी तुम अपनी कहानी सुना रहे हो या कोरी गप मार रहे हो कभी लगता है कि ऐसा भी होता है क्या ? "

"देखो मेरे पर संदेह करोगी तो मैं कहानी बीच में ही छोड़ दूंगा इसलिए उसी तरह से दोनों हाथ जोड़ कर मुझे सुनते रहो जैसे कोई पंडित सत्यानारायण की कथा सुना रहा हो"

बात हंसी मज़ाक में चलती ही रही और फिर उसी समय आगे कहानी आरम्भ हुई

सांय का खाना खाने के बाद हम सब बोबो के साथ बाबा के कमरे में पहुंच जाते। कभी कभी मैं भी अपनी बात बाबा के संदर्भ में सुना ही लेता था।

बात 1960 की, अभी मैंने मैट्रिक पास की थी सोलह वर्ष का था, हिमाचल में पहला सरकारी बहुतकनीकी विद्यालय सुंदरनगर में खुला। हम सब खुश हुए। उस समय सुकेत के राजा ललित सेन लोक सभा सदस्य मंडी क्षेत्र से थे। उनके प्रयास से ही यह विद्यालय सुंदरनगर को मिला। उन्होंने अपना राज महल स्कूल के लिए दे दिया और जहां स्कूल था वह भवन बहूतकनिकी संस्था को दे दिया। मंडी वाले खुश, हम खुश लगा कि यह कालेज तो हमारे लिए ही खुला है क्योंकि हमने तुरन्त ही मैट्रिक पास की थी और यहां प्रवेश भी मैट्रिक पास को ही मिलता था हमने सबने टेस्ट के लिए आवेदन कर दिया और टैस्ट में पास भी हो गए। जो टैस्ट में पास हुए उन्हें ही इन्टरव्यू के लिए शिमला बुलाया गया था।

मुझे भी इंटरव्यू के लिए बुलाया गया। बहुत खुश हुआ। मुझे लगा कि मैं तो इंटरव्यू पत्र मिलते ही ओवरसियर बन गया हूं। वह पत्र मैंने बोबो को दिखाया, वह खुश हुई। बस फिर क्या था बड़ी बहन के खुश होने का मतलब था मैं ओवरसियर बन गया, रिश्तेदारों, आस पास पड़ौस सबको पत्र दिखाया, कुछ खुश हुए कुछ ईर्ष्या में जलभुन गए होंगे क्योंकि आंमा ने बताया था कि हमारा एक रिश्तेदार तो जल भुन ही गया। लेकिन हम खुश थे।

जिन जिन को पत्र आए थे शाम को सब मिलते, शिमला जाने की योजना बनाते और शिमला के तरह तरह के ख्वाब देखने लगते। शिमला देखा ही नहीं था। पहली बार शिमला जा रहा था। शिमला की अधिक जानकारी प्राप्त करने के लिए बाबा मुझे गांव के एक सेवा निवृत हैडमास्टर जिंदू राम के पास ले गए, जिन्होंने शिमला पहले देख रखा था। उन्हें भी जब मेरा शिमला जाने का पता चला तो वे बाबा को बार बार मिलने का संदेशा भेजते रहे। और बाबा के साथ मैं हैडमास्टर के घर पहुंचे नमस्ते की। हमें देखते ही हैडमास्टर जी बड़े खुश हुए। वे तो हमारे इंतजार में थे कि कब हम आंएगे। बस पहुंचते ही वे लम्बी लम्बी हांकने लगे। मैं भी उत्सुकता से सब सुनता रहा। मैं जान गया था कि वे कुछ लम्बी ही हांक रहे हैं बाबा बीच बीच में मुझे बोलते रहे कि अच्छी तरह से समझ ले दूर जा रहा है सब अच्छी तरह से समझ लेना चाहिए।

उस समय तो मैं सब समझ रहा था कि हैडमास्टर जी थोड़ा हांक रहे हैं, मैं अब बोर होने लगा था। मैं चाह रहा था कि अब हो गया मैं सब समझ गया तो जब हम उठने लगे तो वे फिर बोले,

"सुन अगर तेरे को नहाना भी है तो लोयर बाजार जो मैंने तुझे बताया वहां पर नाईयों की दुकाने हैं वे नहाने के लिए आठ आने की एक गर्म पानी की बालटी देते हैं वहीं नहाने का गुसलखाना है वहीं नहा भी जाना"

"जी सब समझ गया हूं" मैंने कहा और मैं जाना चाहता था उठा ही था वे फिर बोले सुन बैठ जा"

"जो जोधामल की सरांए मैंने बताई बस स्टैंड के पास ही है, समझो बस स्टैंड के साथ लगती है वहां भी वे नहाने के लिए पानी देते हैं वहीं रहना वहीं नहा भी जाना"

"ठीक है सर सब समझ गया हूँ" और मैं उठ गयादोनों हाथ जोड़ कर नमस्ते की "अरे सुन एक बात और लोयर बाजार से ऊपर माल रोड़ है बहां जब घूमोगे तो वहां सड़क पर थूकना मत पुलिस पकड़ कर ले जाएगी और जुर्माना करेगी ध्यान रखना''

मैं उनकी बात अब अनसुना करने लग गया था। मैं बोर होने लगा था। मुझे अपने दोस्तों से भी मिलने जाना था, सबको बताना था कि "मैं शिमला जा रहा हूं। जल्दी ही तीन सालों में ओवर सियर बन जाऊंगा फिर देखना यारो वगैरह-वगैरह।

परन्तु इस बार बाबा ने मुझे पकड़ कर बैठा लिया था।

"तेरे को जल्दी क्या लग रही है सब बातें अच्छी तरह से समझ ले काम आएगी बैठ"

"बाजी मैंने सब समझ लिया है, कुछ मेरे दोस्त भी तो समझ ही गए होगें वे भी तो साथ हैं"

मैं कह कर अब उठ ही गया था और नमस्ते करके बाहर की ओर चला आया था। बाबा मास्टर जी का धन्यावाद करके मेरे पीछे मुझे पर गुस्सा करते आ गए थे।

जुलाई का महीना, ऊपर से बरसात आम्मा ने रास्ते के लिए रोटी बांध दी थी। उस समय की सड़कें कोई अच्छी नहीं थीं। बरसात में तो कई जगहों पर लैंड सलाइड से सड़क बंद हो जाती, क्या करें हमने तो जाना ही था।

हमारे उस समय के एम.एल.ए चौधरी पीरू राम जी, अच्छे भद्र पुरूष अधिक पढ़े लिखे तो नहीं थे फिर भी पढ़े लिखों से अधिक समझ रखते थे। लोक प्रिय थे। सबसे अच्छी तरह से बातचीत करते हमारे साथ भी अच्छी तरह से घुले मिले थे। उनका लड़का भी मेरे साथ ही पढ़ता था। वह भी इसी इंटरव्यू के लिए जा रहा था। वे भी शिमला जा रहे थे, मेरे बाबा ने उन्हें मुझे संभाल कर उनके साथ भेजा था,

"चौधरी जी बच्चों का ख्याल भी रखना और इनकी सिफारिश भी करना, मैं तेरे भरोसे ही इसे भेज रहा हूं चौधरी"

"मंहत जी क्यों फिकर करते हो सब बच्चे मेरे साथ जा रहे हैं। आपके पड़ौस के बालकु महाजन का बेटा विरेंद्र, गंगे का दोस्त भी हमारे साथ जा रहा है। कोई चिंता नी करना इसे सलैक्ट भी करा दूंगा"

एम.एल.ए पीरू राम चौधरी ने उन्हें तसल्ली दिलाई। चौधरी जी पढ़े लिखों के साथ रह कर अंग्रेजी के शब्दों को जान गए थे और अपने आप भीउनका प्रयोग कर लेते थे जिससे लगता था कि वे बहुत पढ़े लिखे हैं। लिखना तो उन्हें नहीं आता था। उनके बेटे ने उन्हें हस्ताक्षर कराना सिखाया था। केवल अब हस्ताक्षर कर लेते थे जिसे वे ही पढ़ सकते थे। बाद में तो वे पढ़ने सीख गए थे।

हम सब उनके साथ बड़े घुले मिले थे क्योंकि उनके बच्चे भी हमारे साथ पढ़ते थे। एक लड़का उनका मंगत राम हमसे दो-चार क्लास आगे पढ़ता था, बहुत बड़ा था। छोटी क्लासों में तो वह पास होता गया फिर जब युनिवर्सिटी की क्लास आई तो वह हर साल पिछली क्लास के साथ हो जाता था और जब हम दसवीं में पहुंचे तो वह हमारे साथ हमारा क्लासफौलो बन गया था।

जिस बस में हम शिमला के लिए रवाना हुए उस बस में बहुत से लड़के इसी इंटरव्यू के लिए जा रहे थे रास्ते में बैठते गए। उन दिनों शिमला के लिए बिलासपुर से होते हुए

ही बस जाती थी। बिलासपुर से भी लड़के बैठे। उसमें एक लड़का लम्बा सा, गोरा चिट्टा, बड़ी बड़ी आंखें, हमें अच्छा लगा वह मेरे वाली सीट के पास खड़ा हो गया। बस में कोई सीट खाली नहीं थी।

जब बस चली तो मैंने उसे अपने साथ एडजस्ट कर लिया। मैं उससे गप-शप मारने लगा तो वह बिलासपुरी में बोल रहा था। हम बिलासपुरी बोली का हमेशा ही मखौल किया करते थे। बहुत सी कहावतें बिलासपुर की हमारे मंडी में प्रचलित थी, "भाउया पजामा पाउदा, ताप चड्डुदा या मेले चलुरा' अर्थात ("पजामा डाल कर आया है बिमार है या मेले जा रहा है') उन दिनों पाजामा बहुत ही कम लोग डालते थे। बस उसकी बोली हमें भा गई। मेरे को रास्ता काटने के लिए खिलौना मिल गया था। मैंने उससे नाम पूछा,

"आपका नाम?" मेरे पूछने का अंदाज़ ऐसा था कि वह यह समझने लगा था कि उसकी इंटरव्यू ही शुरू हो गई है, मेरी ओर देखने लगा फिर बोला,

"जगदीश अवस्थी हूं मैं"

"अरे वाह भाउआ क्या नाम है जगदीश हरे जगदीश हरे जय जगदीश हरे"

वह कुछ नहीं बोला। मैं बिलासपुरी बोलने का प्रयास भी करने लगा था 'भाउआ'

बरसात तो हो रही थी। सड़क में जगह जगह लैंड स्लाइड हो रहा था। आगे जहां भी सड़क में पत्थर गिरा होता बस खड़ी हो जाती। मैं नये साथी जगदीश को भी उतारता और उतर कर सड़क में लैंड स्लाईड से पड़े पत्थर एक ओर करके बस को आगे जाने के लिए रास्ता बना लेते। बस में बैठी स्वारियां हमारी प्रशंसा करती गई हम खुश होते गए और ज्यों ही बस रूकती हम सड़क एक दम से साफ करने लग जाते। दिमाग में सोचते कि हम तो सब ओबरसियर जो हैं सड़क ठीक करना हमारा कर्त्तव्य जो है।

सुबह से बस चल रही थी छह बजे के पास घणाहट्टी से लगभग 11 या 12 किलो मीटर पीछे एक पहाड़ी के पास रूक गई। आगे पत्थर मलवा इतना था कि वह हमारी साफ करने की क्षमता से बाहर था। बस रूक गई। रात भी होने लगी थी। बस पूरी भरी हुई थी। वहां आस पास कोई दुकान भी तो नहीं थी। बाहर बारिश भी थम गई थी। ड्राइवर ने निर्णय लिया कि अब रात यहीं काटनी पड़ेगी, सुबह जब लेबर आएगी तो सड़क साफ होगी तभी ही शिमला जाया जा सकता है। बस फिर क्या था। सब अपनी अपनी सीट पर बैठ गए। सोना भी तो अपनी अपनी सीट पर ही था, रात इसी में ही काटनी थी।

हम से बड़ी देर बैठा नहीं गया। मैं बस से नीचे उतरा, नया मित्र जगदीश हरे बिलासपुरिया भी उतर आया, साथी विरेंद्र भी उतर आया। हम तीन बाहर भी क्या करते सोने के लिए सोचा कि बस की छत पर ही सोया जा सकता है फिर क्या चढ़ गए ऊपर छत पर।

छत पर चढ़ते ही नाक में अचार की खुशबु आने लगी।

“वाह! सूंघों सूंघो”

“क्या है?”

“तुम्हारी तो नाक ही बंद हैं”

“अरे आचार है न”

“हां अब समझ में आया इसका मतलब है कि कहीं रोटी होगी”

हम लोगों के थैले देखने लगे। एक में रोटी मिल गई। बहुत सी थी। जल्दी से हमने तीन रोटियां निकालीं। आचार साथ। सभी को एक एक रोटी दी और छत से जल्दी ही उतर आए। इस डर से कि रोटी का स्वामी अब रात होने लगी है रोटियां खाने के लिए ऊपर बस की छत पर चढ़ेगा ही उससे पहले ही हम नीचे उतरे और बस के पीछे की ओर कुछ दूरी पर रोटियां खाने जा रहे थे तो देखा एक स्वारी छत पर चढ़ने लगी तो हमारे कान खड़े हो गए। उसकी नजर से पहले ही हाथ में पकड़ी रोटी सबने अंदर कर लीं। बहुत मजा आया। वैसे भी चोरी की रोटी का मजा ही कुछ और होता है।

इतनी देर में वह भी अपने थैले के साथ बस की छत से नीचे उतर रहा था और बस के अंदर चला गया। हम भी पीछे से बस में अपनी सीट पर इस तरह से बैठे कि किसी को कोई खबर नहीं।

पीरू राम जी बोले,

“कहीं अचार की सुगंध आ रही है।''

“जी आ रही है हमें भी आ रही है वह देखो वे रोटी लाए हैं उसमें अचार होगा।'' मैंने उनकी ओर इशारा किया। सब वहीं देखने लगे थे।

वास्तव में साथी विरेंद्र,जो उनके साथ वाली सीट पर बैठा था के मुंह से पीरू राम को अचार की खुशबु आ रही थी।

“मुझे रोटिंया कम लग रहीं हैं या घर से ही कम डाली हैं।'' रोटी के थैले खोलते ही वह स्वारी बोलने लगी।

साथी विरेंद्र अपने आप ही बोलने लग गया,““हां जी घर से ही कम डाली होंगी।''

वह सज्जन विरेंद्र की ओर देखने लगा। जब उसने हम से पूछा ही नहीं तो वह क्यों बोलने लगा। मैंने उसे कोहनी मारी।

“भाई साहब, रोटिंया तुमने तो”रोटी के थैले पकड़े वह आदमी बोला।

वह पूछ ही रहा था विरेंद्र ने डर के मारे या पता नहीं क्यों मेरी ओर उंगली कर दी। मैं दूसरी ओर देखने लगा। तो उसने मेरे से भी पूछ ही लिया,

"भाई साहब रोटियां आपने खा ली हमारी?"

"वोह ओ आपकी थी हां हां खा ली हमने सोचा कि हमारी है हमें भी तो रोटिंया घर से दी थी। कोई बात नहीं। आप हमारी खा लेना।"

"खा क्या लेना वह तो आप बिलासपुर में ही खा गए थे मैंने देखा था।"

"वह भाई साहब भूख लगी थी" मैं मान ही गया था। अब जो होगा देख लेंगे।

वह हमारी ओर थोड़ी देर घूरा भी और जो रोटिंयां बची थीं उसमें से एक पीरू राम को दी और वे खाने लग गए हमारी ओर भी देखते रहे कुछ बुदबुदा भी रहे थे और हम मन ही मन उनके अचार की भी प्रशंसा करते रहे क्योंकि इस समय आचार की खुशबु हमारे नथुनों में पहुंच रही थी रोटी की स्मृति में मन पुलकित हो रहा था और मैं नए सीधे सादे साथी जगदीश को कोहनी मार कर उसका ध्यान उनकी ओर करने का प्रयास कर रहा था।

दोस्त नया था। वह अभी तक मुझे नहीं समझ पाया था। वह सोच रहा था, "कहां फंस गया कहीं न कहीं यह मार खाऐगा ही और मैं भी उसके चक्कर में फंस ही जाऊंगा मरवायागा जरूर मरवायागा '

(यह उसने मुझे बाद में बताया था)

सुबह हुई आस पास ही मोड़ के पार ओट में शौच आदि कर लिया गया। महिला सवारियों को बहुत दूर जाना पड़ा था। विरेंद्र की नजर उन्हीं पर थी। वह हमें बार बार उनके बारे बता रहा था।

नौ बजे मजदूर आए। अपने औजार गैंती, बेलचा आदि सब उनके कंधे पर था। हमें हौंसला हो गया गाड़ी का रास्ता खुलेगा और हम शिमला पहुंच जाएंगे परसों इंटरव्यू है परसों ही हम ओवरसियर बन जाएंगे। कल्पना करने लगा क्या फरक पड़ता है और हम उन्हें जताना चाहते थे कि भाई हम भी ओवरसियर बनने जा रहे हैं। सड़क एक घंटे में साफ हो गई।

खैर जैसे तैसे शिमला पहुंच गए। 103 टनल के पास बस से उतर गए। शिमला जिसकी बहुत बड़ी कल्पना मैंने की थी उसी की धरती पर हम अब सांस ले रहे थे। ठंडी ठंडी हवा के झौंके हमारा स्वागत करने लगे थे। मन में खुशी की लहर दौड़ने लगी थी आह शिमला आह हिमाचल की राजधानी शिमला आह बिलासपुर वाला साथी जगदीश अवस्थी नाम बताया था उसने, नहीं उतरा वह आगे उतरेगा बैठा रहा। मुझे तो पीरू राम के साथ उतरना था हम,मैं और विरेंद्र भी वहीं उतरे,बाबा ने पीरू राम को संभाल कर जो मुझे भेजा था। मैं तो उनकी लड़ पकड़े हुए था। चौड़ा मैदान पहुंचे मुझे अच्छा लगा चौड़ा मैदान चारों ओर नजर दौड़ाई सुन्दर युवतियों अंग्रेज जैसी लग रही थी और भी थे

परन्तु मेरी नजर उन्हीं पर थी। मैं पहली बार ही अंग्रेजों को देख रहा था, युवतियां गोरी चिट्टी साफ सुथरी मैं पास जा कर उनके चेहरे पर हाथ लगा कर देखना चाहता था कि मक्खन जैसा उनका चेहरा कैसा है छूना चाहता था। पहली बार मैंने लड़कियों को पैंट डाले देखा तो देखता ही रहा। सोचने लगा कि घर पहुंच कर सभी दोस्तों को बताऊंगा।

"गंगे क्या देख रहा है आगे चल" पीरू राम चौधरी ने मेरा ध्यान तोड़ दिया।

मेरा ध्यान हटा और मैं साथी विरेंद्र के साथ पीरू राम के पीछे-पीछे चल पड़ा।

आगे एक ऑफिस के पास ही पीरू राम के आदेश से मेरा सामान क्या मेरा विस्तर कुली को बोल कर उतार लिया गया,

"देख गंगे इस बिल्डिंग में ठाकुर जयराम का दफतर है तुम उसके पास रहना हम नीचे रैड रूफ ठाकुर कर्मसिंह के पास रहेंगे"

मैं क्या बोलता जी...मुझे वहीं छोड़ दिया जी...वे दोनों चले गए। पीरू राम का वायदा कहां गया! ऐसा भी होता है वायदा भरोसा टूट गया। आज सोचता हूं क्या नेताओं से भरोसा टुटने की शुरूआत यहीं से आरम्भ हो गई थी ? मैं दफतर में जाने से डरने तो क्या,झिझकने लगा। ठा. जयराम जी ने हमें पढ़ाया था। हमारे हैडमास्टर रहे थे। सख्त स्वभाव के थे। उनका चेहरा सामने आया डर लगने लगा। अब मास्टर जिंदु जी याद आने लगे। उनके एक एक शब्द को याद करने लगा। जब मुझे वे समझा रहे थे तो मैं बोर होने लगा था। पीरू राम पर भरोसा जो था वो अब टूट गया था। हमारे मंडी में एक कहावत है, "आबंले रा स्वाद और बजुरगा रे बोल बाद में ही मिट्ठे लगते हैं' कहावत ठीक उतरने लगी थी। मैं अंदर ऑफिस गया ही नहीं हिम्मत ही नहीं पड़ रही थी।

मैंने वहां एक कुली की तलाश की और जोधामल की सराए के बारे पूछ ताछ करके कुली को विस्तर उठाने के लिए बोला, पांच रूपए तय हुआ। क्या करता सराए का मुझे पता नहीं था नहीं तो अपने आप ही बिस्तर उठा लेता।

पांच रूपए उस समय बड़ा धन था। हां बड़ी रकम, शिमला का किराया सात रूपए और उसे यहीं पांच रूपए देने पड़े। क्या करता अब रहना तो था।

अब गांव के मास्टर जिंदु जी की सारी बातें उसका निर्देशन याद करने लगा। सराए का भी उन्होंने ही बताया था। शिमला के बारे में उनका एक एक ज्ञान का शब्दकाम आने लगा। मैं मन ही मन उनका शुक्रगुजार होने लगा। राजनीतिज्ञ तो वायदा करके मुझे बीच में ही छोड़ गया। लेकिन मैंने हौंसला नहीं हारा क्योंकि मैंने ओवरसियर जो बनना था और इसी राजनीतिज्ञ ने मेरी सिफारिश भी तो करनी थी। मैंने भी तो अपने दोनों हाथ जोड़ कर उसे नमस्ते की, भले मन के अंदर बुरा मान रहा था या कुछ गाली भी निकली हो मुझे ध्यान नहीं आ रहा है। जोधामल की सराए बस स्टैंड के पास एक नजर सराए पर

डाली चार मंजिल बिल्डिंग पता चला कि इसकी सबसे ऊपर वाली मंजिल पर सिनेमा हॉल है "शाही थिऐटर' वाह मन में सोचने लगा मज़ा आ गया, ओवरसियर बने चाहे न बने सिनेमा जरूर देखेंगे वाह इंटरव्यू घर से जब चले थे पता चला था कि शिमला में शाही थियेटर में "मुगले आज़म' लगी है और मैं इसी बिल्डिंग में रह रहा हूं! वाह गंगा राम सोचने लगा पीरू राम ने ठीक किया मुझे बीच में ही छोड़ दिया। अब मैं तुम्हें बुरा भला नहीं कहूंगा, लोगों को वोट के लिए भी बोलूंगा, तुम्हें ही वोट दिलाऊंगा क्योंकि तुम दूर की सोच रखते हो! तुम युग युग जिओ और हिन्दोस्तान पर राज करते रहो। हम तो भोगने के लिए ही हैं जय हो मैं खुश था।

सराए में ठहरने पर ही पता चला कि यहां तो हमारे आस पास के बहुत से लड़के ठहरे हुए हैं उनको देख मन और खुश हो गया दोस्त तो चाहिए होते हैं मुझे वहीं मेरा बचपन का दोस्त गोपाल मिल गया जिसे हम कांडी करके भी पुकारते थे उसे देख तो मैं स्वर्ग ही पहुंच गया क्या दोस्त था वह सब काम हम दोनों इकटठे ही करते वाह पीरू राम तूने बहुत अच्छा किया अब सब वोट तेरे अब मस्ती शुरू हो गई हमारी। कमरा मिल गया गोपाल के साथ ठहर गया एक कमरा छोटा सा दो चारपाई लगी थी अगर एक चारपाई भी होती तो क्या था मिल कर हम पांच दोस्त जिन्हें हम गांव से ही जानते थे पांच पांडव मैं सबका गुरू गप-शप भी चलती तो मेरे बिना वह गप-शप भी नहीं मारते थे इंटरव्यू दो दिन बाद थी मस्ती के लिए समय था पीरू राम को भूल गए` पीरू राम अब अंग्रेजी में एक कहावत दसवीं में याद की थी आउट ऑफ साइट आउट ऑफ माइंड सुबह उठे आराम से रात देर से सोए थे गप-शपतो चलती रही थी। इसी सराए की दूसरी मंजिल में एक बारात ठहरी हुई थी उनका बैंड बाजा बजता रहा, बाराती नाचते रहे हम पांचों के भी पांव थिरकने लगे थे ऊपर वाली मंजिल की ओर हो लिए। अरे वाह यहां तो सज-धज कर लड़कियां भी अरे क्या बात है मैं और गोपाल नाचने लगे तीन दोस्त तालियां बजाते रहे हम बारातियों में ऐसे रम गए कि वे हमें लड़की वालों की ओर से समझने लगे लड़की वाले हमें बाराती समझने लगे, बीच बीच में वे हमें कुछ खाने बाने के लिए भी पूछने लगे थे। और हम चारों ने चाय पी गोपाल तो सर्व गुण सम्पन्न था ही एक पैग भी गले से नीचे उतार कर नाचने लगा तो मेरी समझ आ गया अब यह बहक जाएगा अब नीचे अपनेकमरे में चले जाना चाहिए। चले आए।

देर रात हो गई, मस्ती मारी, शिमला तो हमें जन्नत लगने लगा। सब कुछ भूल गए। जब अपने विस्तर पर पहुंचे तो मां याद आने लगी। लगा कि मां भी मुझे याद कर रही होगी। पहली बार घर से बाहर अकेला निकला था वह भी शिमला लग रहा था कि मैं जवान हो गया हूं ऊपर वाली मंजिल में शोर होता रहा, हमारी नींद खराब होती रही थी कोई

बात नहीं देर रात सोए तो अगले दिन देर से उठे भी तो। जुलाई का महीना, शिमला में गर्मी का कोई नामोनिशान नहीं गप-शप मारते रहे, गोपाल का रात का नाचना और लड़कियों के साथ उसके ठुमके लगाना और उस पर आपस में बहस बात चीत मजा लेने लगे देर हो गई थी, सुबह के यही लगभग दस बज गए होंगे बात बात में तय हुआ कि चलो ऊपर की मंजिल पर एक चक्कर लगा आएं चल पड़े ऊपर शांत बातावरण था। लगता है सब बाराती लड़की वालों के यहां गए होंगे कुछ लड़की पक्ष के लोग ही होंगेजो उनकी टहल सेवा के लिए थे, सीढ़ियां चढ़ते ही हमें देखते ही बोलें

"वाह सर एक दो तीन चार पांच आइए हमें बोल गए थे कि पांच आदमी हमारे बाहर हैं उनका इंतजार कर लेना आइए और ब्रेक फास्ट कर लीजिए"

बस दिमाग एक दम से घूमने लगा, "अरे पांच की संख्या ही महत्वपूर्ण होती है, पांच पाडंव, पांच मरूया, नेहरू का पांच पंचशील देश अरे वाह गगें वाह।"

हम सबने एक दूसरे के मुंह की ओर देखा, फिर क्या था आखों ही आखों में इशारा हो गया। डट गए ब्रेक फास्ट के लिए। डर भी था कि असली आदमी भी आने वाले होंगे ही जल्दी करने लगे। एक पूरी का एक ही ग्रास जैसे कोई युद्ध भूमि के लिए जा रहा हो कि अभी खा लो जो खाना है फिर कोई पता नहीं या किसी की फ्लाइट छूटने वाली हो, जल्दी ही खाके फारिग भी हो गए। लड़की वाले केटरर भी अपना सामान समेटने लगे और हम नीचे अपने कमरे की ओर जल्दी से सीढ़िंयां उतरने लगे।

ज्यों ही हम सीढ़ियां उतर रहे थे तो उन्हीं सीढ़ियों से पांच बराती ऊपर भी चढ़ रहे थे। मैं मन ही मन सोचने लगा कि अब तो लड़की वाले भी सामान समेट कर जाने लगे हैं इनको राम राम नाम ही मिलेगा, हम जल्दी से एक ही कमरे में सब दुबक क्या गए और जोर का ठहाका हमारे मुंह से निकलता रहा खूब मस्त हा हा हा...

"वाह गंगे तूं कब करेगा हमें नंगे ?' दोस्त बोलने लगे।

अगले दिन इंटरव्यू हो गई मेरे दोस्त गोपाल, विरेन्द्र, जगदीश अवस्थी आदि सब फर्स्ट डवीज़नर थे स्लैक्ट हो गए। मैं रह गया मेरा सैंकेंड डिविज़न जो था परन्तु मेरे से भी कम अंकों के यहां तक कि थर्ड डिवीज़न वाले भी सलैक्ट हो गए, एम.एल.ए ने मेरी बात क्यों करनी थी। उनका अपना लड़का भी तो इंटरव्यू में था वह थर्ड डिवीज़नर जो था। तब क्या हुआ स्लैक्ट हो गया मैं रह गया, बुरा लगा। दोस्त सब ओवरसियर बनने चले गए और मैं बाहर देखता रह गया वाह, नियति को कुछ और ही मंजूर होगा आज सोचता हूं कि ठीक ही हुआ उस ऊपर वाले की कैलक्यूलेशन अपनी होती है। वह अपने हिसाब से चलता है यह बात मुझे आम्मा ने बताई थी, समझाई थी कि उसकी मर्जी से कोई पत्ता तक नहीं हिल सकता। जो हुआ ठीक ही हुआ। इलैक्शन आने पर मैं तो पीरू

राम के ही नारे लगाता रहा क्योंकि हमारे पड़ौसी और मेरा एक दोस्त चंद्रमोहन, पीरू राम का भक्त जो थे इसके बावजूद मेरे बाबा मुझे नाराज होते रहे परन्तु मैं हूं कि मानता ही नहीं। नारे लगाने में भी सबसे आगे "चौधरी पीरू राम जीतेगा भई जीतेगा' "देश का नेता कैसा हो पीरू राम जैसा हो"

बाबा कुछ बोलते नहीं थे परन्तु उन्हें मैं भी तो नाराज नहीं करना चाहता था, दूसरी ओर दोस्त चंद्रमोहन को भी तो मैं छोड़ना नहीं चाहता था। मैंने नारे लगाना बंद किए लेकिन चंद्रमोहन के साथ जाता जरूर रहा और पीरू राम हमेशा की तरह भारी बहुमत से जीतता भी रहा।

बाबा को पीरू राम का यह व्यवहार ठीक नहीं लगा। वे कहते कि अगर वह मुझे साथ नहीं ले जा सकता था तो साफ-साफ ना करता। कई बार इस बात को याद करते वे भूले नहीं थे और जब सांय को जब कभी भी दो घूंट लगा कर उन्हें इस बात की याद आ जाती तो ऊंचे-ऊंचे पीरू राम को अपशब्द बोलते थे।

लगभग एक साल बाद पीरूराम का हमारे गांव का दौरा था। यहां वे अक्सर आते ही रहते थे। इस बार उनका आना और बाबा का दो घूंट में होना इतफाक ही था, हमारे घर के बाहर जब पीरू राम हाथ जोड़ कर बाबा से मिले तो फिर क्या था बाबा तो उन पर बरस पड़े। पीरू राम भी हैरान कि अभी तक सारा याद रखा है। पीरू राम विनम्र स्वभाव के तो थे ही हाथ जोड़ कर माफी मांगने लगे। तब जाकर बात आई गई हो गई।

सुनो और एक किस्सा याद हो आया। जुलाई में किसी फंक्शन में बग्गी के सब दोस्त भंगरोटु गए हुए थे। पीरू राम जी का घर हमारे गांवऔर भंगरोटु के मध्य पड़ता है। मक्की पक गई थी। हम भंगरोटु से घर की ओर आ रहे थे। उन दिनों पैदल ही तो चलते थे। रास्ते में योजना बनी कि भुट्टे खाए जाएं। रास्ते में पीरू राम जी का खेत पड़ता था। मक्की के खेत में उनका लड़का हमारा क्लासफैलो मंगत राम, तान पर बैठ कर मक्की की देखभाल, गीदड़ों और कौओं से करता था।

सोचा उससे मक्की मांगी जाए और रास्ते में भून कर उसका स्वाद लिया जाए। ख्याल आया कि वह तो हमें मक्की नहीं देगा। एक हमारा दोस्त रोशन लाल इस काम में माहिर था। उसने एक छोटे से कागज़ पर एक संदेश पीरू राम की ओर से उसके बेटे को लिखा।

"प्यारे बेटे मंगतु, बग्गी के लड़के आए हैं ये जितने छल्ली मांगेगे उन्हें दे देना। तुम्हारा बाप पीरू राम।"

पत्र टेढी मेढी हिन्दी में लिखा गया और पीरू राम के हस्ताक्षर उसी तरह से किए जैसे लगे कि पीरू राम ने ही किए हों। डडौर पहुंचते ही उनका बेटा तान पर ही हमें मिल गया। उसके हवाले पत्र दिया। जब तक वह उसे पढ़ता, उस पर विचार करता, हमने उसकी

प्रतिक्रिया से पहले ही दर्जन से ऊपर भुट्टे निकाल लिए थे।

वह बस बस करता रहा हम उसे बोलते गए कि तेरे बाप ने कहा है कि अपने आप ही तोड़ लेना और जितने मर्जी तोड़ लेना। वह केवल देखता रहा और ना ना करता रहा हम तोड़ते रहे।

और रास्ते में ही सारे भुट्टे भूनते भी गए और खाते भी गए जो कोई राह में गुजरता उसे भी खिलाते गए। और हम मस्ती में जिस साथी रोशन लाल ने पत्र लिखा था उसे पीरू राम के नाम से पुकारते रहे। यह उसका नाम इस तरह से पड़ा कि वह सारे गांव में पीरू राम से ही जाना जाने लगा था।

16.

तृत्पा मेरी बात सुन कर मुस्कराने लगी थी विशेष कर कि मेरे मैट्रिक में नम्बर कम आए थे। मैं जानता था कि उसके बहुत अच्छे अंक थे प्रथम श्रेणी और वह भी हायर साईड पर। उसका नाम तो आज भी उसके स्कूल भवारना जिला कांगड़ा के ऑनर्ज़ बोर्ड की सन् 1964 से शॉन बढ़ा रहा है। तभी तो मैं अपनी तुलना माहत्मागांधी जी से कर लेता हूं, हिन्दोस्तान केसभी थर्ड डिविज़नर गांधी जी से तुलना करते आए हैं, मैं भी कर लेता हूं ?तो कोई बड़ी बात नहीं है। सामान्य सा विद्यार्थी रहा हूं,फिर भी कोई बात नहीं अपनी कहानी आरम्भ करता हूं -

मैं अब पंद्रह साल का हो गया था। दसवीं तो पास कर ली थी, हमारे समय में दसवीं की परीक्षा पंजाब विश्वविद्यालय से होती थी। पंजाब, हरियाणा और हिमाचल 'उस समय हरियाणा बना नहीं था' सभी प्रदेशों की दसवीं की परीक्षा पंजाब विश्वविद्यालय ही लेता था। अंक उतने अच्छे तो नहीं आए, आते भी कैसे मैं एक सामान्य सा विद्यार्थी था, वैसे एक बात कहूं परीक्षा के लिए जोर भी तो नहीं लगाया। मैं हर चीज़ को सामान्य से ही लेता आया हूं, एक आदत सी बन गई थी। वैसे भी हमारे समय में अंक कम ही आया करते थे। घर में सब खुश हुए क्योंकि घर में मैं ही सबसे अधिक पढ़ा लिखा हो गया था।

बहुतकनीकि विद्यालय में तो प्रवेश नहीं मिल सका। एक धक्का मुझे भी और बाबा आमा सबको लगा था। आमा बहुत गहरी थी। उनको पढ़ना कोई आसान नहीं था। मेरे ओवरसियरी कालेज के लिए न सलैक्ट होना उन्हें अंदर से तो बहुत पीड़ा दे गया होगा परन्तु किसी को भी उन्होंने अपनी पीड़ा महसूस नहीं होने दी। हमें ठाठस देते हुए आमा बोली,

"कोई बात नहीं शायद उस ऊपर वाले ने कुछ और बड़ा, बेहतर सोच कर रखा होगा तेरे लिए वह बहुत ख्याल रखता है" आमा हमेशा उस ऊपर वाले पर ही भरोसा करती थी और यही मेरे मन में भी आया था। मैं आमा के साथ दो चार मीनट बाद ही मस्त

हो गया था। जिंदगी पटरी पर थी। बाबा मुझे आगे पढ़ाने की सोचने लगे मन में उनके आया होगा कि इसे ओवरसियर नहीं और बड़ा बनाऊंगा।

मैं भी खुश था, मैं अपने जीवन के उद्देश्य की ओर जो बढ़ रहा था। मैं चाहता था कि मैं एक आटोमोबाइल इंजीनियर बनूं। अगली पढ़ाई के लिए कालेज मंडी में ही था। मण्डी मेरे घर से पच्चीस किलोमीटर पड़ता है। उस समय एक आध बस ही चलती थी। इसलिए रोज आना जाना संभव नहीं था। मंडी में ही रहना पड़ा था।

मंडी में मेरे पिता जी के मित्र और बड़े भाई महंत बद्री गीर का बहुत बड़ा घर था, जिसे मठ कहा जाता था। अब तो उसे तोड़कर उनके पोतों ने नया रूप दे दिया गया है,मेरी ठहरने की व्यवस्था वहीं पर की गई। मैं उन्हें ताया जी कह कर पुकारता था। लगता था ताया जी समय से पहले ही बूढ़े हो चले थे। मैंने उन्हें हमेशा शराब पीते ही देखा था। लाल आंखें उनकी हमेशा ही रहती थीं। मेरे बाबा भी जब उनके पास आते तो सारी सारी रात वे दोनों पीते ही रहते।

ताया जी को गुस्सा बहुत आता था। उनकी दो पत्नियां थी, दोनों ही बहनें थी। उनको भी मालूम था कि महंत जी को जब गुस्सा आता है तो वे अपने में नहीं रहते थे, फिर तो घर के सभी सदस्य, नौकर चाकर सब उनके सामने नहीं आ सकते थे। यह समझा जाए कि वे गुस्से में आकर पागल जैसे हो जाते थे। कभी कभी तो कारण का भी पता नहीं चलता था। यहां तक कि उन्हें स्वयं भी अपने गुस्से के कारण का पता नहीं चलता था। एक दिन किसी बात पर उन्हें अपनी पत्नियों पर गुस्सा आया हुआ था। वे ऊंचे ऊंचे दोनों पत्नियों के नाम ले रहे थे। नाम के साथ गालियां भी दे रहे थे। बस गालियों और ऊंचे शब्दों के उच्चारण से ही उन्हें महंत जी के गुस्से का पता चल पड़ा। बस फिर क्या था वे जल्दी से एक कमरे में बंद हो गई। मंहत जी उन्हें ढूंढते रहे और जब उन्हें पता चला की वे कमरे में बंद हैं तो उन्होंने दुनाली बदूंक उठाकर कमरे के दरवाजे पर फायर कर दिया। फायर की आवाज से सारे मठ की चार दीवारें गूंज उठीं, तो तुरन्त ही सब नौकरों,और दूसरे सभी लोगों ने अपने आप को कमरों में बंद कर लिया। मेरे बाबा वहीं पर थे उन्होनें उनसे बंदूक छीन ली। बंदूक छीने जाने पर ही मंहत जी रोने लगे, उसी समय उनके गुस्से का कोई पता नहीं चला कहां गायब हो गया। उनका गुस्सा क्षण भंगुर ही होता था। फिर धीरे धीरे सब अपने अपने कमरे से बाहर आने लगे। फिर भी कुछ कुछ तो सब डरते ही रहे।

इस बात का मेरे दिमाग पर बहुत प्रभाव पड़ा। अब उनकी कोई सुनता ही नहीं था। एक समय था कि उनका राज चलता था, उनके एक इशारे पर काम होता था। वे शहर के सबसे अमीर व्यक्तियों में से थे। उनकी पांच सौ बीघे जमीन थी,जिस पर बल्ह के सैंकडों

परिवार अपना पालन पोषण करते थे। उनका कोई भी किसान जब अपना दुख उन्हें बताता था तो वे उसी समय ही फैसला कर देते थे। इसलिए वे अपने किसानों में बहुत लोकप्रिया भी थे।

इस घर का वर्णन मैं इसलिए कर रहा हूं कि इस घर से मेरे और मेरे बाबा के जीवन के बहुत से प्रसंग जुड़े हैं। यह वही घर है जहां पर पं0 सुख राम जी भूत पूर्व संचार मंत्री भी रहते थे। वे ताया जी के साढू लगते थे। उस समय पंडित जी कमेटी के ऑफिस में सैक्टरी के पद पर काम करते थे। उनके साथ मेरी कम ही बात होती थी या यूं कहा जाए की होती ही नहीं थी। कारण कोई बड़ा नहीं था परन्तु बड़े होने के कारण मैं उनसे झेंपता था। हां उनकी पत्नी रामू देवी जी से मुझे बहुत लगाव था। मैं उन्हें मां जैसा ही स्थान देता था। वे सचमुच में ही देवी थी। मैं तो यहां तक मानता हूं कि पंडित जी जो कुछ बने वह उनकी किस्मत से ही बने।

कालेज छोड़ने के बाद मैं उनसे लगभग चालीस साल बाद दिल्ली मिलने गया जब पंडित जी मुसीबत में फंसे थे, मैं अपने को इस घड़ी में रामू जी से मिलने से नहीं रोक सका। मैं पंडित जी से नहीं मेरी मां-सी रामू से मिलने गया था। दिल्ली उनके घर पहुंच कर मैं डरते डरते अपना परिचय देने लगा ही था इससे पहले मैं कुछ कहता रामू जी ने मुझे मेरे नाम से ही पुकार लिया। मैं गद्‌ गद्‌ हो गया, मेरा आना सफल हो गया। उन्होंने मेरा नाम ही नहीं पुकारा था परन्तु वे मेरे पांचवें जन्म दिन को मनाने हमारे घर गांव मल्हणु में आए थे, उस समय अभी उनकी शादी भी नहीं हुई थी, उन्होंने उस प्रसंग का भी उल्लेख किया। आज वे हमारे बीच में नहीं हैं उनकी यादें साथ हैं। वे मुझे बहुत याद आते हैं।

कालेज में मेरी पढाई में कुछ दिक्कते आने लगी। मेरा सपना टूटने लगा था। बाबा बीमार रहने लगे थे। मुझ से यह देखा नहीं गया और मैंने एक दम से कालेज की पढ़ाई छोड़ने का निर्णय ले लिया। अधर में पढाई छोड़ना सबको बुरा लगा था परन्तु क्या करते मैं बाबा को इस तरह से नहीं छोड़ सकता था न!

मेरे इस निर्णय से आम्मा को राहत तो मिली थी परन्तु पढ़ाई छोड़ने के पक्ष में वे भी नहीं थी। एक हल्की सी खुशी मुझे तब हुई जब मेरे घर पहुंचते ही बाबा के मित्र मेरे अध्यापक ठाकुर जय राम वे उस समय शिक्षा विभाग शिमला में अधिकारी के पद पर काम करते थे ने मेरे हाथ में अध्यापक की नौकरी का अपाइंटमैंट लैटर घर के पास बग्गी स्कूल का दे दिया। यह वे ही महान शख़्स थे जिनके पास मैं शिमला चौड़ा मैदान में जाने से झेंप गया था। दूसरे दिन पंद्रह दिसम्बर 1960 को मैं अपने गांव के स्कूल में पढ़ाने चला गया। उस समय मेरी आयु सोलह वर्ष की थी। सपने कुछ पाले थे लेकिन हो गया कुछ और। मैं एक अध्यापक बन गया था जिसे सत्तर रूपये मासिक मिलने लगे। अपने पास दस रूपए

रखता और साठ रूपए मैं बाबा के पास दे देता। आज सत्तर रूपए का नाम सुनकर आश्चर्य होता है परन्तु उस समय में अपने जेब खर्चे के लिए दस रूपए रखता था वे भी बड़ी मुश्किल से खर्च होते थे। जब उससे भी बच जाते तो वह भी मैं आम्मा के पास ही दे देता था।

कुछ ही दिनों में बाबा की तबीयत भी ठीक होने लगी थी जो मेरे लिए सबसे बड़ी खुशी की बात थी। मैं जो बनना चाहता था वह तो मैं नहीं बन पाया परन्तु पढ़ाई मैंने जारी रखी। सभी उच्चत्तर परीक्षाएं मैं अध्यापक होने के साथ पास करता गया और अपने गांव में सबसे अधिक पढ़े लिखे होने का गौरव मुझे प्राप्त हुआ। गांव से जो साथी मेरे साथ पढ़ने गए थे उसमें केवल राम प्रसाद ही आगे पढ़ पाया शेष सभी, चंद्रमोहन, राजेंद्र गोयल आदि बारी बारी कालेज छोड़ते गए।

अध्यापक होने पर भी मैंने अपना बचपन नहीं खोया, आज भी उसी तरह से मेरा बचपन मेरे में विद्यमान है। अब मैं अपने आठवें दशक में प्रवेश कर गया हूं परन्तु यह बचपन तो मेरे चरित्र का एक अंग है या यूं कहूं यह मेरी ऑक्सीजन है, बचपन मुझ में आज भी उसी तरह से विद्यामान है जिस तरह से सोलह वर्ष में मुझ में था। अपने गांव में ही अध्यापक,उसी गांव में मित्र, बचपन जारी रहा, शरारतें जारी रहीं।

17.

राम प्रसाद हमारा सबका बहुत प्यारा मित्र। इसके बिना हमारा दिन ही नहीं कटता था। क्योंकि हमें शरारत के लिए कोई तो चाहिए होता था और इसके लिए रामप्रसाद से बढ़कर कोई अन्य योग्या नहीं हो सकता। इसलिए इसके साथ हमारी बहुत सी यादें जुड़ीं हैं, इन्हें एक एक करके सुनाता हूं।

1.होली आई और यह कैसे संभव हो सकता था कि हम होली के दिन कोई शरारत न करें। यही तो मौका होता था लड़कियों को छेड़ने का आपस में शरारत करने का। इस मौके को हमने कभी गंवाया नहीं। कृष्ण ने यह होली का त्योहार ही गोपियों के साथ छेड़-छाड़ के लिए शुरू किया था आज भी हर युवा कृष्ण के पद चिन्हों पर चलने के लिए इस पर्व का इंतजार करता रहता है। और हम सब भी इस मौके का फायदा हमेशा ही उठाते और होली का इंतजार बहुत ही उत्सुकता से करते रहते।आज के दिन हम सब कृष्ण भक्त बन जाते इस दिन हम कृष्ण कन्हैया बन जाते थे,पूरे कृष्ण भक्त। कृष्ण की तरह गोपियों को होली केरंग में रंगना, उनसे शरारत करना आदि। उन दिनों व्ही शांता राम की फिल्म " नव रंग' आई थी। उसका एक गाना होली पर था।

"क्या जा रे हट नटखट, ना छूरे मेरा घूंघट। पलट के आज दूंगी तुझे गाली रे '

इस गाने को स्वर में गाते थे और मस्ती मारते जाते थे, साथ में अभिनय भी तो करते रहते थे। तभी तो लोग हमें देखते थे। आज तो डी.जे. आ गया उस समय तो हमारा जोश ही डी.जे. हुआ करता था। एक ढोलकी साथ रखते थे बस काफी थी पांव थिरकने के लिए एक बार होली में एक लडकी को होली लगाते लगाते मैं भाव विभोर हो गया। उस दृश्य को न तो वह भूल सकी होगी और न ही मैं भूल पाया हूं। इसका अर्थ यह नहीं लिया जाए कि कोई गलत बात हुई होगी, मैंने पहले ही शब्द भाव विभोर का प्रयोग किया है। और भी लड़कियां हमारी टोली से बचती रहती थीं परन्तु वे अच्छी तरह से जानती थी कि उनके साथ बदतमीजी कोई नहीं करता था। हम सब उन्हें अपना परिचय कृष्ण

के चेले कह कर ही देते आए थे। वे भी हमारे साथ होली खेलने में अपने को खुश रखती थीं। जब होली खेलते खेलते कोई और नहीं मिलता था तो अपने साथियों में ही खेलना,खेल जारी रहना चाहिए, वह अंग्रेजी की कहावत है न, "शो मस्ट गो ऑन" शरारत करना हम अपना धर्म भी तो समझते थे। बस होली खेलते-खेलते अब कोई नहीं बचा था। तो साथी रामप्रसाद की बारी आती थी। ऐसे मौके पर वही हमारे काम आता था,और उसके हम, उसे भी मालूम था। उसे ऐहसास भी हो गया था। बस मौका लगते ही वह भागने लगा और हम उसे पकड़ने उसके पीछे-पीछे भागने लगे। पास ही गेहूं के खेत थे। गेहूं बड़ी हो गई थी। गेहूं के बीच में उससे भागा ही नहीं जा रहा था आखिर वह पकड़ा गया, फिर बुरी तरह से अंदर बाहर से रंगा भी गया। यहां फिर से वह भागने लगा तो दौड़ते हुए उसका पाजामा मेरे हाथ में इस तरह से आया कि उसके बदन पर केवल नाड़ा और एक टांग का पाजामा ही रह गया। उसे इस हालात में देखते हुए हम सब हंसने लगे, बुरी तरह से हंसने लगे। पाजामें का डिज़ाईन ठीक न समझते हुए चंद्रमोहन आगे बढ़ा और दूसरी टांग का पाजामा भी उसकी टांग से निकाल दिया गया। फिर हम ने सोचा कि यह तो गलत हो गया। डर के हम सब उसे छोड़ घर की ओर भाग आए।

वह अब पूरी तरह से नंगा हो गया था। वह गेहूं के खेत में अपने को छिपा कर रख रहा था। उसे डर था कि खेत का मालिक अगर आया तो वह उसे क्या बताएगा। नंगा तो वह उसके पास जा ही नहीं सकता,न ही बाहर आ सकता। कहीं अगर खेत के मालिक की पत्नी आ गई तो उसके साथ बहुत बुरी होगी, वह ऊंचे ऊंचे शब्दों में मुझे और चंद्रमोहन को गालियां देने लगा। हमने उसे कहा कि गालियां मत दे अगर देगा तो हम खेत के मालिक की पत्नी को तेरे पास भेजेंगे। वह चुप हो गया था। हम चले आए थे।

हम घर की ओर जाने लगे थे तो उसकी गालियां हमारे कानों में फिर से सुनाई देने लगी। चंद्रमोहन रूक गया। बोला,

"यार इसका इंतजाम करना चाहिए ही"

"चलो उसके लिए पाजामा लाते हैं अरे वह हमें गालियां ही देगा वह प्यार के गीत थोड़े गाएगा। बताओ वह नंगा पड़ा है घर कैसे जाऐगा उसके मुंह से प्रेम गीत"मैंने कहा।

"रूक रूक सुन खेत की मालकिन को इसके पास भेजते हैं फिर देखना"चंद्र मोहन बोला।

"फिर क्या देखना तेरे कहने पर वह चले आएगी?"

हम चुप हो गए एक बात हमको सूझी एक दुपट्टा सामने चंद्रमोहन की मासी के घर से ले आए और वह अपने सर पर ओढ़ कर खेत की ओर जाने लगे। राम प्रसाद की नजर दुपट्टे पर पड़ी उसने देखा, उसे लगा कि कोई लड़की उसकी ओर आ रही है शर्म

के मारे वह वहां से अगले खेत में चला गया हम थोड़े और आगे हुए तो वह दूसरे खेत में अब वह बहुत तंग हो चुका था उसे लगा कि यह लड़की उसके पीछे पड़ी है, यह सोचते ही उसे शर्म महसूस होने लगी। वह एक खेत से दूसरे खेत में जाता गया तो हमने बस उसे यहीं छोड़ घर की ओर जाने लगे उसका पाजा में का इंतजाम करने चल पड़े।

हमें उसकी चिंता होने लगी थी। किसी न किसी ढंग से रामप्रसाद के भाई को कहा कि उसका पाजामा फट गया है एक नया पाजामा लेकर उस खेत में जाओ।

हम दूर से देखते रहे कि कोई उसका पाजामा लेकर गया या नहीं। थोड़ी ही देर में हमने उसके भाई को साइक्ल पर जाते हुए देख लिया था साइकल के आगे एक थैला लटका हुआ था उसमें पाजामा अवश्य होगा यह सोच कर हम अपने अपने घर को हो लिए थे।

2.आस पास ब्याह शादियों में जब खाने पर बुलाया जाता तो रामप्रसाद हमेशा ही हमारे साथ जाता। खूब मस्ती में खाना भी खाते और आते जाते शरारत, गप-शप भी तो चलती ही रहती। एक बार पड़ौस की एक शादी को हम सब इकट्ठे गए हुए थे। जब साथ गए तो स्वाभाविक है कि खाना भी एक साथ बैठ कर ही खाना था।

रामप्रसाद की आदत थी कि वह पहाड़ी खाने में धोतुआं दाल को बहुत ही पसंद करता था और बोटी को बार बार बोल कर मंगवाता रहता था। हम उसकी आदत को खत्म करना चाहते थे। चंद्रमोहन ने मुझे इशारा किया कि कुछ हो जाना चाहिए और समझो फिर हो गया।

गांव में खाना खाने नीचे बैठते हैं हम सब नीचे एक पांत में बैठे थे। मेरे बांए ओर राम प्रसाद बैठा था और राम प्रसाद के बांए ओर चंद्रमोहन अर्थात हम दोनों के बीच में राम प्रसाद। पतलें आ गई थीं बोटी चावल दे गया था तभी दूसरा बोटी धोतुआं दाल बांटने आ पहुंचा। ज्योंही राम प्रसाद के पास बोटी आया तो मैंने अपने बांए हाथ से उसकी पतली पर ना ना का इशारा किया तो बोटी उसकी पत्तल में दाल न डाल कर आगे निकल गया।

राम प्रसाद को बुरा लगा और हम जोर से हंस दिए। हमारे लिए तो यह मज़ाक बना था खूब मज़ा भी लिया परन्तु रामप्रसाद का दिल टूटते हम नहीं देख सकते थे। चंद्र मोहन ने तुरन्त बोटी को आवाज डालकर पीछे बुलाया और उसकी पतल में दाल डलवाई तभी हम सबने मिल कर खाना खाया। इस बार दाल बहुत स्वाद लगी।

3.राम प्रसाद से हमेशा हमारा शरारत का चक्कर चलता ही रहता था। वह हमें छेड़ता रहता और हम उसे। आप अगर ध्यान से देखो तो हमेशा ही शरारत में भी आदान प्रदान चलता है। कुछ इस तरह का ताल मेल बन गया था कि राम प्रसाद से जिस दिन कोई शरारत नहीं हुई हो तो वह दिन ही दिन नहीं लगता था ऐसा लगता कि समय ही कुछ ठहर गया हो या कुछ खाली खाली सा लगता। ऐसा नहीं है कि वह हमारी इस हरकत

से नाराज होता था उसे भी लगता था कि जिस दिन उसके साथ कोई शरारत हुई नहीं हो तो वह भी कुछ मायूस सा रहता था। यह कहा जाए कि दोनों ओर एक सा ही था।

बात दरअसल यह थी कि वह चंद्रमोहन को बहुत चाहता था। मैंने इस तरह का इश्क कभी भी नहीं देखा। मेरी दोस्ती भी चंद्रमोहन से सबसे ऊपर की थी। परन्तु हम दोनों ने भी कभी इस तरह से अनुभव नहीं किया जिस तरह से रामप्रसाद चंद्रमोहन के लिए महसूस करता था। कभी कभी दोनों में किसी बात के लिए मनमुटाव हो जाता तो रामप्रसाद तुरन्त ही माफी मांगने लग जाता था। भले ही उसमें चंद्रमोहन की ही गलती रही हो। फिर चंद्रमोहन में एक कला थी आसानी से वह मानता नहीं था चाहे अंदर से वह चाह भी रहा हो, जब तक रामप्रसाद उसके पास कई चक्कर न लगा ले। वह सीधे चंद्रमोहन के पास नहीं जाता था। मेरे पास आता बहुत देर तक मेरे पास बैठा रहता। मैं भी तो कुछ नखरे उसे दिखाता ही। फिर भी वह सब नखरे सह लेता था, इसलिए कि केवल चंद्रमोहन ही उससे नहीं रूठे बस।

राम प्रसाद जहां भी जाता अपनी मित्रमंडली की टोली के साथ ही जाता था। अकेला कभी वह शायद गया ही नहीं। हां कभी पारिवारिक कार्यक्रम हो तो वहीं गया होगा। एक बार हम सब मंडी गए हुए थे शायद कोई फिल्म देखने मुझे याद नहीं। घर से जल्दी ही चले गए थे। भूख लगी तो सब होटल में खाना खाने बैठ गए। उन दिनों मैं नानवैज खा लेता था। मैं ही क्या राम प्रसाद को छोड़ सब खा लेते थे। राम प्रसाद को मालूम था कि अब हम लोग नान वैज का आर्डर करेंगे।

क्योंकि वह शाकाहारी था पहले ही अलग से एक किनारे के टेवल पर बैठ गया। वहां से तिरछी नजर से हमें देखता रहा। मित्रों से अलग बैठना न उसे अच्छा लग रहा था न ही हमें ही। हमारे मित्र ऐसे थे कि बिना नानवैज के खाना ही नहीं खाते थे। इतने में वैटर आया हमने आर्डर दिया। वेटर जब जाने लगा तो मैंने वेटर को बुलाया।

"देखो भाई जो सामने बैठा है उससे पूछ लेना कि उसे क्या चाहिए। हमारा ड्राइवर है। इसका ख्याल रखना"

वेटर "जी साहब' करके चला गया। राम प्रसाद को सब सुनाई दिया। हमारे साथ बैठे दोस्त यह सुन कर जोर से हंसे। हॉल में बैठे लोग भी हमारी ओर देखने लगे। राम प्रसाद फिक्का मुस्काने लगा था। जब वेटर उसके पास पहुंचा,

"बोल उस्ताद की खाएगा साहब ने बोला जो मर्जी खा यार"

वेटर की बात सुन कर हम और हंसे लेकिन अब उसे बहुत बुरा लगा वह उठ कर होटल से बाहर आ गया।

उसका उठना ही था मैं तो अंदर तक हिल गया। मुझे लगा कि कभी कभी हम अपनी सीमा लांघ देते हैं जो दोस्ती में होना नहीं चाहिए, मैं जल्दी से उसके पीछे हो लिया। बाहर बड़ी मिनत करके उसे मनाया और अपना नानवैज का आर्डर कैंसल करके शाकाहारी खाना उसके मुताविक आर्डर किया। एक ही टेबल पर सबने बैठ कर तब इत्मिनान से खाना खाया। लेकिन बीच बीच में हंसी को हम रोक ही नहीं सके। अबके वह भी हमारे साथ हंस दिया हमें उसकी हंसी बहुत अच्छी लगी।

सामने कृष्णा थियटर में आरजू फिल्म लगी थी उसी का गाना हम सब मिलकर उसके लिए गाने लगे थे, "तेरा मुस्कुराना गज़ब हो गया, ऐ फूलों की रानी बहारों की मलिका तेरा मुस्कुराना गज़ब हो गया न दिल होश में है न हम होश में हैं, नजर का मिलाना गज़ब हो गया। "

बस फिर क्या था वह अपने को राजेंद्र कुमार समझने लगा और पल में ही खुश हो गया। वह खुश हो गया तो हम खुश हो गए।

4.राम पराद ऊन्ना, चिंतपुरनी की ओर के ब्राहमूण थे। वह वहीं पर ही पैदा हुआ था। उधर से चार पांच परिवार हमारे गांव बग्गी में आ कर बस गए थे। फिर भी उनके बहुत से रिश्तेदार, जान चहचान के वहीं पर थे। राम प्रसाद की शादी की बात चिंतपुरणी की ओर से उनके किसी पहचान वाले चलाने लगे थे। राम प्रसाद को शादी की इच्छा तो हो ही रही थी। बड़ा खुश हो रहा था। मेरे साथ लड़की की बातें करने लगा। हम भी मज़े लेने लगे और वह शादी के लिए तैयार हो गया।

लड़की वालों ने यह तय किया कि लड़का लड़की को देख ले मिल ले कुछ पूछना है तो पूछ ले आदि आदि संदेशा जब उसे मिला उसके बापू ने भी उसे यही कहा कि लड़की को देख लेना चाहिए। चाहता तो वह भी था लड़की से मिलना बात करना। मेरे पास आया सारी बात की। मैंने भी उसे कहा कि तुझे लड़की देख आनी चाहिए।

"तो"

"तो क्या जाओ देख आओ कहीं लड़की एक आंख की ही नहीं हो भाई एक दूसरे को देख लो यह पूछ लेना कि तेरा दूसरे के साथ टांका तो नहीं फिट है "

"तूं अपनी बातों से बाज नहीं आ सकता ! फिर तूं तैयार हो जा मैं अकेले नहीं जाऊंगा कल तैयार हो जा"

"मैं"

"हां हां तू ही"

चाहता तो मैं भी था कि उसके साथ जाऊं नई जगह देख आऊं लड़की को देख आऊं और भी वहां लड़कियां होंगी, उसकी सहेलियां बहुत होंगी देख लेनी चाहिए चाहते हुए मैं

थोड़े बहुत नखरे मैं भी करने लगा। खैर उसे भी पता था कि यह नखरे यूं ही कर रहा है। मैं भी तैयार हो गया और अगले दिन हम चिंतपुरणी पहुंच गए।

हम लड़की के घर बैठे थे। लड़की के बाप ने कहा कि आप लड़की से मिल लो वह अंदर कमरे में इंतजार कर रही है।

राम प्रसाद यह सुन कर पसीना पसीना हो गया। मैंने उसे कोहनी मारी कि जा अंदर उससे उठा नहीं गया। वह मेरे को बोला,

“चल उठ”

“क्या''

“हां तेरे को ही बोल रहा हूं इसलिए ही तो मैं तुझे अपने साथ लाया हूं”

वह चुपके चुपके मेरे कान के पास बोल रहा था।

वह उठ नहीं रहा था। आस पास बैठे सब बड़े लोग हमारी ओर देख रहे थे। सब समझ गए थे कि राम प्रसाद शर्म कर रहा है। मैंने उसके कान में कहा,

“यहां तो तुझे ही जाना होगा मैं नहीं जा सकता यह काम तेरे से ही होना है”

“नहीं मैं नहीं जा सकता तुझे भी जाना होगा”

खैर वह नहीं माना मैं उसके साथ उसे लेकर उठा उसे कमरे के दरवाजे तक ले गया और वहां से मैंने उसे दरवाजे के पास से अंदर धक्का दिया जैसे लड़के को सुहाग रात में कमरे के अंदर भेजा जाता है। वह अंदर चला गया।

क्या बात हुई वह तो उसने आजतक नहीं बताई परन्तु कमरे से बाहर जब वह निकला तो पसीने से तर बतर था। बाहर आते ही उसने मेरा हाथ पकड़ा और मुझे ही कहा,

“इनको मेरी ओर से हां कर दो”

लड़की वाले सब समझ गए कि यहां लड़की ही राज करेगी, बस बात पक्की हो गई और हम वहां से घर आ गए।

शादी के बाद यह तो मैंने भाभी से पूछ ही लिया कि इसने उस दिन क्या बात की थी। तो वे बोले थे कि इसने तो कोई बात ही नहीं की और जब मैंने इनसे पूछा कि कुछ पूछना है आपने तो।

“तो वे बाहर आ गए थे यही न'' मैंने बीच में ही पूछा।

हम दोनों बहुत हंसे थे। हम दोनों को हंसते देख राम प्रसाद दूर से हमें घूरता रहा था।

5.राम प्रसाद की बहुत सी बातें हैं जितनी याद आ जाएगी सब बताऊंगा। उसमें एक बहुत बड़ी आदत है और आजतक वह आदत उसमें वैसे की वैसे ही है। वह हमेशा बड़े लोगों के सामने आगे होना चाहता रहा है। एक बार हिमाचल सरकार का कार्यक्रम चला

था, "आपकी सरकार आपके द्वार'। उस समय हिमाचल के मुख्य मंत्री वाई एस परमार थे। हमारे गांव के स्कूल में दो दिन का कार्यक्रम था। सभी मंत्रियों ने बग्गी में आना था सारे मंडी के लोग वहीं बुलाए थे और लोगों की समस्या का समाधान वहीं पर तुरन्त होना था।

उस समय मैं बग्गी के स्कूल का मुख्याध्यापक था। सरकार का सारा इंतजाम मेरे पास ही था। खाने से लेकर लोगों की मिलने की व्यवस्था सब मैं ही देखता था। मैं डी सी मंडी को असिस्ट कर रहा था।

अपने निर्धारित समय के अनुसार कार्यक्रम शुरू हो गया था। सब मंत्री मंडी जिले के एम.एल.ए सभी आए थे। कार्यक्रम चलता रहा।

दोपहर आई। हिमाचल के मुख्य मंत्री वाई.एस.परमार जी अपने मंत्रियों के साथ नीचे ही पांत में खाना खाने बैठे थे। इस समय का यह मौका राम प्रसाद खोना नहीं चाहता था। वह भी हमें छोड़ कर परमार जी के सामने वाली पंक्ति में खाना खाने बैठ गया।

यहां एक बात बताना चाहता हूं, मोटा होने के कारण जब वह नीचे जमीन पर बैठता था तो उसकी पैंट पीछे से ऐसी खुली होती थी जिससे उसका पिछवाड़ा पूरा दिखाई देता था। आज भी उसी तरह से जब वह जमीन पर बैठता है तो उसका पछवाड़ा उसी तरह से खुला रहता है। हमें मालूम था कि खाने के बाद उसने हमारे साथ अपनी खूब चर्चा करनी थी कि मुख्य मंत्री के साथ उसने खाना खाया। उसने फोटो ग्राफर तैयार कर रख था। मुझे न जाने क्या सूझी। उसका पिछवाड़ा देख मैंने एक गिलास पानी लेकर उसके पीछे से इस तरह से डाला कि किसी दूसरे को कुछ पता ही नहीं चला।

पानी के स्पर्श का आभास होते ही उसे एक झटका बिजली के करंट जैसा लगा, लेकिन वह परमार और अन्य मंत्रियों के सामने बैठा था कुछ नहीं कर सका, कुछ नहीं बोल सका, और तो और उठ भी नहीं पाया। उसका पछवाड़ा नीचे से सारा भीग गया था। क्या करता, हल्के से खाना खाता रहा। थोड़ी ही देर में जहां वह बैठा था पानी वहीं से आगे आने लगा। सामने परमार जी बैठे थे उनकी नजर पानी पर पड़ी। उन्होंने कुछ नहीं कहा परन्तु हमारी हंसी नहीं रूकी। खाना खाने के बाद में जब हम हंस रहे थे उसके हाथ में पानी का गिलास था उसी गिलास से उसने जोर से मेरी ओर मारी परन्तु मैं तो पहले से ही सचेत था यह जानते हुए कि इसकी प्रतिक्रिया तो अवश्य होनी ही है मैं सतर्क था। मैं वहां से एक ओर तुरन्त हो गया था। लेकिन वह पानी ठीक मेरे पीछे खड़ी एक पुलिस महीला अधिकारी पर पड़ा। महीला के समझ नहीं आया कि यह क्या माजरा है और जितनी देर में महीला अपनी साड़ी अपने को संभालती वह वहां से डर के भाग गया था। इस घटना के बाद राम प्रसाद मेरे साथ बात बंद कर दी। हम दोनों के बीच बात चीत तक बंद हो गई थी।

6.यह प्रकृति भी हमें बहुत दिनों आपस में नहीं बांट सकती थी। मुझे एक तजुर्बा हुआ है,जब आप हमेशा दूसरे के लिए कभी बुरा नहीं सोचते तो प्रकृति भी आपका बुरा नहीं होने देती। यह प्रकृति का अटल नियम है। राम प्रसाद से बात-चीत बंद हो गई थी। लेकिन चाहते दोनों ही थे कि एक दूसरे से बात करें क्योंकि एक दूसरे से बड़ी देर अलग रह ही नहीं सकते थे। मैंने कोशिश भी की थी परन्तु वह बहुत ही नाराज लगता था। हां जब आस पास से गुजरते तो मुस्काते जरूर थे।

अक्सर छुट्टी वाले दिन या रविवार को हम सब सांय के समय गांव से बाहर एक मैदान है वहां पर क्रिकेट खेलते थे। उस दिन बहुत से लड़के या कहा जाए कि सारे गांव के लड़के छोटे, बड़े सब इकट्ठे होते और दो टीमों में अपने आप ही विभाजित हो कर क्रिकेट का आनंद लेते थे।

पहले हम सब हॉकी खेलते थे। हॉकी मुझे अच्छी लगती थी परन्तु अब सभी का झूकाव क्रिकेट की ओर हो गया है इसलिए हमने भी हॉकी छोड़ दी और क्रिकेट की ओर हो गए। हॉकी हमारी नेशनल गेम है लेकिन सरकार की रूचि स्वयं ही हॉकी की ओर नहीं रही कारण हॉकी में पैसा नहीं है क्रिकेट में पैसा है सरकार की रूझान के साथ युवा वर्ग भी इसके पीछे पागल जैसा हुआ जा रहा है कारण जो बोर्ड का मेम्बर बना वह एक साल के भीतर ही अरबों में खेलने लग जाता है और बोर्ड में कोई साधारण मेम्बर नहीं जाता, राजनीतिज्ञ जाऐंगे या स्वयं बहुत बड़े अमीर जाएंगे। यह भी बाजारवाद का एक खेल है और हमारे युवाओं को इसमें नचाया जाता है और वे नाचते चले जा रहे हैं। यहां भी इसका प्रभाव पड़ा, गांव में भी युवा हॉकी छोड़ क्रिकेट की ओर आ गए।

अपनी रूटीन के हिसाब से एक रविवार को हम सब उस ही मैदान में सांय के समय खेलने पहुंचे जिसमें हम हर बार जाते थे। राम प्रसाद भी अपने कार्यक्रम के मुताबिक पहुंचा। हम दोनों की आंखे चार हुई दोनों मुस्काए परन्तु दोनों में आपस में बात नहीं हुई। उस दिन आसमान में हल्के हल्के बादल छा रहे थे इस कारण भी कुछ लड़के कम आए थे फिर भी दो टीमें बनी और खेलना आरम्भ हो गया। हमारी बैटिंग थी दूसरी टीम फील्डिंग कर रही थी हमारी टीम के दो खिलाड़ी बैटिंग कर रहे थे। खेल जम रहा था। रामप्रसाद हमारी टीम में था हम सब बाहर अपनी बारी का इंतजार करते खेल देख रहे थे। अचानक आसमान में बादल बढ़ने लगे और हल्की हल्की हवा भी चलने लगी। बादलों को देख कर लग रहा था कि ये अपना विशालकाय रूप लेने वाले हैं और हवा भी आंधी में बदने लगी थी। हम जो बैटिंग के लिए अपनी बारी का इंतजार करने बाहर बैठे थे मौसम का रूख देख घर की ओर जाने लगे। कुछ किसी को बिना बताए अपनी अपनी जोड़ी के साथ घर की ओर चल पड़े। राम प्रसाद तो हम से पहले ही चला गया था।

बादलों और आंधीं में आपस में इस तरह से ठन गई कि कोई मानने वाला ही नहीं था, आंधी कहे कि मैं बलवान हूं बादल कहे कि तूं मेरे आगे क्या है। देखते ही देखते मौसम इतना खराब हो गया कि सबको खेल छोड़ना पड़ा और वे भी हमारे पीछे आने लगे थे।

राम प्रसाद मेरे से आगे था। जब मैं आगे पहुंचा तो मुझे रामप्रसाद कहीं भी दिखाई नहीं दे रहा था। मैंने यही सोचाकर कि वह आंधी को देख तेज दौड़ लगाकर आगे चला गया होगा। अभी मैं यही सोच रहा था कि मेरे पास ही एक खाली पड़ी झौंपड़ी जहां चाय किसी समय बनती थी आंधी की लपेट में आ गई थी और जमींदोज़ हो गई थी। जब मैं उस झोंपड़ी के पास से गुजर रहा था तो मेरे कानों में एक आवाज सुनाई दी,

"गंगे मरिओ गंगे"

आवाज राम प्रसाद की थी। मैं झौंपड़ी के पास गया जहां से आवाज आ रही थी,झूकते हुए झांक कर देखा तो झोंपड़ी के छत के नीचे राम प्रसाद और उसके चेहरे पर खून की धारा बह रही थी, वह दबा पड़ा था। देखते ही न जाने मुझ में कहां से बल और फुर्ति आ गई।मैं झौंपड़ी की छत के नीचे घुसा और छत को पीठ से ऊपर उठाया राम प्रसाद जल्दी से हिम्मत करके बाहर निकल आया। तब देखा कि उसके तो सर में एक बड़ी कील घुसी हुई थी, यह खून वहीं से ही बह रहा था। रामप्रसाद तो बाहर आ गया परन्तु मैं अपने को निकाल नहीं सका मेरी पीठ पर छत थी और उसके भार से दबने लगा। इतने में पीछे से सब शेष लोग आ रहे थे राम प्रसाद ने सबको मेरे बारे में बताया और लगभग दस लड़कों ने मिलकर छत को ऊपर उठाया तो मैं भी बाहर आ सका।

अगले दिन जब मैंने वह छत देखी और उसे हिलाने की कोशिश भी करता रहा जो आज मुझ से टस से मस नहीं हो रही थी। मैं हैरान था कि मैंने उसे किस हिम्मत से उसे उठाया होगा।

राम प्रसाद को ठीक होने में बहुत समय लगा। उसके सर में पांच इंच की कील जो घुस गई थी। खैर इस घटना के बाद उसका मजाक तो हम उड़ाते रहे परन्तु इसके बाद वह कभी भी नाराज नहीं हुआ। अब जब भी हम मिलते हैं तो उसके माथे के पास उस कील का घाव आज भी दिखाई देता है मैं जब भी उस घाव को देखता हूं तो वह पुरानी घटना भी याद हो आती है।

फिर भी आज जब भी हमारा मिलना होता है तो शरारत करने का मौका कोई नहीं छोड़ते न वह न हम परन्तु नाराजगी अब कभी पास नहीं आई।

राम प्रसाद के किस्से खत्म नहीं हो सकते बस अब एक और सुनाकर रामप्रसाद चालीसा खत्म करते हैं।

7.यह तो आपको मालूम ही है कि अगर दिन में कोई और न सूझे तो हमारी शरारत

का निशाना मित्र रामप्रसाद ही रहता। "बार बार कहना पड़ता लिखना पड़ता दो जिस्म मगर एक जान हैं हम' बहुत प्यारा मित्र है वह, न उस बिन हम रह पाते न ही वह हमारे बिन रह पाता। हमारी शरारत का वही सबसे पहले शिकार होता और उसकी शरारत के लिए हम शिकार होते आए हैं या इस तरह से कहें आदान-प्रदान होता रहता है। बात यह भी है कि शरारत के बिना हम रह भी तो नहीं पाते। हमारी मित्रता की कड़ी ही शरारत है। वह भी सोचता रहता कि आज वह हमें किस तरह से चित्त करेगा और इधर हम भी उसके बारे में ऐसा ही सोचते रहते। कभी कभी तो हमारे घर के बड़े लोग पहाड़ी कहावत में कह देते आए हैं कि इनके कोई चांडाल बाल है जो इन्हें बैठने ही नहीं देता।

वैसे बात करूं हमारा मित्र रामप्रसाद बहुत पैसे वाला आदमी है लेकिन उसी तरह से कंजूस भी तो है। हिन्दी में एक मुहावरा है "मक्खी चूस', ऐसा लगता है कि यह कहावत उसी को देख कर हिन्दी के मनीषियों ने गढ़ी होगी। उसकी कंजूसी के वजह से ही हमारा उसे छेड़ने का भी सबसे बड़ा कारण रहा है। हम आपस में दोस्त ही नहीं, गांव वाले भी इन्हें कंजूसों का परिवार मानते हैं, सबके सब कंजूस ही हैं। एक दिन मैंने उससे पूछ ही लिया,

"रामप्रसादें"

"क्या बोलता तूं?"

" बोलता भी है तूं कि"

"बोलता हूं नहीं पूछता भी हूं"

वह एक दम से मेरी ओर देखने लगा। शायद सोच रहा होगा कि कोई शरारत की नींव रखी जा रही है मैं बोलते बोलते रूक गया था।

"पूछ भी यारें क्या हो जाता है तुझे बैटरी तो चार्ज है पूछता क्यों नहीं?"

"भाई मेरे प्यारे, भाई तुम इतने पैसे वाले हो खूब पैसा रखा है"

"फालतू नहीं पूछने का पैसा है कमाया है पेट मार कर कमाया ठोक कर कमाया है"

"बस बस यही न, तू बोला पेट मार कर कमाया है मतलव तूने यह पैसा भोगना नहीं अपने साथ लेकर जाएगा"

"फिर तेरे को खिलाऊं देख फालतु नहीं"

मेरे को मालूम है कि अब वह कभी भी नाराज नहीं होता। बातें ऐसी करता कि हमें तो अच्छी लगतीं उसे भी अच्छी लगतीं, इसलिए ही हम आपस में एक दूसरे को छेड़ते भी रहते।

कंजूसी के साथ उसकी एक और आदत थी, वह यह कि घर में जो कुछ वे करते, नई चीज, नए कपड़े, कुछ भी लाते, यहां तक कि घर में कुर्सी भी खरीदते उसकी भी वह

बड़ी लंम्बी चौड़ी भूमिका बांधता, फिर उसकी तारीफ करता, बहुत बढ़ाचढ़ा कर बात दोस्तों के बीच में हमेशा से रखता आया था।

"मेरे रामप्रसाद प्यारे रामप्रसाद"

मैंने सोच लिया कि वह मेरे से कुछ चिढ़ने लगा है तलखी से बोलने लगा है तो मैंने जो उससे पूछना था उस विषय को बदलते हुए कहा,

"यार मेरे यार सच में किसी से मत कहना"

मैं क्षण भर के लिए चुप हो गया हम एक दूसरे को देखने लगे, उसकी उत्सुकता बढ़ी और मैंने उसे बड़े प्यार से सहलाते हुए कहा,

"तुम मेरे यार बहुत अच्छे हो बहुत अच्छे हो परन्तु किसी को बताना मत"

उसे इस तरह की बात की उम्मीद नहीं थी, सुनते ही वह जोर से हंसा। हंसने का साथ मैंने भी उसका दिया। हम जोर से इस तरह से हंसने लगे थे, वह मेरी ओर देख कर हंसने लगा था और मैं उसे देखकर ही हंसने लगा था। मैं अपने में यह सोचने लगा था कि मैं तो उसकी कंजूसी के बारे में पूछने वाला था परन्तु उसका मूड कुछ ठीक न देख मैंने अपने प्रश्न का विषय ही बदल लिया था।

हमारी हंसी दूर तक जा रही थी। हम मित्र चंद्रमोहन का इंतजार कर रहे थे, बीच का समय हमने व्यतीत तो करना ही था इसलिए टेढ़े-मेढ़े प्रश्न मैं रामप्रसाद से करने लगा था, तभी चंद्रमोहन भी ठीक समय पर पहुंच गया। हमें हंसते देख वह भी मुस्काने लगा था।

"क्या हो रहा है?"

"क्या होना है रामप्रसाद की जरा मालिश कर रहा हूं। "

रामप्रसाद फिर हंसा और सब बातों को छोड़ जिस बात को वह करना चाहता था मौका देख करने लगा,

"देख मेरी बात सुनों बताना मत किसी को मतलब किसी को भी। हमने आज एक टीन, पूरा एक टीन देसी घी खरीदा है ऐसे हैं हम"

अब मैं समझा रामप्रसाद इस बात को सबके सामने सुनाना चाहता था ताकि सबको पता चले। चंद्रमोहन के आते ही उसने यह बात जो उसके पेट में पच नहीं रही थी बाहर उडेल ही दी। उसकी आदत भी थी जब कभी वे कुछ हट कर काम करते तो उसका लेखा जोखा वे सबके सामने करता आया था। इस बात को सुनाने के लिए वह बड़ी देर से यहां दो-चार दोस्तों का इंतजार कर रहा था और मुझे यह भी यकीन है कि वह अपनी तारीफ सुन कर जल्दी चला भी जाएगा ही।

सुनते ही चंद्र मोहन बोला,

"हमें क्या तुम देसी घी खाते हो या दूध में नहाते हो, या गूह खाते हो हमें क्यों सुना रहा है तूं?"

"तुमको क्यों तकलीफ हो रही है मैं तो इसलिए सुना रहा हूं कि हम देसी घी में ही खाते हैं।"

"हमें किस दिन बुला रहा है देसी घी में पके पकवान खिलाने के लिए हमें बुलाएगा तो हमें पता चलेगा कि मिंया भूजी नहीं खाता" चंद्रमोहन ने उस पर एक तीर छोड़ दिया।

तीर उसे चुभ गया। वह चुप हो गया था। खाना खिलाने के मामले को वह आगे नहीं बढ़ाना चाहता था। जल्दी से अपनी घड़ी देखी और बोला,

"यार देर हो गई मैं चलता हूं फिर"

कहते हुए वह किसी की प्रतिक्रिया सुनने से पहले ही जल्दी से तेज कदमों से घर की ओर चला गया।

वह तो चला गया। हम दोनों को उसकी यह बात कुछ हजम नहीं हुई। हम आपस में बात करने लगे। तुम देसी घी में खाते हो या डालडे में हमें उससे क्या मतलब।

"जितने साले कंजूस हैं उतने ही फुलड़े भी हैं अपनी ही शेखियां सबके सामने झाड़ते रहते हैं।"

चंद्रमोहन ने अपनी प्रतिक्रिया दी।

खैर वह चला गया हम भी कुछ देर बैठ कर बात चीत करते रहे और चले आए।

इस बात को तीन चार दिन हो गए थे। परन्तु उसकी देसी घी की बात हम भूल नहीं पा रहे थे। यह बात हमारे दिमाग में घर कर गई थी। हमने उसका नाम देसी घी ही रख दिया। इसी नाम से जब उसे पुकारते तो वह बहुत खुश होता। वह सोचता कि जिस बात की वह सबके साथ चर्चा करना चाहता है वह तो अपने आप ही हो रही है। वह खुश था। सात दिन हो गए थे। प्रसाद की देसी घी की बात चंद्रमोहन के और मेरे दिमाग में घूम ही रही थी। बाहर निकलने का नाम नहीं ले रही थी। कुछ सोचते हुए चंद्रमोहन ने एक स्कीम बनाई। सब दोस्तों को बुलाया और बड़े शांत भाव से बोला,

"भाई रामप्रसाद ने केवल हम सबको, सातों दोस्तों को रविवार वाले दिन एक बजे घर पर खाने पर बुलाया है। सब चलेंगे देसी घी खरीदा है उन्होंने। देसी घी का खाना खाएंगे"

सब खुश हो गए। मैंने उसे एक ओर ले जाकर पूछा,

"भाई माजरा क्या है?"

"चुप कर देखते जा अभी कुछ नहीं पूछ"

कहते हुए वह सब दोस्तों के साथ खाने की बातें करता रहा। सब दोस्त हैरान भी

थे और खुश भी थे। हैरान इसलिए थे कि आज तक तो रामप्रसाद ने कभी भी खाने पर नहीं बुलाया है अबके उसे क्या हो गया।

सब दोस्तों की हैरानी को चंद्रमोहन अच्छी तरह से समझता था। उनकी शंका को दूर करने के लिए बोला,

"हो सकता है रामप्रसाद देसी घी की धौंस हमारे पर जताना चाहता हो। तो दोस्तो घर में सुबह का खाना मत खाइऐ वहीं पर टूट कर पड़ेंगे देसी घी का खाना है भाई आज से सात दिन बाद, रविवार दिन के एक बजे"

सबने चंद्रमोहन की हां में हां मिलाई और रविवार का इंतजार करने लगे।

चंद्रमोहन ने सारी स्कीम मुझे बताई कि रामप्रसाद को देसी घी का पाठ पढ़ाने के लिए ही यह सब नाटक किया है। मैं तो उस समय ही समझ गया था। अब यकीन भी हो ही गया। रविवार आ गया। हम इस नाटक के पटाक्षेप का दृश्य देखने के लिए थोड़ी दूर एक ओट से चुपके से रामप्रसाद के घर को देखने बैठ गए। एक बजने लगा था। हम मोर्चे से रामप्रसाद के घर पर नजरें गड़ाए हुए थे। हमारे दोस्त बारी बारी से वहां पहुंचने लगे। देखते ही देखते हम दोनों बहुत खुश हो रहे थे कि अब रामप्रसाद को मुश्किल होगी। हम बहुत खुश थे कि अब उसे अपने इठलाने का सबक मिलेगा। आपस में तालियां बजाई।

सब दोस्त पहुंच गए थे। आपस में खूब गप-शप मार रहे थे, हंस रहे थे, उठ-बैठ कर बातें कर रहे थे। हम यह देख हैरान भी होने लगे थे। हम यह सोच रहे कि हो सकता है वे हम दोनों का इंतजार करने लगे हों और खाने की बात ही नहीं चल रही हो।

एक बज चुका था। जो हमने सोचा था वह कोई हरकत नहीं हो रही थी। अब सब रामप्रसाद के साथ उसकी किचन की ओर जाने लगे। हमारा माथा ठनका।

"यार यह तो सच में ही उन्हें खाना खिलाने किचन की ओर ले जा रहा है।"

"अगर ऐसा है तो हम दोनों देसी घी से बच जाएंगे।"

"तो देर किस बात की चलो हम दोनों भी वहीं चलते है, देखी जाएगी।"

हम पास ही तो थे, पांच मिनट में ही वहां पहुंच गए। हम सीधे ही उनके किचन में पहुंच गए। वहां उनके बैठने और खाना खिलाने का इंतजाम हो रहा था। हम दोनों को देख सब दोस्त कहने लगे थे,

""तुम लोग कहां रह गए थे ? हम तो आप का इंतजार कर रहे थे यह तो रामप्रसाद ने कहा कि वे शायद कहीं गए हैं वे नहीं आएंगे।"

"हम क्यों नहीं आते भाई यार ने बुलाया और हम नहीं आएं ऐसे तो कोई हालात नहीं थे।"

रामप्रसाद हमारी ओर देख भी रहा था और मुस्कुराई भी जा रहा था। हम सातों दोस्तों

ने खूब पेट भर खाना खाया। जानबूझ कर सभी ने अधिक खाया यह समझ कर कि यह समय बार बार नहीं आएगा। रामप्रसाद हमारे साथ नहीं खा रहा था। वह हमारे खाने को बोटी के साथ बांट रहा था। उसने खिचड़ी बना रखी थी। हर बार वह देसी घी की दो दो कड़छियां डाल रहा था। हमारा एक दोस्त तो उससे और घी मांगते जा रहा था और प्रसाद उसे कड़छी भर-भर उडेलते जा रहा था। हम दोनों को उसने दूसरों से दोगुना घी डाला। हम सब खुश। सब देसी घी का स्वाद लिए जा रहे थे। सोचते जा रहे थे कि रामप्रसाद अब बदल चुका है। तभी बोटी ने फिर से सबको खिचड़ी दी। रामप्रसाद बोला,

"देसी घी का मजा तो खिचड़ी के साथ ही आता है "

खिचड़ी पर सबको खूब घी डाल रहा था। और एक हम थे कि उसके देसी घी के सारे टीन को खतम करने पर तूले थे। खूब घी मांग रहे थे वह खूब डाल भी रहा था। हमारा उसका कंजूसी का इरादा बदलने लगा था।

सच में खाना बहुत ही स्वाद लगा। सब दोस्त उंगलियां चाटने लगे थे। मैं और चंद्रमोहन तो उससे घी की डिमांड बार बार करने लगे थे। चंद्रमोहन ने तो मेरे कान में यहां तक कहा कि आज इसका सारा घी हम लोगों ने ही खत्म कर देना है और मांगते भी रहे साला याद रखेगा किस से पाला पड़ा था। और लग भी रहा था जिस ढंग से वह घी सबको डाल रहा था कहीं आज ही खत्म न हो जाए।

खाना खाकर हम उसकी दुकान में सब बैठने चले आए। आज हम मन ही मन में सोच रहे थे कि रामप्रसाद के बारे में हमारे विचार गलत हैं। यह तो दिल खोल कर हमें खिला रहा था। हम उसकी दुकान में बैठे उसका इंतजार कर रहे थे। वह थोड़ी देर बाद आया।

हमारे एक दोस्त ने उससे कहा,

"यार बहुत ही अच्छा खाना बना था। हमने खूब खाया। अब एक काम कर चाय भी पिला ही दे। तेरा देसी घी गले में न फंसा रह जाए घी के बाद चाय पीनी चाहिए न ? "

उसने एक क्षण भी देरी नहीं की और सामने चाय बनाने वाले को आवाज दे कर सात कप चाय के मंगवा दिए।

चाय आई हमने मन चित लगा कर पी। उसके बारे में हमारी धारना गलत साबित हुई। तभी वह बोला,

"यार आपका बहुत बहुत धन्यावाद, आप बैठो मैं अभी आया। "

बोल कर वह पीछे रसोई की ओर चला गया। हमने सोचा कि आज वह पीछे नहीं हटेगा हमें रिटर्न गिफ्ट भी देगा। अब सब दोस्त उसकी प्रशंसा करने लगे और हम दोनों चुप चाप उनकी बातें सुनते रहे। एक मिनट में ही लौट कर आया। उसके एक हाथ में

चिमटे से पकड़ी कुछ चीज थी जो हमारी पहचानने में नहीं आ रही थी। वह हमारे सामने खड़ा था। हमें उत्सुकता हो रही थी कि अब वह क्या जादू करने वाला था !

हमें कुछ दुर्गंध का आभास होने लगा था।

"देखो भाई मैं चंद्रमोहन का बहुत आभारी हूं जिसने सब दोस्तों को खाने पर बुलाया परन्तु मुझे नहीं बताया था। यह तो भला हो राम का उसने मुझे बताया और मैं सारी स्कीम इनकी समझ गया। आप मेरे दोस्त हो। भला मैंने कभी तुमको खाने पर मना किया है। मैंने भी सब दोस्तों को बुलाया केवल इन दोनों को नहीं बुलाया। मैं जानता था कि इन्होंने अपने आप आ जाना है मेरी सोच ठीक निकली और ये आ भी गए।

भाई साहब हमने एक टीन देसी घी का लिया था। मैंने सबको बताया था। जैसे सबको पता है कि हम शाकाहारी हैं। यह जो मैंने चिमटे से पकड़ रखा है यह चूहा इस टीन में घुस गया और मर गया। यह इसी में सड़ गया। बाबा इस सारे घी को फैंक रहे थे, मैं भी फैंक रहा था क्योंकि हम इस घी को खा नहीं सकते थे। भला हो राम का तभी मुझे इसने चंद्रमोहन की सारी स्कीम बता दी। मैंने इस चूहे को इस टीन में फिर डाल दिया और रविवार का इंतजार करने लगा। यह सोच कर कि फैंकने से तो घी किसी के पेट में चला जाए। धन्यवाद है परमात्मा का कि घी बेकार नहीं गया, अपनों के ही पेट में चला गया। अभी भी लगभग चार किलो बच गया है शाम का खाना भी आप हमारे साथ ही खाओ"

बस फिर क्या था सामने चूहा और उससे निकलने वाली बदबू से हमारे पेट मे उथल-पुथल होने लगी। सभी वहीं पर उल्टी करने लगे राप्रसाद बोलता गया कि दूर करो उल्टी दूर करो परन्तु उल्टी इतनी तेजी से बाहर आने लगी कि वहीं पर ही ढेर लगने लगे वह एक एक को दूर करने के लिए धक्का मारते जा रहा था और एक हम थे कि उसका माल उसी के दरवाजे पर उंडलने पर उतारू थे।

18.

बात 1963-64 की है। उस समय बग्गी व्यापार का केंद्र हुआ करता था, विषेशकर आलु का। पहाड़ का सारा आलु यहां बग्गी में खरीद-फरोख्त के लिए आता था। भारत के दूसरे स्थानों से भी व्यपारी यहां पर आलु खरीदने आने लगे थे। लगभग तीन महीने तक यहां व्यापार की मंडी की रौनक रहती थी। पहाड़ का सारा आलु यहीं पर घोड़े, खचरों, गधों के माध्यम से आता था। छोटा किसान अपनी पीठ पर ही ले आता था और यहां से आगे ट्रकों के माध्यम से आता जाता। यहां से आलुओं का सीधा व्यापार पंजाब, दिल्ली से लेकर कोलकाता तक होता था।

सैंकड़ों की संख्या में घोड़े कुल्लु मनाली लाहुल से लोग लेकर आते थे और गधों का काफिला पंजाब के कुंम्हारों का आता था क्योंकि पहाड़ अभी तक सड़कों के माध्यम से जुड़े नहीं थे इसलिए घोड़े गधे ही ढोने का काम करते थे, इनके द्वारा पहाड़ों से आलु ढोए जाते और बग्गी में व्यापारियों को बेचे जाते। दीवाली में यह काम अपनी चरम सीमा पर होता था। घोड़े, खच्चर, गधे वाले तो केवल ट्रांसपोर्टेशन का काम करते और उससे ही अपनी सारे साल की कमाई कर लेते थे।

घोड़े वाले जो लाहुल कुल्लु से आते थे, वे तो अपने साथ लाए तम्बुओं को आस पास कहीं भी एक ओर खाली जगह देख गाड कर उसमें रहते थे। घोड़े का मालिक बहुत बड़ा अमीर आदमी माना जाता था उसे सेठ कह कर पुकारते थे। उसके साथ दो चार पांच नौकर भी होते थे। यह सब घोड़ों की संख्या पर निर्भर करता था।

इसमें एक सेठ टंज़न कारपा जिसके पास लगभग पचास घोड़ों का काफला हमेशा ही रहता था। वह दो तम्बुओं में रहता था, एक अपने लिए दूसरा अपने नौकर चाकरों और रसोई के लिए। वह मेरा मित्र बन गया था। मैं उसे हास्य में "घोड़े वाला' के नाम से पुकारता था। उसे यह नाम अच्छा नहीं लगता होगा मुझे बोलता,

"अरे गंगा बाबू मुझे घोड़े वाला मत बोलो न घाड़े वाला बोलता तो फिल्म का गाना

क्या है, एक चुतर नार करके श्रृंगार फिल्म पडोसन का गाना का जोकर बन जाता हूं''

"नहीं बोलता परन्तु भाई साहब, परन्तु चुतर नहीं चतुर बोलो अच्छा एक काम करो मुझे अपनी बोली सिखा दो। ''

"यह कौन सी बड़ी बात है सिखा देता हूं"

मैं खुश हो गया था। आगे वह बोला, "नेक काम में देरी नहीं होनी चाहिए गंगा बाबू अभी शुरू करते हैं"

"क्या बात है शुरू कराओ तो"

"देखिए पहला शब्द श्रीगणेश करते हैं, क्या बोलता तुम शुरू करने को बोलिए " आमाफिची'"

"आमाफिची इसका अर्थ क्या होता है?" मैंने पूछा।

"इसका अर्थ होता है "नमस्ते ' जब जैसे आप दो दोस्त मिलते हैं तो आपस में नमस्ते कहते हैं बस इसका अर्थ वही जैसा होता है"

यह पहला पाठ था, मैं इसका प्रयोग अपने दोस्तों में करने लग गया था। दोस्त भी जब हम आपस में मिलते तो "आमाफिची' कहते थे। मैं जब भी टंज़न से मिलने जाता तो उसे "आमाफिची' बोलता, वह मुझे 'आमाफिची' बोलता।

एक दिन मैं अगले पाठ के लिए जब कारपा के पास गया तो उसके यहां लाहौल से आए हुए कुछ मेहमान बैठे थे। मैंने वहां पहुंचते ही, अपनी शेखी जताने के लिए उन्हें कहा, "आमाफिची ''

जब उन्होंने उसका कोई जबाव नहीं दिया तो मैंने फिर कहा 'आमाफिची' इस बार मुझे कुछ जबाव देने के बदले वे टंज़न कारपा से अपनी ही बोली में बात करने लगे। आपस में बातें करते वे हंसने,मुस्काने लगे तो मैंने एक बार फिर उन्हें "आमाफिची' कहा। इस बार वे मुस्कराए, उतर कुछ नहीं दिया।

कुछ देर के बाद जब मैं घर जाने लगा तो एक भद्र महिला मेरे पास आई,

"बाबू आप जो शब्द हमारी बोली का बोलते हैं इस शब्द का मायना जानता है आप?"

"क्यों नहीं जानता हूं इसका अर्थ नमस्ते होता है" मैं तो उसकी ओर देख मुस्करा रहा था और देखता जा रहा था वह महिला बहुत सुंदर थी, बहुत लम्बे लम्बे ऐड़ियों को छुती उसके बालों की गुत, गहरे जामुनी रंग का उसने लाहोली चोला पहना था, मुस्कराते हुए वह बोली,

"नहीं नहीं इसका मायना नमस्ते नहीं होता है हमारे यहां यह गंदी गाली है जैसे आपके यहां की बोली में क्या मां को गाली देते हो"

मैं एक दम से चुप हो गया। मैं तो इस शब्द का प्रयोग कहां कहां कर चुका हूं दोस्तों को भी बता चुका हूं, हम आपस में "आमाफिची' बोलते हैं अरे इसने क्या कर दिया बहुत शरारती है यह तो हमसे भी चार कदम आगे नीकला। मैं तो सोचता था यह घोड़े वाले बस यूंही होते हैं।

"तेरी माओ रा खसम मुआ यही न?" मैंने उससे पूछा।

वह अभी वहीं मेरे सामने खड़ी थी।

"हां हां बिलकुल सही कहा आपने, इसका मायना यही बनता है"

वे लोग तो चले गए। टज़न कारपा उन्हें छोड़ने चला गया था।

टज़न कारपा भी हमारे बीच रह कर हमारे साथ मस्ती मारने लग गया था। इस तरह से तो हम एक दूसरे को ठगते तो रहते ही थे। मैं घर की ओर जाने लगा तो बाहर ही मुझे मेरे दोस्त मिले वे मुझे "आमाफिची आमाफिची' कहने लगे। मैं मुस्कराने लगा था। मैं भी अभी उन्हें इस बारे में कुछ नहीं बताना चाहता था क्योंकि वहां मेरी भी भद होनी थी। मैं भी उन्हें "आमाफिची' बोल कर चला आया था। मेरे दिमाग में टज़न कारपा को कुछ पाठ पढ़ाने की योजना बनने लगी थी।

19.

इसी व्यापार के चलते इस गांव में व्यपारियों की दो फर्में मंडी जिले में धनवान प्रसिद्ध थीं। एक दिल्लु राम एण्ड संन्ज़ और दूसरी बनारसी दास एण्ड संन्ज़। इन दो धान्डय परिवारों का सारे जिले में राजनैतिक एवंम समाजिक बोल बाला था।

दिल्लू राम एंड सन्ज़ ने मिलकर मंडी शहर में एक कंपनी खोली थी। कंपनी के नाम का मंडी शहर में नया आधुनिक बिजली से स्वचलित बिल्डिंग के ऊपर बोर्ड लगा था, बिजली की लाईट से दो रंगों लाल और नीले में लिखा था, "दिल्लू राम एण्ड कंपनी' जो जलता और बूझता रहता था। मैं और रामप्रसाद मंडी गए थे। रात के समय राम प्रसाद की नजर एक शराबी पहाड़ी आदमी पर पड़ी जो इस बोर्ड की ओर मुंह करके पैसाब कर रहा था। यह वह समय था जहां ओट में बाहर खड़े खड़े पैशाब लोग कर लेते थे।

राम प्रसाद उसके पास मुझे जल्दी से पकड़ कर ले गया। वह आदमी बोर्ड की ओर मुंह करके पैशाब भी कर रहा था और बोलते भी जा रहा था, "दिल्लू रामा भख दिल्लूरामा हिश"

हम यह देख हंसने लगे थे।

बात 1963-64 की होगी, मंण्डी जिले में कहीं कहीं पर चेचेक के केस हो रहे थे। यह बीमारी बनारसी दास एण्ड संन्ज़ के परिवार में आ धमकी थी। इसी के चलते बनारसी दास एण्ड सन्ज़ के घर में एक लड़के महेंद्र को चेचेक हो गया। यह परिवार गांव के अमीरों का परिवार था। लोगों ने इनके यहां आना जाना बंद कर दिया था। बड़े आदमी थे और इनके परिवार से एक सदस्य ग्राम न्याय पंचायत बग्गी के प्रधान था। इसलिए उन्होंने अधिकारिक तौर पर इसका एलान नहीं होने दिया था। उस समय में भी कानून, राजकीय दंड, सब गरीब आदमी के लिए ही था, गरीबों को ही सब भोगना पड़ता था। शायद आज के समय में राम राज्य इसे ही कहते हैं ! उनका चुपके चुपके इलाज होता रहा। लेकिन गांव वालों द्वारा अपने तैर पर उनका बहिष्कार कर दिया गया था।

उनके घर कोई आता जाता नहीं था। वे अपनी दुकान खोलते लेकिन कोई भी ग्राहक नहीं आता। नीचे सड़क पर जाते हुए लोगों को जिनसे वे कभी बात भी नहीं करते, उनको वे आवाज लगाते लेकिन कोई उनकी ओर देखता तक नहीं था, सब अनसुनी कर देते थे। अपने धानाढ्य पन का अंहकार उनकी समझ तो उस समय आ गया था। विनम्रता तो उनमें देखी जाने लगी थी।

बाबा को जब यह पता चला तो बाबा उनके यहां आने जाने लगे थे, जबकि उनके यहां कोई भी आते जाते नहीं थे। मैंने बाबा से पूछा,

"बाबा जब सब लोग उनके यहां आते जाते नहीं है बीमारी का डर है यह छुआछूत की ऐसी बीमारी है जिसका कोई इलाज नहीं तो आप क्यों जाते हैं?"

वे बोले,

"मैं इस बीमारी से स्वयं ग्रसित रहा हूं। उस समय मैं दस ग्यारह साल का रहा हूंगा। हमारे परिवार में मेरा बड़ा भाई को यह बीमारी निगल गई थी। मैं और मेरे एक बड़ा भाई बच गए थे। हमारी स्थिति उस समय ऐसी थी कि घर बाले हमारे कमरे के बाहर रोटी छोड़ जाते थे और कोई समीप तक नहीं आता था। हमें गौशाला में डाल दिया गया था हम बच गए। यह जो मेरे चेहरे पर दाने दाने जैसे दाग हैं न यह चेचेक ही निशानी है"

बाबा ने बहुत बड़ी दस्तां सुना दी थी। मैंने उनसे पूछा, "जब इस तरह से यह बीमारी है तो आप फिर क्यों उधर जाते हो?"

"यह बीमारी जिसको एक बार होती है तो उसे दूसरी बार नहीं होती इसलिए ही मैं वहां जाता हूं ताकि वे अपने को अलग थलग न समझें उनका मनोबल बना रहे इसमें आदमी का मनोबल बनना जरूरी है नहीं तो आदमी वैसे ही निढाल हो जाता है जब मैं बीमार था तो मैंने कभी भी मरने की परवाह नहीं की"

मुझे तभी पता चला था कि जिसे यह बीमारी एक बार हो जाए उसे दूसरी बार नहीं होती वे इस परिवार का मनोबल बनाने लगे थे। उस समय के लोग अनपढ़ होते हुए भी अपने आप ही दूरी बना लेते थे। आज के पढ़ेलिखों से अधिक समझ रखने वाले लोग थे।

यह पीड़ित लड़का मेरा विद्यार्थी भी रहा है। जब वह लड़का ठीक होकर स्कूल आया तो हमने उसका स्वागत मॉर्निंग असैंबली में सारे स्कूल के बच्चों के सामने किया वह खुश हो गया था। घर में उसके साथ कोई नहीं बोलता था, वह बड़ा उदास सा रहने लगा था। मनोबल की बात सब मुझे बाबा के माध्यम से मालूम हुई थी। मैंने और सारे स्कूल के स्टाफ ने उसका मनोबल बढ़ाया।

आज वह लड़का सब समझता है, सारे गांव में सबके साथ उसका मेल जोल है। उसके व्यवहार से लोग उसे चाहते हैं। उस परिवार में केवल उसका ही काम अच्छा है।

20.

गर्मियों में गांव में एक आदत थी बाहर सोने की। उन दिनों पंखे बहुत कम घरों में होते थे इसलिए भी बाहर ही पेडों की ठंडी-ठंडी हवा का आनंद लेते हुए लोगअक्सर बाहर सोते। हमारे पुराने लोग भले हीवे पढ़ेलिखें न हों परन्तु प्रकृति से सीख कर अपने जीवन की व्यवस्था इस प्रकार से कर रखी थी कि प्रकृति भी आहत न हो और प्राणी भी दुखी न हो। गर्मी से बचने के लिए किसी अनजान बुजुर्ग ने बग्गी के बाजार में पीपल के पेड़ लगा रखे थे जो इस समय विशालकाय रूप में पहुंच चुके थे और गांव वालों के लिए ऑक्सीजन देते रहते हैं। पीपल एक मात्र पेड़ है जो रात को भी आक्सीजन देता है।अनपढ़ बुजुर्गों को भले ही मालूम नहीं कि ऑक्सीजन क्या चीज होती है परन्तु उन्हें इतना मालूम है कि यह पेड़ मानव कल्याण के लिए महत्वपूर्ण है। हरेक पूजन के लिए इसके पत्ते काम आते हैं, कुछ तांत्रिक सांप के काटने पर इसके पत्तों का इस्तेमाल करते हैं, शादी में वेदी के चारों ओर इसके पत्ते आम के पत्तों के साथ बांध कर पूजन के काम आते हैं, ब्याह-शादियों में इस पेड़ का पूजन करते हैं, किसी भी शुभ कार्य के लिए इस पेड़ को पूजना हिन्दु धर्म में आवश्यक माना गया है आदि आदि इस पेड़ का स्थान हमारे जीवन में महत्वपूर्ण माना जाता रहा है।

बाबा ने पीपल के पेड़ के बहुत से लाभ बताए थे। वे कहते थे इसे धर्म से न जोड़ कर वनस्पति विज्ञान और आयुर्वेद के अनुसार भी पीपल का पेड़ कई तरह से लाभकारी माना गया है। इस पेड़ के कुछ लाभ बताता हूं -

सांस संबंधी किसी भी प्रकार की समस्य में पीपल के पेड़ की छाल का अंदरूनी हिस्सा निकालकर सुखा लें, इसका चूर्ण बनाकर या इसके पत्तों को दूध में उबाल कर पीने से भी सांस और दमें की समस्याएं दूर हो जाती हैं।

गैस या कब्ज के लिए भी इसके ताजे व नए पत्तों का रस निकाल कर सुबह शाम एक चम्मच पीने से पित्त संबंधी समस्याएं समाप्त हो जाती हैं।

पीपल की दातुन करने से दांत मजबूत होते हैं। इसके साथ इसकी दस ग्राम छाल के साथ कत्था और दो ग्राम काली मिर्च बारीक पीसकर इसके मंजन के प्रयोग से दातों की सभी समस्याएं दूर हो जाती हैं।

त्वचा रोग जैसे दाद, खाज, खुजली में पीपल के कोमल पत्तों को खाने या इसका काढ़ा बनाकर पीने से लाभ होता है। फोड़े-फुंसी जैसी समस्या होने पर पीपल की छाल का घिसकर लगाने से फायदा होता है।

जुकाम के लिए भी इसके पत्तों को छांव में सुखाकर मिश्री के साथ काढ़ा बनाकर पीने से लाभ होता है।

त्वचा का रंग निखारने के लिए पीपल की छाल का लेप लगाकर लाभकारी होता है। यहां तक कि इसके लगातार सेवन से त्वचा की झुरियां कम होने लगती हैं।

नकसीर के फूटने पर इसके ताजा पत्तों का रस निकाल कर नाक में डालने से लाभ पहुंचता है। और इसके पत्तों को मसलकर सूंघने से नकसीर से आराम मिलता है।

इसके अलावा यह पेड़ वायुमडंल को शुद्ध करने में जितना लाभकारी होता है उतने दूसरे वृक्ष नहीं होते। गर्मियों के दिनों गांव में लगे इन पीपल के पेड़ों की हवा से सारे गांव का वातावरण वातानुकूल जैसा बन जाता था। पैसे वालों ने इन पेड़ों के मूल में भव्य से चबुतरा भी बना रखे थे जहां पर दिन में राहगीर कुछ पल विश्राम कर लेते और आस पास के लोग इस चबुतरे पर बैठ कर ताश आदि खेल कर अपना मनोरंजन भी करते। सुबह शाम यह चबुतरा बच्चों के हवाले होता जहां वे कई प्रकार के खेल रचते। रामप्रसाद के पिता बसंत राम ने तो उनके घर के बाहर पीपल के चबुतरे पर राहगिर के लिए पानी पीने के लिए घड़ा लोटा भी रखवा दिया था।

गर्मियों के दिनों में कुछ पल चबुतरे पर बैठ कर इसकी ठंडी हवा का आनंद लेते। रात को आसपास के लोग इस चबुतरे पर दरी-वरी बिछा कर सो भी जाते थे। लेकिन इन पेड़ों की हवा इतनी अच्छी होती थी कि गांव के अधिकांश लोग अपने अपने घरों के बाहर आंगन या घरों के बरामदे में सोते। पंखा तो सारे गांव में एक आध घर में ही होगा अधिक गरमी के बढ़ जाने से गांव में घर के बाहर सोने का रिवाज सा ही बन गया था।

हमारा मित्र मंडल गर्मियों में रात को घूमने जाता और देर रातलौटता। हंसी-मज़ाक हमारी आदत थी या कहें कि हमारी खुराक थी खूब मस्ती मारते थे। मैं आज अनुभव करता हूं कि जब आप मस्ती को मस्ती के रूप में लेते हैं तो बार बार इच्छा होती है आपस में मिलने की, पल दो पल आपस में बैठ कर सुख दुख के बंट जाने की।

धूमते हुए हमें रात के ग्यारह तो बज ही जाते थे। उसके बाद ही घर की ओर रूख होता था। हमारा एक दोस्त बलबीर सिंह मनचंदा वह सरदार था। वह बहुत ही कम हमारे

साथ घूमने चलता था। हम उसे अपने साथ ले जाने का भरसक प्रयत्न भी करते थे। वह इसलिए भी नहीं जाता था कि कुछ दोस्त उसका मखौल उड़ाया करते थे इसलिए भी वह रात को घूमना टाल ही देता था।

एक रात को हम घूमकर लौट रहे थे, रास्ते में बलबीर सिंह की दुकान पड़ती थी वह अक्सर रात को अपनी दुकान के बरामदे में सोता था। जब हम उसकी दुकान के पास पहुंचे तो हमने देखा कि वह तो दुकान के बरामदे में बाहर चारपाई पर खर्राटे मारता हुआ गहरी नींद सोरहा था।उसके पास पहुंच कर हम सब चुप हो गए। बस जब भी कोई शरारत हमें सूझती थी तो वह एक दूसरे के दिमाग में अपने आप ही टेलीपैथी जैसी पहुंच जाती रही है सब चुप खड़े हो गए। बलबीर जी बड़े आराम से घोड़े बेच कर सो रहे थे, खर्राटे मार रहे थे। उसके बाल उसकी चारपाई पर बिखरे पड़े थे। अगर उसकी दाढ़ी न होती तो वह एक सुंदर लड़की लगती। परन्तु उसकी दाढ़ी से उसका रूप ही महाकाल जैसा लग रहा था।

चंद्रमोहन और मैंने आपस में एक दूसरे को देखा और एक दूसरे की इशारों की भाषा समझते ही काम शुरू कर दिया। फिर क्या था, हम चार थे। चारों ने चारपाई को चारों पावों से उठा लिया। गहरी नींद में सोए हुए मित्र बलबीर सिंह को कोई होश नहीं थी। बग्गी का शमशान घाट बाजार के एक छोर पर समीप ही है। हम उसे उठाकर शमशान घाट की ओर ले जाने लगे। मान लिया गया था कि चुपके से वहीं ही इसकी मंजी छोड़ दी जाए। जब उठेगा तो अपने को भी पहचान नहीं पाएगा कि जिंदा है या ऊपर से ही लौट कर आया है। फिर अपना सामान अपने आप उठा कर दुकान की ओर जाता रहेगा और हम सब तमाशा देखते रहेंगे।

सब चुप चाप उसेले जा रहे थे। साथ में दबे स्वर में हंसते भी जा रहे थे। चारों में से एक मित्र ने धीरे शब्दों में "राम नाम सत है' जो कहा तो हमारी हंसी रूक नहीं पाई। दबे स्वरों में हम हंसने लगे तो इतने में उसकी नींद भी खुल गई। नींद खुलते ही उसने न जाने क्या सोचा होगा कि उसकी चारपाई हवा में उड़ रही है क्योंकि उठाने वाले उसे नहीं दिखाई दे रहे थे। बस फिर क्या था? वह इस प्रकार घबराया और जोर जोर से चिल्लाने लगा,

"बचाओ बचाओ हों हों'

उसके चिल्लाते ही सभी ने चारपाई नीचे छोड़ दी और हम वहां से इस तरह से भागे कि पीछे मुड़ कर नहीं देखा। हम थोड़ी सी दूर एक मकान के ओट में छिप गए, एक मित्र सामने खड़ा होकर महाभारत के संजय की तरह उसका वहां से आंखों देखा हाल सुनाने लगा। हम पीछे छिपे इसलिए थे कि वह हमें देख न ले।

आंखों देखा हाल सुनते तो रहे परन्तु स्वयं भी देखने की इच्छा होने लगी और सब अपनी अपनी मुंडकी दीवार से बाहर कर उसे देखने लगे।

वह वहीं चारपाई के पास जड़ पड़ा था। हम घबरागए थे, इसलिए कि वह बहुत बुरी तरह से डर गया था। उसे जरूर कुछ हो गया है। हम उसे देख रहे थे, वह थोड़ी देर तो वहीं पड़ा रहा। उससे कोई प्रतिक्रिया नहीं हो रही थी। हम भी डर गए, बस यही सोचने लगे कि वह मर गया है हम अपने सिर पर हाथ रख कर वहीं बैठ गए। सब आपस में एक दूसरे को देखने लगे। तभी हमने देखा कि वहां कुछ हरकत होने लगी थी, हमारी जान में जान आने लगी।हमने अपनी छाती पर हाथ रखा।

अब हमें यकीन हो गया था कि वह समझ गया, जान गया है कि उसके साथ शरारत हमने ही की थी, उसे यकीन हो गया था कि कोई भूत प्रेत नहीं था, बड़े भूत तो उसके दोस्त ही हैं जिनके नाम लेकर वह गालियां देने लगा था।

फिर वह धीरे से उठा, इधर उधर देखा और कुछ बड़बड़ाने लगा था,वह गालियां निकालता रहा फिर अपनी चारपाई उठाई और पीछे अपनी दुकान की ओर लौटने लगा।अब हम कल्पना करने लगे थे कि अगर उसे कुछ हो जाता तो उसे जिंदा देख हमें थोड़ी तसल्ली हुई और कसम भी खा ली कि इसके बाद इस प्रकार की शरारत आगे कभी नहीं करेंगे।

21.

मैं बता चुका हूं कि मैं अपने गांव के सरकारी स्कूल में ही अध्यापक लग गया था। मेरी आयु सोलह वर्ष के आस पास थी। बचपन की शरारतें साथ थीं। यह सब शरारतें साथियों के साथ अध्यपक लगने पर भी जारी रहीं। हां जब स्कूल के प्रांगण में पहुंचता था तो गभीर हो जाता था और बच्चों को पढ़ाने में जुट जाता था। स्कूल के प्रांगण में मास्टर बन जाता था।

एक दिन मैं छुट्टी के बाद घर पहुंचा। तो अम्मा ने मुझे गले लगाया। मुझे समझ नहीं आया कि अम्मा आज मुझे इस तरह से प्यार क्यों कर रही है। मैंने अम्मा से पूछ ही लिया,

"आम्मा आज क्या बात है?"

आम्मा ने मुझे अपने गले लगाते हुए कहा,"बेटा आज मैं चुपके से तेरे स्कूल गई थी।"

"क्यों?" मैंने हैरानी से अम्मा से पूछा।

"बेटा यह देखने के लिए कि तूं कैसे पढ़ाता है बड़ी देर बाहर से मैं देखती रही मुझे तसल्ली हो गई और उस परमत्मा का शुक्र करने लगी"

आगे आम्मा बोल नहीं पाई क्योंकि आम्मा का गला भर आया था, मुझे आम्मा की आंखें साफ-साफ गीली होती दिखाई दे रही थीं। तभी उसने मुझे अपनी बाहों में भर लिया था। मेरी बहनें दूर से इस दृश्य को देख रहीं थीं। वे भी इस मिलन को देख सजग हो उठीं थीं। फिर क्या कहें हम सब एक साथ मिलकर भाव विभोर हो उठ थे।

आज भी जब मुझे यह घटना याद आती है तो मैं भावविभोर हो जाता हूं आम्मा बड़ी देर तक मेरी स्मृतियों में रहतीं हैं बार बार बहुत याद आती हैं मैं आज भी इसअनुभूति का आनंद ले लेता हूं बड़ी देर तक इसी याद में डुबकी लगाए रहता हूं हे मां तुझे सलाम।

मैंने नौकरी के साथ साथ अध्ययन जारी रखा। परिणाम मैंने उतने समय में ही बी. ए. कर ली जितनासमय मुझे कालेज में लगता। हां अन्तर इतना था कि कालेज में मैंने विज्ञान विषय लिए थे और यहां मैं आर्टस पढ़ रहा था। यहां मेरे पास अंग्रेजी हिन्दी के

साथ तीसरा विषय दर्शन का था और दर्शन में पंजाब विश्वविद्यालय में मेरी डिस्टिंक्शन आ गई थी। इतने बड़े अंको की मुझे उम्मीद भी नहीं थी। मैं खुश हो गया।

मेरा इंजीनियर बनने का सपना तो बिखर गया था परन्तु मेरी रूचि इस ओर बनी ही रही जो आज भी है। बात 1966 की है,उस समय पेड़ पौधों पर दवाइयां छिड़कने के लिए नया नया "पावर सप्रे'आया था। इस पावर सप्रे से पेडों पर दवाइयों का छिड़काव किया जाता था। उस समय मैं जयदेवी स्कूल में पढ़ाता था। वहां पर मि. चौधरी एग्रीकलचर इनस्पैक्टर होते थे। यह मशीन उनके पास गांव में दवाइयां छिड़कने के लिए आई थी। जब मैंने यह मशीन देखी तो मेरा ध्यान इसमें लगी मशीन ने खींच लिया। यह मशीन पेट्रौल से चलती थी। मेरे दिमाग में आया कि क्यों न इस मशीन को साईकल में फिट कर मोटरसाईकल बनाया जाए। मैंने वह पावर स्प्रे उसके इनचार्ज मि. चौधरी से थोड़े दिनों के लिए मांग लिया और साइकल अपने मित्र चंद्रमोहन से ली। वर्कशाप व्यास सतलुज लिंक प्रोजैक्ट वालों की प्रयोग की। दिन रात मैंने मेहनत की और मैं मोटरसाइकल बनाने में सफल भी हो गया। इस मोटरसाइकल की प्रसिध्दि इतनी हुई और दूर तलक जब पहुंची तो इनस्पैक्टर चौधरी की इनक्वायरी आरम्भ हो गई। बस विभाग में खलबली मच गई और मुझे रातों रात वही पावर स्प्रे अपनी असली पोजिशन में लाना पड़ा। अपनी मोटरसाईकल फिर से साइकल बनानी पड़ी। दोनों वस्तुऐं अपनी जगह, पावर स्प्रे चौधरी के पास और साइकल चंद्रमोहन के पास पहुंच गई।

मुझे परमात्मा ने मकैनिकल सकिल इतनी दी है कि आज भी मेरे सामने कोई नईं मशीन आ जाए तो मैं उसे ध्यान से देखता हूं। मुझे लगता है कि फोर्ड काम की तलाश में एक रात किसी कारखाने के बाहर पड़े पड़े रात गुजारता है जो एक महीने से खराब होने के कारण बंद पड़ा था, सुबह पता लगने पर उसे ठीक कर लेता है, मैं समझता हूं कि मैं भी वही करता जो फोर्ड ने किया।यहां मैं मित्र चंद्रमोहन का उल्लेख करना नहीं भूलूंगा जब जब मुझे इस प्रकार के काम की आवश्यकता पड़ी उसने मेरी हर संभव मदद की हैफिर चाहे वह इस प्रकार का शोधरहा हो या शरारत का क्षेत्र रहा हो।

शरारत करना हमारी हॉबी थी परन्तु कभी ऐसी शरारत नहीं की जिससे किसी को कोई नुकसान हुआ हो। इसके साथ हम सामाजिक,राष्ट्रीय कार्य में भी पीछे नहीं रहे। 1965 के पाकिस्तान के युध्द के लिए घर में छुटटी आए हुए सैनिकों को युध्द के लिए, सारे गांव के लोगों को इकटठा करके,गले में फूलों के हार पहनाना, कन्या द्वारा माथे पर तिलक लगा कर, बड़े सम्मानित ढंग से सीमा के लिए भेजना, राष्ट्रीय कोष के लिए धन एकत्रित करना यह सब काम हमारी जुंडली करती थी। इस कार्य के लिए चंद्रमोहन विशेष भाग लेता था। उसी मित्र की निगरानी में यह सब होता था। इसी तरह से गांव में हमारी ख्याति

हो गई। इसका परिणाम यह हुआ कि आस पास की जनता ने चंद्रमोहन को छोटी उम्र में ही ग्राम पंचायत का प्रधान निर्विरोध चुन लिया था।

हमारा व मित्र, सखा, भाई, सुख दुख में कंधे से कंधा मिलाकर चलने वाला वह हमें 2.10.11 को छोड़ कर चला गया। लगता है कि यह दिन उसने जान बूझ कर चुना था, बापू, लाल बहादुर शास्त्री के जन्म शताब्दी का दिन। चला तो गया उसने हम सबका जीवन को नीरस बना दिया। लोगों के बारे उनके सुख दुख में शरीक होने वाला किस प्रकार से हमें छोड़ गया यह रहस्य उसी के साथ चला गया जबकि जाने से पहली रात को मेरी फोन पर उससे बात हुई थी। अपने गांव को भी भारी क्षति पहुंचा गया। मैं अपनी विनम्र श्रद्धांजलि उसे अर्पित करता हूं। अलविदा दोस्त तूझे समय समय पर तेरे गांव वाले हमेशा याद किया करेंगे मित्र।

22.

बात 1968 के 17 अप्रैल की है। यह वह दिन था जिस दिन हमारी चुलबुली बहन हीमा की शादी हो रही थी। हीमा अर्थात चंद्रमोहन की छोटी बहन। वह मेरी विद्यार्थिन भी रही है। उसकी शादी की सारी तैयारियां हमारे पास ही थीं। यह वह समय था जब कोई केटरर, कोई काम पर आदमी नहीं मिलता था गांव में ही सब इंतजाम करना पड़ता था और गांव वाले सब मिल जुल कर एक दूसरे का सहयोग करते और इस तरह के कार्य को संपन्न करते। गांव में किसी के घर में शादी हो काम के लिए हमारी जुंडली हमेशा तैयार रहती थी, सब प्रकार के सामाजिक काम के लिए गांव के बाहर भी हम लोग प्रसिद्ध हो गए थे। सब जगह पर हमारी तारीफ हुआ करती थी, शरारत में भी और काम में भी।

बारात सुन्दरनगर से आई हुई थी। उस समय बारात के ठहरने का इंतजाम लड़की वालों की ओर से उन्हीं केघर में या कहीं सरकारी स्कूल आदि में होताथा। हमने सब तैयारी की हुई थी। लग्न सांय के समय लगभग आठ बजे के आस पास थे। वेदी मंडप तैयार किया हुआ था। वेदी के मंडप में बल्बों से उसकी सजावट भी हमारे ही जिम्में थी। वेदी पर छोटे छोटे बल्ब लगा रखे थे। जो कभी जलते कभी बुझते अति सुन्दर लग रहे थे। उन दिनों बिजली के बल्बों की सजावट इने गिने घरों में ही होती थी। लग्न का समय आया, दूल्हे को वेदी मंडप में बुलाया गया। दूल्ह वेदी के मंडप में बैठाया गया। पंडित मंत्रोचारण कर रहा था और दूल्हा पंडित के आदेश का पालन करता हुआ काम कर रहा था। तभी पंडित ने दूल्हे को कहा,

"दूल्हे राजा खड़े हो जाओ"

दूल्हे ने हाथ जोड़े और खड़े हो गया। ज्यों ही दूल्हा खड़ा हुआ उसे एक झटका जैसा लगा वह कांपा और पंडित के आदेश के बिना ही बैठ गया। सब देख रहे थे। सामने महिलाएं बैठीं कुछ शादी के गीत गा रही थीं। उनका ध्यान दूल्हे के कांपने पर गया लेकिन गाना चलता रहा।

पंडित की नजर भी दूल्हे के इस कंपन पर पड़ी थी। जब दूल्हा बैठ गया तो पंडित ने फिर कहा,

"दूल्हे राजा खड़े हो जाओ"

पंडित को कुछ शक हुआ अबके वह ध्यान से दूल्हे को देखने लगा था।

दूल्हा फिर पंडित की आज्ञा का पालन करते हुए खड़े हो गया।

अब फिर ज्योंही दूल्हा खड़ा हुआ तो फिर उसी तरह से दूल्हे की हरकत होने लगी वह कांपा झटका जैसा लगा और दूल्हा बैठ गया।

महिलाओं की नजर तो पहले से ही दूल्हे पर थी उसकी यह हरकत देखते ही उनमें कानाफूसी होने लगी। वे महिलांए ही काहे कि जिनमें कोई शक ही पैदा न हो। एक दम से महिलाओं के बीच तरह तरह बातों की झड़ियां लगने लगी। वर पक्ष में भी दूल्हे की इस प्रक्रिया पर चिंता होने लगी। वे यह सोचने लगे कि दूल्हे को इन लोगों ने कुछ खिलवा दिया है जिससे उसे झटके लग रहे हैं, कुछ लोग भी दूल्हे के पास आ गए, जानने के लिए कि इसे क्या हो रहा है।

उधर महिलाऐं कहने लगी कि दूल्हे को बहुत बुरी बिमारी है लड़की की मां के पास गए कि यह देखो दूल्ह क्या कर रहा है। लड़की के भविष्य का सवाल है आदि आदि बातें होने लगी। यहां तक कि शादी तक को बंद कराने के लिए कुछ महिलाऐं अपनी बुद्धिमता जताने लगीं। कहने लगीं, "हीमा की आमा इस वक्त ही सब इलाज है फिर कुछ नहीं हो सकता। लड़के को बहुत बुरी बिमारी है" आदि आदि विचार सयानी महिलाएं रखने लगीं।

पंडित को भी शक होने लगा था। सोचने लगा था कि इनकी कुंडली का तो उसी ने मिलान किया था। सब के सब गुण मिलते हैं। तब तो ऐसी कोई बात ही नहीं थी। अबके क्या हो गया। अपने शक की पुष्टि के लिए एक बार फिर से पंडित ने दूल्हे को कहा,

"दूल्हे राजा खड़े हो जाओ"

दूल्हा अब स्वयं सतर्क हो गया था कुछ डर भी गया था। उसे स्वयं भी कुछ समझ नहीं आ रहा था। वह समझने लगा कि उसके साले बहुत शरारती हैं यह सब उनकी ही कोई शरारत तो नहीं है। अबके दूल्हे का एक दोस्त उसके साथ खड़ा हो गया।इस बार दोस्त ने उसे पकड़ा हुआ था। ज्यों ही दूल्हा अपने दोस्त के साथ खड़ा हुआ तो दोनों को झटका लगा कांपे और बैठ गए।

दोस्त जो दूल्हे का अंग रक्षक बन साथ खड़ा था उसे भी झटका लगा और वह कुछ घबरा गया उसने इशारे से दूसरे दोस्त को दूल्हे के पास खड़ा होने के लिए बुला लिया। दूसरी ओर यह दृश्य लड़की की मां भी देख रही थी अब तो उसे भी यकीन हो गया कि लड़के को बहुत बुरी बिमारी है वह वहीं पर बेहोश हो गई सब सोचने लगे कि क्या किया

जाए। अभी तो लग्न नहीं हुए थे कुछ भी किया जा सकता है अभी भी समय है लड़की का जीवन भी तो देखना है अदि आदि बातें होने लगीं।

यह बात हमारे तक भी पहुंची इस बार हम घ्यान से देखने लगे थे दूल्हा खड़ा हुआ तो मैंने देखा कि वेद के ऊपर जो बल्ब लगे थे उसकी तार वहां से नगीं थी। दूल्हा जब खड़ा हो जाता तो उसके सेहरे की कगली तार से लगती और दूल्हे को कंरट का झटका लगता है यह बात मेरी समझ में आ गई।

तुरंत वहां पर टेप लगा दी गई दूल्हे को टेस्ट के तौर पर मैंने ही खड़ा किया तो दूल्हा डरते डरते खड़ा तो हुआ परन्तु उसे कोई झटका नहीं लगा। दूल्हे का चेहरा खिल्ल गया। पंडित की समझ में आ गया, सभी को बड़ी मुश्किल से समझाना पड़ा, लाड़े का दो तीन बार टैस्ट के तैर पर खड़ा करना पड़ा। लाड़ा टैस्ट में पास हो गया। अब वह जान बूझ कर भी दो चार बार अपने आप खड़ा होता गया भले ही उसे पंडित बोले चाहे नहीं बोले।

सबके बात समझ आ गई। महिलाओं को ठीक ढंग से समाझाया गया ज़ब उनकी समझ आया तो वे अबके मन खोल कर शादी के गीत गाने लगीं, पंडित भी बार बार दूल्हे को खड़ा करता दूल्ह अब ठीक खड़ा होता, दूल्हे की टांगे अब दर्द करने लगी थीं। लड़की बुलाई गई फेरे हुए, शादी संपन्न हुई।

23.

जब आदमी वरिष्ठ नागरिक बन जाता है तो कभी कभी अपने पुराने दिनों को याद करने क्या लग जाता है याद ही आ जाते हैं। क्योंकि उसकी वरिष्ठ नागरिकता सामने झलक आती है, कभी उसे अपने दिन बहुत प्यारे लगते हैं तो कभी अपनी यादों में खो जाना अच्छा लगता है और कभी वर्तमान में जो बात उसे अच्छी नहीं लगती तो उसे कोसना आरम्भ कर देने लगता है। अक्सर यह तब होता है जब अपने अनुकूल बात न हो रही हो है तो आदमी को अंदर अपने आप ही कुछ होने लगता है। फिर चाहे इसे पीढ़ी का बदलाव समझो या कुछ और समझो।

सर्दियों के दिन थे। ठंड का प्रकोप सारे पहाड़ों पर अपना प्रभाव क्या छोड़ता है कि वरिष्ठ नागरिकों को सर्दियां काटना मुश्किल होने लगती हैं। उस पर अगर इन दिनों वर्षा पड़नी आरम्भ हो जाए या तो हीटर या फिर आग तापना साठोतरी नागरिकों के लिए बहुत ही जरूरी हो जाता है, जरूरी ही नहीं होता शरीर की जरूरत बन जाती है।

अब तो शरीर को तापने के लिए कई आधुनिक साधन हैं वैज्ञानिक युग में यह भी एक प्रगति का ही रूप तो है। ऐसा होना भी तो स्वाभाविक है इसी सोच से तो मानव आज यहां तक पहुंचा है इसे एक परिवर्तन का सिलसिला ही समझा जा सकता है।

पुराना समय अर्थात हमारे बचपन के समय में तो शरीर को तापने के लिए लकड़ी का ही सहारा होता था। घर में खाना बनाने के लिए चूल्हे का प्रयोग होता था। सर्दियों के दिनों में सायं के समय जब घर की महिलाएं खाना बनाने में जुटतीं तो सारे घर के सदस्य बच्चों से लेकर बूढ़ों तक चूल्हे के आस पास बैठते अपनी अपनी बात करते रहते और मां खाना बनाने में व्यस्त रहतीं, दूसरे गप-शप या घर में बच्चे अधिक हों तो कोई कहानी चलती रहती थी। सब कहानी भी सुनते, आग भी तापते, दिन का दुख सुख अपना भी तो आस पास के समाज का भी एक दूसरे के साथ बांटते चर्चा का विषय भी रहता था और इस तरह से शाम बड़ी खुशनुमा बनती जाती। शरारती बच्चों पर मां कभी गुस्से

होती तो उसकी शरारत अच्छी लगने पर घर के सभी सदस्यों के ध्यान भी लाती रहती, साथ में रोटियां भी तो चूल्हे में सेंकती रहतीं।

अब समय बदल गया है। अधिकांश घरों में अब चूल्हा नहीं रहे। गैस आ गई। खाना अब बैठ कर नहीं बनता, खड़े होकर बनता है। चूल्हे का स्तर अब कुछ ऊंचा हो गया है। चूल्हे का स्तर ऊंचे होने के साथ ही शाम का वह एक साथ बैठने का माहौल भी तो बदल गया है। अब तो गृहणी अकेले खड़े खड़े खाना बनाती। और खाना बनाते हुए वह कभी कभी मोबाइल पर लगी रहती, उसे दूसरों से बात करने की फुरसत ही कहां ? न ही दूसरों को उसके साथ बात करने की फुरसत।

आज कई दिनों के बाद धूप निकली। धूप के ताप का अपना आनंद होता है जो बनावटी साधनों में नहीं। सूर्य की किरणों में तापते हुए एक ओर तो सारा शरीर खुल जाता है दूसरे विटामिन डी जो मिलती वह शरीर को बिमारियों से लड़ने की शक्ति दे जाती, वह दूसरे बनावटी साधनों में कहा उपलब्ध रहती।

बहुत दिनों बाद आज धूप क्या निकली सेकने में बड़ा ही आनंद आ रहा था। शरीर का एक एक पोर पोर खुलता जा रहा था। उसी आंनद में अपना पुराना मित्र पचास साल बाद अचानक याद हो आया, जो अक्सर सर्दियों में धूप सेकता रहता या कहें धूप उसे बहुत पसंद थी। धूप में वह सिगरेट पीता, पानी धूप में पीता, ट्रांजिस्टर से गाना धूप में सुनता, और यहां तक कि नजरें भी वह इधर-उधर घुमा कर धूप में ही सेंकता।

हो सकता है धूप सेकने से उसका रंग काला हो गया था। मैं जब धूप में बैठा तो उसका काला पन याद आते ही अपनी पीठ सूर्य की ओर कर दी। परन्तु हमारा वह मित्र सूर्य की ओर मूंह किए ही धूप सेकता। वह तो हमें बाद में पता चला कि जिस हॉस्टल में हम रहते थे उसके कुक की लड़की को वह निहारता रहता था। अगर सूर्य की ओर वह पीठ करता तो वह कहां नजर आतीं। मौसम बदलने पर सूर्य जब गर्म होने लगा तो भी वह अपनी इस धूप सेकने की हरकत से बाज नहीं आता।

बात 1964-65 की है जब मैं सोलन में ओ.टी. अध्यापन की ट्रेनिंग कर रहा था। होस्टल में रहता था। यह होस्टल शहर से बाहर सप्रून स्थान पर स्थित था। लड़के अधिक होने पर सरकार को इस होस्टल की व्यवस्था करनी पड़ी थी। वहां पर छात्रों की मांग पर ही सरकार ने एक बिल्डिंग किराए पर लेकर होस्टल की व्यवस्था कर ली गई थी। बिल्डिंग में एक बड़ा हॉल और साथ में तीन चार कमरे थे। हॉल में फौजियों की तरह दस के आस पास चारपाइयां लगी हुई उसके साथ प्रत्येक छात्र को एक एक अलमिरा मिली हुई थी।

होस्टल के एक ओर जंगल जैसा था बस्ती न के बराबर। इसलिए यह मस्ती का होस्टल था। सरकारी बिल्डिगं तो थी नहीं, न नहाने की व्यवस्था न शौचालय जाने की। बस किसी ने नहाना हो तो बाहर खुले में एक पटड़े पर बैठ कर अपने लिए पानी की बाल्टी लाओ और नहाओ। शौच के लिए जाना है तो एक पानी की बोतल पकड़ो और बाहर जंगल की ओर खुले में जाओ।

मुझे कमरा मिल गया था। वह भी इसलिए कि हम पहले इस होस्टल में पहुंच गए थे और कमरे पर कब्जा कर लिया गया था। जो जैसा जैसा आता उस हिसाब से अपनी अपनी एडजस्टमैंट करता गया।

छोटे से कमरे में पहले मैं ही अकेला था परन्तु ज्यों ज्यों छात्र बढ़ते गए तो मुझे भी कमरे में एक छात्र को एडजस्ट करना पड़ा। इससे पहले कोई और छात्र आ जाता मैंने इसके लिए अपना ही एक दोस्त चुन लिया था। बहुत बढ़िया साथी था। उसका नाम था विश्वामित्र पूरा आधुनिक विश्वामित्र। प्राचीन समय के विश्वमित्र के पीछे मेनका पड़ी थी परन्तु हमारा यह मित्र स्वयं ही किसी मेनका को ढूढंने में लगा रहता था।

वह हिमाचल जिला हमीरपुर के किसी गांव का रहने वाला था। वह जब भी अपने घर जाता तो चार किलो के डिब्बे में देसी घी ले आता था। वह जमाना मिलावट का नहीं था और उसने अपने घर से ही तो देसी घी लाना होता। देसी घी भी क्या था सारा कमरा उसकी सुगंध से महक जाता था। लाता तो वह चुपके से ही परन्तु उस घी की सुगंध से मालूम हो जाता था कि घी आया हुआ है। घी खाने का शौक तो मुझे भी बहुत था। बस फिर सुगंध से ही हमारा मन है कि मानता ही नहीं, ललचा जाता।

“विश्वामित्र लग रहा देसी घी की सुगंध कहीं से आ रही है?”

“आ तो रही है”

वह इस बात को छुपा कर रखता था कि कहीं मुझे पता चल पड़ेगा तो घी के एक दो चम्मच, मुझे देना ही होंगे क्योंकि जब भी मैं घर जाता था तो आम्मा मुझे साथ में कुछ न कुछ बना कर देती ही थी, कभी पिन्निंया, कभी लडडू, कभी कुछ और तो कभी कुछ और। मैं उसे भी उसमें से कुछ देता ही था। जब वह मेरे से कुछ लेकर खाता तो अब उसे भी देसी घी शेयर करना ही पड़ेगा यह सोच कर वह घी को छुपाता रहता था।

“तूं ही लाया होगा मेरे से छुपा कर रखता है”

मैंने उसे सीधे पूछ ही लिया था। वह अब ना कर सका ना हां मैं सब समझ गया, साफ था कि वह मेरे से छुपाना चाहता था, बात को टाल जाता।

“यार घी चाहे किसी का भी हो बहुत ही शुद्ध लगता है और अच्छा होगा। यह घी ऐसा हो सकता है कि इसका मुकाबला कोई नहीं बहुत ही बढ़िया होना चाहिए मेरे हाथ

लग जाए तो मैं एक दम से चट कर जाऊं" मैं बढ़चढ़ कर जब घी की प्रशंसा करने लगा तो वह फूक छक गया। लेकिन बोला कुछ नहीं। अपनी अलमीरा को देखता रहा। उन दिनों रोपड़ में ताले बनते थे और वे बहुत ही मशहूर रोपड़ी ताले कहलाते थे। वह अलमीरा में लगे रोपड़ी ताले को देखता रहा। सोचता रहा होगा कि इस ताले को तो कोई खोल ही नहीं सकता, तो मैं क्यों अपने घी की बात करूं।

मन में उसके द्वंद चलने लगा कि बताऊं या न बताऊं। मैं सब समझ गया था। आखिर में उसे बताना ही पड़ा, "हां यार मैं भी थोड़ा सा लाया हूं।"

बात आई गई हुई क्योंकि वह अब घी की बात नहीं करना चाहता था। वह वहां से चला गया।

इसी बीच मेरे मन में शरारत सूझी अगले दिन मैं क्लास का एक पीरियड छोड़ कर होस्टल सबसे पहले आ गया। दिमाग में कुछ करने की सूझ रही थी। मैं एक तीन इंच की कील बाजार से पकड़ कर ले आया था। होस्टल पहुंचते ही मैंने अपनी कारागिरी आरम्भ कर दी। कील का प्रयोग किया और रोपड़ी ताले को एक मिनट भी मुझे खोलने में न लगा। उसकी अलमीरा खोली तो सामने चार किलो का घी का पिले रंग का डिब्बा पड़ा था। उसका हरा ढक्कन घुमाया घी की खुशबु मेरे नथुने में घुसते ही अंदर तक चली गई। बहुत सुन्दर खुशबू सूंघने में मजा आ गया। मैं बार-बार उसे सूंघता रहा। ख्याल आने लगा कि इसी माखन,घी की सुंगध से कृष्ण माखन चोर बन गया था। वे तो घी बनने ही नहीं देते थे, पहले ही माखन को सफाचट कर जाते थे। बाहर किसी के आने के डर से मैंने घी सूंघना बंद किया। सर्दियों के दिन थे। डिब्बे में घी जमा हुआ था। कुछ आहट होने से जल्दी से उसमें से दो चार चम्मच घी निकाला और एक कटोरी में अपनी अलमीरा के अंदर रख दिया। मैंने अधिक घी इसलिए नहीं निकाला कि कहीं उसे शक न हो जाए। चाबी तो अपने पास थी ही जब मर्जी निकाल लिया जा सकता है। रोपड़ी ताला फिर से अपने स्थान पर लगा दिया गया। मुड़ कर देखा तो बिल्ली दरवाजे के पास चुपके से बैठी सब देख रही थी। अक्सर यह बिल्ली यहीं होस्टल में रहती थी। अरे इसे भी तो मेरी तरह घी की सुगंध ा ने मार रखा होगा। उस पर ध्यान न दे वैसे भी वह भाग गई थी और मैं बाहर घूमने निकल गया। किसी को कोई खबर नहीं।

शाम हुई डिनर का समय हो गया। सब अपनी थालियां ले कर किचन की ओर चल पड़े। मैंने भी अपनी थाली और उसमें निकाला हुआ घी रखा और किचन की ओर चल पड़ा। मैं चाहता था कि विश्वामित्र की नजर मेरे इस घी पर अवश्य पड़े। मैं उसके साथ साथ लाइन में चल रहा था। वह बार बार मेरा घी देखता रहा। मैंने उससे पूछ ही लिया,

"आज तूं मेरा घी का स्वाद देख, फिर बताना कैसा है। कल मैं तेरा घी देखुंगा।"

"ठीक है चल दे थोड़ा सा"

"थोड़ा सा क्यों भाई पूरा चम्मच ले। दो ही चम्मच मैंने निकाले है एक तेरे लिए और एक अपने लिए"

"ठीक है देखते हैं"

मैंने हाथ से एक चम्मच के बराबर घी उसे दे दिया। वह घी को बार बार देखता रहा। मुझे लगा कि उसने घी पहचान ही लिया होगा। परन्तु उसे पता ही नहीं चल पा रहा था। मुझे संतोष हुआ। कुक ने खाना डाला और हम एक ओर अपनी पलेट लेकर आ गए। खाना खाने लगे तो मैंने उससे पूछ ही लिया,

"भाई कैसा लगा मेरा घी"

"ठीक ठीक ही है परन्तु मेरे जैसा नहीं। "

"अच्छा एक काम करते हैं कल तेरा घी खाएंगे फिर दोनों को कंपेयर करते हैं। किस का ठीक है। तुम चाहो तो हम बारी बारी एक दूसरे का घी खाते रहेंगे अगर तेरे को मेरा घी अच्छा लगेगा तो"

"ठीक है यार एक दिन तेरा घी एक दिन मेरा घी किसी को भी फर्क नहीं पड़ेगा, हमारा प्यार भी बढ़ेगा ही" और वह जोर से हंस दिया।

""यार इस घी ने तो हमारा प्यार और भी बढ़ा दिया है"

मैं बहुत हंसा था, वह भी मेरे साथ हंसा ही था परन्तु कुछ सोच अवश्य ही रहा था।

बस एक दिन उसका एक दिन मेरा, एक जुबानी एग्रीमैंट हो गया था और यह इकरारनामा एक हफ्ते चलता रहा। उसे पता ही नहीं चला कि जो वह मेरे से जो घी खाता है वास्तव में उसी का ही है। मैंने सोचा बहुत हो गया सब, अब उसके सामने सारा राज खोल देना चाहिए क्योंकि उसे एक दिन पता चल ही पड़ेगा तो क्यों नहीं किसी नाटकीय ढंग से यह रहस्य खोल ही दें।

एक छुट्टी वाले दिन हम, मैं विश्वामित्र और एक ठिंगना सा हमारा साथी हरि राम धूप में बैठे थे गप-शप चल रही थी। बातों बातों में मैंने रोपड़ी ताले की भी बात चला दी।

"यार यह रोपड़ी ताला क्या बला है?"

"रोपड़ी ताला क्या कमाल का ताला होता है साला हथौड़े के मारने पर भी नहीं टूटता हमारे घर में रोपड़ी ही ताले लगे हैं मेरी अलमारी में भी"विश्वामित्र अपने ताले की तारिफ करने में लगा था।

"यार बस कर अब रहने भी दे। क्या रोपड़ी क्या होशियरपुरी ताला मेरे आगे कोई अहमियत ही नहीं रखता एक से एक बड़ा सा बड़ा ताला खोल देता हूं"

विश्वामित्र रोपड़ी ताले की इतनी प्रशंसा कर रहा था जैसे कि उसे ताले की कंपनी ने एड के लिए पैसे दिए हों। जब बात बहुत बढ़ गई तो हरि राम बीच में बोल पड़ा,

"क्या तूं इसके अलमारी का रोपड़ी ताला खोल देगा?"

मैंने देखा कि बात मेरे पक्ष में बैठ रही है, मैंने एक शर्त रख ली।

"क्यों नहीं खोल सकता हूं परन्तु यह बहुत बड़ी बात है मुझे एक चैलेंज मिला है अब ताला खोलूंगा तो अब शर्त भी रखनी होगी। भाई रोपड़ी ताला है कोई मामूली बात नहीं"

"अगर तुम बिना तोड़े मेरी अलमारी का रोपड़ी ताला खोल देगा तो मेरी अलमारी में पड़ा घी तेरा। अगर नहीं खोलेगा तो उतना ही देसी घी तुझे बाजार से ला कर मुझे देना होगा या दो सौ रूपए"विश्वामित्र बीच में ही बोल पड़ा था।विश्वामित्र अपने ताले पर विश्वास करते हुए ठोक कर बोल पड़ा था।

दो सौ रूपए का अर्थ उस समय का चार किलो देसी घी।

फिर क्या था शर्त लग गई। बात तीनों में ही थी। हरिराम की जिज्ञासा बढ़ने लगी। वह तो शर्त का गवाह था। कोई हारे चाहे कोई जीते उसे तो घी का हिस्सा मिलना ही था। हम तुरन्त ही विश्वामित्र की अलमारी के पास आ गए।

"शर्त मंजूर है?" अभी भी विश्वामित्र पूछ ही रहा था।

मैंने कोई जबाव नहीं दिया केवल उन दोनों की ओर एक मुस्कुराहट वाली नजर से देखा और उन्हें कहा,

"आप यहीं खड़े रहो मैं एक सैंकड में आया।''

मैंने चुपके से अलमारी के ऊपर रखी हुई तीन इंच की कील उठा कर उनके पास आ गया। वे मेरी ओर बड़ी उत्सुकता से देख रहे थे। मैंने उनकी उत्सुकता और बढ़ाई। ताला न खुलने की झूठी-मूठी प्रक्रिया करने लगा। मैंने एक नजर विश्वामित्र पर डाली वह मुस्कुरा रहा था और मैं हारने का नाटक कर रहा था। दूसरी नजर मैंने हरिराम पर डाली वह तो उत्सुक लग रहा था कि क्या होने वाला है। तभी विश्वामित्र बोला,

"अरे तूं तो क्या तेरा कोई आगला पिछला भी इस ताले को नहीं खोल सकता। यह रोपड़ी ताला है कोई पहाड़ी माल नहीं है"

"तुम लोग अपनी शर्त पर कायम हो"

"अरे तुम अपनी सुनाओ हम राजपूत हैं प्राण जाए पर वचन न जाए हां"

वह अभी बोल ही रहा था मैंने कील तुरन्त घुमाई यह सोच कर अब बहुत हो गया और और ताला उसके हाथ में खोल कर दे दिया।

वह ताला अपने हाथ में देखकर कभी मेरी ओर देखने लगा तो कभी हरिराम की ओर और कभी रोपड़ी ताले की ओर। उसे अभी भी विश्वास नहीं हो रहा था।

बस इसी विश्वास के कारण ही तो ताले का अविष्कार हुआ था। आदमी की जब नीयत बदलने लगी होगी। दूसरों की वस्तुओं पर आदमी हाथ मारने लगा होगा तो आदमी ने अपनी चीजों, अपने पैसों, अपने सोने चांदी जैसी बहुमूल्य वस्तुओं की सुरक्षा के लिए ताले का अविष्कार किया होगा। और ज्यों ही ताला बना तो खुराफाती आदमी उसे खोलने के तरीके भी ढूंढने लग गए होगें।

हरि राम खुश हो रहा था। वह अपनी हंसी रोक भी नहीं सका। फिर विश्वामित्र को देख चुप तो हो गया था। मैंने हरि राम को देखा और चुप रहा।

मैंने उसकी अलमारी खोली चार किलो का घी का डब्बा सामने देख मुझे अपनी विजय पर नाज़ होने लगा। मैंने डिब्बा उठाया उसका हरा ढक्कन खोला। उनके सामने अपने नाक को डिब्बे के मुख के पास ले जा कर जोर से सांस अंदर ली, घी की सुगंध से मेरा नाक भर गया। मैं आंखें बंद करके घी की सुगंध का आनंद लेने लगा था, "आह आह"

उधर विश्वामित्र मायूस होकर हाथ में पकड़े रोपड़ी ताले की ओर बड़ी देर देखता रहा। कुछ नहीं बोला।

और अब हम डिनर के लिए अपनी थाली में दो दो चम्मच घी के डालते विश्वामित्र कुछ सोच में पड़ जाता था। आज मुझे घी का स्वाद पहले से और अच्छा लगने लगा था। मुझे लगता कि विश्वामित्र को घी का स्वाद अब कुछ फिका लगने लगा होगा क्योंकि डिनर करते समय वह अब चुप चुप ही रहने लग गया था। लेकिन तीसरे पार्टनर हरि राम की सेहत में फर्क नजर आने लग गया था। वह बार बार घी की प्रशंसा तो कर ही रहा था साथ में रोपड़ी ताले की भी भूरी भूरी प्रशंसा करना नहीं भूल रहा था कि जिसके कारण उसे भी देसी घी खाने का मौका मिल रहा था। कुछ भी हो अब वह हमारे साथ ही डिनर करने लगा था।

24.

1965 में सोलन ट्रेनिंग के बाद मेरी नियुक्ति जयदेवी स्कूल में हो गई थी। युवा अवस्था थी, काम करने की उमंग बहुत थी। रहता भी मैं महाजन खेम राज जी के मकान में था। बहुत बड़ा मकान था। उस मकान में बहुत से लोग रहते थे। मैं भी इस बड़े मकान के दो कमरों में रहता था। खेम राज जी का मुझे बहुत सानिध्य मिला। सानिध्य इस तरह से मिला कि वे मुझे अपने परिवार का एक सदस्य जैसा ही मानते थे। अधिकांश मैं अपना खाना भी वहीं उनके साथ ही खाता था। इसका अर्थ यह नहीं कि मैं वहां पर जानबूझ कर खाने बैठ जाता। इस परिवार का आतिथ्य आज भी उसी प्रकार से है जैसा कभी उन दिनों में हुआ करता था।

ऐसा नहीं है कि वे मेरा ही आतिथ्य करते थे। वे सब सांय की बस का इंतजार करते कि उसमें कोई यहां रहने वाला तो नहीं आएगा। उसके इंतजार के बाद रात की रोटियां बनती थीं।

मेरी बात जहां तक है मेरे से उनहोंने कभी किराया तक नहीं लिया। आज भी उस परिवार के साथ मेरे पारिवारिक संबंध हैं। खेम राज का छोटा भाई चमन लाल जो हिमाचल विद्युत परिशद से चीफ इन्जीनियर के पद से रिटायर हुए उसी शालीनता को कायम किए हुए है और मेरे साथ एक पारिवारिक जुड़ाव आज भी यथावत है।

मैं बात कर रहा था जयदेवी के स्कूल की। गांव का स्कूल उन दिनों आने जाने के साधन बहुत ही कम थे केवल एक ही बस रात को आती और सुबह जाती। इसलिए स्कूल में जितने भी बाहर के अध्यापक थे यहीं पर रहते थे। किसी छुट्टी वाले दिन सब इकट्ठे होते और खाना इकट्ठे बनाते, गाने वाले अपने गाने की महफिल से रौनक बढ़ाते वह अलग।

1.अध्यापकों में एक अध्यापक थे निलाम्बर शर्मा। बहुत मजाकिया किसम के, खाना वही बनाते थे। वे किसी के हाथ का छुआ खाना नहीं खाते थे। पूरे ब्राहम्ण बोटी वाले

हिसाब किताब से, नीचे एक तंबा सा लगाते उसके नीचे कुछ नहीं पहनते। मैं उनसे कई बार मखौल भी करता रहता था। वे कभी भी बुरा नहीं मानते थे। मेरे हिसाब से मजाकिया वही इनसान है जो अपने आप तो मजाक करे और दूसरे का मजाक सहने की क्षमता भी रखता हो।

एक बार हम सब अध्यापकों की मुख्याधापक के घर में महफिल लगी हुई थी। पं. निंलाम्बर जी हमेशा की तरह खाना बना रहे थे, वे किसी को खाना बनाने वाली जगह पर नहीं आने देते थे। उन दिनों प्रैशर कुकर नया नया आया था। यहां तक कि मेरे पास भी नहीं था। प्रैशर कुकर में दाल पक रही थी। निंलाम्बर जी भी पहली बार ही प्रैशर कुकर में दाल बना रहे थे। उन्हें बताया गया था कि आध घंटे बाद यह पक जाऐगी। आध घंटे बाद वे मेरे पास आए,

"शर्मा बाबू यह कुकर मेरे से खुल नहीं रहा है इसे खोल दो दाल पक गई होगी मैंने देखनी है।"

उन्होंने कुकर नीचे रखा और अपने आप उसके पास खड़े हो गए। वे वहीं पर एक लाल रंग का तम्बा लपेटे खड़े थे। मुझे भी कुकर का इतना पता नहीं था क्योंकि मैंने इसका प्रयोग कभी किया ही नहीं था, इसके बारे जानता तक नहीं था।प्रैसटेज कंपनी का कुकर था। सीट्टी के पास से उसका प्रैशर निकल रहा था। मैंने उसके ढक्कन को जोर लगाया और बार बार जोर लगाता रहा। मैं भी अपनी इज्जत बचाने के लिए अधिक जोर लगाने लगा, तभी वह ढक्कन इस तरह से खुला कि उसकी सारी दाल पंडित निलाम्बर जी की दोनों टांगो के बीच में पहुंच गई और वे ऊंचे ऊंचे कूदने लगे,मैं तो यह समझने लगा था कि दूसरे कमरे में गाना व लूड्डी चल रही है यह उसी का ही परिणाम है जो पंडित जी कूदने लगे परन्तु जब वे जोर से चिल्लाने लगे, "मार सुटया ओए मार सुटया जल गया सब कुछ जल गया।'

मैं समझ गया कि बात ही कुछ और है, एहसास हुआ कि गलती मेरे से हुई है और पंडित जी का सब माल-ठाल जल गया है। इन्होंने तो उछल-उछल कर कूदना ही था।

सब गाना-वाना बंद हो गया। किसी को कुछ भी सूझ नहीं रहा था कि क्या माजरा है ? सब उनकी ओर बढ़े वे जमीन पर लेट गए थे। दाल उनकी दोनों टांगों के अंदर तो गई ही ऊपर छत तक पहुंच गई थी।

तभी किसी ने कहा, ""पानी लाओ पानी"

पानी आया और उनके पैशाब वाली जगह पर फैंका गया था। अब उन्हें कोई होश नहीं थी, कोई छुआ-छूत नहीं थी, कोई शर्म नहीं थी। पानी की बालटी ऐसी फैंकी गई थी कि जैसे कोई भैंस को नहलाया जा रहा हो।

हम एक ओर खड़े होकर अपनी हंसी नहीं रोक पा रहे थे।

उसके बाद जब भी वे मिलते हैं तो उनकी यह बात याद आ जाती है और हमें हंसी आ जाती है कई दिनों तक इस बात को हम नहीं भूले क्योंकि वे कई दिनों तक टेढे टेढे चलते रहे थे। हम उनसे यह जरूर पूछते कि आपकी धर्म पत्नी ने तो कुछ नहीं कहा।

अब निंलाम्बर जी इस दुनियां में नहीं हैं परन्तु उनकी याद कभी कभी आ जाती है।

2.यहीं जयदेवी स्कूल के हमारे हैडमास्टर सोम नाथ चढा बहुत विद्वान होने के साथ फूक भी जल्दी छक लेते थे। साथी अध्यापकों ने उन्हें कहा,

"सर आप इतने विद्वान हो आप मुख्यामंत्री को बुलाओ, स्कूल की भी काया पलट हो जाऐगी और आपका भी नाम हो जाएगा"

उनके दिमाग में यह बात घर कर गई। अब प्रश्न यह था कि मुख्यामंत्री को कौन बुलाएगा। मीटिंग में पं नीलाम्बर ने मेरा नाम ही सुझाया,

"श्रीमान जी छोटा मुंह बड़ी बात कह रहा हूं इस काम को बाबू गंगा राम के सिवा और कोई नहीं कर सकता"

जब मेरे नाम की मोहर लग गई सब मेरी ही तारीफ करने लगे तो मैं भी फूक छक गया।

"देखो जी कोई बड़ी बात नहीं है मेरी भी एक ही शर्त है मेरे साथ पं. नीलाम्बर चल पड़े तो"

"क्यों नहीं, क्यों नहीं जी मैं चलूंगा परन्तु मेरी भी एक ही शर्त है बात बाबू गंगाराम ही करेगा।"

सबने तालियां बजाई। मैं भी खुश हो गया खुश क्या हुआ फूलने लगा। इत्तफाकन मुख्यमंत्री डॉ. परमार जी बग्गी हमारे गांव आ रहे थे। मुख्याध्यापक ने एक निमंत्रण पत्र मुख्यमंत्री के नाम लिखा वह भी एक ए फोर कागज के चौथाई टुकड़े पर। जैसे किसी अस्पताल में डाक्टर दवाई की पर्ची बना रहा हो। उस समय मेरी समझ भी वैसी ही थी। आज समझ आ रहा है। हम पत्र लेकर अगले दिन सुबह ही स्वागत द्वार के पास सब लोगों के साथ हार लेकर मुख्यमंत्री का इंतजार करने लगे।

मेरे साथ निंलाबंर जी खड़े थे। एक हार मैंने उन्हें दिया। मुख्यमंत्री जी पहुंचे धक्का मुक्की होने लगी लेकिन हमने धक्का मुक्की में उन्हें हार पहना ही दिया। वे गेट पर ही खड़े हो गए थे। मैंने मौका लगते ही पत्र उन्हें दे दिया। उन्होंने मेरी ओर देखा, पूछा,

"क्या है यह?"

पं.निलांबर जी मेरे साथ दोनों हाथ जोड़े खड़े थे। मैंने उनकी ओर भी एक नजर डाली वे दोनों हाथ जोड़ कर अब भी खड़े थे। तभी न जाने डॉ. परमार जी को क्या हुआ उन्होंने

ठाकुर रामलाल जी को अपने पास बुलाया और हमारा पत्र उन्हें सौंप दिया। फिर मेरी ओर हुए, गुस्से से बोले, "तुम्हें पता नहीं चीफ मनिस्टर से किस तरह से मिलते हैं"और भी बहुत कुछ बोला। मुझे झाड़ें पड़ रहीं थी। मैं नीलाबंर को देखने लगा कि एक आध झाड़ उन्हें भी पड़ जाए परन्तु वे मेरे पास कहीं नहीं थे,झाड़ें खाने के बाद मेरी नजर उन पर पड़ी तो वे पास ही एक ऊंची सी बीड़ पर तमाशा देख रहे थे। जब मेरी नजरें उनके साथ मिली तो वे मुस्कराने लगे थे और मुझे इशारे से बताने लगे कि कोई बात नहीं डटे रहो।

जो पत्र उन्होंने ठाकुर राम लाल को दिया था वे वही राम लाल थे जो बाद में प्रदेश के मुख्यमंत्री बने थे। वे उस समय चीफ पार्लियामैंट सैक्टरी थे। उन्होंने मेरे कंधे पर हाथ रख कर मुझे थोड़ा आश्वासन दिया।

मेरी बहुत ही झंड हुई थी वह भी अपने ही गांव में। आस पास के लोगों को पता चल पड़ा था। सब मुझे जानते थे।

स्कूल में पहुंचे पं निलाम्बर ने बड़े नाटकीय ढंग से सब बातें सुनाई। अब यहां मेरी हेकड़ी खत्म हो गई थी। एक सप्ताह बाद परमार जी का पत्र मुख्याध्यापक को आया। जिसमें उन्होंने अपनी आने की असमर्थता जताई थी और मेरी प्रशंसा की थी। वहीं मेरे एक अध यापक दोस्त प्रेमदास वॉलीबाल के हिमाचल के खिलाड़ी बढ़चढ़ कर मेरी ही प्रशंसा करते रहे मेरी हेकड़ी फिर स्टाफ में बन गई।

3.इसी स्कूल की एक और घटना याद आने लगी है। चौदह नवम्बर बाल दिवस पंडित नेहरू का जन्म दिन स्कूल में खूब मनाया जाता था। आज भी मनाया जाता है। मुख्याध यापक ने सभी बच्चों को लड्डू बाटने के लिए कहा तो एक अध्यापक भवानी प्रसाद सदैव हैडमास्टर के आगे पीछे घूमने वाला तुरन्त उठा और बच्चों को लाइन में खड़ा कर लड्डू बांटने लगा। यहां नवम्बर में ही सर्दी पड़ जाती है और वह अपने चाचे का एक ओवर कोट पहने बड़े ठाट बाट से स्कूल आता था। जब लड्डू बांटने लगा तो उसने अपना वह ओवर कोट वहीं पर एक पेड़ की खूंटी पर टांग दिया और स्वयं लड्डू बांटने चला गया।

तभी मेरी नजर एक छोटे से कुत्ते के बच्चे पर पड़ी जो बड़े आराम से धूप सेक रहा था। मैंने उसे तुरन्त उठाया और उस टंगे हुए ओवर कोट की जेब में डाल दिया। उस पप्पी को उस कोट की जेब में बड़ा आराम आने लगा होगा, अपने को गर्म महसूस करने लगा होगा और चुप-चाप से बड़े आराम से दुबक कर बैठा रहा।

हम कुछ अध्यापक बाहर धूप में बैठे हुए थे। जो अध्यापक लड्डू बांट रहे थे धूप को सेकते हुए हम उनका इंतजार कर रहे थे। बैठे हुए साथियों को मालूम था कि भवानी मास्टर के कोट में एक पप्पी बड़े आराम से आराम कर रहा है। सबकी नजरें उस पर ही थी

कि वह क्या करेगा ? उसे पता चलेगा या नहीं आदि सोच ही रहे थे, आपस में बातें कर ही रहे थे कि इतनी देर में भवानी जी आ गए।

आते ही भवानी जी ने सब पर एक नजर डाली कि मुख्याध्यपक उसे शाबाशी कहेगा। हां उन्होंने वैलडन भी उसे कहा और थैंक्यु करने के बाद वह अपने कोट की ओर गया। हम सबकी नजरे उस पर थी। उत्सुकता से उसकी प्रतिक्रिया का इंतजार कर रहे थे,सब चुप थे। उसने कोट पेड़ की खूंटी से उतारा और बड़े आराम से डाल लिया। अभी तक उसे किसी किसम का आभास नहीं हो रहा था, न कोट भारी लगा और ना ही पप्पी ने कोई हरकत की। कोट डालने के बाद वह अपने हाथ में लगे लड्डू के दाग को झाड़ने लगा। तभी उसे सूझा कि अब उसे अपने हाथ रूमाल से साफ करने चाहिए, रूमाल निकालने के लिए कोट की जेब में हाथ डाला तो हाथ उसने एक ही झटके से बाहर निकाल लिया जैसे कोई कंरट लगा हो।

बस इसी क्षण वहां बैठे अध्यापकों ने एक जोर का ठहाका लगाया। उसने सबकी ओर देखा। मैं उन सबके ठहाके में ठहाका लगा ही रहा था। उसकी नजरें मेरे पर ही गड़ गई थीं। उसे पूरा यकीन हो गया कि यह काम मैंने ही किया है।

"आज मैं तेरे का नहीं छोड़ूंगा।" वह मेरी ओर ललकार के बोला।

वह बड़े जोश में था मैं हंसता हुआ वहां से खिसकने लगा इतने में वह अपनी जेब से कुत्ते के पप्पी को निकाल चुका था और मेरी ओर मारने के लिए भागा। मैं भी भाग गया। उसने वह पप्पी ही मेरे पर फैंक दिया। मैं तो आगे भाग गया था वह पप्पी मुझ पर पड़ने के बदले जमीन पर जोर से पड़ा। पप्पी थोड़ा सा चिल्लाया और चुप हो गया। अब वह मेरे पीछे के बदले पप्पी की ओर गया। नातो पप्पी हिल रहा था ना ही कुछ बोल रहा था। उसने अपनी गोद में उसे उठाया। उसका गुस्सा पूरा खत्म हो चुका था। मैं थोड़ी दूर डर के मारे यह सब देख रहा था।

"इसे जल्दी से गर्म दूध पिलाओ" पं. निलाम्बर ने कहा।

वह जल्दी से हलवाई की दुकान की ओर पप्पी को दूध पिलाने गया। आध लिटर गर्म गर्म दूध लिया भी परन्तु पप्पी दूध नहीं पी रहा था सारा दूध भी बेकार हो गया। पप्पी भी नहीं बचा उसका गुस्सा अब अफसोस में बदल गया था, मैं अभी दूर ही खड़ा डर के मारे सब देख रहा था।

वह बड़े मायूस होकर उठा, दूध को एक ओर रख दिया, कुत्ते के पप्पी को उठाया और चल पड़ा। यह सब देख मुझे भी अपने किए पर अफसोस होने लगा। हलवाई ने उससे पूछा,

"इस कुत्ते को कहां ले जा रहा है"

भवानी ने धीरे से उत्तर दिया इसका अंतिम संस्कार करने इसे दबाने

और वह भारी कदमों से पप्पी को उठाए आगे की ओर चलने लगा।

अगले दिन वह मुझ से बात नहीं कर रहा था। परन्तु कुछ दिनों के बाद वह सामान्य सा हो गया था।

अब भवानी भी हमारे बीच नहीं है परन्तु उसकी बात आज भी उसकी और पप्पी की याद दिला देती है।

4. जयदेवी स्कूल के पास ही एक ठेकेदारनी रहती थी। उसके पति देव कभी ठेके का काम करते होंगे तो उसका नाम ही ठेकेदारनी पड़ गया था। बहुत ऊंचे-ऊंचे बोलने वाली महिला सारे गांव में मशहूर, सबसे पंगा लेने वाली, सरकारी मुलाजमों को अपनी पकड़ में रखने वाली महिला सबको अपने रौब से डराकर रखती। वैसे अच्छी औरत थी। सबकी मदद करने वाली भी थी। जो उसके दरबार में गया कुछ मदद मांगी तो वह हमेशा ही तैयार भी रहती थी।

उसी के खेत में निम्बुओं के पेड़ लगे हुए थे जिन्हें वह बेचती भी थी, किसी को मुफ्त भी देती थी। बहुत अच्छे निंबु, बड़ा बड़ा साईज, जब निंबू पूरे जोर पर लगे हुए होते तो उसके घर से आते-जाते गुजरते हुए नींबु की सुगंध आती। मुझे सुंगंध बहुत अच्छी लगती। मैं इस आंनद को लेने के लिए एक आध क्षण वहां रूक भी जाता था।

एक दिन मैं वहां सुगंध का मजा लेने के लिए रूका था तो ठेकेदारनी की नजर मेरे पर पड़ गई उसने मुझे आवाज लगाई,

"मास्टर जी"

"जी ठेकेदारनी जी "

"नींबु की बास आ रही है न आज छुट्टी के समय मेरे से निंबु ले जाना"

"जी" कह कर मैं आगे की ओर बढ़ गया। स्कूल ठीक समय पर पहुंचना चाहता था। वह चाहती थी कि मैं कुछ बात करूं।

छुट्टी होते ही जब मैं ठेकेदारनी के मकान से जा रहा था तो वह बाहर एक लिफाफे में निंबु पकड़े खड़ी थी।

"लो मास्टर जी। हमारे निंबु देखना कैसे हैं अच्छे लगेंगे तो और दूंगी"

मैं लिफाफा पकड़ते हुए मुस्कुराया। वह आगे बोली,

"मास्टर जी एक काम करना आपके स्कूल के मठे (लड़के) मेरे निंबु तोड़ाएं, चोराएं, पता नहीं कहां डालते हैं इनको पकड़ना और दो चार चांटे मार डालना ताकि ये निंबु नी चोरें।"

"कोई बात नहीं ठेकेदारनी जी मैं सब लड़कों को ठीक कर दूंगा"

मैं मुस्कुरा कर आगे निकला वह भी मुस्कुरा रही थी।

मैंने निंबु देखे बहुत अच्छे थे। मेरा मन खराब होने लगा। मन में आने लगा कि मेरे दोस्त जो मंडी और मेरे गांव रहते हैं वे निंबु देख कर खुश होंगे अब इस ठेकेदारनी से निंबु लेने चाहिए और दोस्तों को देने चाहिए।

मेरे साथ दो चार लड़के हमेशा ही रहते थे। चंद नाम का एक लड़का मेरी सेवा टहल भी करता मेरे पास भी रहता और मैं शाम को उसे पढ़ाता भी था। उसने मुझे कहा,

"गुरू जी आप चिंता क्यों करते हो। निंबु तो मैं वहां से रोज ही निकलता हूं और हैड गुरू को देता हूं आपने तो मुझे बताया ही नहीं। परन्तु एक बात है वह जब पकड़ती है तो हैडमास्टर के पास ले जाती है और गुरू जी उसी के सामने एक आध छड़ी लगा देते हैं आपने संभाल लेना और रोज निंबु"

अगले दिन ही वह निंबु तोड़ने गया। पूरा थैला निंबु तोड़ कर वह लाने वाला ही था कि ठेकेदारनी के हाथ पकड़ा गया। मैं उसका इंतजार कर रहा था। तो उधर से ठेकेदारनी चंद को कान से पकड़े मेरे पास ले आई। थैला वही पकड़े हुए था।

ठेकेदारनी मुझे सामने देख, चंद को कान से पकड़े मेरे पास ले आई।

"मास्टर जी यह देखो यह लड़का रोज ही निंबु तोड़ता है और भाग जाता है आज मेरी पकड़ में आया है"

मैंने एक नजर चंद पर डाली उसे गुस्से हुआ, आंखे तरेरी गुस्से में सामने से एक मोटा सा डंडा पकड़ा। पहले उसे खूब घुमाया ऐसा घुमाया जैसे कोई खिलाड़ी मैदान में डिस्क फैंक रहा हो, घुमाता रहा, फिर चंद की ओर देख एक आंख उसे मारी पहले तो वह सच में ही डर गया था। जब आंख मारी तो उसके चेहरे पर रौनक आ गई थी, फिर डंडा इतने जोर से घुमाते हुए बोला,

"तुम्हारी ऐसी की तैसी तुम्हारे कारण हम सब बदनाम हो रहे हैं क्यों तोड़े तुमने निंबु" मैने डंडा इतने जोर से घुमाया और लेकिन उसके पीठ पर हल्के से लगाई। वह भी कोई कम थोड़े था मेरे पास ही जो रहता था जोर से चिल्लाया, मैंने एक बार डंडा फिर घुमाया और हल्की सी मारी वह अबके फिर जोर से चिल्लाया हम दोनों को तो खेल मिल गया था, मैं डंडा घुमाकर हल्के से मारता रहा, वह ऊंचे-ऊंचे चिल्लाता रहा।

"मास्टर जी अब हो गया रहने दो बहुत लग रही है इस बेचारे को" ठेकेदारनी बोली।

मैंने भी उसे निंबु का थैला पकड़ाते हुए कहा ले अब जा यहां से भाग भाग और वह नींबु का थैला लेकर मेरे घर की ओर भाग गया। पीछे ठेकेदारनी चील्लाने लगी,

"मास्टर जी वह तो निंबुओं का थैला भी ले गया रोको उसे और मैं भी चिल्लाने लगा, "रूक रूक मत रूक मत जाओ रूक मत जाओ"

ठेकेदारनी मेरे ओर देखती रही कि मैं क्या बोल रहा हूं उसकी समझ में नहीं आ रहा था। कभी वह मेरी ओर देखती कभी वह भागते हुए चंद को देखती " भगी गया यारो मेरे सारे निंबु भी लई गया मास्टर जी ' और वह वहीं पर सड़क के किनारे पैरापट पर सर पर हाथ रख कर बैठ गई।

मेरे दोस्त आज भी जब मैं उनके साथ कभी भी खाना खाने बैठता हूं तो उन निंबुओं की याद जरूर कर लेते हैं। परन्तु वह लड़का चंद आज हमारे बीच नहीं रहा है। उसकी याद निंबुंओ के साथ जुड़ी है, मुझे आती रहती है।

5.इसी जयदेवी के स्कूल में मास्टर माया धर जी हमारे साथ काम करते थे। मुझ से काफी बड़े थे परन्तु हम एक अच्छे दोस्त भी थे। उनकी बड़ी विशेषता और उनका परिचय यह था कि सुन्दर नगर की राम लीला में पिछले चौदह वर्षों से वे राम का अभिनय करते थे। इस कारण भी मैं उनकी बहुत इज्जत करता था। बड़े मस्तमौला थे। बात बात में मखौल करते, हंसी मज़ाक हमेशा उनके साथ रहता।

1968 में हिमाचल के अध्यापकों की सबसे बड़ी और पहली सफल हड़ताल हुई थी। इसकी तैयारी एक साल पहले से चल रही थी। 1967 से सरकार को बार बार चेताया जा रहा था। सरकार के कानों पे जूं तक नहीं रेंग रही थी। अध्यापकों में बहुत जोश था। हम उस समय युवा थे। हम में भी बड़ा जोश था। जोश ऐसा कि एक बड़ा सा लक्कड़ खा जाएं तो हजम हो जाए। परन्तु लक्कड़ कभी खाया नहीं।

अध्यापक संगठन ने यह तय किया था कि सभी ब्लाक से एक अध्यापक मंडी मुख्यालय में भूख हड़ताल पर बैठेगा। यह चेन भूख हड़ताल थी। जयदेवी ब्लाक से भी एक अध्यापक ने अपनी बारी पर भूख हड़ताल पर बैठना था। सारे ब्लाक की बैठक हो रही थी। सभापति जयदेवी ब्लाक से किसी अध्यापक का नाम पूछ रहे थे। सारी सभा में सन्नाटा था। मायाधर जी मेरे साथ ही बैठे हुए थे। मेरे को कोहनी मार कर बोल रहे थे कि उठ जा उठ जा।

मुझे अभी इस तरह की भूखहड़ताल के बारे मालूम नहीं था। भूख की तो बात ही नहीं थी। मैं तो 1965 से लगातार प्रधानमंत्री लाल बहादुर शास्त्री जी के आवाह्न पर हर सोमवार को व्रत रखते आ रहा था। बार बार उनके कोहनी से मुझे लगा कि मायाधर जी बोल रहे हैं तो ठीक ही बोल रहे हैं उन्होंने दोनों हाथों से मुझे ऊपर उठाने में सहारा दिया और मैं एक ही झटके में खड़ा हो गया। सारा हॉल तालियों से गूंज उठा। मैं एक कुशल चालाक नेता की तरह दोनों हाथ जोड़ कर सबका अभिनंदन करने लगा था। कुछ अध

यापक फूलों के हार लाए थे मेरे गले में डाल दिए गए। मैं खुश हुआ। तभी महसूस करने लगा कि नेता लोगों के गले में हार जब डलते हैं तो वे खुश होते होंगे ही।

जिस दिन हमने भूख हड़ताल पर बैठना था हम मंडी की ओर पैदल ही जयदेवी से चल पड़े। काफला बनता गया। पहले तो जयदेवी स्कूल वालों ने मुझे हार पहनाए। मुझे जो हार पहनाए जाते थे मैं उन्हें मायाधर के गले में डाल देता था। वे उन्हें डाल कर ही रखते थे। उन्हें शायद रामलीला में राम का अभिनय करने के दौरान इन फूलों के हारों से मोह हो गया था। आगे तो यह हुआ अब जिस स्कूल में हम जाते तो वहां के अध्यापक यह समझते थे कि मायाधर ही शहीद होने जा रहे हैं हार उन्हीं के गले पड़ने लगे थे। वे बाद में इशारे से मुझे शहीद बताते गए।

मुझे एक बात याद आ रही है जिसे राणा जी अपनी मित्र मंडली में सुना रहे थे और मैं भी वहीं खड़ा इस बात का मजा ले रहा था। यहां उसका उल्लेख करने जा रहा हूं क्योंकि इसी तरह से यह घटना भी हुई थी। बात पं. सुखराम जी के उस समय की है जब वे राज्य संचार मंत्री बने थे। उनका एक सिपाहसलार राणाजी मंडी के उनके पड़ौसी थे हमेशा उनके साथ ही होते थे। उनका पहनावा हमेशा ही सफेद टोपी, सफेद खद्दर के कपड़े, सफेद अचकन बस समझो पं. नेहरू की तरह।

एक बार पंडित जी पंजाब में कहीं टेलिफोन एक्सचेंज का उद्घाटन करने जा रहे थे। उनकी गाड़ी में दो ही आदमी थे। एक पं.सुखराम जी और दूसरे राणा जी। राणा जी कार की अगली वाली सीट पर बैठे थे और पं. जी हमेशा की तरह पीछे वाली सीट पर। थोड़ी आगे चलने पर उन्हें पता नहीं क्या सूझा उन्होंने राणा को पीछे वाली सीट पर बैठा दिया और अपने आप आगे वाली सीट पर बैठ गए।

जब कार पंजाब के उस गांव में पहुंची जहां उन्होंने उद्घाटन करना था, पहुंचते ही कार रूकी। उस इलाके के एस. पी ने कार का पीछे का दरवाजा खोला। दरवाजे से राणा जी बाहर निकले एस पी ने सैल्यूट मारी। राणा जी पंडित जी का दरवाजा खोलने जाने लगे तो लोगों ने उतने में ही राणा के गले को हारों से भर दिया। पं. सुखराम जी दरवाजे से बाहर अपने आप निकले और राणा का स्वागत देखते रहे, मनही मन गूस्से भी होते ही रहे। राणा सबको यही बता रहे थे कि पं. सुख राम आगे हैं। मैं सुखराम नहीं हूं। परन्तु लोग तो यही समझते रहे कि वे अपने मित्र को भी हार पहनाने के लिए बोल रहे हैं। कुछ एक ने उन्हें भी दो चार हार पहना ही दिए। यह तो बाद में राणा ने स्टेज से पं. सुखराम जी का परिचय कराया। तो सभी को अधिकारियों और वहां के नेताओं को शर्मिंदगी महसूस हुई। कहते हैं कि इसके बाद सुख राम जी कभी भी राणा को अपने साथ नहीं ले गए। अब राणा जी हमारे बीच नहीं हैं।

मेरी स्थिति भी उसी तरह से हो रही थी। मंडी पहुंचते पहुंचते ऊपर से यह संदेशा आया कि भूख हड़ताल स्थगित हो गई है सरकार से बात चलने लगी है। मैं इस बार शहीद नहीं हुआ और आगे मुझे फिर से यह मौका भी नहीं मिला।

मायाधर जी का जिक्र इसलिए यहां पर चला कि उनके एक साढू थे उनके पास एक अंग्रेजी राइफल थी थ्री नॉट थ्री की तरह, लेकिन छोटी सी उसे वे स्कूल ले आए थे। मुझे अच्छी लगी मैं उसे अपने साथ अपने क्वार्टर ले आया। अगले दिन सुबह ही मैं उस गन को डाल कर घूमने निकल पड़ा। सामने के एक घुमाओदार खेत में मुझे मुर्गे दिखाई दिए। मैंने जल्दी से फौजियों की तरह पोजीशन ली और मुर्गों पर फायर कर दिया। मुर्गा तो कोई नहीं मरा सब उड़ गए परन्तु मैं पसीने पसीने हो गया। सामने खेत के मोड़ से बैलों की जोड़ी जिसके पीछे हलधर किसान उन्हें हांक रहा था खेत को जोत रहा था, मोड़ से बाहर सामने आया। मैं दो मिनट वहीं पर सर पर हाथ रखे बैठ गया कि अगर इन्हें मेरी गोली लग जाती तो क्या होता ? मैं वहीं बैठा रहा वही हलधर किसान मेरे पास आया और मुझे उठाया। पूछता रहा कि मुझे क्या हुआ है। मैं चुप रहा।

तुरन्त मायाधर के पास पहुंचा उसे नमस्कार किया। सिया पति राम चंद्र की जय बोली और बाइज्जत वह गन उन्हें सौंप दी वे मेरी ओर देखते रहे मैं उनकी ओर देख मुस्काता रहा बस इतना जरूर कहा कि इसे घर में रखिए और जिनकी है उन्हें इसे सौंप दीजिए।

25.

पढ़ाई और कुछ न कुछ लिखना मेरा चलता ही रहा। छोटी छोटी कविता लिखना मेरी आदत सी बन गई थी परन्तु इसका मज़ाक मित्र लोग किया करते थे। कुछ दिनों के बाद जब मैंने एक नाटक लिखा और उसका मंचन भी किया स्वयं मैंने मुख्य चरित्र का अभिनय भी किया,गांव वालों को तो पसंद आया ही था मुझे भी अभिनय करके तसल्ली हुई। नाटक की प्रशंसा छोटे बड़े सब ने की और चंद्रमोहन के पिता जी ने तो ढ़ेर सारा पैसा नाटक मंडली को दिया। इस नाटक के बाद मित्रों में यह हो गया था कि मैं लिख भी सकता हूं,इसी बात पर उन सबने मेरे से एक पार्टी भी ली। पता नहीं उन्होंने यह सब पार्टी लेने के लिए नाटक किया था या सच में मेरा अभिनय अच्छा था। वे कुछ भी कर सकते थे, क्योंकि मैं भी तो उनके साथ यही करता आया था।

उस नाटक को लिखने के बाद मुझे भी ऐसा कोई एहसास नहीं था कि मैं आगे भी कुछ लिखता ही रहूंगा।आज उस नाटक की पांडुलिपि मेरे पास उपलब्ध नहीं है। हां उसके बाद लिखने का सिलसिला थमा नहीं और पंजाब केसरी में मेरी छोटी सी कविताओं का छपनाजारी रहा।

बिलासपुर की एक लोक गाथा "मोहना' जो हिमाचल की सच्ची लोकगाथाओं में आज भी लोकप्रिय है। भाई के लिए फांसी चढ़ने के लिए सीधा सादा छोटा भाई तैयार हो जाता है। यह एक मार्मिक लोक गाथा है, इस पर मैंने "लाइट एंड साउंड ' प्रोग्राम तैयार किया तो लोगों से वाह-वाही खूब लूटी। यहां गांव वालों के लिए यह एक नया प्रोग्राम था और मेरे लिए भी, जिसकी सभी ने सराहाना की थी क्योंकि उन्हें पसंद आया था। मेरे नाना जी ने बचपन में ही मेरी शादी का रिश्ता उनके रिवालसर में एक रिश्तेदार के यहां कर दिया था। अब उन्होंने मेरे बाबा को शादी के लिए बार बार ज़ोर डालना आरम्भ कर दिया। मेरे बाबा भी जल्दी नहीं चाहते थे परन्तु उनके आग्रह को वे टाल नहीं पाए और मेरी शादी एक अनजान लड़की से हो गई। उस समय मेरी आयु अठारह वर्ष से भी कम थी।

शादी हो गई जीवन अपनी गति से चल पड़ा परन्तु लेखकीय जीवन पटरी से उतर ही गया। जब मैं कुछ लिखता तो उसे संदेह होता कि मैं किसी प्रेयसी को पत्र लिख रहा हूं। इस बात से मेरे दिमाग में दबाव पड़ता रहता और मैं कभी कभी तो बड़ा बेचैन हो जाता था। इस तरह से जीवन के अठारह साल व्यतीत हो गए। लेखन भी द्रुत गति नहीं पकड़ पा रहा था। तभी जीवन में एक मोड़ आया, मुझे विभाग ने मेरे बी.ए. अंको के आधार पर बी.एड. करने शिमला भेज दिया। वहां पर मेरी मुलाकात तृप्ता से हुई। पहली ही मुलाकात में लगा कि हम युगों से परिचित हैं। हम एक मित्र की तरह से रहने लगे। इस मित्रता में दिन-दिन प्रगाढ़ता आने लगी। मुझे मानसिक शांति मिलती। एक वर्ष की पढाई के बाद सब अपने अपने घर चले गए परन्तु हमारा मिलना जुलना चलता रहा।

हमारा रिश्ता एक पवित्र रिश्ता था। परन्तु रूपा को यह पसन्द नहीं आ रहा था। उसने एक काम कर दिया कि तृप्ता की बेइज्जती उसी के गांव में अपने जीजे के द्वारा कराना आरम्भ कर दी। किसी भी लड़की के लिए यह कैसे बरदाश्त होता। मैंने तृप्ता से पूछा कि यदि तुम मुझ से शादी के लिए तैयार हो तो मैं यह कदम उठाने के लिए भी तैयार हूँ। उसने सोचने के लिए वक्त मांगा क्योंकि यह कदम हम दोनों के लिए बहुत कठिन था।

जब आए दिन मेरे नाम से उसके आस पास के लोग कुछ न कुछ स्टायर कसने लगे तो वह आहत तो होने लगी ही थी उन लोगों ने उसका जीना दूभर भी कर रखा था।आखिर में हमने निर्णय ले ही लिया और हम एक सूत्र में बंध गए। तलाकनामें के लिए मुझे और तृप्ता को कई वर्ष कोर्ट के चक्कर काटने पड़े थे। मैं अपनी पैतृक संपति का सब कुछ छोड़ कर, अपने गांव को छोड़ कर, जिस घर में मैंने अपना बचपन से लेकर जवानीतक का समय गुजारा था उसको छोड़कर, मैं केवल मात्र अपना स्कूटर और जो कपडे मैंने पहने थे उसी पूंजी को लेकर मोहन राकेश के "आशाढ़ का एक दिन' के नायक की तरह अथ से जीवनआरम्भ करने के लिए सुंदरनगर निकल पड़ा। यहां तक कि इस निर्णय से हम दोनों ने अपने अपने प्रियों और बड़ों को नाराज अवश्य किया। कुछ वर्षो के संघर्ष के बाद जीवन सामान्य सा हो गया, सब प्रियों, आदरणीयों का प्यार और स्नेह फिर से प्राप्त हो गया। सुन्दरनगर में एक नया बसेरा तैयार किया। अपने व्यवहार से यहां के लोगों के हृदय में जगह बनाई ही नहीं उनका मन भी जीत लिया।

लेखन की संघर्षपूर्ण यात्रा से मुझे अपने मित्रों की नाराजगी और प्रताड़ना भी सहनी पड़ी, कहानी "भोग" जो 1971 में लिखी और छपी थी उसमें वर्णित "एंड सन्स' लिखकर मित्रों की नाराजगी झेलनी पड़ी थी। आप जब जब सत्य को उजागर करेंगे तो कहीं न कहीं आपको सुनने को मिलेगा ही। इस कहानी पर स्व0 डॉ0 धरमवीर भारती ने टिप्पणी की थी और मुझे लिखते रहने के लिए प्रेरणा दी थी।

26.

सन 1971 का समय मैंने शिमला में गुजारा था। यहीं पर एक शाम को मैं एक मित्र सूरजवालिया के साथ चौड़ा मैदान में घूमने निकला था। तो वहां पर बहुत से लोगों का झुंड खड़ा देखा। उत्सुकता हुई कि क्या हो रहा है। देखा कि एक पुरूष बंदरों को पकड़ने की कोशिश कर रहा है। हम दोनों भी वहीं खड़े हो गए और यह सब देखने लगे। उस पुरूष का एक सहयोगी उससे थोड़ी दूर खड़ा था। मैंने उस से पूछा, "भाई साहब जरा बताओगे कि यह क्या मामला है?"

उस आदमी ने हमारी ओर देखा और अपने काम में लग गया। लग रहा था कि वह बहुत थका हुआ है और वह हमारे प्रश्न का उत्तर देना इस समय ठीक नहीं समझ रहा था।हमने भी उसके उत्तर की प्रतीक्षा नहीं की और दूसरे पुरूष की गतिविधि देखने लग गए।

वह पुरूष एक हाथ में रोटी का टुकड़ा पकड़े हुए दूसरे हाथ से पेड़ पर बैठे बंदर को इशारा कर रहा था। बंदर कभी रोटी को देखता तो कभी लोगों की भीड़ को देखता।मन में उसके रोटी खाने की लालसा तो थी ही, तभी बंदर दाव लगाकर ऊपर से उस पुरूष के हाथ की रोटी पर झपटापरन्तु पुरूष इसी के इन्तजार में तो था, उसने तुरंत बंदर को पकड़ लिया। उसे पकड़ते ही वह बंदर छटपटाने लगा परन्तु वह पुरूष की जकड़ से कैसे छूट सकता था। उधर दूसरी ओर दूसरे बंदरों ने शोर मचाना आरम्भ कर दिया। चारों ओर से बंदर कीं कीं करने लगे। जैसे आजकल किसी आंदोलनकारी को पुलिस पकड़ कर ले जाती है और पीछे साथी पुलिस के खिलाफ नारा लगाने लगते हैं।

इस सब की परवाह न करते हुए दूसरे आदमी ने दौड़ कर उस पुरूष को एक बोरी दे दी, उसने भी जल्दी से बंदर को बोरी में डाल दिया और ऊपर से बोरी बंद कर दी। लग रहा था कि उन्होंने राहत की सांस ली। तभी वह आदमी हमारे पास आया और कहा, "बाबू जी हम सुबह से बंदर पकड़ने में लगे हैं एक अन्न का दाना हमारे मुंह में नहीं गया,

इन बंदरों को ही रोटी खिलाते रहे, अब जाके सफल हुए। हमारी रोटी यही है।" यहां एक बात बता दूं, आज बंदरों की स्थिति ऐसी नहीं है आज तो बंदर अपने आप कहीं से भी कुछ ले सकता है वह आज और भी चालाक हो गया है। परन्तु आज आदमी का बंदर पकड़ने का तरीका भी बदल गया है। जब बंदर बदला तो मनुष्य भी बदल गया है।

मैनें देखा कि अब उनके चेहरे पर रौनक आ गई थी। दोनों ही रोटी के चक्कर में उलझे रहे, एक को रोटी की लालसा ने फंसा लिया, तो दूसरे ने रोटी के लिए फांस लिया। जानवर हो या मनुष्य सबको पेट महत्वपूर्ण लगता है, सब छोटा बड़ा इसलिए ही तो मेहनत में लगा है।

इस घटना को मैं नजरान्दाज नहीं कर सका और रात को इसे कलमबद्ध कर दिया। यह कहानी 1972 में हिम प्रस्थ में "शिमला की एक शाम'के शीर्षक से छपी,जब की मेरा शीर्षक था, 'भूख'।

मेरा चक्कर अकसर धर्मशाला की ओर लगता था, इसके बीच में पालमपुर पड़ता है। इसी पालमपुर में "सहज कहानी' के आंदोलन कर्त्ता डॉ. सुशील कुमारफुल्ल रहते हैं, उनसे मिलने की इच्छा हुई, और एक दिन उनसे कृषि विश्वविद्यालय में1973 में मिलने का सौभाग्य खोज ही लिया। मिलने पर मन प्रसन्न हुआ। नए लेखकों को उत्साहित करना अपना धर्म समझते हैं। मैंने भी इनसे बहुत कुछ सीखा।

एक तरफ कमलेश्वर जी सारिका के माध्यम से समान्तर कहानी का आन्दोलन चलाए हुए थे और दूसरी ओर डॉ. फुल्ल जी का सहज कहानी का आन्दोलन जोर पकड़ रहा था जिसको उन्होंने "पगडंडियां',"पहचान' कहानी संग्रहों के माध्यम से परिभाषित करने का प्रयास किया। बड़े बैनर के पीछे तो लेखकों की लाईन लगी हुई थी परन्तु डॉ0 फुल्ल अकेले नहीं थे हम भी उनके साथ थे या यूं कहें एक ओर बडी मिसाइलेंथी तो दूसरी ओर पुरानी थ्री नॉट थ्री थी। अपने गणित से बात यह थी कि दोनों आंदोलनों का आधार एक था, नाम अलग अलग थे। यह तो वही बात हुई शराब वही है बोतलें अलग अलग हैं पर आंदोलन चलता रहा। आज भी सक्रीय और अधिक लिखने वाले डॉ. फुल्ल ही हैं और हमें प्रोत्साहित करने वाले भी वही हैं।

27.

"इन्सान' फिल्म की शूटिंग के लिए यहां सुंदरनगर के पास पूरा यूनिट डेरा डाले हुए था। ये लोग लगभग एक महीना यहां रहे। जितेंद्र, अमज़द खान आदि प्रमुख कलाकार थे। आस-पास, इस इलाके के सब छोटे बड़े लोग फिल्म शूटिंग देखने के लिए इकट्ठे होते। यूं कहें कि मेला सा लगा हुआ होता था। फिल्म की शूटिंग देखने का एक नशा सा सब में छाया हुआ था। जितेंद्र, शोले का अमज़द खां लोग उन्हें देखने के लिए लालाइत हो रहे थे। फिर चाहे उन्हें पुलिस का बैरियर तोड़ने पड़े या उनके डंडे खाने पड़े वे सब उसके लिए तैयार रहते। उन्हें तो इन कलाकारों की एक झलक मिल जाए बस।

जब फिल्म रिलीज़ हुई तो चली नहीं परन्तु यह मेला मेरे एक प्रिय शिष्य को अपने साथ ले गया। वह अपने मां बाप का इकलौता बेटा, उनके साथ चला गया। पढ़ाई के दिनों से ही फिल्मी भूत ने उसके दिमाग पर डेरा डाला हुआ था। मां बाप को इकलौते बेटे की बड़ी चिंता रहने लगी।

यह बात सत्य है कि किसी बड़े काम के लिए जोख्म उठाना ही पड़ता है।

जितनी गाड़ियां मुम्बई पहुंचती हैं उसमें से अधिकांश शाहरूख खान बनने आते हैं। मुम्बई की ठोकरें खाकर जब घर वाले भी पैसा देना बंद कर देते हैं तो घर की ओर मुंह मुड़ जाता है तब उन्हें हकीकत का सामना करना पड़ता है परन्तु मेरे इस शिष्य के साथ ऐसा नहीं हुआ। वह मंगत कुमार से कुमार मंगत बन गया। उसने बहुत कठिन परिश्रम किया और फिल्मी दुनियां कीऊंचाइयों को छुआ। आज वह उस ऊंचाई पर है जहां से इस लाइन की सब ऊंचाईयॉं छोटी पड़ जाती हैं। आज लगभग हर वर्ष उसकी एक फिल्म रिलीज़ होती है। औंकारा, हाले दिल, अतिथि तुम कब जाओगे, गोल माल आदि चर्चित फिल्में उसकी देन है।

एक बार मैं कुमार से मिलने मुम्बई गया था। वहां पर मेरी मुलाकात गायक सुखविंदर से हुई। सुखविंदर एक मस्त और खुश रहने वाला इन्सान है परन्तु अपने काम के प्रति

वफादार और मेहनती और ईमानदार भी। एक दिन वे मुझे अपने साथ नेवी के मुख्य कार्यालय में एक कार्यक्रम में शामील होने के लिए ले गए। वहां पर चीफ गैस्ट सुखविंदर था। उसके साथ हम तीन आदमी और थे। उसे रास्ते में टाई लगाने की धुन सवार हो गई। हमने कई दुकानें छान मारीं कहीं पर टाई नहीं मिली। कहने लगे कि यदि टाई नहीं मिली तो मैं नहीं जाऊंगा। मैंने कहा कैसे नहीं जाओगे। राष्ट्र की सेना आपको इतना सम्मान दे रही है तो कैसे नहीं जाओगे? जाना ही पड़ेगा। परन्तु अगले स्टोर में 500 रू. में टाई मिल गई। मुझे पांच सौ रूपए बहुत बड़ी रकम लगी, उन दिनों पांच सौ रूपए थे ही बहुत बड़े। सात सौ रूपए का मुबई दिल्ली का हवाई जहाज का टिकट था। टाई मिलने पर सुखविंदर बहुत खुश हुए और हम खुशी खुशी नेवल हैड क्वार्टर चल पड़े। रास्ते में एक ने बताया कि इनके साथ कुछ न कुछ होता ही रहता है। इनका एक गाना "चल छईयां छईयां ' बहुत हिट हुआ,लगभग उस समय सब की ज़ुबान पर यही गाना गूंजता था। उन्हीं दिनों की बात है कि एक बार यह अपनी पुरानी सी नीले रंग की मारूति 800 कार में जा रहे थे। कार नई नई चलाना सीखी थी। बाद में उस इतिहासिक कार में मुझे भी बैठाया था। इस नीले रंग की कार में धुने अपने आप बजती थीं, केवल हार्न नहीं बजता था।

एक बार की बात है उसी कार में वे भी अपनी धुन में जा रहे थे कि उनसे आगे वाली कार एक दम से रूकी, इनकी मारूति जो अपने मालिक के साथ अपनी धुन में चल रही थी ब्रेक न लगने के कारण अगली कार को पीछे से जा टकराई। फिर क्या था? अगली कार से चार सरदार हरी, पीली, लाल, काली पग धारण किए बाहर निकले और उन्होंने सुखविन्दर को पकड़ के कार से बाहर खींच लिया। सरदारों को देख सुखविन्दर ने अपना संतुलन नहीं खोया, घबराए नहीं।कारण सुखविंदर भी पंजाबी ही है। गले के पास कमीज से उन्होनें सुखविंदर को पकड़ा हुआ था,वह बोलने लगा,

"भाई साहब "मैं सुखविंदर हां।" सरदारों को देख कर उसका डर कम हो गया था।

"कैसा सुखविंदर मारो एक और"

और वे मारने लगे ही थे तभी उसने गाना शुरू कर दिया, "चल छईयां छईंयां छइयां" तभी सरदारों को समझ आई कि यह तो गायक सुखविन्दर है तो उन्होनें माफी मांगी। उस समय उसके पास पुरानी सी मारूति थी आज उसके पास नईं मरसडीज है,कई कारें हैं। यह सब उसकी मेहनत का फल है। ऑस्कर अवार्ड की कहानी देखिए ! स्लमडॉग के लिए मियूज़िकका अवार्ड रहमान को, गाना लिखने का अवार्ड गुलज़ार जी को परन्तु जिसने गाना गाया जिसके कारण गाना सब की जुबान पर चढ़ा उसको कोई अवार्ड नहीं!यह बात अवार्ड लेते समय गुलज़ार जी ने भी व्यक्त की थी। अब तो वह बड़ा आदमी है लेकिन जितना बड़ा उतना ही जमीन का आदमी भी है। मुझे मिलेअब तो बीस तीस वर्ष हो गए हैं मिल ही नहीं पाया हूं।

28.

मेरे दो प्रिय शिष्य एक पम्मी और दूसरा अरविंद दोनों ही होन हार शरारती भी सबसे आगे। मेरे सामने दोनों ही गंभीर रहते थे। दोनों के घर वालों से मेरे पारिवारिक संबंध और घनिष्ठता थी। पढ़ने में भी बहुत ही आगे। विद्यार्थियों में सबसे आगे रहने वाले।

सारे स्कूल में भी प्रसिद्ध तो थे ही स्कूल के हर कार्यक्रम में भाग लेने में भी सबसे आगे। पढ़ने की इच्छा होती तो थी परन्तु अधिक परिश्रम नहीं कर पाते। एक दिन इन दोनों के घर वालों ने इन्हें मेरे पास शाम को पढ़ने के लिए भेजना शुरू किया। इसलिए भी भेजा होगा कि घर में हमेशा शरारत करते रहते होंगे थोड़ी देर मास्टर के पास जाएंगे तो घर वालों को चैन मिलेगा। मैं इसलिए कह रहा हूं कि इन दोनों को कोई टयूशन की जरूरत नहीं थी, ये अपने में सक्षम थे।

खैर मेरे पास वे गणित पढ़ने के लिए आने लगे थे। भले ही वे भी मेरे पास पढ़ना नहीं चाहते थे इसलिए कि उन्हें भी खेलने के लिए समय ही नहीं मिलता था। दिन में स्कूल, स्कूल से घर, फिर घर में स्कूल का होम वर्क और फिर बच्चा थक भी तो जाएगा ही। घर वालों के आदेश से उन्हें मेरे पास गणित पढ़ने आना है, सो आना ही पड़ता था फिर उनकी इच्छा चाहे हो या नहीं।

मैं उनका अध्यापक फिर गणित का अध्यापक और अध्यापक के साथ मुख्याध्यापक थोड़ा डर तो होता ही।

अभी सर्दियां का आरम्भ ही होने को था। अक्तूबर का महीना चल रहा था। गणित में जब बच्चा एक ही बात पर तीन से ऊपर की गलतियां करने लगता तो मुझे गुस्सा आ ही जाता था। और उनका ध्यान कम होने के कारण उनसे गलतियां हो ही जाती थीं। जब गलतियां हो ही जाती तो मुझे गूस्सा भी आ ही जाता था। फिर क्या उन्हें दो चार घूंसे लग ही जाते थे। पहले दिन उन्हें जब घूंसे लगे तो अगले दिन वे तैयारियां करके आने लगे थे। यह बात सत्य है कि आवश्यकता अविष्कार की जननी होती है।

एक दिन वे मेरे से पढ़ कर गए ही थे तो रास्ते में चंद्रमोहन उनको मिल गया। चंद्रमोहन ने उन्हें कुछ मोटा सा देख उन्हें पूछ ही लिया,

"एक बात बताओ आजकल इतनी तो ठंड नहीं है फिर तीन तीन स्वैटर क्यों डाले हुए हो?"

"भाई आपको नहीं पता जब गंगा मास्टर के घूंसे चलते हैं तो ढाल का इंतजाम तो करना ही पड़ता है उन्हें पता ही नहीं चलता और हम उनके घूंसे भी खाने में आनन्द लेते हैं"

यह सब बात चंद्रमोहन ने मुझे सुनाई। मैं उन्हें देखना चाहता था किसच क्या है। अगले दिन आते ही मैंने उन्हें कहा,

"खड़े हो जाओ दोनों एक दम से अपने अपने स्वटर खोलो"

वे दोनों एक दूसरे को देखने लगे। उन्हें शायद आज लगने लगा था कि उनकी आज पोल खुलने वाली है। मैंने उन्हें फिर कहा,"कुछ सुना तुम लोगों ने?"

अब के उन्होंने अपना सबसे ऊपर का स्वटर उतार लिया। मेरी ओर अगले आदेश का इंतजार करने लगे। मैंने कहा,

"इसे एक ओर रख दें और अगला उतार लें''

उन्होंने अगला स्वाटर भी उतार लिया। अगला उतारते ही उसके नीचे का एक और दिखाई दिया। मुझे चंद्रमोहन की बात सच लगने लगी। मैंने फिर कहा,

"इसे एक किनारे रखो और अगला उतारो"

उन्हेंने अगला भी उतारा तो एक और नजर आया। अब मुझे हंसी आने लगी। सोचने लगा यह तो द्रोपती का चीर हरण की तरह है इनके स्वाटर एक उतरता है तो दूसरा निकल आता है। क्या मैं इन्हें इतने जोर की मारता हूं? इन्हें इतने स्वाटर डालने पड़ते हैं !

इसका परिणाम यह हुआ कि इसके बाद मैंने उन्हें एक भी नहीं मारी, यहां तक कि कान तक भी नहीं पकड़ा। मुझे हंसी तो आई ही उसके बाद मैंने उन्हें घूंसे भी मारने छोड़ ही दिए थे। अब वे भी मेहनत करने लगे और कोई गलती भी नहीं करने लगे थे। वे सामान्य कपड़े डाल कर आने लगे थे। आज जब भी वे मुझे मिलते हैं। तो इस बात का जिक्र हो ही जाता है और हम सब मुस्करा लेते हैं।

29.

मैं स्कूल का मुख्यध्यापक और स्कूल के आठवीं पढ़ने वाले छात्र मंगल देव के सपूत्र सोहन लाल ने एक डूबते हुए बूढ़े को नहर की तेज धार में से बाहर निकाल लिया हो तो कैसे चुप रह सकता था। सारे गांव में इस लड़के के बहादुरी के चर्चे हो रहे थे। मैं जहां भी जाता तो सब लोग मेरे से सोहन लाल के बारे में पूछते। मैं भी अपने को गौरवान्वित महसूस करने लगा। सभी समाचार पत्रों के सवांदाता बुलाए गए। अगले दिन सभी समाचार पत्रों पर सोहन लाल की कहानी छपी थी। सोहन लाल के घर वाले भी खुश। यह वो दिन थे जब समाचार पत्रों में फोटो छपना छोटी बात नहीं थी। उसके मां बाप ने बहुत से समाचार पत्र खरीद लिए थे। अपने रिश्तेदारों को जा जा कर अखवार बताते थे और अपने बेटे की प्रशंसा करते गए। इसका परिणाम यह हुआ कि कुछ लड़के जो नहर के किनारे जिनके घर थे नहर में नहाना तैरने की कला सीखने लग गए थे और वे भी किसी के डूबने की बात सुनते तो वहीं पहुंच जाते थे। परन्तु फिलहाल किसी ने सोहनलाल जैसा कोई कारनामा नहीं किया लेकिन तैरने की संस्कृति नहर के किनारे रहने वाले युवाओं में पनपने लगी थी।

इस छात्र पर इतना मान सम्मान मेरे हृदय में जागृत हुआ जितना रण भूमि में युद्ध करने वाले किसी योद्धा का होता है। योद्धा तो दूश्मन को मारने युद्ध भूमि में अपनी जान की परवाह न करते हुए जाता है परन्तु यहां तो किसी की जान बचाने के लिए अपनी जान को जोखिम में डालना पड़ता है। सोहन लाल ने एक महान कार्य और वह भी इसी छोटी सी आयु में कर दिखाया, मैं और मेरे सारे सहयोगी अध्यापक इस पर गौरव महसूस करने लगे थे।

बजुर्ग नहर के किनारे गांए चराने गया हुआ था। गाए घास चरते चरते ऐसे स्थान पर चली गई कि जहां से वह किसी भी समय नहर में गिर सकती थी। बजुर्ग की नजर जब गाय पर पड़ी तो वह यह समझ कर कि गाए नहर में गिर जाएगी तो घर वाले उसे नाराज हो जाएंगे। बहू बोलेगी कि “एक काम ही दिया हुआ होता है, वह भी ठीक ढंग से नहीं कर पाता यह बूढ़ा।’ यह सब विचार जब उसके मन में उत्पन हुआ तो परेशान बूढ़े ने घर वालों के डर से गाय को पीछे करने के लिए प्रयत्न करने लगा।

गाए को पीछे हटाने के लिए पहले डंडे से मारता रहा। उधर गाए को हरी हरी घास का स्वाद लगा हुआ था,बूढ़े की कैसे सुनती वह कैसे पीछे हटती ? गाय यह भी जानती थी कि घास खाऐगी तो दूध देगी और दूध नहीं देगी तो घर से उसे डांग मार कर दर दर ठोकरें खाने के लिए सड़क में भेज देंगे।

गाय को नहर में गिरने के खतरे का जरा भी आभास नहीं हो रहा था। जब गाय किसी भी तरह से पीछे नहीं हटी तो बूढ़े ने गाय को पूंछ से पकड़ कर पीछे खैंचना चाहा परन्तु गाय ने पूंछ ऐसे हिलाई कि बूढ़ा अगले ही पल नहर की तेज धारा में गोते खाने लगा। सोहन लाल पास ही था। उसकी नजरों ने यह सब भांप लिया। उसने आव देखा न ताव झट से कपड़े खोले और पानी में छपाक से कूद पड़ा और बूढ़ा अगले ही पल में पानी से बाहर।

अगले दिन इस छात्र को मान सम्मान के लिए मैंने गांव की पंचायत के प्रधान चंद्रमोहन, पंचायत के सब सदस्यों और गांव के सभी वर्ग के लोगों को स्कूल में आमंत्रित किया। एक बहुत बड़ा उत्सव इस लड़के के सम्मान में रखा गया।

हमने स्कूल की ओर से उसे पांच सौ रूपए की राशि और उसके माता पिता को शौल प्रधान के हाथों दे कर उन्हें सम्मनित किया। चंद्रमोहन ने भी पंचायत की ओर से उसे सम्मानित करने की घोषणा की। तालियों की गढ़गड़ाहट के बीच इस छात्र को राष्ट्रका सम्मान देने के लिए भी प्रधान ने सरकार को डी सी मंड़ी के माध्यम से आग्रह किया गया परन्तु यह वह जमाना था जब डाक के द्वारा ही सब काम होते थे। बात कहां अटक गई। वह पत्र कहां रूक गया आगे तक नहीं पहुंच पाया ? या न जाने क्या हुआ कोई मालूम नहीं, नेताओं की भी सिफारिश कराई गई, एम.एल.ए जब भी हमारे गांव आता तो चंद्रमोहन तो बोलता था ही, सारा स्कूल का स्टाफ भी बोलने जाता परन्तु कुछ भी नहीं हुआ। इस बात का मुझे आज भी ख्याल आता है तो दुख तो होता ही है सरकार पर भी संदेह होने लगता है कि सब सिफारिश का ही खेल है क्या ?

आज वह लड़का बी एस एफ से हौलदार के पद से सेवा निवृत भी हो चुका है वह कभी दिखाई देता है तो उसको राष्ट्र पुरस्कार न मिलने का मलाल आज भी मन में उठ ही आता है।

सोहन लाल के पिता मंगलु की गांव में एक परिवार से बनती नहीं थी। उनका आपस में हमेशा झगड़ा आए दिन होता रहता था। कभी मंगलु घर पर नहीं हो, बच्चे स्कूल गए हो तो वह पड़ौसी जानबूझ कर सोहन लाल की मां के साथ लड़ाई झगड़ा करता रहता था और आए दिन पुलिस थाने में इनके झगड़े की पेशी लगती ही रहती थी।

अब मंगलु और दूसरे परिवार के बच्चे भी बड़े हो गए थे। आगे बच्चे भी आपस में मन मुटाव में ही रहते थे। लड़ाई झगड़ा बरकरार था। एक दिन नहर के एक किनारे सोहन लाल चल रहा था तो दूसरे किनारे पर दूसरे परिवार का एक लड़का चल रहा था। उस लड़के ने देखा कि सोहन लाल तो नहर के दूसरे किनारे पर है अपने मन की भड़ास जितना हो सके तो निकाल लो, वह सोहनलाल को गालियां पर गालियां देने लगा। वह यह सोच कर कि गालियां जितनी देनी उतनी दी जाए सोहन लाल उसका क्या बिगाड़ सकता है वह तो नहर के दूसरे किनारे पर है, वह लड़का सोहन लाल को लगातार गालियां देता गया।

वह लड़का गालियां देई जा रहा था सोहन लाल सुनता जा रहा था। जब वह लड़का सब हदें पार कर गया तो सोहन लाल ने एक दम से अपनी कमीज उतारी पाजामा उतारा और नहर में कूद गया। दूसरी ओर का लड़का तमाशा देखता रहा। जब सोहन लाल किनारे पहुंचने लगा तो उसे पत्थर से भी मारने लगा परन्तु सोहन लाल ने नहर को पार करने के लिए दो मीनट भी नहीं लगाए।

यह सब देख वह लड़का भागने लगा फिर भी सोहन लाल के हाथों वह पकड़ा गया और खूब मार खाई। बस इसके बाद सोहन लाल ने फिर से नहर पार की अपने कपड़े डाले और घर आ पहुंचा था। उसके बाद दूसरे पक्ष ने थाने में भी रिर्पोट लिखवाई परन्तु वे सिद्ध ही नहीं कर सके कि क्या सोहन लाल ने ही लड़के को मारा है क्योंकि वह तो नहर के पार था ?

उस दिन के बाद दोनों परिवार शांति से रहने लगे थे। दोनों जब पुलिस थाने में जाते दोनों के ही पैसे लगते, हल कोई भी नहीं निकलता था। जो पक्ष जितने पैसे खुलाता दूसरी पार्टी को उतनी झाड़ें पड़ती थीं। यह बात दोनों परिवारों को बहुत सा धन गवाने के बाद समझ आई। अब दोनों झगड़ते तो नहीं परन्तु दोनों की आपस में बात चीत अब तक बंद ही रही।

30.

चंद्र मोहन के छोटे भाई की शादी। हम सब मिल जुल कर उसकी शादी की तैयारी करने लगे थे। तैयारी भी इस तरह से कि सारी के सारी जिम्मेवारियां हमारे ऊपर ही आन पड़ी थीं। रात दिन यही स्कीमें बना रहे थे कि कैसे कैसे शादी का जश्न मनाया जाए, कैसे कपड़े पहने जाएं, कौन सा बैंड बाजा किया जाए। बैंड बाजा अच्छा होना चाहिए उस पर ही हमारे नाचने गाने मस्ती सब उसी पर ही तो निर्भर करता है। खैर चर्चा तो चलती रहती परन्तु बड़े हमारी बात पर कोई भी ध्यान नहीं देते थे। फिर भी हम अपनी टांग हर जगह ही फंसा देते आए थे।

खैर मुख्य बात करें जिसका जिक्र मैं यहां पर करना चाहता हूं। बारात सरकाघाट जानी थी। नाचते गाते पहुंच गए। खूब मस्ती। बारात पहुंचते ही चाय आदि का इंतजाम था। सब हमारी प्रतीक्षा कर रहे थे। हम सच में ही अपने को राजा महाराजा से कम नहीं समझते थे। हमारा समाचार सरकाघाट में इस तरह से पहुंचा था कि यह बारात बहुत ही शरारतियों की बारात है। इनका ख्याल भी रखो और अगर बाज नहीं आए तो एक दो को सट भी दो कोई हर्ज नहीं। यह खबर हम तक पहुंच गई थी।

हमें बुरा लगा। शरारत तो हम अवश्य करते थे क्योंकि शरारत हमारे जीवन का एक हिस्सा थी। फिर भी कोई ऐसी शरारत नहीं करते जिससे कोई अनजान आदमी दुखी हो या उसे कोई कष्ट हो। हम तो अपने में ही किसी भी हद तक पहुंच अवश्य जाते थे।

बारात ठीक समय में पहुंच गई। खूब नाचते झूमते उस पांडाल तक पहुंच गए जहां पर हमारी चाय का इंतजाम था। अब तक भूख भी लगने लगी थी और चाय के पीने की तलब भी होने लगी थी। हमने अब गाना वाना नाच भंगड़ा सब छोड़ कर चाय पर आक्रमण कर दिया। कुछ जो सामने था उस पर टूट पड़े। सबसे अधिक पकौड़े ही अच्छे लगे। जब हमने वहां पर रखे लड्डुओं पर हाथ डाला तो वे इतने सख्त थे कि किसी के भी दांतों से काटे नहीं जा रहे थे एक दम लोहे के गोले की तरह।

अब क्या करें हम में से किसी ने दूसरे पर निशाना लगा कर एक लड्डु मार दिया। फिर क्या था एक दूसरे पर लड्डुओं की बौछार होना शुरू हो गई। लड्डुओं की बौछार इस तरह से शुरू हो गई जैसे कोई नियंत्रण खो चुकी भीड़ पुलिस पर पत्थरबाजी करती है। हम में चंद्रमोहन या कहें कि दूल्हे के एक रिश्तेदार लाला बालक राम जी चाय के गिलास को जब मुंह के पास घूंट पीने के लिए ले जा रहे थे तो किस का फैंका हुआ लड्डू ऐसे निशाने से लगा कि उनके गिलास में हीजा पड़ा। फिर क्या था सारी चाय उछल कर उनके मुंह पर गिर गई और फिर तुरन्त ही उनके मुंह से लड्डु मारने वाले पर गालियों की बौछार शुरू हो गई। गालियां इतनी बुरी तरह से पड़ने लगी कि सारा माहौल ही बिगड़ने लगा। लड्डु मारने वाले लड़के के बाप को भला बुरा कहने लगे। और अंत में उन्होंने कहा कि "उस हराम जादे को उनके पास लाओ मैं उसके बाप को भी ठीक करूंगा और पूंछूंगा कि कैसी औलाद तूने पैदा की है।'

बस उनका आदेश था। हमने तो बुजुर्ग का आदेश का पालन करना था। हमें मालूम था कि किस ने लड्डु उन्हें मारा है या गलती से उनके गिलास में गिर गया है।अब मारने वाले के बाप को गाली दी गई थी, उस लड़के को बुरा तो लगना ही था हमें भी बुरा लगा। हम उस लड़के को लेकर उनके पास पहुंचते हैं। लड़के को भी पता नहीं था कि उसे क्यों और किस के पास ले जाया जा रहा है। लाला बालक राम सब बजुर्गों बारातियों के बीच में बैठे थे और इसी की चर्चा हो रही थी। अभी भी लाला जी सबके सामने उस लड़के को, और उसके बाप को भला बुरा कह रहे थे। हम उस लड़के को लेकर उनके पास पहुंचे,

"श्रीमान यह वह लड़का है जिसने आपकी चाय के गिलास में लड्डु फैंका था और आप इसके बाप को श्रीमान"

लाला जी ने सामने देखा उन्हीं का लड़का हेम राज दोनों हाथ जोड़े खड़ा था। हेम राज को तभी पता चला कि उसे यहां क्यों लाया गया है। लाला जी उसे देख चुप हो गए। कुछ नहीं बोल सके। हम सब चुपके चुपके हंसते रहे। और उनके साथ बैठे उनके दोस्त बजुर्ग जोर से हंसने लगे। एक ने कह ही दिया,

"लो बेतुखम की औलाद तुम्हारे सामने खड़ी है"

सब जोर से हंसे और हम भी बाहर आकर जोर से हंसे। पीछे हमने मुड़ कर देखा तो लाला जी भी हंस रहे थे। लगता हैअब सारा माहौल सामान्य भी हो गया था।

31.

मेरे गांव के पास राष्ट्रके सबसे बड़े प्रोजैक्ट “भाखड़ा ब्यास लींक प्रोजैक्ट’ का काम लगा था,जिसमें 35000 मजदूर काम करते थे। इन लोंगों की अपनी समस्याऐं थी अपने सुख दुख थे,खुशी गम में ये लोग एक दूसरे के साथ देते थे। इन सबका हर्ष-विर्शाद मैंने बड़े नजदीक से देखा है। मेरी कलम इस वातावरण में कैसे चुप बैठ सकती थी,यह सब “मन मंथन’1973 उपन्यास में चित्रित हुआ है। अब इसका दूसरा, तीसरा संस्करण छप चुका है।

यह मेरा पहला उपन्यास था। जब यह प्रकाशित हुआ तो मुझे बड़ी खुशी के साथ लेखन कार्य में एक तसल्ली भी मिली थी, इस उपन्यास की सराहना पाठक जगत में बहुत हुई थी। एक दिन मुझे ठा0 कर्म सिहंका पत्र मिला, पत्र में उन्होंने उपन्यास की प्रशंसा तो की ही थी साथ में उन्होंने आगे भी लिखने के लिए प्रेरित भी किया था। हिमाचलप्रदेश के टैरिटोरियल कॉउंसल के चेयरमैन रहे ठा0 कर्म सिहं कीएक ईमानदार और कर्मठ नेता की छाप हिमाचल के राजनीति जगत में थी। बड़ी बात यह नहीं है कि उन्होंने मेरी प्रशंसा की है, बात यह है कि राजनीति में इतना व्यस्त होने पर भी उन्होंने मेरा उपन्यास पढ़ा।वे हमारे पड़ौसी थे। मैं उनका मान करता हूँ, सारा प्रदेश उनकी इमानदारी पर मान करता था।

अब तक बहुत सी कहानियां विभिन्न पत्र पत्रिकाओं में छप चुकी थीं मन हुआ कि एक कहानी संग्रह निकालना चाहिए और मित्र सोमनाथ जो मेरे मुख्याध्पक भी रहे थे की मदद से “युगों पुराना संगीत ’ के नाम से प्रकाशित हुआ। मैं “युगों पुराना संगीत’ कहानी संग्रह की एक प्रति ठा. कर्म सिंह जी को भेंट करने उनके पास गया था।

अक्तूबर 1984 में मैं लेखक मित्रों गुरूवर डॉ.लल्लनराय, गुरूवर डॉ.अनिल राकेशी,मित्र वृंद धर्मपाल कपूर, विजय विशाल, संजय शर्मा, मस्त राम सैनी, कमल प्यासा आदि के साथ जलेस के वार्षिक अधिवेशन में बनारस गया था। वहाँ पर बाबा नागार्जुन से मुलाकात पहली बार हुई। बाबा नागार्जुन को अधिवेशन के सभागार में मंच पर बैठे देखा।

खादी का कुर्ता-पाजामा,लम्बी सफेद दाढ़ी, सिर के बाल भी अस्त-व्यस्त ऊपर उठे हुए, बड़ी-बड़ी आँखें और मंच पर कविता के लिए जब उनसे आग्रह किया गया तो वे कविता पाठ करने उठे -

सफेद रंग का खादी का दुपट्टा कभी नीचे गिरता तो कभी ऊपर उसको संभालते हुए अन्तिम पंक्ति उन्होंने जोर देकर पूरी की -

"दूर कौए ने खुजलाई पांखें बहुत दिनों के बाद।'

तो हॉल तालियों से गूँज उठा - मैं न तालियां बजा रहा था न मेरे से कोई और प्रतिक्रिया हो रही थी। मैं तो उनसे मिलने के लिए समय ढूँढ रहा था। मैंने अगले दिन का समय उनसे मिलने का ले ही लिया।

उनसे मिलकर ऐसा लगा कि वे बहुत गहरे हैं। उनकी थाह पाना कम से कम मेरे लिए मुश्किल था। हिन्दी जगत् के जाने-माने लेखक ज्ञानरंजन जी ने ठीक ही कहा है,"बड़े रचनाकारों के भीतर प्रवेश करना एक चक्रव्यूह में जाने की तरह है। अनेक महारथी उसमें प्रवेश करते हैं और लौट नहीं पाते।"

मैंने उनके साथ की मुलाकात का एक संस्मरण लिखा है,"भूलते नहीं बाबा जी' जो राज कुमार कृषक जी पत्रिका " अलाव' में प्रकाशित हुआ है।-

मैं बाबा के उपन्यासों पर शोध कर रहा था, इसलिए भी उनसे मिलने की लालसा तो थी ही। बाबा को भी यह जानकर प्रसन्नता हुई कि मैं हिमाचल के मण्डी जिले से हूँ। मेरे से अधिक उनकी उत्सुकता बढ़ गई और वे मुझे एकान्त कोने में ले गए। फिर क्या था उन्होंने मण्डी के बारे में ढेरों प्रश्नों की बौछार लगा दी। मेरा आश्चर्यचकित होना स्वाभाविक ही था, यह जानकर कि वे मण्डी में भी कुछ दिन रहे हैं। वहाँ की गलियों से वहाँ के व्यक्तियों से वह व्यक्तिगत रूप से परिचित थे। उन्होनें मण्डी की हर गली का हाल पूछा, विभिन्न स्थानों के बारे में पूछा। बातचीत में उठाए गए प्रश्नों से मुझे आभास होने लगा कि बाबा मेरे जिले के इतिहास व भूगोल के कण-कण से सुपरिचित हैं।

वे कब और कहाँ-कहाँ नहीं घूमें हैं, मुझे उनके बेटे शंभूनाथ की बात याद आ गई,"जब बाबू जी बीमार पड़ते तो वे अपना थैला उठा कर घर से बाहर चल पड़ते। हमें चिन्ता हो जाती, परन्तु वे स्वस्थ होकर लौट आते। बाद में तो यह हो गया था कि जब बाबू जी बीमार होते हम उनका थैला तैयार करते और बाबू जी को बाहर घूमने भेज देते।"

मेरी जिज्ञासा बढ़ती जा रही थी यह जानने के लिए कि वे मण्डी के बारे में और क्या जानते हैं तभी उन्होंने एक प्रश्न और कर दिया,"हमारा मित्र महाशय कैसा है, मुझे उसके हाथ की चाय का स्वाद आज तक नहीं भूला है। जब कभी पहाड़ों की याद आती है तो बहुत याद आता है, महाशय।" महाशय चाय वाले का एक छोटा-सा टी स्टाल मण्डी

शहर में था। अब उसका हाल-चाल जानने के लिए बाबा ने कई प्रश्न पूछे। महाशय की चाय की दुकान में शहर के लेखक, चाय कॉफी पीने हर शाम को बैठते। अब यह काम आर्यन बंगला में होता है, इसके मालिक लेखकप्रिय लवण ठाकुर सब लेखकों की देखभाल करते हैं स्वयं भी एक संस्कृति कर्मी हैं। अब वह महाशय वाली दुकान इंदिरा मार्केट बनने पर तोड़ दी गई है। कभी बाबा जहाँ बैठे होंगे। महाशय स्वयं भी लेखक-प्रिय थे। मैंने महाशय का कुशल-क्षेम बिना कुछ जाने उन्हें बताया। हम बनारस में तीन दिन रहे। मुझे जब भी मौका मिलता उनसे मिल ही लेता। वे मुझे बड़े प्यार से राजी कह कर बुलाते, ""क्या यह नाम तुम्हें तुम्हारी पत्नी ने दिया है?" मैं केवल मुस्कुराता, क्योंकि यह नाम मुझे मेरी पत्नी ने ही दिया है।

मैं प्रसन्न था,क्योंकि सोचता था कि महाशय जी से मिलूंगा और उनसे बाबा के बहुत से प्रसंगों का ज्ञान मुझे मिलेगा। परन्तु जब मैं बनारस से लौट कर महाशय से मिलने मण्डी गया तो मुझे मालूम हुआ कि उन्हें गुज़रे हुए एक वर्ष से ऊपर हो गया था। मुझ से बाबा ने मण्डी आने का वायदा भी किया था, जो पूरा नहीं हो सका।

वे देश के कोने-कोने में गए उन्होंने कबीर की तरह जो भोगा वह लिखा-

"तू कहत कागद लिखी,
मैं कहूँ आँखन देखी।'

बाबा को जो अच्छा लगा उसे अच्छा कहा जो बुरा लगा उसकी तीखे शब्दों में आलोचना की। चाहे वह देश का प्रधानमन्त्री ही क्यों न हो। वे शासक दल के हमेशा विराधी रहे हैं। परन्तु पं. जवाहर लाल के देहान्त पर उन्होंने श्रद्धांजलि देते हुए लिखा था कि "काश तुम दस वर्ष और जीते।' और इन्दिरा गान्धी की एमरजैन्सी पर उन्होंने लिखा था, "इन्दू जी इन्दू जी क्या हुआ आपको, सत्ता के नशे में भूल गई बाप को।' शासक दल द्वारा गरीब जनता पर होने वाले अत्याचार से विचलित होकर बाबा जी की कलम आग ही उगलती रही। वंचित और प्रताड़ित वर्ग जो वर्षों से अभाव, उपेक्षा और यन्त्रणा का जीवन जी रहा था, उसको बाबा ने अपने उपन्यासों और कविता में चित्रित किया। उन्हें नायक और महानायक का स्थान दिया।

आज सोचता हूँ बाबा देश के हर कोने में घूमे। उनकी सूक्ष्म दृष्टि ने वहाँ की हर चीज को पढ़ा। वह सन्त कबीर जैसे थे, अक्खड़, फक्कड़, मस्तमौला, विद्रोही निराला थे, सत्य के पुजारी थे, सत्य को प्रकट किया और इसलिए अनेक बार जेल भी गए। वह जन नायक थे, निडर, गरीबों के रक्षक,उस पर वे साहित्यकार थे,सबसे ऊपर वे एक इनसान थे। हिन्दी जगत् उन्हें हमेशा याद करता रहेगा। मैं तो इस मुलाकात को भूल ही नहीं पाऊंगा।एक बात जो मुझे कचोटती रहेगी कि अपने वायदे के मुताबिक उनका मेरे यहां आना नहीं हो सका।

32.

मेरा मामा मेरा हम उम्र, मामा से दोस्त ज्यादा। सरकारी जे ई वह भी मकैनिकल। पी.डब्लू. डी. वर्कशॉप का इन्चार्ज हमीरपुर में। सुना था कि उस पर लक्ष्मी माता की कृपा बहुत होती थी। वह भी पैसे के चक्कर में अपने को फने खां समझने लगा था। अक्सर आए दिन हमारे यहां पर चक्कर लगाता रहता था वह भी सरकारी गाड़ी में। उन दिनों गाड़ियां आज की भांति आम नहीं थीं। जिसके पास सरकारी गाड़ी हो उसे बड़ा अधिकारी माना जाता था उसकी इज्जत भी उसी तरह से होती आई थी। वास्तव में हमारे समाज का ढर्रा ही ऐसा है कि पैसे और औहदे को अधिक अहमियत दी जाती रही है, आदमी को कम।

मामे के पास जितनी दूसरी आमदानी थी उससे वह अपने को शहंशाह से कम नहीं आंकता था और बातें भी शहंशाहों जैसे ही करता था। एक बार वह हमारे घर पर सरकारी जीप से आया। हम सब खुश हुए। सरकारी गाड़ी को घर के बाहर खड़ा देख खुशी होने लगी थी। बाबा को इसका कोई अस्सर नहीं पड़ता था। हां साला आया है तो उसकी मेहमाननवाजी तो घर में होती ही थी।

मामा कहने लगा कि आप लोग बिजनैस भी साथ करो। मैंने कहा, “बिजनैस मेरे बस का रोग नहीं है और बिजनैस के लिए पैसे भी तो चाहिए मामा”

“पैसे की कोई बात नहीं आज मेरे साथ चलो और पैसे ले आओ”

बस फिर क्या था मैं पैसे की बात सुनते ही उसके झांसे में आ गया। इच्छा होने लगी कि वह अब जल्दी हमीरपुर चले और मैं उससे पैसे ले आऊं।

अगले दिन मैं उसी के साथ गया। उसने अपना एक पुराना सा ट्रंक खोला। मेरी नजरें ट्रंक पर टिकी हुई थी देखा तो ट्रंक नोटों से भरा पड़ा था। वह मेरे सामने ही ट्रंक खोलना चाहता था कि मुझे भी पता चले कि इसके पास कितने पैसे हैं। नोट देख मुझे तो लगा कि वह सारा ही ट्रंक मेरे हवाले करने वाला है। परन्तु वह भी तो मामा ही है। मामों को भी तो अपना इतिहास है न, कंस मामा, शकुनी मामा खैर यह उनमें से कोई नहीं यह फुलड़ मामा तो है ही।

खैर उसने सब नोटों में से चार हजार रूपए मेरे हवाले किए,

"देख अगर और जरूरत पड़े तो कोई बात नहीं बेशक आ जाना"

मैं बस पर लौट आया। मुझे आज मालूम हुआ कि पैसे की गर्मी अपनी ही होती है। मैंने कभी यह नहीं समझा था। उसे जो गर्मी है वह ठीक ही है उसके पास तो पूरा ट्रंक भरा पड़ा है पैसों से मेरे पास तो उसके पैसे हैं मेरे अपने नहीं हैं फिर भी अंदर कुछ कुछ तो गर्मी तो आ ही रही थी लग ही रहा है, उसके पैसों में ही कुछ है मैं फुला नहीं समा रहा था।

बस में सोचने लगा कि बिजनैस करूं तो क्या करूं ? बिजनैस तो आता नहीं बिजनैस तो मेरा एक साथी करता है मेरे साथ ही नौकरी भी करता है और पैसा भी खूब कमाता है परन्तु मैं तो उस तरह का बिजनैस नहीं कर सकता न

नेर चौक पहुंच गया। यहां से अपने गांव के लिए दूसरी बस का इंतजार करने लगा था। बिजनैस का भूत दिमाग में घूम रहा था। बस आने को देर थी एक दुकान में चाय पीने बैठ गया और चाय का घूंट भी पीता रहा बिजनैस का भूत भी मेरे साथ मुझे उलझाता रहा।

"मेरा एक साथी अध्यापक रोशन लाल बचपन का दोस्त आजकल हम दोनों एक ही स्कूल में मास्टर, मैं हैडमास्टर और वह मेरा साथी दोनों में कोई औपचारिकता भी नहीं दोस्त दोस्त ही होता है। सोचने लगा कि उसके साथ ही बिजनैस किया जाए।

वह बरसात के दिनों में जब स्कूल में छुटिटयां होती हैं तो नाशपती हमारे ओर बहुत होती है वह लोगों से खरीदता और दिल्ली जाकर बेच आता था। उसका बहुत अच्छा धधा था। बहुत से मास्टर इस धंधें को करते थे। सोचने लगा कि उस से ही पूछा जाए कि क्या करे।

एक बार वह एक ट्रक नासपती का लेकर दिल्ली बेचने जा रहा था मुझे भी साथ ले गया। मैं भी खुशी खुशी उसके साथ चला गया। उन दिनों मेरे दिमाग में बिजनैस का कोई चक्कर नहीं था। मैं तो केवल घूमने दिल्ली जा रहा था। वह भी मुफ्त में खुश था।

ट्रक नाशपती की बोरियों से पूरा भरा पड़ा था। कार्यक्रम यह बना था कि रात रात में ही चलते रहना था और चार बजे के आस पास आजादपुर सब्जी मंडी दिल्ली में पहुंच जाना था। शनिवार को पहुंच कर अगले दिन छुट्टी के होने के कारण नाशपती मंहगी बिकती है क्योंकि रविवार को मारकेट बंद जो रहती है। अधिकांश फल, सब्जी वाले व्यापारी इसी सोच से सब्जी मंडी जाते हैं। हम ने अभी करनाल ही क्रास ही किया था कि आगे सारी ट्रैफिक ही रूकी पड़ी थी पता चला कि एक ट्रक से पास लेते हुए हरियाणा के रहने वाले जाट की कार वाले ने ट्रक के ड्राइवर के साथ झगड़ा कर दिया। जाट जाट होता

है, एक बार जो दिमाग में आया फिर कुछ भी कर लो जाट को रास्ते पर लाना मुश्किल ही नहीं असंभव भी है, फिर पाला भी जाट का ट्रक वाले के साथ पड़ा। ट्रक वाले भी कोई जाटों से कम थोड़े हैं। बस आपस में टकराव हो गया और ट्रक वाले ने बीच सड़क में अपना ट्रक लगाकर सड़क ही जाम कर दी।

दोनों ओर ट्रैफिक रूक गई गाड़ियों की लाईन चार पांच किलोमीटर दोनों ओर लग गई। हम भी फंस गए। बड़ी देर बाद पुलिस नहा धो कर, सज संवर कर तैयार होकर सुबह के आठ बजे के आस पास आई। दूसरी ओर ट्रक यूनियन के नेता अपने सैक्योरिटी गार्ड के साथ पहुंच चुके थे। दोनों ओर से माफी नामा हुआ तब जाकर ट्रैफिक बहाल हुआ और हम दिल्ली लगभग दस बजे के बाद ही पहुंचे तब तक ग्राहक अपने अपने काम करके जा चुके थे। हमारी नाशपती नहीं बिक पाई।

आढ़ती ने रोशन लाल को बुलाया, "भाई आपकी नाशपती बदबू मारने लगी है। कल यहां पर मार्केट नहीं खुलेगी और परसों आपकी नाशपती आपका नाशपाट देगी, आपको इसके फैंकने के भी पैसे देने पड़ेंगे।"

"फिर लाला जी अगर ऐसा हुआ मेरा तो बहुत नुकसान होगा। साल की तनख्वाह से भी भरपाई नहीं हो पाएगी"

आढ़ती बीच में ही बोला,

"सुनो भाई सुनो, मैं एक ट्रक कर रहा हूं आप तुरन्त इस माल को आगरा ले जाओ कल आगरा खुला रहता है वहां एक ट्रक क्या दस ट्रक हाथों हाथ बिक जाएंगे"

आढ़ती की बात रोशन मानता नही तो क्या करता, तुरन्त ही मान गया। मैं मनही मन खुश हुआ था कि ताज महल में शहंशाहे आलम शाहजहां हमें बुला रहे हैं, उनकी बेगम से भी मुलाकात हो जाऐगी। हम ट्रक पर चल पड़े।

मुझे आगे बैठा दिया गया। रोशन ट्रक के ऊपर कन्डक्टर के साथ बैठा क्योंकि आगे एक आदमी की और जगह नहीं थी। अब ट्रक दिल्ली से बाहर मथुरा-आगरा हाई वे पर चल रहा था। ट्रक का ड्राइवर बहुत मोटा था। बड़ी मुश्किल से अपनी सीट पर बैठता था। ट्रक का स्टेयरिंग उसके पेट के साथ लगता था। मैंने सोचने लगा कि अगर यह रास्ते में खाना खाएगा तो इसका पेट फूल जाएगा और ट्रक कैसे चलाएगा ?

गर्मी बहुत थी। ट्रक तेज गति से चल रहा था। मैं इधर उधर नजारे देख रहा था। तभी मैंने देखा कि ट्रक तो सड़क के बाहर जाने लगा है। मैंने सोचा कि शायद ड्राइवर ने पैशाब आदि करना होगा साइड पर खड़ा करने जा रहा है। तभी मेरी नजर उस पर गई तो देखा उसकी तो आंखें बंद है वह सो गया था। मैंने तुरन्त उसे हिलाया,

"उस्ताद जी जी गया गया गया"

वह तुरन्त जाग गया था उसका पैर ब्रेक पर था, ट्रक बिलकुल सड़क के एक किनारे पर था और नीचे बड़ी सी खाई सारी नाशपती नाशपाटी कर देती। मैंने उसे कहा,

"नीचे उतरो सामने चाय पिलाता हूं, इधर उधर थोड़ा सा टहल, जब तक चाय बन जाऐगी फिर चलेगें"

हम सब चाय पीने लगे और फिर चल पड़े। अब वह नहीं सोया मेरा ध्यान बार बार उसकी ओर जाता। आगे पुलिस का नाका लगा था। हमें रोक दिया गया। पुलिस सिपाही बोला, "साइड लगा दे भाई दस गाड़ियां आंऐगी तो छडुंगा"

पता चला कि आगे रात को अकेली गाड़ी को लोग लूट लेते हैं इसलिए गाड़ियों का काफिला होना चाहिए। आज सोचता हूं कि उस समय ही यही हाल था आज तो लोग भूखे रहेंगे तो ऐसा होगा ही, लोगों ने भी तो अपना परिवार पालना है। सरकार को काम की व्यवस्था करनी चाहिए या यादवों के लिए गंधारी का श्राप जो उसने श्री कृष्ण को दिया था, आज भी काम तो नहीं कर रहा है।

खैर गाड़ियां इकट्ठी होने में देरी नहीं लगी और हम गाड़ियों के काफिले के साथ चल पड़े। हम सुबह चार बजे सब्जी मंडी पहुंच गए।

आगरा की सब्जी मंडी रोशनलाल पहली बार देख रहा था।मंडी का ज्ञान ले रहा था। आढ़ती पांच बजे आया।

"लाला जी यह आगरा है यहां आज के दिन थोक का काम नहीं होता"बोल कर आढ़ती के मुंह में पान था उसे थूकने वह बाहर की ओर हुआ, इसी बीच रोशन की हवाएं उड़नी लगी। नाशपती नाशपाट रही है इसबार वह चुप हो गया। इतने में आढ़ती थूक कर आ पहुंचा था।

"लाला जी आपको मैं तराकड़ी मतलब तराजू का इंतजाम करता हूं आज के दिन पांच किलो से लेकर बीस किलो तक के ग्राहक होते हैं अच्छे भाव बिक भी जाती है"

मैंने रोशन को बोला कि एक तराकड़ी मेरे लिए भी मंगवा देना। उसके चेहरे पर चिंता की रेखाएं अभी भी साफ दिखाई दे रहीं थीं। मेरे मन में आ रहा था कि यह शायद यह भी सोच रहा है कि शर्मा मनहूस को इस बार अपने साथ लाया तभी यह सब हो रहा है मैं कुछ उसके लिए करना चाहता था।

तराकड़ियां आ गईं। मेरे लिए भी आई। हमने अपनी अपनी पैंटें खोलीं। हमने पहले ही बड़े बड़े पटे दार कच्छे डाले हुए थे। पांच बजे ही ग्राहक ऐसे टूटे कि हम आठ बजे तक सारा ट्रक बेच कर फारिग हो गए थे। रोशन को दिल्ली से भी ज्यादा लाभ हुआ। वह खुश था हम खुश थे। अब नहाए गर्मी तो बुरी तरह से हमें परेशान कर रही थी। हमने अपने को खूब संवारा। बन ठन कर साहब बन गए और सारा आगरा देखने निकल पड़े।'

यह सब बिजनैस की बात याद करते करते चाय पी बैठा था। घर गांव के लिए बस का समय हो गया था। बस पकड़ने बाहर निकला सोचने लगा कि मामे ने मुझे कहां फंसा दिया बिजनैस करने को। बिजनैस कोई आसान थोड़े होता है हमसे नहीं हो पाएगा।

सामने देखा तोएक लाल रंग के बुलेट मोटर साइकल के पास दो चार आदमी खड़े थे। मोटर साइकल को देख मेरा मन लालच में आ गया और बस के बदले मैं उस ओर हो लिया।

लाल रंग का बुलेट मोटर साइकल अच्छा लग रहा था। पास पहुंचा तो उसका सौदा हो रहा था। खरीदने वाला पच्चीस सौ दे रहा था और बेचने वाला तीन हजार सौदा टूट गया खरीदने वाला चला गया उसे अपना पता दे गया कि अगर पच्चीस सौ में विचार बनेगा तो इस पते पर मोटर साइकल छोड़ देना कह कर वह तो चला गया। मैं वहीं खड़ा मोटर साइकल को देखने लगा।

किक मारी एक ड्राइव ली। मन में उथल पुथल होने लगी। जेब में पड़े चार हजार रूपए छलांग मारने लगे मैंने जेब से सताइ सौ रूपए निकाले और उसके हाथ में रखे

"सताइ सौ बात समझ आई तो मैं मोटर साइकल पर बैठता हूं नहीं तो यह पैसे मेरी जेब के हवाले कर दो"

बेचने वाला मुस्कुराया और वे पैसे मेरी जेब के बदले अपनी जेब के हवाले कर दिए। मोटर साइकल मेरा हुआ। मैं मोटर साइकल का मालिक बना। मंडी जिले में उस समय दो ही बुलेट मोटर साइकल थे एक मेरे पास दूसरा सुन्दरनगर के वकील गंगा सिंह के पास, एक लाल रंग का तो दूसरा काले रंग का। दोनों ही गंगा के नाम से मोटर साइकल पर बैठता तो उसकी आवाज से सारे गांव में पता चलता था कि गुरू जी आ रहे हैं सावधान बिजनैस बंद सोचना ही बंद मोटर साइकल बस बाद में पता चला कि उधर मामें को नींद नहीं आ रही थी।

33.

सुकेत की रामलीला इतनी मशहूर और लोकप्रिय हो गई थी कि उसे देखने के लिए दूर दूर से लोग यहां तक कि रानी की बांईं, बलद्वाड़ा, डैहर, और भी कई स्थानों से लोग आते और मिलटरी ग्राउंड(जवाहर पार्क) में इतनी संख्या में आते कि पांव धरने की जगह भी नहीं मिलती थी। दिन में राम लीला की कई झांकिया निकलती, रामलीला के पात्र जब बाजार से गुजरते तो उन पर फूलों की वर्षा लोग करते। राम के प्रति जन भावना इस तरह से उमड़ी हुई कि रामलीला में भाग ले रहे राम परिवार को प्रत्येक दिन कोई न कोई खाने पर बुलाते रहते।

रामलीला के पात्र भी अपने में चरित्र को इस तरह से ढाल लेते थे कि उसमें भी पात्र के गुण दोषों का समावेश हो गया लगता था। रावण का रोल ललित नगर से संत राम जी करते थे। वह सच में ही रावण लगता थे। कई वर्ष अर्थात 14 वर्ष से ऊपर तक उन्होंने रामलीला में रावण का रोल किया था। और इतफाक देखिए संतराम बूढ़ा हो कर रामलीला के दौरान ही रावणबद्ध के दिन अर्थात दशहरे के दिन ही गुजरा।उधर ग्राउंड में रावण दहन हो रहा था इधर ललित नगर में संतराम के प्राण पंखेरू उड़ रहे थे। ललित नगर के लोगों ने उस दिन पूरा मातम मनाया था। उस दिन उसके पड़ौसियों ने किसी ने भी खाना नहीं खाया था।

रामलीला की बात जिसका उल्लेख मैं यहां करने जा रहा हूं। हमारे दोस्त चंद्रमोहन ने तय किया कि इतनी दूर लोगों को रामलीला देखने जाना पड़ता है हम बग्गी में ही रामलीला क्यों न करा लें और देरी किस बात की उसी वर्ष ही बग्गी में राम लीला होने लगी।

हमारी रामलीला एक दो साल में ही मशहूर हो गई थी। आस पास के लोग जो सुंदरनगर देखने जाते थे वेअब बग्गी ही आने लगे थे। भाखड़ा मैनेजमैंट प्रोजैक्ट के बहुत से लोग रामलीला के पात्र बने थे। अच्छे कलाकार थे। उनकी मदद से ही तो यह रामलीला

सफल हुई। इस रामलीला का रावण भी बहुत अच्छा कलाकार था। रावण की तरह शराब पीना उसकी विशेषता थी। स्टेज पर वह सच में ही रावण लगता था। जब तक कमेटी उसके पीने का इंतजाम नहीं करती वह स्टेज पर नहीं जाता था। एक बार यह इंतजाम ही दोगुणा हो गया। अर्थात् वह एक के बदले दो बोतलें पी गया। रामलीला तो ठीक आठ बजे शुरू हो गई थी। दो सीन बाद रावण की स्टेज पर ऐंट्री थी। डायरैक्टर फोरमैन बलवंत सिंह रायज़ादा जी थे, वे मुझे और चंद्रमोहन को स्टेज के ग्रीन रूम में ले गए।

"यह देखो हमारा रावण इसे क्या करे?"

हमने देखा कि वह शराब के नशे में इतना बेहोश जैसा पड़ा था कि उसे हम दोनों का भी पता नहीं चल रहा था। चंद्रमोहन ने मेरी ओर देखा। हमें चिंता होने लगी। जब भी रावण का रोल होता था उस दिन दर्शक भी भारी मात्रा में पहुंचते थे। वह जबरदस्त रोल करता था। हम अभी ही भीड़ देख कर आए थे। आज तो लोगों को बैठने के लिए जगह भी नहीं मिल रही थी।

"आप बलवंत जी रावण को तैयार तो करो इन्हें कपड़े पहनाओ तो सही।"

"कैसे पहनाओ कपड़े यह तो हिल भी नहीं रहा है"

"कोई बात नहीं हिल जाएगा आप कपड़े पहनाओ"चंद्र मोहन बोला।

बलवंत ने दो लड़के उसे तैयार करने के लिए लगा दिए परन्तु उसे चिंता बनी हुई थी शक भी था कि वह रोल कर भी पाएगा कि नहीं।

हमारा एक दोस्ततिलक राज जो हमेशा हमारे साथ हर काम में खड़ा मिलेगा, के साथ एक ओर हट कर आपस में सलाह मशवरा करने लगे। तो एक बजुर्ग सेवक वहीं पर खड़ा था उसने कहा, "साहब जी इसे देसी घी पिलाओ दस मिनट भी नहीं लगेंगे ठीक हो जाएगा"

सोचने और किसी पर संदेह करने का तो समय ही हमारे पास नहीं था। जल्दी से देसी घी लाया गया औरएक किलो घी पिघला कर उसके मुंह के अंदर इस तरह से किया कि जैसे बैल को नालू मैं सरसों का तेल पिलाते हैं। वह भी सारा गट कर गया।

बाहर अब उसी का सीन था। मैंने तिलक राज को कहा, "पंडित जी स्टेज पर कौमक चला दो"

स्टेज पर कौमक शुरू हो गई। लोग हंसी जा रहे थे और हम पीछे परेशान रावण को तैयार कर रहे थे। तभी रावण बोला,

"मैंने पैशाब करना है"हमारे सभी के चेहरे खिल उठे।

"पं. तिलक राज जी आप ही इस महान योद्धा को पैशाब करा सकते हैं"

हम सब हंसे लेकिन तिलक राज तो तिलक राज ही है "चिश्ती भिस्ती खर' सब कुछ था वह। रावण को वे ले गए बच्चों की तरह शू शू पकड़ कर पैशाब कराया गया। बाहर

कौमक खत्म थी अब रावण का सीन था। रावण की स्टेज पर ऐंट्री होती है हमारी सबकी निगाहें उस पर थी मन धक धक करने लगा था तभी हमारे कानों में एक कर्कश,भंयकर,डरावनी आवाज सुनाई पड़ी,

"सीते"

बस फिर क्या था बाहर दर्शक दीर्घा में तालियों की आवाज से सारा पंडाल गूंजने लगा, मैंने चंद्रमोहन को देखा। वह खुश नजर आ रहा था। हमसब प्रफुल्लित हो उठे। हम आपस में रावण की जय करने लगे। उस दिन रावण ने कमाल कर दिया। लोगों ने हजारों रूपए उसके कलाकारी को दिए।

बात यहीं खत्म नहीं हुई बहुत सी समस्याएं आ जातीं हैं और समाधान की सोचें तो समस्याएं हल भी हो जातीं हैं। अभी इन दिनों रामलीला का आखिरी पड़ाव चल रहा था। मेघनाथ जी को किसी जरूरी काम से घर जाना पड़ा था। वह कलाकार भी भाखड़ा प्रोजैक्ट का ही कर्मचारी था। अब क्या करें ? एक दिन की तो बात नहीं थी। सभी ने यही निर्णय लिया कि इस पार्ट को गंगाराम ही करेगा। मुझे सबकी माननी पड़ी। मेरा भीतर का कलाकार भी जाग गया और मैं मेघनाथ बन गया।

आम्मा भी राम लीला देखने आती थी। उन्हें जब पता चला तो बोलीं, ""तू राम क्यों नहीं बना?"

"आम्मा पार्ट पार्ट होता है राम क्या सचमुच में राम हो जाता है ? "

"नहीं पुत जब राम राम नहीं होगा तो वह राम का अच्छा रोल भी नहीं कर पाएगा"

उनकी यह बात मैं आज भी भूलता नहीं जब तक किरदार को कलाकार अपने में नहीं उतारेगा तो वह उस किरदार के साथ न्याय नहीं कर सकता। मैंने मेघनाथ का रोल हल्के में लिया था। आम्मा की बात याद रखी। और मेघनाथ को भली प्रकार से अपने में उतारने लगा।

मेरा रोल आम्मा को अच्छा लगने लगा। बोली, "अरे तूं तो सचमुच में ही यौद्धा है रे"

आज मेघनाथ के वध का दृश्य था। मेरे घ्यान में आ रहा था कि आम्मा बाहर बैठी मेरा बध देख रही होगी और रो रही होगी मेरा ध्यान आम्मा पर जा रहा था। रात को हम थोड़ा देरी से ही घर पहुंचते हैं सब सो गए होते हैं। मैं सोचता था कि आम्मा मेरा इंतजार कर रही होगी और मेरे से बात करके ही सोएगी। परन्तु सब सो गए थे। कहीं से किसी की कोई आवाज ही नहीं आ रही थी। मैं भी चुपके से सो गया।

सुबह जब मैं डठा तो सामने आम्मा खड़ी थी। मेरे बैड के पास उन्होंने चाय का कप रखा था। मेरे सर पर हाथ रखा बोली, "चाय पी ले"

"आम्मा कल आप जल्दी आ गए थे मैं पहुंचा तो"

"बेटे कल मैं गई ही नहीं थी"

"क्यों"मैंने सोचा कल घर में काम रहा होगा इसलिए आम्मा नहीं गई।

"अरे बेटा कल मेघनाथ को मारना था न ! कैसे देखती एक महान योद्धा का बध ा योद्धा योद्धा होता है और योद्धा की मां के सामने"बोलते बोलते उसका गला भर आया था। मैं जल्दी से उठ कर आम्मा से लिपट पड़ा था। हम दोनों की आंखें उस दिन बहुत रोई थीं। आम्मा मुझे छोड़ नहीं पा रही थी। मुझे आम्मा के बाजुओं में अपार सुख-शांति, और आनन्द का अनुभव हो रहा था।

मां तू महान है तूझे सलाम है मां

34.

आज बाबा की तबियत ठीक नहीं थी। पिछले कल तो लगा था कि बाबा ठीक होने लगे हैं। पड़ौसी डाक्टर सत्यदेव दो चार दिनों से नहीं आ रहे थे। मैंने भी पता नहीं किया, हो सकता है वे कहीं गए होंगे नहीं तो वे प्रत्येक दिन आ जाते थे। एक आध दिन के लिए बोबो घर हो आई थी परन्तु हमसे अधिक उसे बाबा की चिंता थी आ पहुंची थी। बाबा को ध्यान से देखा बाबा उसकी ओर देख मुस्काए। लगा कि बाबा बोबो का ही इंतजार कर रहे थे।

अगले दिन स्कूल गया तो स्कूल के शास्त्री लेख राम जी मेरे साथ घर बाबा को देखने आए। उन्होंने बाबा पर एक नजर डाली और कुछ कहे बिना ही बाहर चले गए। मुझे लगा कि शायद उनका पीरियड लगा होगा वे तब जल्दी से स्कूल की ओर चले गए। मैं बाबा के पास बैठा गया। बाबा इस समय सो रहे थे और सांस धीरे धीरे ले रहे थे। तभी बाहर शास्त्री जी फिर दिखाई दिए। उनके एक हाथ में पुस्तक थी। मुझे बोले,

"शर्मा जी, मुझे लग रहा है कि इनकी तबियत ठीक नहीं है। मैंने गीता लाई है मैं गीता का पाठ करने लगा हूं।"

कह कर वे एक ओर बैठ गए और गीता का पाठ ऊंचे ऊंचे करने लगे। बोबो ने भी बिना देर सारा दान आदि उन्होंने करा दिया। शास्त्री जी पाठ करते रहे। मुझे कुछ घबराहट होने लगी। आम्मा ने डाक्टर को लाने के लिए बोला। संदेशा भेजा गया और डाक्टर उसी समय आ पहुंचे। उन्होंने बाबा को ध्यान से देखा, स्टैथोस्कोप लगाया और मेरी ओर एक नजर डाली और वहां से उठते हुए जब बाहर जाने लगे तो बोले कि अब इनकी तबियत ठीक नहीं है कह कर चले गए।

मैं चुप हो गया। मैं तो इतने दिनों यही सोच रहा था कि बाबा ठीक हो जाएंगे। शाम को सब इनके पास बैठ कर बातें करते रहते थे। कभी इनके जीवन पर, कभी आप बिती पर। इतने दिनों मैं साधारण सा ही लेता रहा। यह सुन कर अब मुझे अपने आगे सब अधेरा

ही दिखाई देने लगा। गीता का पाठ चल रहा था। आस पास के सभी आ पहुंचे थे। रिश्ते दारों को न जाने किस ने खबर दे डाली थी सब पहुंचने लगे। बाबा लम्बी लम्बी सांसे ले रहे थे मैं लगातार एक नजर उन पर डाले हुआ था। सोचने लगा कि आदमी अंत में इतना असहाय हो जाता है ? प्रकृति का यही धर्म है ? सिद्धार्थ ने आदमी की ऐसी अवस्था को देख के ही उनके मन में ऐसे कई प्रश्न उठ खड़े हुए थे ! उन्हें जब यह बताया गया कि यह संसार दुखों का घर है। मरे हुए व्यक्ति को देख जब गौतम को अपने सारथी से पता चला कि एक दिन सभी को मरना है। राजकुमार सिद्धार्थ जब घर लौटा तो सोचने लगा, " बुढ़ापा, बीमारी और मौत इन सबसे छुटकारा कैसे मिल सकता है ? दुखों से बचने का क्या उपाय है ? मुझे क्या करना चाहिए ?'

आदि विचार सिद्धार्थ के इर्द गिर्द मंडराने लगे और जब उन्होंने एक मार्ग तलाश कर भी लिया तो आम साधारण मनुष्य वहां तक कैसे पहुंच पाए ? मैं भी अभी सोचने लगा ही था परन्तु ध्यान फिर वर्तमान पर पहुंच गया। वर्तमान ही महत्वपूण है न भूत न भविष्य।

तभी शास्त्री जी ने गीता का पाठ बंद किया। बाबा की नबज़ देखी और चदर से उनका मुंह बंद कर दिया। शंख की ध्वनि होने लगी। आम्मा ने जोर से एक चीख मारी। मैं सबको देखता रहा मुझे कुछ पता ही नहीं चला। बोबो ने मुझे समझ लिया और जोर से रोने लगी मेरे बाबा नहीं रहे। मुझे तभी पता चला। मैं वहीं पर जड़ हो गया था।

वैज्ञानिक,धार्मिक दृष्टि से देखा जाए तो यह शरीर पांच तत्व से बना है। पृथ्वि, आकाश,वायु, अग्नि, जल। इन्हीं तत्वों के समावेश से मनुष्य की देह की संरचना हुई है। सांसारिक सुख दुख भोग कर मनुष्य जब समाप्त हो जाता है तो यह पांच तत्व अपने अपने मूल में ही समा जाते हैं।

मनीषियों ने इन सभी तत्वों का विश्लेशण किया है।

पृथ्वी तत्व यह मनुष्य की असीम सहनशीलता का द्योतक समझा जाता है। इसके त्रुटिपूर्ण होने से लोग स्वार्थी हो जाते हैं। वहीं जल तत्व शीतलता प्रदान करने का काम करता है। अगर इसमें विकार आ जाए तो सौम्यता भी मानव में कम हो जाती हे। अग्नि तत्व मनुष्य की विचार शक्ति में सहायक होती है। यह तत्व मस्तिष्क के भेद अंतर को परखने की शक्ति को सरल बनाता है। अगर इसमें त्रुटि आ जाए तो हमारी सोचने की शक्ति का ह्रास होने लगता है। वायु तत्व मानसिक शक्ति की क्षमता का पोषण करता है। इसमें विकार आ जाए तो स्मरण शक्ति कम होने लगती है। और आकाश तत्व शरीर में आवश्यक संतुलन बनाए रखता है। अगर इसमें विकार आ जाए तो हम शारीरिक संतुलन खोने लगते हैं। यह सब मैंने पढ़ा था, आज इस पर विचार उमड़ने लगे।

मनुष्य में इन पांच तत्वों के समावेश से उसमें सम्पूर्ण योग्यताओं और शक्तियों का संचारण होता है जिससे वह इस संसार में मनुष्य बनकर जीवन यापन करे। इसलिए मनुष्य कभी कभी अपने को देखे, मनन करे, अपने कर्मों का मुल्याकंन करता रहे तो मनुष्य कभी भी गिरता नहीं वह मनुष्य का मनुष्य ही रहता है अमानुषिक नहीं बन पाता, अच्छे समाज के लिए शुभ संकेत रहता है।

वास्तव में इस संसार में मनुष्य ही श्रेष्ठ कृति है। जिस मनुष्य में ईश्वरीय गुण होते हैं वही व्यक्ति हमेशा याद रखा जाता रहा है। पांच तत्व के संतुलन बने रहने से मनुष्य में ईश्वरीय गुण बने रहते हैं।

बाबा का समाज में एक अच्छा स्थान था। छोटे से बड़े तक उनका मेल जोल और सबकी देखभाल से वे सबके दिलों में एक श्रेष्ठ व्यक्तित्व का स्थान रखते थे। शंख ध्वनि के साथ ही लोग इकट्ठे होने लगे। सब रिश्तेदार, उनके दोस्त गांव के प्रत्येक घर से कोई न कोई पहुंचने लगे पल में ही जमघट लग गया। सौंकड़ों लोग जमा हो गए थे। बाबा पंच तत्व में मिल गए थे।

आम्मा को संभालता रहा। आम्मा को पकड़े रखा। सब समाप्त हो गया। एक दिन सबने चले जाना है यही जीवन है। अपना रोल करना है और स्टेज दूसरे के लिए खाली छोड़ना है। बारी बारी आना और जाना है। अलविदा बाबा, तूझे आखिरी सलाम हमेशा याद रहोगे मेरे बाबा और मेरी आंखें बरस पड़ीं मैं एक ओर खड़ा अपने को अब रोक नहीं सका बाबा का इस संसार से नाता छूटने का दर्द मुझे सहा नहीं जा रहा था कोने में खड़े बाबा को देखता भी रहा और क्रियकर्म भी भीगी आंखों से करता रहा एक युग समाप्त

कुछ दिन बेचैनी सी रही। क्रिया कर्म में लगे रहे। बहुत सी बातें क्रिया कर्म इस तरह से लगे कि जो जान बूझ कर हमारे ब्राहमूण समाज ने अपने यजमान को भावनात्मक शोशण करने के लिए रचे हैं। पुराना समय जब ब्राहमूण का एक मात्र जीविका का सहारा यही कर्मकांड हुआ करते थे इसी कारण इनमें ब्राहूमण थोड़ा फेर बदल करता रहा और अपनी जीविका को पटरी पर लाता रहा।

विकृतियां जन्म लेती रहीं, लोगों का विश्वास करम काण्डो से उठने लगा। सामाज सुधारकों, मनीषियों ने दूसरे रास्ते खोजने आरम्भ कर दिए और लोगों को भी सरल माध्यम को अपनाने में संतोष मिलने लगा तो वे इन समाज सुधारकों के बनाए एक अलग रास्ते पर चलने में संतुष्ट भी होने लगे। विरोधियों द्वारा उसमें फिर विरोध चलता रहेगा गौतम तो और कोई नहीं बन सकता, हजारों वर्षों बाद ऐसी महान हस्तियां जन्म लेतीं हैं। अलविदा बाबा, अपने जीवन काल तक याद आते रहोगे बाबा। बाबा तुम समय समय पर मेरे जीवन

तक याद आते रहोगे मैं तुम्हें नहीं भूल पाऊंगा बाबा, जय हो बाबा तुम महान थे महान रहोगे मैं तूम्हें हमेशा याद रखूंगा बाबा`

गीता में भी करम ही प्रधान माना गया है। व्यक्ति विशेष के कर्म ही हमेशा याद रखे जाते हैं और इन्हीं पर ही विचार किया जाता रहा है। बाबा इन्हीं के द्वारा ही तुम समय समय पर याद आते रहोगे बाबा।

35.

बात उस समय की थी जब हम बग्गी से आकर बीबीएमबी कॉलोनी सुंदरनगर में रहने लगे थे। टी. वी. तो उन दिनों अभी आया नहीं था। सांय के समय दिन ढल जाने के बाद लोग अपने घरों से निकल कल सड़क पर घूमने निकल पड़ते थे, विशेष कर गर्मियों के दिनों में अधिक चहल पहल होने से सुन्दरनगर कॉलोनीकी सड़के शिमला माल रोड़ का आभास दिला देतीं। घर में रहने वाली महिलाएं जो सारे दिन घर में रहतीं सांय को सजधज कर पूरे परिवार के साथ घूमने निकल पड़तीं, सब एक दूसरे से इस समय मिल जाते थे, सड़क पर चहल पहल बहुत ही अच्छी लगती थी, यह इस कॉलोनी की एक संस्कृति बन गई थी जो अब नहीं है। यह बात 1978 की थी और जब टी वी 1984 के पास यहां कॉलोनी में आया तो एक आदमी भी सड़क पर दिखाई नहीं देने लगा था। सब अपने अपने घरों में बंद रहने लगे थे।

जिस बात का मैं जिक्र करना चाहता हूं वह 1978 के 15 अगस्त की है। यहां इस कालोनी में एक रिवाज था या एक प्रोटोकोल था कि राष्ट्रीय पर्व 15 अगस्त और 26 जनवरी को बड़ी धूम धाम से मनाया जाता रहा है, चीफ इंनजीनियर स्कूल के मैदान में राष्ट्रीय झंडा फहराते और स्कूल के बच्चों द्वारा भव्य सांस्कृतिक कार्यक्रम होता जिसे देखने आस पास कॉलोनी की जनता उपस्थित रहतीं। यह प्रथा आज भी प्रचलित है।

पत्नी तृप्ता और मेरा वह प्रिय शिष्य तारा चंद के साथ मैं भी इस समारोह को देखने पहुंचा। हमें पहुंचने में कुछ देर हो गई थी। राष्ट्रीय झंडा फहराया जा चुका था। मंच पर स्कूल के बच्चों का सांस्कृतिक कार्यक्रम चल रहा था। राष्ट्रीय झंडे को जब मैं सलाम करने लगा तो मेरा ध्यान झंडे पर पड़ते ही मेरा माथ ठनका, बोला,

“अरे यह क्या राष्ट्रीय झंडा उल्टा यह क्या आज ही के दिन इसका अपमान”

“हां हां यह उल्टा क्यों?” मेरी पत्नी बोली।

मेरे से रहा नहीं गया मुझे कुछ नहीं सूझा मैंने सामने खड़े एक सिपाही को अपने पास बुलाया,

"भाई तुम यह झंडा देख रहे हो?"

"जी देख रहा हूं आपको नहीं दिख रहा है?" वह हमारे देश के अधिकतर पुलिस वालों की तरह जरा तलखी से बोला।

"भाई यह ठीक है क्या?"

"यह तो ठीक है, आप क्या ठीक हैं, बताइए?"

वह मेरे से बार बार उत्तर देने के साथ कुछ न कुछ प्रश्न पूछ लेता था। बताने पर भी उसका ध्यान झंडे की स्थिति पर ही नहीं जा रहा था। वह उल्टा यह समझ रहा था कि मैं उसका मजाक बना रहा हूं।

"भाई मैंने आपको इस लिए बुलाया है कि झंडा उल्टा फहराया गया है, आपका ध्यान इस ओर दिलाने जा रहा हूं। झंडा उल्टा फहराना दंण्डनीय अपराध तो है ही, झंडे का अपमान है और देश का अपमान है"

अब वह चुप हो गया था। झंडे को ध्यान से देखने लगा बोला,

"भाई साहब झंडा तो ठीक है इसके डंडे की नियत ठीक नहीं है"वह बड़ी व्यंग्यत्मक ठंग से मेरी ओर देखने लगा। मुझे अच्छा नहीं लगने लगा। मैंने बड़ी शांति से उसका उत्तर दिया,

"अरे भाई झंडे के तीन रंग होते हैं, सबसे ऊपर केसरी फिर"

"जी झंडा उल्टा टांग दिया हरा ऊपर कर दिया शॉरी मैं कुछ नहीं कर सकता यहां एक से एक बड़ा अधिकारी बैठे हैं मेरा अफसर बैठे हैं मैं कुछ नहीं कर सकता"उसकी अब बोलने की टोन ही बदल गई थी।

यह उसका कसूर नहीं यह उसकी वर्दी का प्रभाव था। मेरे एक मित्र थानेदार थे। वे अपनी वर्दी थाने में ही बदलते था। जब एक बार मैंने उससे पूछा, "भाई घर में ही क्यों वर्दी नहीं बदलता ? घर से ही वर्दी बदल कर जाया करो न?"

"यार बात यह है कि जैसे ही मैं वर्दी पहनता हूं तो मेरे मुंह से घर में ही गालियां निकलनी शुरू हो जाती है यहां तक कि एक दिन मां को ही गाली निकल गई। बस उस दिन से मैं घर में कभी भी वर्दी में नहीं आता जाता"

उस दिन तो मैं उसकी बात को हंसी में ले गया था परन्तु आज यह समझ आने लगा है यह सब वर्दी का प्रभाव है।

अब सिपाही अपनी वर्दी भूल गया, वह डर गया था वह अपने को असमर्थ समझने लगा और अब वह वहां से जाने को हुआ। मैंने कहा,

"सुनो भाई तुम कुछ नहीं कर सकते तो मेरा एक काम करो"

"बोलो"

"मेरे एक चिट को चिफ गैस्ट को दे आओगे न?"

"हां हां दे आऊंगा इतना ही कर सकता हूं" अब वह बदल गया था। हमारी हां में हां मिलाने लगा था।

मैंने जल्दी से इधर उधर कागज़ देखने लगा तो सामने एक सिग्रेट की डबी पड़ी दिखाई दी। मैंने उसे उठाया और उसके अंदर के कागज़ पर एक संदेश लिखा,

"श्री मान आपने जो राष्ट्रीय झंडा फहराया है उसका घोर अपमान किया है, उल्टा है इसे तुरन्त ठीक किया जाए। यह झंडा आपके औहदे से क्या राष्ट्र से भी ऊंचा है गंगा राम'

सिपाही वह चिट लेकर चिफ इंनजीनियर के पास ले गया। हम देख रहे थे। पहले उसने स्लूट मारी फिर वह चिट जब चिफ इंनजीनियर को देने लगा तो साथ वाले बैठे आफिसर ने पकड़ लिया, पढ़ा और पुलिस को कुछ बोल कर भेज दिया।

पुलिस वाला उसका संदेश मुझे सुनाने आया,

"सर, वह बोल रहे हैं कि जब सारा कार्यक्रम खत्म हो जाएगा तो झंडा ठीक कर दिया जाएगा अभी कुछ नहीं कर सकते"

वह बोल ही रहा था मुझे न जाने क्या तरंग आ गई मैं झंडे की ओर बढ़ने लगा मेरे मुंह से इन लोगों के लिए अभद्र शब्द भी निकलने लगे, जोश तो भरा पड़ा था। जोश ही नहीं एक राष्ट्रीय जोश भी था। पत्नी मुझे रोकती रही उसे डर लगने लगा कि मैं चिफगैस्ट से लड़ने चल पड़ा हूं, मुझे रोकने लगी। मैं कहां रूकने वाला था। कुछ नहीं देखा। मैं झंडे के पास गया झंडा की डोर खोली और झंडा ठीक किया और फिर फहरा दिया। कुछ लोगों की नजरें मेरे पर पड़ने लगी वे देख रहे थे कि मैं क्या कर रहा हूं। वह सिपाही मेरे पीछे खड़ा हो गया था। सब लोग जो मुझे देख रहे थे, उन्हें भी झंडे के उल्टे होने का पता चल पड़ा। जब मैंने झंडा सीधा फहराह दिया, झंडे को सलाम किया, मेरे साथ सिपाही ने भी सल्यूट किया और जो लोग मुझे देख रहे थे वे भी वहीं पर खड़े होकर तालियां बजाने लगे। जैसे जैसे लोगों को पता लगता गया लोग खड़े होते गए, पहले झंडे को सलाम फिर तालियां बजाने लगे। कुछ लोगों को तो इस मामले का पता ही नहीं चल रहा था, वे तो वैसे ही खड़े होकर दूसरों को देखते हुए पहले झंडे को सलाम करते फिर तालियां बजाते। सारे स्टेडियम में चारों ओर एक महौल ही बन गया था। अब तो वह अधिकारी भी जिसने पुलिस को न करके भेज दिया था बैठे बैठे तालियां बजा रहा था।

मेरी छाती फूल कर चौड़ी होने लगी थी। उधर स्टेज पर बच्चों द्वारा एक गाना चल रहा था, "यह देश है वीर जवानों का" चारों ओर तालियां बजते देख बच्चे समझने लगे थे कि यह तालियां उनके लिए बजाई जा रही है, वे जोश में और ऊंचे गाने लगे थे।

36.

पत्नी तृप्ता को अपने जीवन के उन पहलुओं से अवगत कराया जिन्हें वह अच्छी तरह से जानती नहीं थी। बहुत से छूहे अनछुए पहलुओं को जब राजी जान पाई तो उसे मेरे चरित्र, मेरे व्यवहार से अच्छी तरह से जानकारी हुई। कई किस्सों को वह याद करते वह कभी कभी हंसती भी रहती। और बाबा के संस्मरण के कई पहलुओं पर वह मेरे साथ आंखें भी भीगोती रही।

जब कुछ स्मृतियों से बाहर निकले तो सामान्य होने पर उसने मेरे से पूछा,

"आपकी बातों से मुझे यह जानकारी प्राप्त हुई तुम बचपन से लेकर आजतक ऐसे ही रहे हो"

"तुम ठीक कह रही हो, मैंने जीवन को कभी भी भार नहीं समझा। ऐसा नहीं है कि मुझे जीवन में कभी भी संकट नहीं आया, वास्तव में जीवन कभी भी पटरी पटरी नहीं चलता। जीवन में ऊंच नीच समतल सब तरह का रास्ता आता है। जैसे हम सड़क देख कर गाड़ी को समूथली चलाने के लिए उसके गियर बदलते हैं, कभी भारी कभी हलका गियर लगाते हैं, आदमी को भी उसी तरह से जीवन की गाड़ी को चलाने के लिए उसके मुताविक गियर लगाने ही चाहिए न हीं तो गाड़ी रूक जाएगी, स्मूथली नहीं चलेगी। इंजन जल्दी बैठ भी जाऐगा।''

"मैंने जो तुम से सीखा है चाहते हुए भी मैं उस रस्ते पर चलने की कोशिश करने पर भी चल नहीं सकती"

"क्यों एक बात और सुनों हो सकता है मैं भी गलत हूं मेरा रास्ता भी गलत हो सकता है इसलिए हर बात की परख कर ही आगे बढ़ें"

"कुछ समझ नहीं आता। हां आपके व्यवहार को देखकर ही तो मैं आपकी ओर आकर्षित हुई"

मैंने उसे बीच में ही रोक कर पूछा,"अब क्या आकर्षण नहीं रहा"

मुझे तुरन्त एक बात याद आई मैने रूक कर आगे बोला, “अच्छा तुम्हें एक बात सुनाऊं नराज मत होना। एक एकलौते पुत्र को एक लड़की से प्रेम हो गया और उसने तुरन्त ही अपने मां बाप से बिवाह का प्रस्ताव रखा। उसके मां बाप ने भी लड़की वालों को बुलाया, दोनों परिवारों ने पंडित को बुलाया कुंडली दिखाई सब गुण मिले लेकिन फिर भी बाप ने कहा कि शादी नहीं हो सकती।

लड़का ने कहा,“जब सब कुछ ठीक है कुंडली मिल रही है दोनों पक्ष तैयार हैं तुम्हे क्या प्रॉब्लम क्या है?”

“बात यह है कि लड़की चार साल बड़ी है।”

“फिर क्या है चार साल बाद शादी कर लेंगे।”

राजी खूब हंसी, “तुम तो, यही तो है”

“अजी बात यहीं खत्म नहीं होती आगे सुनों दोनों की शादी हो गई, चार साल तक खूब मौज मस्ती की धीरे धीरे मन मुटाव शुरू हो गया। बोल चाल बंद हो गई एक दिन उन्होंने आपस में यह तय किया कि हम दोनों वहा चलें जहां हम हनीमून मनाने गए थे। दोनों उसी रिज़ोर्ट में पहुंच जाते हैं। अगले दिन दोनों रिज़ोर्ट के बाहर लॉन में बैठे तो सामने तोता और मैंना एक पेड़ पर बैठे आपस में प्यार कर रहे थे। उन्हें देख उसकी पत्नी बोली,“ देखो न सामने वही तोता और मैंना हैं आपस में कितना प्यार कर रहे हैं ’

“ जरा ध्यान से देख तोता तो वही है परन्तु मैंना दूसरी है ’

सुन कर राजी पहले तो हंसी फिर सिरियस हो गई।

मैं जोर से हंसा वह मेरी ओर देखने लगी मुझे लगा कि वह नाराज हो गई है। मैं जानता हूं कि वह छोटी छोटी बातों को भी मन में गांठ लेती है। मैंने कुछ बदल कर उससे पूछा,

“अच्छा एक बात बताओ तुम्हें जो फिल्म अच्छी लगती है उसे कितनी बार देख सकोगी एक बार दो बार तीन बार हमेशा तो नहीं मानव स्वभाव है इसलिए ही तो कहावत बनी है घर का जोगी जोगड़ा बाहर का जोगी सिद्ध है न”

“तुम क्या कहना चाहते हो”

“देखो अपने ही घर में आदमी को कुछ नया करना चाहिए जिससे उसका आकर्षण बना रहे। यह आदमी पर ही निर्भर करता है कि वह क्या कर सकता है सब मनुष्य में यह कला तो नहीं हो सकती हां अपने अनुसार हर आदमी को कुछ न कुछ करना ही चाहिए अच्छा एक बात पूछता हूं”

“जी”

“आजकल अधिकांश घरों में बच्चे अपने ही मां बाप को छोड़ने लगे हैं क्यों?”

"बताओ"

"क्योंकि बच्चों में अपने माता पिता में कोई नई चीज नहीं देख पाते विशेष कर जो बाहर से लड़की उनकी बहू बन कर आती है वह।''

"इसका मतलव यह हुआ कि माता पिता की कोई हैसियत घर में नहीं रहेगी?"

"नहीं मैं यह नहीं कहता। जो तुम बोल रही हो उसी में इसी का उत्तर भी है हैसियत मां बाप को स्वयं बनानी पड़ती है बेशक वह शरीरिक कमजोर न हो बच्चों में नई उर्जा भरनी पड़ती है बच्चों में संस्कार डालने होते हैं यही संस्कार उसके बुढ़ापे में काम आएंगे"

राजी चुप हो गई थी। कुछ सोचने लग गई तो मैं आगे बोला

"इसके बाद की मेरे नहीं, हमारे जीवन के किस्से तुम्हारे सामने ही घटित हुए हैं इन किस्सों को मैं एक बार फिर से रिफ्रैश करने जा रहा हूं -

""दोस्त राजेंद्र के साथ मंडी से आते हुए क्या हुआ तुम कितनी देर तक हंसती रही"

"क्या हुआ था ? ''

"बताता हूं सब किस्से बारी बारी से सुना रहा हूं"

1.हमारा एक दोस्त राजेंद्र गोयल, राजेंद्र नाम है उसका। यह वही दोस्त है जिसे बचपन में पानी में डूबते से बचाया था। ऐसे विभाग में काम करता है जहां चपरासी से लेकर ऊंचे पद के लोग तक भ्रष्ट माने जाते हैं। दरअसल इस विभाग में सभी ऐसे हों ऐसा भी नहीं है। हो सकता है अच्छे भी हों जैसे सारे भारत में सभी अच्छे तो नहीं है। सब किसम के लोग सारे संसार में आदिकाल से ही पाए जाते हैं।

हमारा यह बचपन का दोस्त उन दिनों मंडी में कार्यरत था। इत्तफाकन मैं मंडी अपने चेतक स्कूटर पर गया हुआ था। जब सुन्दरनगर आने लगा तो उसका ख्याल आया कि उसने भी तो घर जाना होगा मैं उसके आफिस में पहुंच ही गया। मोबाइल का जमाना नहीं था। बड़ा खुश हुआ कहने लगा,

"यार आज तो मैं किसी की लिफ्ट चाहता था। वह ऊपर वाला हमेशा मेरी सुनता है और देख तूं इधर आ पहुंचा चलते हैं ऊपर वाला भी बड़ा महान है जिसको किस की जरूरत होती है वह पूरी करता रहता है"

मैंने उससे नहीं पूछा क्यों क्या जरूरी है लिफ्ट क्यों चाहिए वह जल्दी से अंदर गया और एक पांच लिटर की कैनी पकड़ कर ले कर आ गया, और कहा,

"चलें"

हमने भी कहा,"चलो"

हम चल पड़े। मैंने उससे नहीं पूछा कि इस कैनी में क्या है क्योंकि मैं समझ ही गया था उससे पेट्रौल की सुंगध जो आ रही थी। वह पीछे बैठा मैं स्कूटर चलाने लगा हम मंडी शहर से बाहर निकले ही थे उसने मुझे रूकने के लिए बोला।

मैं रूक गया। उसने स्कूटर चलाने की इच्छा जाहिर की और वह कैनी मेरे को पकड़ा दी मैं पीछे बैठ गया वह चलाने लगा।

"इस कैनी में पेट्रौल ! कहां से लाया तूं" मैने उससे पूछा।

"देख तेरे को पता नहीं क्या, यह पी डब्लू डी है यहां पर हर शाखा पर एक भ्रष्ट आदमी रहता है। और मैं इन भ्रष्ट आदमियों का फायदा उठाता हूं। हमारा ड्राइवर आधे दाम पर तेल बेचता है। आफिस में सब उससे तेल लेते हैं वह बारी-बारी सबको तेल देता है अबके मेरी बारी थी"

वह बोली जा रहा था स्कूटर चला रहा था उसका ध्यान आगे सड़क पर था मेरे दिमाग में कुछ और ही चलने लगा। मैं उसकी हां में हां मिलाने लगा। और अपना काम भी करते जा रहा था क्योकि मुझे एक कहावत याद आई "चोर का भाई मोर ' आज ही क्लास में पढ़ाई थी।

मैंने अपनी स्कूटर की डिक्की खोली, चेतक में डिक्की साइड में होती है, उसमें तेल निकालने के लिए एक पाइप थी। वह जल्दी से निकाली। अपने स्कूटर की पेट्रौल की टैंकी का ढक्कन खोला और उसके टीन की कैनी में पाइप का एक छोर डाला दूसरा स्कूटर की टैंकी में। कैनी में फूंक मारी और पाइप के रास्ते स्कूटर की टैंकी में तेल तेज गति से जाने लगा। अब मैं निश्चिंत हो गया कि तेल स्कूटर की टैंकी में ही जा रहा था उसकी बातों में केवल हां में हां मिलाते रहा, मुझे कोई पता नहीं चला रहा था कि वह क्या बोली जा रहा था। पांच मिनट के बाद ही मैंने सब काम करके सारे पाइप स्कूटर की डिक्की बंद करके, कैनी को बंद करके आराम से बैठ गया। थोड़ी ही देर में सुन्दरनगर आ गया। उसने अपने घर के बाहर स्कूटर खड़ा किया। मैं ड्राइवर सीट पर बैठ गया। उसने जब अपनी कैनी पकड़ी तो उसे कैनी कुछ हल्की सी महसूस हुई, मैंने महसूस किया था कि उसने कैनी ताकत से ऊपर उठाने के लिए पकड़ी थी परन्तु वह तो हल्के में उठ गई। मैंने जल्दी से स्कूटर मोड़ा और चल दिया।

मैं दबी हंसी हंसता रहा। उसके शब्दों को याद करता रहा जो उसने मेरे मिलने पर अपनी किस्मत का हिस्सा बताया था। मैं खुश था। अपने को कोई दोषी नहीं मान रहा था क्योंकि उसने अभी ही तो कहा था, "भगवान उसकी ही मदद करता है जिसे जो जरूरत होती है।" आजतक मैं इस बात को नहीं भूल पाता। कभी याद हो आती है तो उससे उसकी किस्मत की बात कर लेता हूं, तबवह एक बड़ी सी गाली भी निकाल देता ही है आमा फिच्ची।

2.मोटर साइकल तो मामे के पैसे से खरीद रखा था। अब उसमें पेट्रौल दोस्त डालते और हम घूमते। दूर दूर तक जाते जालंधर, चंडीगढ़, जम्मू आदि स्थानों तक जाते और

लोकल, मंडी, सुन्दरनगर तो आए दिन जाया ही करते। फिल्म देखने का हम सब मित्र शौक रखते थे। फिल्म मंडी में ही थी वहां हम हर शुक्रवार को कभी चंद्रमोहन के साथ कभी उसके छोटे भाई राजेंद्र मोहन के साथ फिल्म देख आते थे। पैसे वाले मित्र थे मेरा टी.ए. डी.ए. वही देते थे।

एक बार हम मैं और राजेद्र मोहन मंडी से नौ बजे रात का फिल्म शो देख कर आ रहे थे कि मुझे लगा कि मोटर साइकल में पेट्रौल कम है पेट्रौल डाल देना चाहिए। अक्सर हम नौ बजे का ही शो देखने जाते थे।

पेट्रौल पंप नेर चौक में ही था। हमारा शो बारह तीस पर खत्म हुआ और हम नेर चौक में लगभग एक बजे के आस पास थे। हमने मोटर साइकल पंप के पास खड़ा किया। सारा पंप सुनसान था। आवाजें भी लगाई। कोई नहीं आया। मैं अंदर आफिस की ओर गया। देखा वहां पर एक आदमी रजाई मुंह पर ओढ़े सोया हुआ था। खिड़की खुली थी। खिड़की से उसे आवाजें लगाई। वह जरा सा भी टस से मस नहीं हुआ।

हम परेसान होने लगे। टैंकी का ढक्कन खोल कर देखा तो लगा कि तेल इतना तो है कि हम घर पहुंच जाएं परन्तु दूसरे दिन इधर उधर जाना हो तो शायद नहीं जा सकते इसलिए विचार किया कि एक बार फिर से कोशिश करनी चाहिए।

फिर खिड़की के पास गए। उसे उठाने के लिए आवाजें लगाई। परन्तु वह अब भी नहीं उठा। अंत में मैंने उसकी रजाई खैंची वह तब भी टस से मस नहीं हुआ। मुझे लगा कि वह शायद मर तो नहीं गया है। मैं घबरा कर पीछे हट गया। घर जाने की सोचने लगे। तभी राजेंद्र ने बताया कि वह हिल रहा है। मैं फिर रूक गया। उसे फिर आवाजें लगाई। लेकिन फिर वही, कोई रिसपोंस नहीं।

तभी मेरी नजर सामने मेन स्विच पर पर पड़ी। मैंने अब कोई देर नहीं की, मेन स्विच ऑन किया और टंकी पूरी भरी मीटर पढ़ा चौदह लिटर तेल डला। पंप बंद किया और अब जल्दी से मोटर साइकल स्टार्ट करके घर की ओर खूब हंसते हुए चले आए। मोटर साइकल भी मस्ती से चलने लगा। हम दोनों उसी फिल्म का गाना गाते घर जाने लगे थे, "जिंदगी एक सफर है सुहाना यहां कल क्या होगा किस ने जाना"

37.

अभी बाबा को गुजरे चार साल होने लगे थे आम्मा घर में काम करते गिर गई। अब इस गिरने को मैं सामान्य समझने लगा था। सामान्य इसलिए कि आमा आराम नहीं कर रही थी। हमें जब भी कभी थोड़ी सी भी लगती तो अपना दुख अपनी पीड़ा पहाड़ जैसी बताना शुरू कर देते थे। आमा दूसरों की पीड़ा न मालूम कितनी भी क्यों न हो वह सब अपने में ही ले लेती थी। दूसरी ओर अपनी पीड़ा को उसने कभी भी बाहर जाहिर नहीं होने दिया।

मेरी नाकरी इन दिनों मलोह सुन्दरनगर में थी। पता चला तो मैं एक दिन की छुट्टी लेकर घर बग्गी में रहा। आमा का गिरने ने पहले मुझे हिला दिया था। एक दिन की छुट्टी ले ली थी परन्तु आमा ने कहा कि कोई बात नहीं बड़ा कुछ नहीं हुआ मैं ठीक हूं कोई चिंता की बात नहीं। अगले दिन उन्होंने मुझे डयूटी पर भेज दिया था।

डाक्टर के पास तुरन्त मैं आमा को ले गया था। डाक्टर हमारे पड़ौस में ही तो रहता था। डाक्टर को आमा बोलती रही कि बहुत दर्द नहीं है कुछ विशेष नहीं हुआ है। ठीक ठाक हूं। डाक्टर की समझ में तभी आता है जब मरीज अपनी बात कहता है। कितना ही बड़ा डाक्टर क्यों न हो वह पहले मरीज को पूछेगा कि कहां तकलीफ है। आमा ने कुछ नहीं बताया।

मैंने भी यही समझा कि साधरण सी चोट है जब आदमी जमीन पर गिरता है तो थोड़ा बहुत तो शरीर हिलता ही है। परन्तु आमा ने बोबो को अपने पास बुला लिया। इससे मुझे समझ लेना चाहिए था कि बोबो को बुलाया है तो जरूर कोई तकलीफ आमा को होगी ही। मैं वैसे भी यही समझ रहा था कि आमा का गिरने का समाचार सुन कर बोबो आमा का हाल चाल पूछने आ गई होगी। मैं सुदरनगर आ गया था।

सुबह के पांच बजे ही एक हमारा पड़ौसी से मुझे संदेश मिला कि आमा की तबीयत ठीक नहीं है। उन दिनों टेलिफोन की व्यवस्था तो उतनी थी नहीं। संदेशवाहक ही संदेशा

पहुंचा सकते थे। मैंने कुछ नहीं देखा। कुछ देखता भी क्यों मेरे पास स्कूटर था स्कूटर पकड़ा और चल दिया। रास्ते में स्कूटर पैंचर हो गया। मैं बिना हवा के टायर वाले स्कूटर को चलाता रहा। कभी स्कूटर इधर कभी उधर कैसे भी मैं घर पहुंच गया था। आमा मुझे छोड़ कर चली गई थी। मैं वहीं पर बैठ गया था,मुझ से रोया भी नहीं जा रहा था। आमा जिसे मेरे हर सांस की खबर होती थी मुझे छोड़ कर कैसे जा सकती थी। परमात्मा इतना बड़ा झटका मुझे कैसे दे गया। क्या नियति को यही मंजूर था ! क्या यह मेरे कर्मो का फल था जो मुझे आज भोगना पड़ा था। मैं आज अपने को निसहाय समझने लगा था। बोबो मेरे पास आई और आमा की बहुत सी बातें बताने लगीं। वह सोचने लगी थी कि किसी न किसी तरह से मैं रो लूं। मुझे तो रोना ही नहीं आ रहा था। नाही मैं अपनी आंखें झपक रहा था एक टक नजर से आमा को देख रहा था।

मुझे गुलजार की कविता याद आने लगी, जिसे मैं कभी मां की याद आती तो उन दिनों पढ़ लेता था आज फिर याद आने लगी -

" मेरे बच्चो

गर तुम मुझको बुढ़ापे के हाल में देखो/ उखड़ी उखड़ी चाल में देखो/

मुश्किल मां हो शाल में देखो / सब्र का दामन थामें रखना/ कड़वा है पर घूंट प चखना

उफ न कहना गूस्से का इजहार न करना / मेरे दिल पर वार न करना /हाथ मेरे गर कमजोरी से कांप उठे और खाना मुझ पर गिर जाए/ मुझ को नफरत से मत तकना/ लहजे को बेज़ार न करना/ भूल न जाना इन्हीं हाथों से तुमने खाना खाया था/

जब तुम खाना मेरे हाथों और कपड़ों पे मलते थे/

मैं तुम्हारा बोसा लेकर हंस देती थी/

कपड़ों की तबदीली में गर देर लगा दूं या थक जाऊं/ मुझे सुस्त और कायल कह कर और मुझे बिमार न करना/ भूल न जाना कितने शौक से तुमको कितने रंग बिरंगे कपड़े पहनाती थी।

एक एक दिन मैं दस दस बार कपड़े तुम्हारे बदलवाती थी /मेरे यह कमजोर कदम गर जल्दी जल्दी उठ न पाएं/मेरा हाथ पकड़ लेना तुम/तेज अपनी रफतार न करना/

भूल न जाना मेरी उंगली थाम के तुमने पांव पांव चलना सीखा/ मेरे ही बाहों के हल्के में गिरना और संभलना सीखा/ जब मैं बातें करते करते रूक जाऊं/खुद को फिर से दोहराऊं/ टूटा रफ्त पकड़ न पाऊं, यादें माज़ी में खो जाऊं/आसानी से समझ न पाऊं/ मुझको नरमी से समझाना/मुझ से मत बेकार उलझना/ मुझे न समझाना उकता कर चिढ़कर मुझ को डांट न देना।

भूल न जाना जब तुम नन्हें मुन्ने से थे/एक एक कहानी सौ सौ बार सुना करते थे/

और मैं कितनी चाहत से हर बार सुनाया करती थी/और जो कुछ दोहराने को कहते उसे दोहराया करती थी/अगर नहाने में मुझसे जरा सी सुस्ती हो जाए/

मुझको शर्मिंदा मत करना यह न कहना आपसे कितनी बू आती है/भूल न जाना जब तुम नन्हें मुन्ने से थे और नहाने से चिढ़ते थे/ तुमको नहलाने के खातिर तुमको चिड़िया घर ले जाने का वादा करती थी/ कैसे कैसे हीलों से तुमको आमादा करती थी/गर मैं जल्दी से समझ न पाऊं/वक्त से कुछ पीछे रह जाऊं/मुझ पर हैरत से मत हंसना और कोई फकरा न कसना/ मुझको कुछ मोहलत दे देना/शायद मैं कुछ समझ सकूं/भूल न जाना मैंने वर्षों मेहनत करके तुमको क्या क्या सिखलाया था/खाना पीना चलना फिरना मिलना जुलना लिखना पढ़ना और इन आंखों में आंखें डाल के दुनिया की शान से जीना आगे बढ़ना/ मेरी खांसी सुनकर सोते सोते गर तुम जाग उठो तो/ मुझको तुम झिड़की न देना/ये न कहना जाने दिनभर क्या क्या खाती रहती है और रात को खूं खूं करते रात को शोर मचाती रहती है / भूल न जाना मैंने कितनी रातें तुमको गोद में लेकर टहल टहल कर काटी हैं/गर मैं खाना न खाऊं तुम मुझको मजबूर न करना/जिस शै को जी चाहे मेरा उसको मुझ से दूर न करना/परहेजों की आड में हरपल मेरा दिल रजोड़ न करना/किस औलाद का फर्ज है मुझको पास में रखना खिदमत करना/ इस बारे में एक दूजे से खफा न होना बहस न करना/ आपस में बेकार न लड़ना/इस जिम्मेदारी से न डरना किस को मजबूरी हो इस पर तुम इलजाम न धरना/गर एक दिन मैं कह दूं बेटा, अब जीने की चाह नहीं/ बेवजह बोझ बन बैठी हूं /अब कोई भी हम राह नहीं/तुम मुझ पर नाराज न होना/जीने की यह राज समझना/ वर्षों जीते जीते जी आखिर ऐसे दिन भी आ जाते हैं/जब जीवन की रूह तो दिखने में रूखसत हो जाती है/जिसम तो बेजां होती है सांस मगर रह जाती है/

बेटे तुम कल को जान सकोगे इस मां को पहचान सकोगे/ जीवन के इस दौड़ में मैंने सब कुछ हार दिया है/लेकिन दामन में जो था वह सब तुम पर वार दिया है/दिल से दुआएं तुमको दी हैं तुमको सच्चा प्यार किया है/जब मैं मर जाऊं मुझको रब के हाथों में रख देना और दुआ के खातिर अपने हाथ तुम उठा देना/मेरे प्यारे रब से कहना, रहम हमारी मां पर कर दे,/ जैसे बचपन में हम कमजोरों पर उसने रहम किया था/भूल न जाना मेरे बच्चो जब तक मुझ में जान थी बाकी खून रगों में दौड़ रहा था /सीने में दिल धड़क रहा था/ खैर तुम्हारी चाही मां ने मेरा हर एक सांस दुआ था /जमीं पर मेरे बच्चे थे / आसमान पर मेरा खुदा था, जमीं पर बस मेरे बच्चे थे आसमान पर मेरा खुदा था आसंमा पे मेरा खुदा था मेरा खुदा।'

कविता के साथ ही मां की हर बात याद आने लगी, "मेरी मां,मा की मुझे एक एक बात याद आने लगी। शिवरात्री मेले में मेरा भाग कर जाना, जब लौट कर दूसरे दिन आना, तो जाना कि मां भूखी थी, जब मैं बिमार हुआ तो मां ने घर छत में मेरे शौच के लिए छेद करना, मक्की की रोटी को गुड़ और देशी घी में गूंथ कर मेरे लिए लड्डु बना कर रात को सरहाने के पास रखना, स्कूल जाते समय आम्मा मुझे छोले भून कर देना,अपने दुपट्टे के एक कोने में कुछ पैसे रखे होते थे उनमें से चुपके से देना, बाबा के मुझ पर गूस्से होने पर मां आगे आकर मुझे बाबा की मार से बचाना। मां कितना याद करू तुम तो मेरे ओर चारों ओर हो और मैं कैसा बेटा जो तुम्हे जाते समय मिल ही नहीं पाया, कैसा अभागा बेटा हूं मैं मां ?

मां तूने कभी अपना दर्द तक नहीं बताया मां, मेरा दर्द भी अपने में ले लिया

आमा आमा बोबो चिल्लाई तेरा पुत्र सामने है जिसके बिना तूं रोटी नहीं खाती थी, पानी तक नहीं पीती थी सामने बैठा है तुझे देख रहा है आमा तू बोल इसे यह तेरा लाडला कैसे पाला है तूने इसे कैसे-कैसे कष्ट सहे हैं तूने इसे पालने में अब बैठा तेरे सिरहाने बोल इसे बोल क्यों नहीं रोता तेरे जाने पर बोल इसे बोबो बोलती गई और अंत में धाड़ मार कर जबवह रोने लगी तो तो मेरे मुंह से एक चीख निकली आम्मा मैं आ गया हूं रूक जा मै भी तेरे साथ आम्मा रूक आम्मा रूक मेरी मां आम्मा

और मैं वहीं निढाल सा आम्मा के शरीर पर पड़ जाता हूं ऐसे पड़ता हूं कि जैसे मेरे शरीर में जान ही नहीं है मेरी आम्मा आज तक वह दृश्य मेरी आखों के सामने आ जाता है आखें सजल हो जाती हैं।

चार साल पहले बाबा हमें छोड़ कर चले गए थे। अब आम्मा यह नियति है सबने जाना है अपने परिवार में अपना इतिहास को छोड़ कर। आम्मा, बाबा मुझे याद आते हैं, मेरी संतान को नहीं जैसे मुझे अपने दादा दादी नहीं याद आते, उन्हें तो मैंने देखा ही नहीं। यह एक प्रकृति का नियम है, जो आएगा वह जाएगा। दूसरे के लिए स्थान छोड़ देगा। समाज सबको अपनी जरूरत के अनुसार जाने वाले को याद करता रहेगा। मां तूझे सलाम।

38.

मैं संस्कृत महाविद्यालय सुन्दर नगर में 1982 के अंत में आ गया था। महाविद्यालय सुंदर नगर के सबसे सुंदर स्थान पर स्थित है। चारों ओर का नजारा यहां से दिखाई देता है। एक दिन महाविद्यालय के साथ लगी जमीन को देखने क्या गया, इस जगह पर एक छोटा सा मकान बना हुआ था। मकान के बाहर धूप में दो महिलाएं बैठी हुई एक दूसरे की कघीं जूएं आदि देख रहीं थी। मैंने उनसे पूछा,

"क्या मैं इधर से नीचे का नजारा देख सकता हूं"

"नमस्ते गुरू जी क्यों नहीं"

जाहिर है कि उनमें से जिसने मुझे गुरू जी सम्बोधित किया वह मेरी ही शिष्या रह चुकी होगी।

वह आगे बोलने लगी, "गुरू जी आपने मुझे नहीं पहचाना, आपने मुझे बग्गी में पढ़ाया है"

अरे यह तो मेरे वतन की ही निकली

बस मैंने कहा, ""जरा पीछे देख आऊं"

वह मुस्कुराई थी, उसकी हां ना से पहले ही मैं तुरन्त मकान के पीछे पहुंच गया। जैसे कोई मुझे बुला रहा हो। नीचे का नजारा देखने की कल्पना मुझे खैंच रही थी। जब पीछे पहुंचा तो बस समझो मैं भौंचक्का सा रह गया, देखते ही रह गया। नीचे मानव निर्मित झील, झील में सूर्य की किरणें और पानी की लहरों पर इन किरणों का नृत्य,अद्भुत अठकेलियां, मेरी आखें झपकी भी नहीं ले रहीं थीं। मैं पल में ही सब कुछ भूल गया। क्या नजारा था, मैं देखते ही बहुत ही प्रभावित हुआ, शाहजहां द्वारा कश्मीर के लिए कहे शब्दों का मैं यहां उच्चारण करने लगा, "अगर धरती पर कहीं स्वर्ग है तो यहीं है यहीं है '

बहुत सुन्दर नजारा, नीचे झील सामने शीतला माता, नैना माता का मंदिर, रिवालसर, मुरारी देवी और उतर की ओर वर्फ से ढकी हुई हिमालय पर्वत की सबसे बड़ी श्रृंखला धौलाधार का दृश्य क्या गिनाऊं, सुंदरता आह मैं तो वहीं खो गया पूर्व, पश्चिम, उतर, दक्षिण कहीं भी नजर डालें मेरा मन इस जगह का दिवाना हो गया "कब होगी पूरी मिलन

की आशा मेरा मन तेरा 'प्यासा' अनायास ही मुह से निकलने लगा। चाहे कुछ भी हो नाथ यह जगह मुझे दिला दे चाहे एक ही कमरा थोड़ी देर के बाद मैं उस लड़की की ओर जब लौटा तो एक ही बात की,

"मुझे भी एक कमरे के लिए यहां पर जगह दे दो"

"आज ही ले लो सर"

मुझे लगा कि वह मेरी हर बात सुनता है। उसका मेरा रिश्ता एक पाक रिश्ता है वह हमारे हृदय में जैसे हनुमान के राम बसते हैं उसी तरह बसता है आम्मा याद आने लगी वे कहते थे, "जब कभी मनुष्य के पहुंच से बाहर कोई चीज़ हो जाए तो उसे सच्चे मन से याद करो अगर तेरे लिए बात बनेगी या तेरी किस्मत में होगी तो वह साधन बना देगा, नहीं होगी तो फिर कोई पश्चाताप मत करो क्योंकि वह तेरी है ही नहीं थी"

बस पत्नी से बात हुई उसने जगह देखी, वह कहे मैं तो अभी ही यहीं बैठ जाऊंगी बस फिर क्या था बात आगे बढ़ी जगह ले ली गई पहले बता चुका हूं कि मैं जब बग्गी से यहां आया था मेरी पूंजी वही थी केवल जो कपड़े मैंने पहने थे और मेरे साथ मेरा चेतक स्कूटर जगह तो लेनी ही थी ले ली गई पैसे तो अपने पास नहीं थे। सब ऊपर वाला ही इंतजाम करता गया। हम लैंड लॉर्ड हो गए लैंड लॉर्ड अंग्रेजों की इस शब्द के गढ़ने के पीछे एक मनोविज्ञानिक सोच रही होगी भूमि का मालिक कहलाने पर लॉर्ड का शब्द आदमी के लिए बहुत महत्व रखता है, लॉर्ड जैसे कोर्ट में न्यायधीश के लिए लॉर्ड शब्द का प्रयोग करते हैं और न्यायधीश के कानों में यह शब्द पड़ते ही उसे अपने पर गौरव महसूस होने लगता है बस उसी तरह से हमें भी महसूस होने लगा। लैंड लॉर्ड उसी तरह से जैसे उर्दू में शहनशाहे आलम वाह हम भी लैंड लॉर्ड हो गए संक्षेप में बता रहा हूं कि उन्हीं दिनों मेरा एक डॉक्टर दोस्त ने ईरान से एक लाख रूपए एक दोस्त को भेजे थे। बस उसी का प्रयोग पच्चीस हजार लेकर एक महीने बाद लौटाने का वायदा करके ले आया था। जमीन सोमबार को ही हमारे नाम हो गई एक बीघा जमीन लैंड लॉर्ड फिर चैन कहां ? सब कुछ बेचना पड़ा, कैमरा, टू इन वन, मोटर साइकल, पत्नी के गले में लटकी चेन, कुछ आर. डी. चल रही थी सब कुछ जो हम बेच सकते थे, बेच दिया और एक महीने में भी उसके पैसे लौटा नहीं पाए अब केवल दस हजार रूपए उसके शेष रह गए थे। मैं अपने बायदे के अनुसार एक महीने में पूरा नहीं कर सका अफसोस होने लगा। फिर जी पी एफ की मांग की फिर भी एक महीना और लगा और अभी भी तीन हजार रह गया जिसके लिए दो महीने और लगे अपने वेतन से पूरा करते, मित्र देरी के लिए थोड़ा नाराज हो गया था। हम उसके एहसानमंद रहे आज तक सब ठीक भी हो गया।

इस नजारे का पूरा लाभ उठाने के लिए भवन निर्माण की ओर जुट गए। सरकार से उधार की सुविधा का लाभ उठाया। पचेतर हजार लिया गया। और घर के निर्माण का काम आरम्भ हो गया। बहुत कुछ करना पड़ा इस महल को खड़ा करने में। क्या बताएं उस ऊपर वाले ने इस तरह से मदद की कि हम सोच भी नहीं सकते थे, वह तो हम से पहले ही खड़ा होता था हमारी मदद करने।

उन दिनों सिमेंट परमिट पर मिलता था। यहां सुन्दरनगर में भंडारी जी खंड प्रशासन अधिकारी लगे हुए थे। वे मेरे नाम का परिमट हर शनिवार को दस बोरी का काट लेते थे। मेरा काम दस बोरी से एक सप्ताह चलता रहता था। काम कभी रूका नहीं और महल तैयार होता गया। कभी खुशी कभी गम जीवन का एक आवश्यक पहलु कोई चिंता नहीं चिंता रही तो सब उस ऊपर वाले को उसने ही तो अपने ऊपर सारा भार ले लिया था।

लोगों के जब पैसे देने हो गए थे तो पत्नी को नींद नहीं आती थी। रात को देखता, वह जाग रही होती, मैंने उसे एक रात जोर से कहा,

"देख तुम क्यों चिंता करती हो यह तेरा विषय नहीं है यह चिंता तो उसे होनी चाहिए जिसने हमसे पैसे लेने हैं कि यह गुरू कहां से देगा पैसे, तुम चिंतामुक्त हो"

"तुम चिंता मुक्त रहते हो यही मेरे लिए बहुत है, उसकी देन है, उसकी कृपा है तुम्हारा जैसा दिल तो मैं कहां से लाऊं?"

सब चलता गया।

किसी तरह से मेरे जीवन का यह सीन भी पूरा हुआ सब आपके सामने हैं बस घर घर अगर कहीं संसार में स्वर्ग है तो वह यहीं पर यहीं पर है अपने घर में ही संतोष के साथ

39.

आज विश्वकर्मा पूजन का दिन, अपनी पुस्तकों से लेकर अपनी कलम तक का पूजन करना है। जब मैं दूसरी तीसरी में पढ़ता हूंगा तब से पुस्तकों और कलम का पूजन आज के दिन आम्मा के कहने से मैं करता आ रहा हूं। मैंने कभी नहीं सोचा कि क्यों यह पूजन करते हैं, इसकी क्या आवश्यकता है आदि प्रश्न न मेरे दिमाग में आए न मैंने कभी आम्मा से पूछा ही। बस केवल इतना जरूर है कि आम्मा ने कहा है तो पूजन करना है इसके लिए कोई न शंका हो सकती है न ही इन शंकाओं का कोई समाधान ही ढूंढने का प्रयास ही किया जा सकता है। इतना जानता था कि आम्मा संसार में एक ऐसा प्राणी है जो अपनी संतानों के लिए अच्छा ही सोचेंगी। बस इसी धारणा से जो वे बोलेंगी अच्छा ही बोलेंगी और मैं करता जाऊंगा।

इन शंकाओं को मेरे बच्चों ने प्रकट किया। तरह-तरह के प्रश्नों की बौछार जब लगी जिसका मैं उत्तर देने में असमर्थ रहा तो मुझे अपने बच्चों के आगे सरंडर ही करना पड़ा और यह कहकर बात को रोक दिया गया कि वे पूजन नहीं करेंगे। बात भी ठीक है। यदि वे नहीं पूछते तो मुझे ही कहना पड़ता कि बहुत भोले हैं बच्चे, कैसे इस जमाने में अपना गुजारा कर पाएंगे।

पत्नी भी मेरा साथ देती है। जब बुजुर्गों ने कहा है तो पूजन होगा ही। पुस्तकों और कलम के पूजन के बाद हम अपने लंब्रेटा स्कूटर का भी पूजन करते हैं। अब बच्चे पूछते हैं, “पुस्तकों का पूजन माना, परन्तु स्कूटर का पूजन क्यों और वह भी उस स्कूटर का जो अब चलता ही नहीं है, आउट ऑफ डेट हो गया है चलना तो दूर हम उसकी ओर देखते भी नहीं हैं ! आप इसकी पूजा कर रहे हैं ? अब तो यह लंब्रेटा स्कूटर सब लोगों के लिए एक एनटीक पीस है”

बच्चे क्या जाने परन्तु उन्हें लग रहा था कि जो इस बेकार खड़ा स्कूटर की विश्वकर्मा वाले दिन पूजा करते हैं तो कुछ न कुछ इसका राज जरूर होगा ही। उन्हें हमेशा जानने

की इच्छा रहती, बड़े होने पर इस पूजा में अब तो उनकी इच्छा इतनी हो गई थी कि वे अब इस राज को जानने की जिद्द करने लगे थे। आखिर में हमने एक निर्णय ले लिया कि इसकी कहानी और राज बच्चों को भी बता देना चाहिए। तो छुट्टी वाले दिन सब बच्चों को लम्ब्रेटा स्कूटर का राज बताने लगे।

सुनों -

"यह स्कूटर परिवार का एक सदस्य है जो हमेशा ही परिवार का एक सदस्य होने के नाते हित चाहता रहा है। जब आज के युग में अपना पराया कोई किसी की नहीं सुनता परन्तु इस बेजान स्कूटर ने हमारी हर जरूरत को पूरा किया है। इसलिए हमारे लिए यह परिवार का एक महान सदस्य है।

बीसवीं शताब्दी के आठवें दशक में इस भव्य मकान जिसे हम राजी महल कहते हैं की नींव इस इच्छा से रखी गई थी कि अगली पीढ़ी भी इसे बड़े चाव और मान के साथ अपना घर मंदिर समझ कर सुख पूर्वक शांति से अपना जीवन व्यतीत करें। वास्तव में हमारे विश्वास में यह महल बना भी इसी महान उदेश्य से ही है।

मकान बनाने के लिए गांठ में पैसा होना चाहिए जो हमारे पास नहीं था। जमीन खरीदना और नींव रखने के बाद हम पूरी तरह से खाली हो गए थे। हिम्मत नहीं हारी, सबसे बड़ी हिम्मत मेरी पत्नी जो मेरे साथ कंधा से कंधा मिलकर खड़ी जो थी।

जब पैसा पूरी तरह से खत्म हो गया था तो कटोरा पकड़ कर मांगने घर से निकल पड़ा। सबसे पहले मेरे दिमाग में अपने प्यारे जीजा जी ही आए। वे हमारी मदद करने में हमेशा ही तैयार रहते थे। बड़ी हिम्मत के बाद मैं अपनी बात उनके आगे रख पाया। मुझे अब पता चला कि मांगना कितना कठिन काम होता है। वे मेरी बात सुनकर बोले,

"मैं अपने आप ही तेरी मदद करना चाहता हूं परन्तु मैं भी खाली हूं। कैसे की जाए तुम्हारी मदद?"

मैं समझ गया कि इन्होंने पैसे नहीं देने हैं और न देने के लिए भूमिका बनाने लगे हैं। मुझे बुरा सा लगने लगा। साथ में सोचने लगा कि हो सकता है इनके पास पैसा भी नहीं हो। मैंने कहा,

"रहने दो जीजा जी। अगर आप आसानी से कर सकते हो तो करें नहीं तो देखी जाएगी। तूं नहीं तो और सही, और नहीं तो"

वे मेरी इस बात पर हंसे और इस कविता को पूरी करते हुए बोले, "और सही, तू तो मेरी बात पूरी तरह से सुनी ही नहीं। पहले बात सुनता है कि नहीं"

मेरी ओर देख कर रूकते हुए आगे बोले,"आ मेरे साथ"

उठ कर खड़े हो गए। मैं उनके पीछे पीछे जाने लगा। उत्सुकता भी होने लगी कि

क्या करने जा रहे हैं ! कौन सा पर्दा खोलने वाले हैं ? मुझे कहां ले जा रहे हैं ? मैं अभी सोच ही रहा था कि एक स्थान पर रूके। एक स्कूटर के पास खड़े हो गए। स्कूटर को एक चदर से ढका हुआ था फिर भी आभास हो रहा था कि चदर के नीचे स्कूटर है। उन्होंने वहां पहुंच कर चदर को इस तरह से हटाया कि जैसे मानों स्कूटर को लॉच कर रहे हो और बोले, "यह स्कूटर मेरे भाग्य का दिया हुआ स्कूटर है। इसकी प्राप्ती मुझे दस रूपए में हुई है।"

मुझे कुछ उत्सुकता होने के साथ कुछ आश भी बंधने लगी थी। मैंने पूछ लिया,

"वह कैसे ? मैं कुछ नहीं समझा"

"दस रूपए के लाटरी टिकट पर शिवरात्री मेले के रेडक्रास की लाटरी।" कहते हुए वे जोर से हंसे।

मेरा ध्यान तो पैसों पर था, न मालूम वे स्कूटर को मुझे क्यों दिखाने ले कर आए हैं ? लाटरी की कहानी का क्या फंडा है ? फिर भी मैं उनकी हंसी के साथ फिक्की हंसी हंस ही गया था। वे आगे बोले, "देख तूं तो जानता है मुझे स्कूटर चलाना नहीं आता। जब भी मैं कहीं इधर-उधर जाऊं तो मुझे कोई साथ ड्राइवर ले जाना पड़ता है। एक काम कर इस स्कूटर को बेच दे और राशि को अपने काम में लगा देना। जब तेरा हाथ खुला होगा तो मेरे पैसे लौटा देना" मेरे कंधे पर हाथ रखते हुए वे यह सब एक ही सांस में बोल गए थे।

सह सुनते ही मेरा ध्यान स्कूटर की ओर गया। मैं स्कूटर को बार-बार देखने लगा। मैं अंदर ही अंदर खुश होने लगा। सोचने लगा कि अगर स्कूटर बिकता नहीं तो मेरे चलाने के काम तो आएगा ही। अपने पास अब तो कोई भी वाहन है नहीं सब मकान के चक्कर में बिक गया है। इधर-उधर भागना पड़ता है, किसी साथी से मागंना पड़ता है सोचते हुए मैंने जीजा जी से पूछा,

"यह तो बिक जाएगा आप कितने में बेचना चाहते हो?"

"देख मुझे कोई पता नहीं। जब मैं स्कूटर लेने गया था तो लोग मुझे चार हजार दे रहे थे। बेच तो मैंने उसी ही दिन था परन्तु सोचा कि दस रूपए के स्कूटर को घर तो ले जाना ही चाहिए। मुझे तो चलाना नहीं आता था अपने मित्र को साथ ले गया था, कुछ नहीं सोचा घर ले आए। पीछे बैठने पर बहुत मज़ा आया था बेचना टाल दिया था।"

जीजा जी अपनी बात रख रहे थे, मैं स्कूटर साफ कर रहा था। साफ होते ही स्कूटर को एक किक मारी तुरन्त ही स्टार्ट हो गया। ऐक्सीलेटर से आवाज बड़ी और छोटी करने लगा। जीजा जी बोली जा रहे थे परन्तु अब उनकी बातें स्कूटर की आवाज़ में खो गई या मेरा ध्यान अब मात्र स्कूटर पर ही था।

मैंने कुछ कहे बिना स्कूटर बाहर निकाला और जीजा जी को स्कूटर के पीछे बैठाया। एक चक्कर लगाया। जीजा जी खुश, मैं खुश गंगा खुश। दूसरा चक्कर इसलिए नहीं लगाया कि जीजा जी कहीं ज्यादा खुश न हो जाएं और उनका इरादा ही नहीं कहीं बदल जाए उन्हें स्कूटर से उतार दिया। अब मैं वहीं से घर लौटने के लिए तैयार खड़ा था वे चाय पानी के लिए बोलते रहे परन्तु मैंने सब इनकार करता हुआ लौट आया था। मेरे चेहरे पर रौनक देखने वाली थी। मैंने स्कूटर के शिशे में अपना चेहरा देखा जीजा जी को बाय बाय कर दी। रास्ते में सोचने लगा, " यह स्कूटर तो अपने पास होना ही चाहिए, मकान तो बन जाएगा जो मुझे इधर-उधर भागना पड़ता है उसमें राहत तो मिलेगी ही। अपना मोटर साइकल इसी काम के लिए बेच तो दिया है यह ऊपर वाला भी हमेशा मेरे बारे में ही सोचता रहता है दस रूपए का स्कूटर मेरे लिए भाग्यशाली ही रहेगा सोचते हुए स्कूटर की राइडिंग का आनंद ले रहा था, गंगा खुश खुशी गमी कभी भी स्थाई नहीं रही स्कूटर ने फुर्र फुर्र की और खड़ा हो गया। मैं उतर कर किक पर किक मारने लगा परन्तु स्टार्ट नहीं हुआ। तभी एक स्कूटर वाला वहां से गूजरा, रूका और मेरे से पूछा,

"भाई साहब कुछ मदद करूं?"

"नहीं नहीं धन्यवाद इसकी आदत है अभी ठीक हो जाएगा" मैंने अपनी हेकड़ी मारी। जबकि चाहता था वह रूक जाता। वह तो चला गया।

एक दो किक और मारी ध्यान आया कि तेल ही देख लूं वही हुआ देखा तो टैंकी खाली थी। पट्रोल पंप भी पांच क्लिोमिटर दूर होगा। देखते हैं कुछ तो तेल का इंतजाम करना ही होगा। खैर धकेलते हुए आगे जब उतराई आई तो राहत कीं सांस ली क्योंकि अब तो मेरी भी सांस फूलने लगी थी। कुछ भी था स्कूटर मिला था हिम्मत बहुत थी पट्रोल पंप तक पहुंचा ही दिया पट्रोल डाला और एक ही किक में फरार्टे मारना लगा।

उस समय लम्ब्रेटा स्कूटर बैलैंस के हिसाब से बजाज से अच्छा माना जाता था। इस स्कूटर का इंजन बीच में था इसलिए बैलैंस इसका अच्छा बनता था। भले ही इस स्कूटर की ब्लैक बजाज से बहुत कम थी। खैर मुझे स्कूटर मिला था अब मैं इसके अच्छे गुणों की तलाश करके इसकी प्रशंसा ही करने की सोचने लगा था।

घर पहुंचा। हम उन दिनों ब्यास सतलुज लींक सुन्दरनगर की सरकारी कॉलोनी में रहते थे। यह मकान पत्नी को स्कूल की ओर से अॅलोट था। चारों ओर स्कूटर का समाचार भी मेरे साथ ही पहुंच गया। बधाइयां आने लगी। मित्र लोग घर पहुंच गए चाय पानी के साथ कुछ और भी इंतजाम करना पड़ा था। फिर जब पत्नी की बारी आई तो वह भी तो चाहती थी कि एक आध चक्कर आस पास स्कूटर पर नहीं लगे तो इसका लाभ क्या चक्कर लगा जिनको पता नहीं था उन्हें भी पता चल पड़ा स्कूटर आ गया है। सारे कॉलोनी

में एक आध ही तो स्कूटर थे। जैसे जैसे स्कूटर की कहानी का पता लोगों में चलने लगा तो ग्राहक भी उसी रफ्तार से आने लगे जबकि मैं अभी इसे बेचने के हक में नहीं था। एक दिन मेरे पीछे से एक मुंह लगा मित्र रत्न लाल आया और चार हजार छोड़ कर स्कूटर ले गया। वास्तव में मित्रों में स्कूटर ले जाने की होड़ लग गई थी। वे सब जानते थे कि मैंने जो भी स्कूटर लाया है वह निश्चय ही बेहतर होगा।

स्कूटर का ले जाना मुझे कुछ अच्छा नहीं लगा परन्तु क्या करते बेचना तो था ही मकान का काम जो जारी रखना था पांच सौ रूपए मित्र से और लिए और सब फाइनल कर दिया। घर में जब कोई इस तरह की चीज़ आती है तो वह परिवार का एक हिस्सा बन जाती है पत्नी को भी स्कूटर का बेचना बुरा लगा था उसकी स्थिति कभी खुशी कभी गम की तरह हो गई थी।

चार हजार पांच सौ पा कर मेरा घर का काम टाटा-बिरला फरमों की तरह जोरों से चल पड़ा। चलता क्यों नहीं उस समय दो सौ पचास रूपए की एक हजार इंट आती थी। आठ रूपए बेलदार और बीस रूपए मिस्त्री की मजदूरी थी, चालीस रूपए का सिंमेंट का बैग आता था। मेरा घर का काम तेजी से चल पड़ा इसलिए स्कूटर के जाने का गम कम और काम तेजी से चलने की प्रसन्नता अधिक होने लगी थी।

दो महीने तक घर का काम इस तरह से चलने लगा कि दीवारे अब सलैब डलने तक तैयार हो गई थी। अब सलैब डलना था। पैसा बहुत चाहिए था। पैसा सब खत्म हो गया था। अब तो सलैब की चिंता बन गई थी। कहां से पैसे आएं के इंतजाम की सोचने लगे थे। पैसा भी तो एक मुश्त चाहिए होगा। मैं बीच बीच में मित्र के साथ स्कूटर पर बैठ आता था। वह स्कूटर की प्रशंसा तो करता ही था साथ में बोलता कि बाजार में इस स्कूटर के दीवाने बहुत हो गए हैं। जब स्कूटर की प्रशंसा सुनता तो लगता कि मुझे स्कूटर बेचना ही नहीं चाहिए था।

हम अब पैसे के जुगाड़ के लिए चिंता में ही थे कि एक दिन घर के बाहर स्कूटर रूकने की आवाज सुनाई दी। मैंने आवाज से ही पहचान लिया कि स्कूटर तो अपना ही है बाहर आया तो मित्र रत्न लाल स्कूटर खड़ा कर रहा था। मैंने स्कूटर के बदले उसे ही ध्यान से देखा उसके सर पर पट्टी बंधी पड़ी थी।

"यह क्या?" पट्टी को देखते ही मित्र से पूछा।

"क्या बताऊं मित्र यह सब इस स्कूटर के कारण ही हुआ है। बच गया। परन्तु अब घर वाले बोल रहे हैं कि स्कूटर को वापिस कर आओ नहीं तो हम ही तेरी टांगे तोड़ देंगे भाई मेरी टांगे बचाओ न मैंने अपनी टांगे स्कूटर से तुड़वानी है न ही घर वालों से इसलिए स्कूटर ले आया हूं भाई आप से प्रार्थना है कि एक हजार रूपए कम दे दो पर स्कूटर ले लो"

मैंने उसे ऊपर से नीचे की ओर ध्यान से देखा वह मुस्कुरा रहा था और विनती के भाव से मेरे उत्तर का इंतजार करते मेरी ओर एक टक देखी जा रहा था।

मेरे अंदर कई प्रकार के भाव खुशी गम के उठने लगे थे। सोचने लगा कि मित्र मित्रता के भाव से आया है इसे ठाठस बधाना ही चाहिए बोला,

"प्रिय मित्र घबराओ नहीं। मैं स्कूटर अवश्य रखूंगा, मुझे तुम्हारी टांगे सलामत चाहिए। परन्तु एक समस्य है"

"क्या समस्य है कोई समस्य नहीं है। मेरे पास सभी स्मस्याओं का समाधान है। तुम यही कहोगे कि तेरे पास पैसे नहीं है। मैं सब समझता हूं घर का काम लगा है तेरे पास पैसे नहीं हो सकते तूं बस हां कह दे हां। इसकी पट्रोल की टांकी भरी हुई है।''

"मित्र मैंने स्कूटर ही पैसे के लिए बेचा था मेरे पास पैसे नहीं है खत्म हो गए हैं मकान के काम में तो''

"अरे भाई पैसे थोड़े मांगने आया हूं तुम्हें और पैसे चाहिए तो मांग ले परन्तु इस स्कूटर को अब मैं नहीं ले जाने वाला हूं"

कहते ही वह चला गया। मैं उसे रूकने के लिए बोलता गया परन्तु वह रूका नहीं। मैंने उसे जाते हुए ऊंचे से बोला,

"भाई साहब अब मेरे से पैसे की आस अगले साल ही करना।''

वह तेज कदमों से चला गया पीछे मुड़ कर भी नहीं देख रहा था।

अब उसे न जाने क्या हो गया था जितनी उत्सुकता उसे स्कूटर के ले जाने की थी उतनी ही उसे अब लौटाने की हो रही थी। खैर मुझे उसका स्कूटर लौटाना अच्छा लगा। स्कूटर पा कर मैं फिर प्रसन्न हो गया था। मेरा इधर-उधर जाना आसान हो गया था। जो भाग-दौड़ मैंने करनी थी वह फिर से शुरू कर दी गई। पत्नी भी खुश यहां वहां जाने की सुविधा हो गई थी, ड्राइवर हमेशा तैयार रहता था। उसे और क्या चाहिए।

अभी दो ही दिन हुए थे मित्र रत्न लाल का डाला हुआ तेल भी खत्म नहीं हुआ था कि मि. नाथ अपनी पत्नी लेकर स्कूटर खरीदने आ पहुंचे। उन्हें रत्नलाल ने भेजा था। रत्न लाल ने स्कूटर की इतनी तारीफ की होगी कि वे मेरे से कुछ सुनना ही नहीं चाहते थे। कहने लगे,

""पंडित ने आज ही ले जाने का मुहरत निकाला है हमने तो अभी ही स्कूटर ले जाना है"

मि. नाथ की पत्नी को देख मुझे तो स्कूटर की सेहत के लिए चिंता होने लगी। मुझे लगा कि वे स्कूटर की दोनों सीटों में अकेली ही आएेंगी। पता नहीं इस महिला का भार स्कूटर के टायर भी सह पाएंगे कि नहीं।

मुझे कुछ चुप देख वह फिर बोला, "आप कहते हैं तो मैं रत्न लाल को ले आता हूं"

"नहीं सर, उन्होंने कहा है इतना ही काफी है आप स्कूटर ले जाएं।''

"देखा मैंने कहा था कि पैसे लेकर चलते हैं वे इनकार तो नहीं करेंगे स्कूटर खरीदना है तो पैसे तो लगेंगे ही" उसकी पत्नी बोली।

मैं अंदर से नहीं चाहता था कि रत्न लाल आए। अगर वह आता तो मुझे डर था कि वे पैसे ले जाते और मेरे हाथ कुछ भी नहीं लगता। मैंने पूछा,

"कितने पैसे लाए हैं आप?"

"जितने रत्न लाल ने बताए थे, साढे चार हजार"

"ठीक है आप स्कूटर ले जाओ मैं रत्न लाल का कहना नहीं टाल सकता।''

उन्होंने जल्दी से पैसे निकाले और कहा,

"भाई साहब स्कूटर मेरे घर छोड़ दो मुझे तो स्कूटर चलाना ही नहीं आता। पंडित ने पत्नी को बोला है कि आज स्कूटर पर जरूर बैठना। मुहरत है। आपको कष्ट होगा"

मैं उन्हें छोड़ने के लिए तो तैयार हो गया। परन्तु डर भी लगने लगा कि इनकी श्रीमती के भार से कहीं स्कूटर ने बीच में ही दम तोड़ दिया तो खैर कोई बात नहीं देखी जाएगी मैं तैयार हो गया। उनकी पत्नी तो पहले ही तैयार बैठी थी।

जाते हुए नाथ ने रास्ते में दो पैक्ट लड्डुओं का लेने के लिए भी कहा एक पैक्ट मुझे देने के लिए भी निर्देश दिए।

उन्हें छोड़ने के बाद जब मैं घर पहुंचा तो मैं बहुत खुश हो रहा था, हम दोनों बहुत खुश होने लगे। सोचने लगे कि उसे ऊपर वाले को हमारी कितनी चिंता है उसे पता चलता रहता है कि हमारे पास पैसे खत्म हैं और उधर मकान पर अभी सलैब डलना है। हम लड्डू भी खा रहे थे और खुश भी हो रहे थे परमात्मा का शुक्र गुजार भी कर रहे थे और मैं यह सोचते हुए भी हंसी जा रहे था कि न जाने यह भी कब स्कूटर छोड़ने आ जाए। उध ार देखा तो पत्नी आंखें बंद किए हुए उस प्रभु का शुक्रगुजार भी कर रही थी और उसकी आंखों से गंगा-युमना भी बह रही थी।

अगले दिन ही रत्न लाल जी आ धमके। इस बार उनका आना अच्छा नहीं लगा। जाहिर था कि वे अपने पैसे मांगने आए थे। मैंने उन्हें पैसे अपने लिए प्रयोग करने के लिए समय मांग ही लिया। जानता था। कि उसे उसकी पत्नी ने भेजा होगा अपने आप तो वह नहीं आ सकता था।

"कोई बात नहीं। मुझे मालूम है कि मकान का काम लगा हुआ है आपको जरूरत होगी ही। जब हाथ खुलेगा तो पैसे दे देना पैसे कहीं भागे थोड़े रहे हैं" वह बड़ी फिक्की हंसी हंस रहा था परन्तु मैं सब समझ रहा था।

हम एक बार फिर से उस ऊपर वाले का शुक्र गुजार करने लगे पत्नी बोली,

"इसलिए ही वह ऊपर बैठा रहता है वहीं से सब अपने भक्तों देखता रहता है किस को क्या जरूरत है सबकी चिंता उसे है"

अब क्या था सलैब की तैयारियां होने लगी और अगले हफ्ते के रविवार को सलैब पड़ भी गया। हमने राहत की सांस ली। अब कोई डर नहीं फनिशिंग भी शुरू हो जाएगी ही।

लगभग अभी पंदरह दिन ही हुए थे मि. नाथ एक पतले से आदमी को अपने स्कूटर पर बैठा कर घर आ धमका। स्कूटर वह पतला सा आदमी ही चला रहा था। नाथ पीछे बैठा था। मैंने उस ऊपर वाले से जल्दी से सीधे बात की, " मेरी चिंता होने लगी है मान गए, भक्त कभी कष्ट में नहींहोना चाहिए पता चल पड़ा न फनिशिंग के लिए पैसे चाहिए न मुझे मान गए उस्ताद तू धन्य है, जय हो '

नाथ स्कूटर से उतरते ही बोला, "ये डॉक्टर श्याम लाल हैं। मेरे इस स्कूटर को ले जाने आए हैं। अब मैं क्या करूं पत्नी की टांग तुड़वा बैठे हैं बच्चे चलाने की जिद्द करते हैं। हम उन्हें स्कूटर चलाने देने से डरते है। इसलिए स्कूटर आपको वापिस करने आया हूं साथ में नया ग्राहक भी लाया हूं।"

मैंने नए ग्राहक की ओर एक नजर डाली सेंचुरी बनाने के बाद जैसे तेंदुलकर ऊपर वाले की ओर देख उसका धन्यवाद करता है मैंने भी ऊपर देख उसका धन्यवाद किया। और नए ग्राहक से बोला,

"आप कल आएं। स्कूटर यहीं छोड़ जाएं।"

"कल क्यों ? आज क्यों नहीं?"

"आज इसलिए नहीं आज शनिवार है और मैं नहीं चाहता कि आप शनिवार को लोहा घर ले जाएं। आप कल आना और ले जाना स्कूटर का सौदा आपसे हो गया है"

नए ग्राहक की समझ में शनिवार का फंडा समझ आ गया और मेरा काम चल निकला। लेकिन नाथ के समझ में भी कल का फंडा समझ आ गया। उसका चेहरा फिक्का पड़ गया था। वे स्कूटर छोड़ कर चले गए। साथ में दो हजार रूपए पेशगी भी दे गए। नाथ पैसे की ओर देखते रहे परन्तु कुछ भी नहीं बोले। मैं मन ही मन मुस्कुरा रहा था, ऊपर घ्यान भी लगा रहा था। वाह क्या हिसाब किताब है उसका। आज मैंने स्टील के पैसे देने हैं और वह भी दो हजार ही। वह आता ही होगा जय हो उसका हिसाब किताब बराबर ही होता है। उसका ऑडिटर कभी भी गलती नहीं करता हम से ही चूक हो जाती है उनके जाने के बाद ही दुकानदार आ गया अपने दो हजार ले गया। यह पैसा का चक्कर भी कैसा है ? इधर से आतें हैं उधर चले जाते हैं। पैसा कहीं टिकता ही नहीं। परन्तु फिर भी सब

पैसे के चक्कर में फंसे जा रहे हैं। जो उस पर यकीन नहीं करते उनसे यही पैसा बड़े बड़े गुनाह करवाता है। आदमी है कि उसे तो सब्र ही नहीं।

अगले दिन मि.नाथ श्याम लाल को सुबह ही ले आते हैं इस बार स्कूटर का रेट भी अपने आप ही बढ़ गया था। शेष राशि तीन हजार रूपए दे जाते हैं और स्कूटर को ले जाते हैं। मैंने कुछ नहीं बोला। सब अपने आप स्वचालित ढंग से यह होता जा रहा है। हम दोनों एक बार फिर उसका ध्यान करने लगे हैं उसका शुक्रिया करने लगे हैं।

फिर दो महिने बाद मि. श्याम स्कूटर हमारे बताए बिना ही हमारे घर के बाहर छोड़ जाते हैं वे भी यही शर्त रखते हैं कि पैसे की कोई बात नहीं।

उस समय बच्चे बहुत छोटे-छोटे थे। उन्हें मालूम नहीं कि मां-बाप कहां से रोटी कमाते हैं, कैसे मकान बना रहे हैं, वे तो बस इतना जानते हैं कि उनके मां-बाप उनकी हर मांग पूरी करते हैं, अपने आप फटी पैंट डालते हैं, मां वही दो पुरानी साड़ियां डालती है, उन्हें इससे कुछ लेना देना नहीं क्योंकि उन्हें उस समय जीवन के कड़वे सत्य की पहचान ही नहीं थी। उनके मां-बाप महान है, सबके मां बाप महान होते हैं मेरा भारत महान है

आज वे बड़े हो गए हैं उन्हें अपना-अपना बाथरूम अटैच कमरा अलग मिला है, ए. सी से लेकर सारी सुविधाऐं कमरे में हैं। आज के दिन उनके लिए या किसी और के लिए यह लम्ब्रेटा स्कूटर जो अब बनना ही बंद हो गया है, धेले का भी नहीं है। जिसे मैं और मेरी पत्नी पूजते हैं। मैंने उसकी यादों को जिंदा रखा है, वह जिंदा है। आज भी एक किक मारता हूं तो वह अपने जिंदा होने का ऐहसास दिलाता है। जिस स्कूटर की सहायता से इस अलिशान राजी महल की दीवारें खड़ी हुई थीं। यह मेरे और पत्नी के लिए पूजनीय है।

मुझे याद है कि स्कूटर के शेष तीनों मालिक मेरे घर के चक्कर लगाते-लगाते उन्हें वर्षों लग गए थे। धीरे-धीरे एक एक कम होता गया। इसके लिए भी समय तो अवश्य लगा लेकिन सबका भूगतान अवश्य हुआ। मैं उन तीनों का आज भी उसी तरह से आदर करता हूं जैसे वे मेरे लिए एक पूजनीय होते हैं। उस ऊपर वाले का गणित को मैं नहीं भूल पाता लोग कहते हैं कि उसे कौन देखता है परन्तु मैं उसे रोज देखता हूं वह मुझे हर इन्सान में मिलता है। उन्हें मिल कर हम दोनों आनंदित होते हैं। यह मेरी आम्मा ने मुझे सिखाया था मैंने आगे सिखाया है चलता रहेगा।

आज बच्चों को मालूम हुआ कि मैं इस स्कूटर की पूजा क्यों करता हूं। मैं तो राज को राज रहने देना चाहता था। फिर भी बड़ा लड़का कभी-कभी स्कूटर को एक किक मार ही लेता है और जब वह स्टार्ट होता है तो मैं और मेरी पत्नी धूप में बैठ कर इसकी आवाज को सुनते ही एक दूसरे की ओर देखकर मुस्कुराते हैं। मेरा स्कूटर महान।

40.

शिमला हाई कोर्ट के लिए अक्सर मैं और मेरे मित्र डॉ. लीलाधर वात्सायन लगातार दस-पंदरह वर्ष लगातार जाते रहते थे। हमारे इस दौरन के भी बहुत से किस्से हैं।

एक बार मैं और मेरे साथ प्रध्यापक मित्र डॉ.वात्स्यान शिमला जा रहे थे। सुबह ही बस स्टैंड सुदरनगर से बस पकड़ी। बस खचा खच भरी पड़ी थी। इसी बस से जाना जरूरी था क्योंकि अगली बस दो घंटे बाद आएगी और उसका भी क्या भरोसा कि वह भी इसी तरह से भरी पड़ी हो। यह स्वारियां भी न जाने कहां से आतीं हैं ! इसका अर्थ यह हुआ कि किसी और क्षेत्र में तेजी से प्रगति हुई हो चाहे नहीं परन्तु जनसंख्या बढ़ने में एक दम से तेजी से प्रगति हुई और अभी भी जारी है। किसी जमाने में शिमला के लिए एक बस चलती थी वह भी भरी मिलती थी फिर दो चलने लगी, तीन चलने लगी और अब आध घंटे में चलती है फिर भी जगह नहीं मिलती सारी बसें खचाखच भरी भरी पड़ीं मिलती हैं। जिसने पहले बिल्ली मार ली उसे सीट मिल जाएगी खैर हमने भी निर्णय लिय कि देखी जाएगी इसी बस से ही चलेंगे चाहे खड़े चलें या किसी के साथ एडजस्ट हो कर जाएं। खड़े हो गए बस में ऊपर डंडा पकड़ कर। डंडा ही बड़ा काम का होता है पुलिस के हाथ में हो तो उसका और प्रयोग होता है, माहात्मा गांधी के हाथ में तो सहायक बन जाता है और यहां बस में हो तो सहारा बन ही जाता है हमने बस चलते उसे जोर से पकड़ लिया।

ड्राइवर ने हॉर्न पर हॅर्न बजाया और अपनी सीट के ऊपर लगे शीशे में सभी स्वारियों पर नजर डाली एक हॉर्न और बजाया, जो कनडक्टर बाहर खड़े सीट्टियां बजाते हुए जोर जोर से शिमला शिमला चिला रहा था बस पर चढ़ आया।

"चलिएं भई" आगे लगे शिशे में कनडक्टर को देखते हुए ड्राइवर ने उससे पूछा।

यही तो सीट सीट का फरक होता है। ड्रावर सीट चलने का नाम, वह चलने के लिए उत्सुक, कनडक्टर सीट चलाने का नाम वह दना दना सीट्टियों पर सीट्टियां कभी आवाज लगा कर कभी और स्वारियों की सीट का चुप चाप बैठे रहने का। कनडक्टर ने मुंह से

उत्तर देने के बदले जोर की सीट्टी बजाई और ड्राइवर ने गाड़ी को गियर में डाल दिया बस चल पड़ी।

जोश में तो बस पर बैठने का फैंसला तो ले लिया था परन्तु अब मेरे मन में तो यही रहा कि कहीं सारी स्वारियां ही शिमला की हुई तो सारे रास्ते शिमला तक खड़े खड़े ही नहीं जाना पड़े तो मुश्किल हो जाएगी।

मेरा ध्यान कनडक्टर की ओर था एक तो हमने टिकट लेना था दूसरा उससे रास्ते में उतरने वाली स्वारियों की जानकारी भी लेनी थी औरउसे कहें कि हमें कोई सीट खाली होती है तो हमें दे दे। वह टिकट काटता हमारे पास पहुंच गया था। उसे देखते हुए ऐसा लगा कि यह कहीं मैंने इसे देखा है।

"अरे गुरू जी नमस्कार कहां जाना है आपको?"

अरे यह तो पहचानु निकला, उसे अपने स्थान के बारे में भी बताया और सीट के बारे में भी पूछा।

"गुरू जी यह कैसे हो सकता है कि आप मेरे बस में खड़े खड़े जाएं" बोलता हुआ वह स्वारियों को चीरता हुआ आगे निकला। सबसे आगे की सीट पर बैठी स्वारी को उसने उठाया,

"भाई साहब जरा उठ जाओ"

"क्यों भाई"

"यह सीट कनडक्टर की है यह देखो सीट के पीछे लिखा है।''

"जी साहब बैठना दे"

"नहीं भाई मेरे गुरू जी खड़े हैं मैं उन्हें बैठाना चाहता हूं आप खड़े हो जाएं"

और मेरी ओर संम्बोधन करते बोला, "गुरू जी आप यहां आ जाओ"

मुझे अच्छा नहीं लगा कोई बैठा हो और उसे उठाया जाए। मैंने उसे कहा, "कोई बात नहीं"

"नहीं नहीं आप आइए"

और मुझे वहां जाना पड़ा मैं सीट पर बैठ गया। मैंने उसे दो टिकट शिमला के काटने के लिए कहा।

मुझे सीट पर बैठाने के बाद वह दूसरों के टिकट काटने में लग गया। मैने अपने मित्र को भी अपनी सीट पर एडजस्ट किया। उठने वाली स्वारी को सारी कहा।

"पता नहीं इसे कहां और कब पढ़ाया है कुछ याद नहीं आ रहा है"

"कोई बात नहीं पढ़ाया तो है कहीं इसे टिकट के लिए बोल दिया था न?"

"बोल दिया था परन्तु अभी इसने टिकट नहीं काटा है" और मैं फिर से इसके बारे में सोचने लगा। इतने में वह टिकट काटते हुए ऊंचे बोला, "कोई बिना टिकट टिकट टिकट"बोल कर हमारे पास आ पहुंचा था।

"सर आज भीड़ है और यह आगे वाली दो सीटें घाघस में उतर जांएगी आपको मैं वहां बैठा दूंगा तब तक आप यहीं पर बैठ रहिए।''

और उसने एक टिकट काट कर हमारे ओर किया "सर यह लो एक टिकट आपका टिकट मैं नहीं काट सकता"

"अरे क्यों भाई कोई आगे पकड़ ले तो"

"नहीं सर एक टिकट हमको पावर है हम चार स्वारियों के पास मिलते हैं कोई पास आज तक नहीं लिया आज मौका मिला है" उसने मेरी कुछ नहीं सुनी और उसने एक टिकट के पैसे काट कर शेष पांच सौ में से हमें लौटा दिए।

अभी हम स्लापर के पास ही पहुंचने वाले थे कि टिकट चैकर आ पहुंचा बस एक ओर लगा दी। मैं सोचने लगा कि सर मुंडाते ही ओले पड़ गए।

उसने चैक्कर से मेरे बारे में बात की होगी तो मुझे उसने बस से बाहर उतरने के लिए कहा। मैं उतर गया। चैकर ने स्वारियों की गिनती की और बस चल पड़ी। घाघस में वह सामने वाली सीट खाली हुई हम दोनों उस सीट पर बैठ गए। मैं अभी उसे याद कर रहा था कि उसे कहां पढ़ाया है ? कुछ याद नहीं आ रहा था।

"वात्सयान जी आप ने यह लड़का देखा है पढ़ाया है मुझे तो कुछ याद नहीं आ रहा है" "जी इसलिए ही तो एक कहावत बन गई है राजी के चेले और...बहुत प्रसिद्ध हो हैं जहां भी जाओ तो चेले आगे पीछे पहुंच जाते हैं क्या है वह गाना "जहां मैं जाती हूं तो चोरी चोरी पीछे पीछे आते हो ऐ तो बताओ कि तुम मेरे कौन हो"

वह जोर से हंस दिया, मुझे मेरी प्रशंसा अच्छी लगी।

बस अभी हम भराड़ी घाट के पास ही पहुंचने वाले थे कि फिर चैकर मिल गया। बस खड़ी हो गई। स्वारियां से बस भरी पड़ी थी, चैकर को गिनने में दिकत हो रही होगी मुझे फिर बाहर निकाला गया। अब मुझे बुरा लगने लगा परन्तु क्या करता। एक शिष्य का प्रसाद का स्वाद ले रहा था।

गिनती हुई बस चल पड़ी। वह कनडक्टर मेरे पास आया, "सारी सर यह सोलन जिला है यह इस जिले का चैकर"

"और पीछे मंडी जिले का था?"

"हां सर पीछे मंडी जिले का था इस बार बिलासपुर जिले वाला नहीं मिला"

"अभी शिमला जिला भी तो आना है"

"हां सर हो सकता है आज सोमबार है स्वारियां भी ज्यादा होंती है और चैकर आज के दिन जरूर चैक करते ही हैं"

हमने घणी हट्टी पास कर ली थी बस तेज गति स`चल रही थी। अब लग रहा था कि हम पहुंचने वाले ही हैं। मेरे दिमाग में कनडक्टर का पता ही नहीं चल रहा था कि मैंने कहां पढ़ाया है उसे। साथी से भी बात करता कि मुझे इस चेले का पता ही नहीं चल रहा है। मैं अपनी जिज्ञासा का समाधान करने के लिए उसे अभी पूछने वाला ही था कि बस फिर चैकिग के लिए रूक गई। इससे पहले कि कनडक्टर मुझे उतरने के लिए बोलता मेरे साथी ने ही उतरने के लिए जोर से हंसते हुए उतरने के लिए बोल दिया।

मैं भी पहले ही उतर गया। इस बार मेरे दिमाग में तलखी सी होने लगी थी। तभी कनडक्टर मेरे पास आया, "गुरू जी आप क्यों उतरे यहां जरूरत ही नहीं पड़ेगी गाड़ी को चैकर ने बिना गिने ही ओके कर दिया। और जब तक मैं न बोलु तो आप उतरें मत"

उसका आदेश मुझे और चुभ गया। क्या करें बात मुफ्त में शिमला पहुंचने की नहीं थी बात जो मैं बार बार सबके सामने मुफ्त खोर घोषित करने की थी। सब स्वारियों को मेरे मुफ्तखोर के बारे पता चल पड़ा था। आखिर में तो चैकर के पता लगते ही साथी के साथ आस पास की स्वारियों ने भी कहा था साहब उतर जाओ

खैर कैसे भी हो हम शिमला पहुंच गए। उतरते ही बैठते मेरे मुफ्तखोर की चर्चा हम दोनों में आपस में चलती ही रही। हम उतर तो गए दिमाग में था कि इस चेले का धन्यावाद भी कर लूं और पूछ भी लूं कि कहां पढ़ाया है कब पढ़ाया है तेरा नाम क्या है बगैरा बगैरा

वह बोला, "सर क्या बताऊं आपकी शक्ल मेरे गुरू से मिलती जुलती है आप भी क्या टीचर हैं सॉरी सर शक्ल एक हमारे जोकर से गुरू जी हंसमुख हैं पूरी तरह से मिलती है मैं भी सारे रास्ते जब भी मुझे टाइम लगता सोचता रहा कि गुरू की शक्ल ही मिलती है मेरे गुरू तो नहीं है"

वह बोलता रहा हमें देर भी हो रही थी साथ ने मुझे हाथ से पकड़ कर चलने के खिंचा और जोर से ठहाका भी मारा ""चलो गुरू जी आपके चेले और पे...सच में ही मशुहर हैं" साथी बुरी तरह से हंस भी रहा था दूसरी स्वारियां भी हम पर नजर डाल रहीं थी मैं भी तो मुस्करा रहा था वाह गुरू घंटाल जी मेरे मुंह से ही निकल पड़ा।

41.

मेरा दोस्त डॉ लीलाधर वात्सयान उसी काम शास्त्र के रचयिता महर्षि वात्सयान के वंशज हैं लेकिन उनका ज्ञान इस पीढ़ी तक पहुंचा ही नहीं। इनके पास दूसरे महा ग्रंथों के ज्ञान का भंडार पड़ा है, महाशय भारतीय दर्शन के महापंडित हैं। इसलिए इनकी दोस्ती का हम पूरा लाभ उठाते तो हैं ही जीवन को भी आनंदित करते आए हैं।

इस बार हम शिमला से कुछ जल्दी ही फारिग हो गए और दोनों ही स्कूटर चेतक पर गए थे लौट भी उसी पर आए। हमारे लिए यह बीच का स्थान भराड़ी घाट बड़ा महत्व रखता है। एक समय था कि सभी बसें यहां पर रूकतीं थीं। लोग खाना यहीं खाते थे। यहां का खाना मशहूर था। ड्राइवर कन्डक्टर को खाना यहां मुफ्त मिलता और गाड़ी अवश्य खड़ी होती। आज बाजारवाद का युग आ गया। दूसरे ढाबे वाले ने ड्राइवर कन्डक्टर को इससे ज्यादा आफर देना शुरू की और गाड़ी दूसरे स्थानों पर खड़ी होना शुरू हुई है। फिर भी इस स्थान से मनोवैज्ञानिक लगता ही है कि हमारा रास्ता अब आधा तय हो गया है शिमला की वादियों से हम निकल आए हैं। हमारे लिए भराड़ीघाट का महत्व इस लिए भी है कि इसी स्थान के आस पास ही हमारे साथ कुछ ऐसी घटनाएं हो जाती हैं जिन्हें हम भूल ही नहीं पाते, कई दिनों तक दिमाग पर राज करतीं हैं।

लौट रहे थे। भराड़ी घाट के अगले मोड़ पर एक स्थान पर अदरक सूखने के लिए सड़क में ही डाला हुआ था। दो आदमी इस अदरक के ढेर को धूप ढलने के साथ अब इसे समेटने भी लगे थे। जब हमारा स्कूटर इस अदरक के ढेर के पास पहुंचा तो स्कूटर अपने आप खड़ा हो गया। घर में हमेशा ही हम से भराड़ी घाट से अदरक और मिल्क केक मंगवाया जाता रहा है और हम ले जाते रहे हैं। जब हमारी नजर अदरक पर पड़ी तो मैंने साथी से पूछा,

"मिंया हो जाए कुछ?"

"क्यों नहीं मिंया मुझे मालूम है वह तो होना ही है।"

स्कूटर एक साइड पर खड़ा किया उन अदरक को समेटने वाले सज्जनों से हमने पूछा,

"क्यों भाई अदरक बेचना है न?"

उन दोनों ने इधर उधर देखा तो बोले, "क्यों नहीं श्रीमान ले लो जल्दी हम इसे बोरी में बंद करने लगे हैं।''

"क्या भाव दोगे?"

"बीस रूपए किलो"

हमने बोला, ""एक एक करके दो जगह दो किलो तोल दो"

""जी श्रीमान हमारे पास तराजु तो है नहीं आप अपने अंदाजे से एक एक किलो दो जगह डाल दो .""

मैं उनके हाव भाव से भांप गया कि यह अदरक इनका नहीं है यह तो शायद कुछ काम कर रहे हैं। हम अंदाजे से एक किला छांटने लगे।

"भाई कुछ डालने के लिए लिफाफा भी होगा?"

"नहीं साहब कुछ भी नहीं है आप जल्दी कर लेते तो हमारा ट्रक आने वाला है। इसे हमने ले जाना है।''

ठीक है मैंने कुछ अदरक छांटा और स्कूटर की डिक्की में डाल दिया। मैंने अपने मित्र से भी कहा,

""एक ही जगह में डाल लो सुन्दर नगर में बांट लेंगे जल्दी बोल रहा है तो जल्दी ही डाल दे" खैर मित्र अगर अपने खानदानी कामशास्त्र में निपुण नहीं है तो क्या इस काम के लिए मित्र बहुत चुस्त है, जल्दी से स्कूटर की डिक्की में अदरक डालने लगे तो गोरख नाथ की डिब्बिया की तरह स्कूटर की डिक्की भी दो किलो अदरक से भरी नहीं जा रही थी। जब भर ही गई। तो मित्र उन्हें बोला, "भाई इस डिक्की में दो किलो अदरक नहीं आया आगे टोकरी में डाल दें?"

"श्री मान जी जहां भी डालना है डाल दो जल्दी"

बस फिर क्या था आगे की टोकरी भी भर दी गई। फिर भी हमारा दो किलो अदरक ही पूरा नहीं हो रहा था। अब क्या करें। दोनों ने कोट तो डाला हुआ था ही, कोट की सारी जेबें भर दी गई, फिर भी दो किलो अदरक ही पूरा नहीं हो रहा था। उसके पास तराजू तो था नहीं। हमें अंदाजा ही नहीं हो रहा था ना ही उनकी कोई रोक टोक थी। अब जो भी जगह हमारे पास बच गई उसमें भी ठोकते गए, फिर भी दो किलो ही पूरा नहीं हो रहा था। अब जिस तरह से दुशासन द्रोपदी की साड़ी खैंचते खैंचते थक गया था हम भी उसी तरह से दो किलो पूरा करते करते थक गए थे। और मैंने पूछा, "भाई अदरक कुछ मंहगा लगाए हो कितने पैसे दें दो किला पता नहीं पूरा हुआ भी कि नहीं"

"श्री मान जी आप जल्दी से पंदरह के हिसाब से तीस रूपए ही निकालो जल्दी आप बहुत ही भद्र पुरूष हमें मिले हैं आपसे अधिक लेकर हमने अगला जन्म भ्रष्ट थोड़े करना है आप जल्दी से तीस रूपए दें"

उसने अपना हाथ पैसे के लिए आगे किया।

मैंने जल्दी से उसके हाथ में तीस रूपए निकाल कर दिए और उनका धन्यवाद करते हुए चल पड़े। स्कूटर कुछ भारी लगने लगा था। जहां वह तीसरे गियर में चढ़ जाता था वहां पहला गियर मागने लगा था। मुझे लगा कि दो किलो अदरक अभी भी पूरा ही नहीं हो रहा था तराजू तो था नहीं सोचने लगे कि अगर हमारे पास कुछ स्थान और होता तो उसमें डाल देते।

"जी जब कोई चीज़ पूरी नहीं होती तो भगवान भी वामन अवतार ले लेता है, यही तो हमारी परंपरा रही है। आपने कोई गलती नहीं की श्रीमान आप धन्य हैं आपके साथ मैं भी धन्य हो गया हूं जय हो श्रीमान"

दर्शन के विद्वान मित्र इस तरह से हंस भी रहे थे कि स्कूटर पर बैठे उनका पेट मेरी पीठ पर गुदगुदाई करने लगा था।

सुन्दर नगर पहुंचे आधा आधा भी बिना तराजु के बांटा और इसके बावजूद भी घर में जब पत्नी ने अदरक देखा तो नाराज होने लगी,

"इतना अदरक ले आए क्या इसका अचार डालना है या मुहल्ले वालों को बांटना है?"

क्या बात है मन ही प्रसन्न होने लगा। एक बहुत ही बढ़िया सुझाव पत्नी ने दिया। अदरक का अचार तो डाला ही पड़ौस में भी बांट दिया। सबको पता चला कि मुन्ना के पापा शिमला गए थे और वहां से दो किलो अदरक लाए थे। अब मैं शिमला से जब कभी लौटता हूं तो सब पड़ौसी मेरी ओर देखते हैं कि मैं कहीं फिर से अदरक तो नहीं लाया हूं। वे बार बार पूछते रहते हैं,

"मुन्ने की मम्मी भाई साहब अभी नहीं लौटे आज शिमला ही गए हैं न?"

पत्नी भी मुस्कुराती रहती। उन्हें क्या पता कि बिना तराजु के दो किलो कितना होता है, और भगवान ने एक बार ही वामन अवतार लिया था बार बार थोड़े ले सकते हैं

42.

अभी मोटर साइकल का ही जमाना था। कार तो अभी नहीं, पहली मारुति 800 कार 1991 में हमारे घर में आई थी। कार चलाना तो मैं चंद्रमोहन की जीप पर ही 1971 के आस पास ही सीख गया था। चंद्रमोहन भी गाड़ी चलाने का बहुत शौक रखता था, बस उसी के साथ हम भी हाथ मार ही लेते थे। उसके गैरज में जीप खड़ी होती थी, जब घर में सब सो जाते थे तो हम धक्का मार कर जीप को चुपके से निकाल लेते और थोड़ी दूर के बाद स्टार्ट करते आए थे। फिर क्या हम दो और तीसरी जीप, मस्ती आज याद क़रते हैं, भगवान का शुक्र गुजार मानते हैं कि कभी कोई हादसा नहीं हुआ। सब ठीक रहा।

हां एक बार हमज ीप को अभी धक्का मार ही रहे थे कि चंद्रमोहन के बाबू जी बाहर आ गए। यह वह जमाना था जब शौचालय बैड रूम के साथ नहीं घर के एक कोने में बना होता था वे शौच के लिए निकले थे। कुछ हलचल देख आवाज लगाई,

"कौन है बे"

"कोई नहीं हम हैं "

"क्या कर रहे हो जीप के साथ" कहते हुए वे रूक गए।

"कुछ नहीं जीप के नीचे कुत्ता घुस गया है उसे निकाल रहे हैं"

"अच्छा अच्छा अब सो जाओ"कह कर वे जल्दी से चले गए। मुझे लगा कि उन्हें प्रैशर बहुत आया होगा जल्दी से चले गए। नही ंतो नीचे गैरज के पास आते तो पकड़े जाते फिर कुछ तो होता ही

उस दिन हम जीप नहीं निकाल पाए और आगे भी नहीं निकाल पाए कभी पकड़े जाने के डर से सब बंद कर दिया परन्तु जीप चलाने में माहिर तो हो ही गए थे।

मोटर साइकल में बुलेट मुझे बहुत ही प्रिय मोटर साइकल रहा था, जिसे कहते हैं न आई लव यू बुलेट वही बात मैं कहूं तो कोई अतिश्योक्ति नहीं होगी। पहला मोटर साइकल मामे के पैसे से बूलेट खरीदा गया था, फिर स्कूटर और फिर बूलेट ही रहा, अदला

बदली तो चलती ही रही। एक बार मैं और मेरा दोस्त वही डॉ. लीलाधर वातस्यान मंडी जा रहे थे। अभी हमे पांच किलो मीटर चले थे हम कनैड के पास पहुंचे। वहीं स्कूल के पास हमेशा भीड़ सी रहती आई थी। एक ओर रेहड़ियां लगी होती आस पास के गांव के लोगों का आना जाना भी यहीं रहता था। किसी ने बस पकड़नी होती, किसी ने इस छोटे से बाजार से कुछ सामान खरीदना होता और साथ ही राजकीय वरिष्ट विद्यालय उसकी भी अपनी चहल पहल रहती।

ज्यों ही हम वहां बाजार में पहुंचे तो कुछ लड़के मिलकर एक लड़के को मार रहे थे। मैं मोटर साइकल चला रहा था। मेरी नजर उस भीड़ पर पड़ी। पड़ते ही मोटर साइकल रूक गया जैसे मेरे मोटर साइकल को सब पता रहता है रूकने और चलने का।

"वह देखो उस लड़के को भीड़ मार रही है"

मैं मोटर साइकल मित्र को देते हुए तत्काल ही उस ओर भागा जहां उस लड़के को मार रहे थे। भारी भीड़ एक लड़के को मारते हुए देख रही थी। तभी एक लड़का भागता हुआ साथ खड़ी रेहड़ी से सब्जी काटने का चाकू उठा कर ले आया। जाहिर था कि यह चाकू उसने उस लड़के पर चलाना था।

"ठहरो ठहरो तुम्हें मैं बताता हूं" मैं बहुत ऊंचे चिल्लाया।

आस पास के मुझे देखने लगे, लड़को की नजर भी मेरे पर पड़ी मैं एक बार फिर चिल्लाया "पुलिस को फोन करो" मैं चिल्लाते हुए भीड़ की ओर गया और एक लड़का मेरे हाथ की गिरफ्त में आ गया। मैं सच में अपने को नहीं संभाल पा रहा था। वह लड़का मेरे गिरफत से छूटा और भाग गया। वह मेरा रूप देख डर गया था।

मैं हद से ज्यादा चिला रहा था। मेरा साथी मुझे लौट आने को कह रहा था। मेरा अभी मिशन पूरा नहीं हुआ था। उसकी ओर मैंने कोई ध्यान ही नहीं दिया।

मुझे न जाने क्या होने लगा। मैं पुलिस पुलिस चिल्ला रहा था। सब लड़के वहां से भाग चुके थे। जिस लड़के को मार रहे थे वह मेरे पास आकर खड़ा हो गया। मैंने उस पर एक नजर डाली, देखा वह बुरी तरह से डर रहा था कांप रहा था।

जब सब लड़क भाग गए तो कुछ लोग जो तमाशा देख रहे थे। मेरे चारों ओर खड़े हो गए। उनमें से कुछ तो पहचानु थे। उनमें से एक बोला,

"सर यहां आए दिन कुछ न कुछ होता रहता है"

"सर ये लड़के बड़े खूंखार हैं आपकी हिम्मत"

""बस करो मुझे अपनी तारीफ नहीं चाहिए यह सब आपकी मौजूदगी में होता है और आप सब होने देते हैं"

"सर हम कुछ नहीं कर सकते यह तो हमेशा छुरियों से खेलते हैं"

पास ही जमना दास दर्जी की कपड़ा सीने की दुकान थी। मैं भी उससे कपड़े सिलाता हूं वही दौड़ कर मेरे पास आया,

"गुरू जी नमस्कार"'

"जमनु यार तुम भी इन लड़कों को कुछ नहीं बोलते"

"चुप करो गुरू जी मैं तो आपकी हिम्मत की दाद देता हूं सच कहें तो हम इनसे डरते हैं, यह जो लड़का छुरा हाथ में पकड़े हुए था यह वही लड़का है जिसने सुंदरनगर के जीरो चौक में बस से एक लड़के को खींच कर भरे चौराहे में सबके सामने पिछले महीने मार दिया था। उसे कैसे पकड़ते हम मैं तो यह देख रहा था कि कहीं यह लड़का इस लड़के के बदले आप पर ही छुरी न चला दे"

मैं अब शांत हो चुका था बोला, "भाई जमनु, अगर अर्जुन अपने सामने बड़े बड़े ध नुर्धारियों को देख डर जाता तो महाभारत का युद्ध कैसे वह जीत पाता। जब आप सच्चे हों और मन में पाक इरादा हो तो ऊपर वाला आप के साथ होता है और उसकी कृपा से आपके साथ असीम हौंसला होता है

यह लड़का जो डर के मारे किसी की सहायता चाह रहा था और यहां इस भीड़ में केवल तमाशा देखने वाले ही थे। कोई इसकी मदद नहीं करने वाला था। आप लोगों से मदद के लिए वह एक जगह से दूसरी जगह भागता रहा"

कह कर मैं हंसने लगा था। मेरा साथी बोले,

"चलो सर अब चलें" मुझे लगा कि वह भी कुछ घबरा गया था।

"जमनु भाई अपने बचने के लिए कभी सोचा ही नहीं दूसरों को बचाने की ही सोचते रहे दिमाग ही उसी तरह से एक दम से काम करता है और अच्छे काम के लिए एक दो लग भी जाए तो क्या! गांधी को भी तो लोगों ने गोली मार दी थी मैं तो कुछ भी नहीं"

फिर मैं उसे लड़के की ओर हुआ,

"क्यों भाई कुछ तो कारण रहा होगा तुम्हारे लड़ने कों लड़ाई मत करो दोनों ओर"

"सर मैंने तो कुछ नहीं किया सच बताऊं मैं एक लड़की को चाहता हूं और वह लड़की मुझे, बस और यह लड़का हमें अलग होने को कहता है बस"

हम पास खड़े सब हंसने लगे, बात बड़ी न खिंच जाए हमने भी किसी काम से जाना था। मैंने उसे लड़के को बोला कि अब तुम चले जाओगे।

"जी मेरे गांव से बहुत से लोग आ गए हैं शुक्रिया सर"

मैं मोटर साइकल पर बैठ गया एक लात मारी बुलेट दहाड़ने लगा और हम मंडी की ओर चल पड़े जाते जाते सोचता रहा कि दुनिया के युद्ध जर जोरू जमीन के लिए ही तो लड़े गए थे।

43.

हमारे कालेज का एक केस शिमला हाई कोर्ट में चल रहा था। उसके लिए हमें कोर्ट में जाना पड़ता था। मोर्चे पर सबसे आगे लड़ने के लिए मित्र डॉ. लीलाधर वात्सयान और मैं स्टाफ में दो ही आदमी सभी को दिखाई देते थे और यह कहें कि हमसे भी रहा नहीं जाता था, हमें सब जाने के लिए बोलते भी और हम सहर्ष तैयार भी रहते और लगभग सभी पेशियां हम दोनों ने देखी-सुनी होंगी।

हमारा केश अब निर्णायक स्थिति पर पहुंच चुका था। इसी सिलसिले में हमारे वकील का संदेशा आया कि कल पेशी है और उसे कुछ डेकुमैंट चाहिए जो कल पेशी से पहले पहुंच जाने चाहिए। फिर क्या सभी कागज़ ढूंढे और हम दोनों शिमला के लिए सुबह ही जाने के लिए तैयार हुए।

सर्दियों के दिन थे। सुबह ही स्कूटर पर जाने का निर्णय लिया गया और हमने भी अपना चेतक रात को ही उसे घास (पेट्रोल) आदि डाल कर तैयार कर लिया और अपने शरीर को सुबह की ठंडी हवाओं से बचाने के लिए शरीर को ढांप कर, हाथों में दस्ताने,पांव में मोटी जुराबें, मोटे कपड़ों की तहें, ऊपर से ऊनी कोट, मफलर, पैंट के नीचे टांगों में इनर पूरी तरह से अपने शरीर के अनुसार दोनों ने ढांप कर तैयारी कर एक फौजी की तरह मोर्चे पर खड़े हो गए। बस आज्ञा का इंतजार था।

बस फिर क्या था जवानी के दिन थे मैं यही उन दिनों चालिस के पास हूंगा और मेरा दोस्त तो मेरे से पंदरह साल छोटा ठहरा। हमने सुबह चार बजे ऊपर वाले से आज्ञा ली और चल पड़े। स्कूटर चेतक भी लगता था कि वह भी हमारी तरह अभी जवानी अवस्था में ही था। पूरी तरह से तैयार था। वह तो सड़क में छंलागें मारे। स्कूटर चेतक की लगाम मेरे हाथ में थी। फिर क्या अच्छा घुडसवार हो तो घोड़े को भी अपने मालिक पर अहसास रहता है और कुछ परवाह न करते हुए छलागें मारने लगता है। वह आगे कुछ नहीं देखता फिर चाहे आगे पत्थर ही क्यों नहीं पड़ा हो। सर्दियों दिनों में छह बजे से

पहले अंधेरा ही रहता है। और जब सूर्या की किरणें सात बजे के आस पास पहुंचती है तो पहाड़ों में उनमें तेज कहां होता है वह तो थके हुए श्रमिक की भांति निढ़ाल सी सुस्त सी रहती हैं। अभी तो उन्हें आने में समय था।

हमारे चेतक की रोशनी जरा उतनी तेज नहीं थी जितनी आजकल के स्कूटर गाड़ियों में होती है। फिर भी हम चले ही जा रहे थे। एक तो रोशनी कम दूसरे कई स्थानों पर धूंध और उस पर ठंडी हवा तो इतनी थी कि चेतक का स्वयं का तापमान जीरो से भी कम हो गया था। फिर भी चेतक चेतक था कई युद्ध देखे हैं ऊपर बैठे मालिक और स्वारी को भी ढेरों अनुभव। स्वारी तो रानी लक्ष्मीबाई के बच्चे की तरह युद्ध भूमि में भी जो रानी के पीठ पर बंधा रहता था कई बार के अनुभव से युक्त पीछे बैठे डॉ लीलाधर वातस्यान मेरे पीछे इस तरह से चिपके हुए बैठे थे कि कई मोड़ या सड़क के उथल-पुथल में उनकी दाड़ी की चूभन का ऐहसास मुझे हो ही जाता था। कई बार मेरे साथ इसी तरह से कर्म युद्ध में पीछे बैठ कर शिमला से लेकर दिल्ली तक साथ जाते रहें हैं।

मैं, वात्सयान और स्कूटर तीनों अनुभव से परिपूर्ण अभी घाघस का पुल पार कर रहे थे, धुंध इतनी थी कि पीछे बैठी स्वारी का पता हाथ लगा कर ही चल रहा था, आगे देखते तो एक धब्बा ही दिखाई देता और उस पर हमें समय पर पहुंचने की कटीबधता दिमाग में बनी हुई तो थी ही। रास्ते में ट्रक वाले अपने गाड़ी के पहियों की रोक थाम के लिए जो पत्थर सड़क पर रखते हैं उन्हें उठाने का जरा भी कष्ट तो नहीं करते बस घाघस के पास इसी श्रृंखला के एक पत्थर पर चेतक जी चढ़ गए और ऊपर बैठे स्वार नीचे जंगे मैदान में धूल खाने के लिए लूढ़क गए।

साईड पर हल्का सा चेतक टिलट हुआ। स्वामी भक्त चेतक सब जानता था। चोट नहीं लगी। हम एक साईड पर खड़े हो गए। घाघस के पास तो जो ठंडी हवाऐं चलती हैं उनसे तो हाय तौवा ओ बाबा और वह भी ठंडी मौसम की सुबह में खैर हमें भी पेशाब बहुत जोर से आया हुआ था, यही समझो कि सुंदरनगर से ही प्रैसर साथ साथ चल रहा था, पूरे जोर से रोक तो रखा था, हम कहीं रूके भी तो नहीं, जबकि पीछे बैठा मित्र बार बार रूकने को बोलता जा रहा था। फिर भी हम एक बहादुर योद्धा की तरह उठे और अपने कपड़े झाड़े और हल्के अंधेरे का लाभ उठाते हुए वहीं पर एक ओर खड़े हो कर पेशाब करने खड़े तो हुए परन्तु कपड़े इतने डाले हुए थे की पेशाब की नाली तक हाथ ही नहीं पहुंच पा रहे थे। कुछ ठंड के कारण भी तो हाथ कभी इधर जाते तो कभी उधर, फिर भी बड़ी मुश्किल से हाथ पहुंचाए थे। मैं तो निवृत हो गया परन्तु मेरी नजर मित्र वात्सायन पर पड़ी वह तो अभी अपनी पैंट के बटन ही टटोल रहा था। उसे पेशाब के लिए कई ठंचर करने पड़ते हैं, एक जनेऊ कान पर लगाना पड़ता है जैसे पेशाब का बटन

ही कान के पास हो, पहले जनेऊ को ही ढूंढने में समय लगा होगा फिर पैंट खोलने में मुझे लगा कि पैंट के बटन खोलने तक उनका पेशाब आधा पैंट ही पी गई होगी क्योंकि पीछे से आ रहे ट्रक की लाइट जब हम पर पड़ी तो मैंने देखा कि उसकी पैंट भीगी हुई जो थी।

खैर जैसे तैसे सब करके आगे बढ़ने लगे, दस बजने से पूर्व शिमला पहुंचने का जो हमारा उद्देश्य था, विगुल बजाते हुए चल पड़े बढ़े चलो बढे चलो टूं टूं अभी अंधेरा ही था। पांच तीस के पास हम भराड़ी घाट पहुंचने वाले ही थे। हल्की रोशनी में चेतक आगे बढ़ रहा था और हम किसी सी.आई.डी फिल्म की तरह बढ़ते जा रहा थे। चारों ओर सन्नाटा कोई किसी का आना जाना नहीं। कभी कभी किसी चिड़िया की आवाज सुनाई देती। वे भी ठंड के कारण चुप गुम-सुम पड़ी होगी ठंड ने आदमी, पक्षी, जानवर सबकी बोलती बंद कर रखी थी। फिर भी हम आगे बढ़ रहे थे, बढ़े चलो बढ़े चलो आ गया भराड़ी घाट भराड़ी घाट के पिछले मोड़ को पार करते ही हमारे चेतक की रोशनी पैरापट पर शौच के लिए बैठे एक पहलवान पर पड़ी, रोशनी से उसकी आंखें तो चौंधिया गई। हमारा चेतक हम से कम थोड़े है, इधर रोशनी भी तो उसकी तेज हो गई थी और चेतक भी सड़क पर नहीं उसी पहलावान की ओर जो पैरापट पर ऊंचे से शौच के लिए बैठा सिग्रेट का कश भी लगा रहा था और निपट भी रहा था, छलांगे मारते हुए उसकी ओर तेजी से चलने लगा।

उस पहलवान ने जब देखा कि यह चेतक तो अपने दो सवारों के साथ उसके ऊपर ही चढ़ने वाला है उसकी पहलवानी तो सैंकड में ही न जाने कहां चली गई, हाथ में पकड़ी सिग्रेट जो मुंह की ओर कश लगाने के लिए जा रही थी न जाने कहां गिरी, और तो और जो माल उसके शौच बन कर बाहर नीकल रहा था वह भी डर के उसके अंदर ही चला गया। और पहलवान तो अपने सुथनु को नाड़े से पकड़ कर इस तरह से भागा कि हमारे चेतक को भी पीछे छोड़ गया।

फिर पीछे बैठे युद्धभूमि के योद्धा वात्सयान जो इस दृश्य को देख हंसने लगे तो चुप ही नहीं हो रहे थे। उनसे हंसी के अतिरिक्त कोई शब्द ही नहीं निकल रहा था।

इस घटना ने हमें शिमला में इस तरह से पहुंचा दिया कि हमें रास्ते का जरा भी ज्ञान ही नहीं रहा।

इस दृश्य की याद ने हमें शिमला तक ही साथ नहीं दिया, जब लौट कर आए, मित्र बोला,

"लो आ गया भराड़ी घाट"

हम रूक कर अब उस स्थान का निरक्षण करने क्या लगे, " पहलवान का पैरापट से छलांग मारना फिर सुथनु पकड़े भागना ' का दृश्य हमारी आंखों के आगे जब तैरने लगा तो हमारी हंसी रूकने का नाम नहीं ले रही थी। आने जाने वाले भी हम पर एक नजर डालते कुछ तो खड़े हो कर हमसे पूछ भी लेते,

"भाई साहब माजरा क्या है?"

हम उसे जबाव तो क्या देते, हंसी तो रूकी जा नहीं रही थी, उंगली से ही इशारा करते तो वह आगे पीछे देखता जब कुछ भी नहीं मिलता, उसकी समझ में कुछ भी नहीं आता, तो वह हमें भी पागल समझ कर अपना बुरा सा मुंह बना कर आगे की ओर चलता बनता। हम तब भी उन्हें देख और हंसते। वे मुड़ कर हमें निश्चित ही पागल समझते।

उसके बाद जब भी हम जब भी उस मोड़ के पास से गूजरते तो मुंह से निकल जाता, " आ गया भराड़ी घाट'

और उस पहलवान का भागते हुए का दृश्य आंखों के सामने आ जाता है, एक ठहाका हमारे मुंह से निकल ही जाता है और हम आज भी उसी तरह से आनंदित हो जाते हैं। " आ गया भराड़ी घाट'

44.

मेरे साथ ही ऐसा क्यों होता है ?

यह प्रश्न कभी बार बार मेरे दिमाग में आता रहता है। जब भी एकांत मिलता है तो यहसोचने लगता हूं। एक नहीं कई हादसे मेरे साथ होते आए हैं। फिर सोचता हूं शायद सबके साथ होते होंगे खैर मैं अपने साथी के साथ बूलेट पर मंडी जा रहा था। बुलेट पर केवल दो सवारियां ही बैठ सकती हैं, सभी दो पहिया वाहन पर दो सवारिंयों का प्रावधान भी है और कानून भी। हमारे देश में ओवर लोडिंग ट्रेन से लेकर बस, ट्रक, टैंपो सब में होती आई है। देश की आवादी की भीड़ के कारण ही ऐसा होता है साधन उस अनुपात में हैं नहीं या कुछ कारण और भी हो सकते हैं अपने यहां भी हो ही जाती है। शायद इसलिए कि कानून को लोग उतनी अहमियत ही नहीं देते। दूसरों को क्या कहें हम भी जरूरत पड़ने पर एक से अधिक अपने साथ बैठाते आए हैं जो ठीक नहीं हैं। फिर भी कोशिश करता हूं कि यह काम किया ही नहीं जाए।

मुझे इस बात पर एक किस्सा याद आया। बात पिछली शताब्दी के आठवें दशक है। हमारे रिश्ते में एक शादी जम्मू में थी। हम भी वहां बन ठन कर पहुंचे थे। नए कपड़े लिए गए थे। पत्नी ने चार पांच साड़ियां नई खरीदी थीं बारात जाने के लिए दो और रिसैप्शन के लिए,विभिन्न कार्यक्रम के हिसाब से उसी तरह से बच्चों के लिए दो तीन अटैची तैयार करके पहुंच गए थे जम्मू।

"जम्मू में कानून के हिसाब से ग्यारह आदमी ही बाराती जा सकते थे। मेज़वान फौजी कर्नल आर्डर पास हुआ कि बाराती केवल ग्यारह ही जाएंगे। दूल्हा बोलता गया कि सब जगह बारात ज्यादा जा ही रही है हमारे भी चली जाए तो क्या होगा परन्तु कर्नल बाप नहीं माना। जब लिस्ट तैयार हुई तो लिस्ट में नजदीक के रिश्तेदार बारह बनने लगे किसी को भी कम नहीं किया जा सकता था।

कर्नल बोले,

"कानून एक को अधिक करने पर भी टूटता है, ग्यारह मतलव ग्यारह। अगर आप किसी को कम नहीं कर सकते तो मैं नहीं जाऊंगा कोई बात नहीं बारात कानून के हिसाब से ही जाएगी"

खैर वे तो लड़के के बाप थे वे तो जाएंगे ही हम में से कोई नहीं गया। मैं इस बात से खुश हुआ कि देश में कोई तो है जो कानून का सम्मान करता है। बेशक हमारे विशेष रूप से लाए गए कपड़े भले ही न पहने जाएं कोई बात नहीं कुछ तो विशेष है ही"

हमारे यहां तो कानून की कोई भी परवाह नहीं मारता। विशेषकर ओवर लोडिंग में अपनी बात पर आते हैं हमने मोटर साइकल पर बस अभी नेर चौक को ही पार किया था कि आगे सड़क पर हमारे शिक्षा विभाग के कार्यालय में कार्यरत एक बाबू, बाबू की तरह सड़क के किनारे खड़ा किसी बस का इंतजार कर रहा था। जानने वाला था। हमारे कई काम करता रहता था। था बहुत अपनी तरह का बाबू अपनी कलम का लोहा मनाने के लिए पहले भूमिका तैयार करता फिर काम करता। हमारा काम तो कर लेता था परन्तु दूसरों के यहां उसकी छवि अच्छी नहीं थी। हमने भी सुन रखा था कि कुछ ले देकर ही काम करता आया था।

"अरे पांडा पांडा खड़ा है"

साथी ने पीछे से उसे देखते हुए कहा। मैंने तुरन्त ही उत्तर दिया,

"आप उसकी ओर नहीं देखेंगे हम निकल जाएंगे"और मैंने आगे इधर उधर न देखता हुए सड़क पर सीधा देखते हुए मोटर साइकल की गति को गति दी। मन में सोच रहा था कि दो से अधिक नहीं बेठाने चाहिए अब मिल गया एक टौंडा रास्ते में भागो साले

"शर्मा जी शर्मा जी"बस मोटर साइकल के आगे टौंडा अर्थात बाबू खड़ा हो गया।

""आपका मोटर साइकल दूर से ही पहचान लेता हूं जी अच्छा हुआ आप मिल गए देर हो रही है आज साहब इंतजार कर रहे हैं और इधर कोई बस ही नहीं आ रही है आज"

वह बोली जा रहा था और मोटर साइकल की ओर इस बार अपनी ही एक टांग ऊपर उठाते हुए बैठने की चेष्टा करते साथी जो मेरे पीछे बैठे थे उनसे बोला,

"शर्मा जी थोड़ा आगे होना जी"शर्मा जी भी थोड़ा क्या आगे हुए मुझे ही धक्का दिया मैं आधा पट्रौल टैंकी पर जा पहुंचा।

बोलता हुआ मोटर साइकल पर बैठ गया उसने मेरी सहमति का भी इंतजार नहीं किया। " मान न मान मैं तेरा मेहमान"। अभी हैलमेट के लिए कानून नहीं बना था नहीं तो उसका ही बहाना बना देते क्या करें कुछ नहीं कर सके कर्नल की तरह आर्डर हम पास नहीं कर सकते थे चल पड़े।

कोई कोई दिन ही कुछ ऐसा होता है जब कुछ न कुछ घटता जाता है जो अपने बस में नहीं होता। वह सबसे पीछे बैठे अंत्योदय की तरह पिछड़ा व्यक्ति कुछ न कुछ बोली जा रहा था लेकिन मुझे कुछ पता नहीं चल रहा था या मैं अनसुनी कर रहा था।

अभी चक्कर ही पार नहीं किया था, अगला मोड़ पार करते ही सामने एक पुलिस वाला नहीं पूरी गैंग शायद इसी को देख कर विद्वानों ने एक कहावत बनाई है "किसी मोड़ पर टकरेंगे' सभी वाहनों की पूछ ताछ के लिए नाका और हम जैसे लोगों के लिए भारी जुर्माना एक कांस्टेबल ने मुझे मोटर साइकल को एक साइड पर लगाने के लिए अपने हाथ में पकड़े डंडे से इशारा किया और हम भी क्या करते यहां तो कानून व्यवस्था का पालन करना ही पड़ता।

मोटर साइकल एक साइड पर खड़ा करते ही पांडे जी ने अपनी पैंट की जेब में हाथ डाले और आगे की ओर चल दिए, जैसे उन्हें हमारे से कोई लेना देना नहीं बाबू का व्यवहार, 'तूं कौन तो मैं कौन' कदम ताल करने लगे जैसे उन्हें क्या फटेगी मालिक दी धोबी का क्या जाएगा

बाबू का व्यवहार देखते ही मेरे उसके बाप के लिए कुछ अपशब्द निकले और यही बात ही मेरे दिमाग में तुरंत ही कौंध गई कुछ समझ में आया सोचने लगा कि देखते है यहां सिक्का चल पड़े। बहुत सी गाड़ियों के ड्राइवर खड़े थानेदार से हाथ जोड़ बात कर रहे थे या कहें सौदा करने में लगे थे। मैंने कंधे में दो स्टार लगे हुए ऑफिसर से धीरे से बड़ा ही मायूस मुहं बनाते हुए कहा,

"सर यह जो तीसरा आदमी हमने बैठाया है इसका बाप मंडी हॉस्पिटल में मरा पड़ा है इसलिए इसे ले जा रहे हैं और इसे पता ही नहीं कि इसका बाप मरा है जिंदा"

आफिसर ने मेरी आधी बात ही सुनी "आप जाओ जी इसका बाप सीधे स्वर्ग पहुंचे बाप बाप होता है जीं"

अपने सिपाही को भी हुक्म दिया,"इन साहब को जाने दो"

मैं मोटर साइकल के पास लौट आया और मुस्काते हुए मोटर साइकल पर बैठ एक लात मारी मोटर साइकल किलकारियां मारने लगा।

दोस्त खुश था मेरे से पूछा, "सर कुछ सुतरी तो यहां भी चली ही"

मैं चुप रहा। क्या बोलता तीसरी सवारी ही बोल पड़ी,

"शर्मा जी मेरे को देख ही पुलिस वाला चुप हो गया"

"जी आपको देख ही तो सब कुछ हुआ।"

मंडी पहुंचे तीसरी सवारी को शहर से पहले ही उतार दिया था। हम जवानों की तरह आगे बढ़े। आगे जैसे जब मोटर साइकल की पार्किंग के लिए रूके तो साथी ने पूछा,

“क्या सुतरी चली इस बार”

मैं उसे जबाव देने वाला ही था तभी मुझे उन्हीं चैकिंग वाली पुलिस की जीप में हमारी तीसरी स्वारी बैठी हुई दिखाई दे रही थी, जीप हमारे पास रूकी, थानेदार बोला, ”भाई साहब, जिस तीसरी सवरी का बाप मरा था वह हमरी जीप में है। उसे हम अस्पताल ले जा रहे हैं। उसके बाप को मरे सात साल हो गए हैं। झूठ बोलते हो, आप हमारे पीछे आ जाओ।

जीप चले गई, हम घबरा गए। हमारे झूठ की पोल खुल गई।

अब हमने सारे काम छोड़ घर की ओर जाने के मुड़ गए।

45.

जैसे जैसे समय बदलता गया हमारा शिमला जाने के साधन में भी परिवर्तन होता गया। बहुत पहले बस पर जाना शुरू किया था फिर स्कूटर में और फिर अपनी कार में। इसी परिवर्तीय समय में हमारे जीवन के रहन सहन में भी परिवर्तन होता रहा और इसके साथ हम अराम दायक भी होने लगे थे। मध्यवर्गीय में क्या सब वर्ग में आपसी स्पर्धा से भी परिवर्तन होता आया है और इसी का लाभ बड़ी बड़ी कंपनियां उठाती आईं हैं, मध्यवर्ग को लुभाती हैं क्योंकि सबसे बड़ी व्यपार की मंडी भारत है और मध्यवर्ग ही इसका सबसे बड़ा उपभोक्ता है। सरकार भी बड़ी कंपनियों के पक्ष में ही हमेशा सोचती है। बैंक का लेन देन देंखें, किसी रोजी रोटी के काम के लिए एक हजार रूपए का लोन देना हो तो सौ न देने के नुक्ते निकाल देता है, वहीं अगर कार लेनी हो तो जरा भी देरी नहीं करती। मुझे तो लगता है बीच में कुछ न तो कुछ है ही, बैंक मनेजर और कार कंपनी के या सरकार और कंपनी के कुछ तो व्यवस्था में कहीं न कहीं गड़बड़ी अवश्य है या हमारी सोच में ही है, परन्तु है अवश्य।

हम भी तो इस झांसे में आ गए और जो सपना कभी बचपन में कार लेने का पाल रखा था इन सपनों के बीच की बातों पर न जाते हुए कार खरीद ली। बैंक मनेजर ने सौ बार फोन किया। हम भी इठलाने लगे थे कार पा कर। रोज एक ड्राइव पर एक हाथ को खिड़की पर रखते हुए अपने छोटे से शहर में निकल जाते। अगर कोई हमें नहीं देखे तो हॉर्न ही बजा लेते ताकि सबकी नजर हमारे पर पड़े। जिससे कोई अपने को कोई ऐरा गैरा नथु खैरा नहीं समझे। जब कार आ गई तो शिमला जाना भी बस और स्कूटर सब भूल गए। कार पर ही जाने लगे। पेशी आई तो कार पर ही तो जाना था, सुबह ही चल पड़े हमेशा की तरह अपने एक मात्र मित्र डॉ.वात्यासायन के साथ। पेशी को वास्तब हम दोनों तो ही जाते थे। दस बजे से पहले पहुंचना होता था अब सुबह ही पांच छह बजे चल पड़ते और ठीक समय पर पहुंच भी जाते थे।

इस बार भी मैं और मित्र डॉ वात्सयान कार से निकल पड़े। कुछ तेज भी चल रहे थे, दस बजे पहुंचना था। भराड़ीघाट के उस पैरापट से जब भी निकलते हैं तो वही स्कूटर का एपिसोड शौच के लिए बैठा एक महाशय का पाजामें को पकड़ते हुए भागना याद आ जाता है और हम दोनों कुछ देर तो हंसते ही रहते हैं खूब हंसते हैं

अभी दालड़ाघाट पहुंचे तो कुछ लड़कों ने सड़क पर जाम लगाया हुआ था। मुझे लगा कि जाम अभी अभी ही लगा है क्योंकि हमारे आगे एक बस और दो कारें ही थीं। दोनों ओर से गाड़िया खड़ी होने लगी थी। मैंने ड्राइवर सीट पर बैठते ही बाहर एक कांस्टेबल को पूछा,

"सर क्या हो गया है ? क्या माजरा है?"

"सरकार ने जो इन लड़को के लिए कालेज बस लगाई थी वह बंद कर दी है।"

"फिर"

"फिर क्या हमने पीछे थाने में सूचना दे दी है और जवान आऐंगे तो ही कुछ हो पाऐगा सरकार भी कुछ न कुछ करती रहती है लोगों को चार्ज करने के लिए घाटे में बस नहीं चलेगी सरकार बोलती है"

"ठीक है घाटे में बस नहीं चलेगी घाटा देखने लगी है सरकार टैकस लेती है तुम क्या पब्लिक बस लाभ के लिए चलाओगे"

"सर आप बहस मत करो यहां कोई भी पलेटफार्म नहीं है कुछ करो हम लेट हो जांएगे।"

मैं ड्राइवर सीट पर बैठा आगे देखने लगा। बैठे बैठे मैंने कहा,

"समझो हमारा काम हो गया"

"क्या मतलब?"

"सामने वह सुंदर सी लड़की देख रहे हो"

"इसे क्या करना है इसके लिए थोड़े मैं बोल रहा हूं"

"मैं सब समझ रहा हूं अगर यह लड़की शिमला जा रही है तो इसे हम पीछे वाली सीट पर लेटा देंगे"

"अरे क्या मतलब आज की रात यहीं थाने में लगाना चाहते हो"

"हां कुछ इसी तरह से है"

बोलते ही मैं कार से उतर गया। डॉ.लीला धर चुप हो गया था चुप क्या हो गया था वे तो डर गए कि अब मैं क्या करने वाला हूं। हम दोनों साथ-साथ कई जगह गए हैं और कुछ न कुछ तो हमारे साथ हो ही जाता रहा है कभी हमें मार भी तो पड़ती है तो कभी गले में हार भी। मार पड़ने पर हृष्टपुष्ट लीलाधर ही को आगे कर देते आए थे। इसलिए

भी वह डर गए थे कि आज फिर उनकी बारी आई। मैंने देखा कि लीला धर भी गाड़ी से उतर गया है।

बस पल में ही मैं उस लड़की को अपने साथ ले आया। और पीछे सीट पर लेटा दिया। यह सब लीलाधर देखता रहा। वह कार में नहीं बैठा जब तक कि मैंने उसे नहीं कहा।

हम चल पड़े मैंने मीरा को कहा कि अपना मुहं अपने दुपट्टे से ढांप ले उसने वैसा ही किया। लीलाधर डरता रहा। आज कुछ होना जरूर है या मिंया जेल में या रेल में। मैंने कार आगे की, आगे लड़के हमारी कार के आगे नारे लगाने लगे। मुझे डर लग भी रहा था कि अगर हमारी सकीम फेल हुई तो कार पर जरूर पत्थराव होगा। अब सारा जीवन इन बच्चों में ही गूजारा है,इनकी मानसिकता को हम अच्छी तरह से पहचानते हैं। मैं कार से उतर गया,

"देखो बेटे मेरी कार में जो लड़की पीछे लेटी है वह मौत से लड़ रही है उसे हमने आई.जी.एम.सी शिमला में पहुंचाना है आप हमें जाना दे"

छात्र नेता ने एक नजर कार पर पीछे लेटी लड़की पर डाली और तुरंत अपने साथियों को कार को जाने के लिए कह दिया। मैंने भी अब देरी नहीं की कार जल्दी से निकाल ली।

अंदर बैठे लीला धर जी जो कुछ डर रहे थे खुश क्या हुए जोर से ठहाका मारा और तब ही वह मीरा को पहचान पाए कि यह हमारी शिष्य है। वह भी जल्दी ही हंसते हुए उठ कर बैठ गई। पीछे लड़को की नजरें जब हमारे पर पड़ी तो वे चिललने लगे "भाग गए भाग गए ठग ठग ओ ठग पकड़ो मत जाने दो'

कुछ ने तो पत्थराव भी आरम्भ कर दिया था। अब तो हमारी कार गति पकड़ चुकी थी।

46.

सितम्बर का महीना, रात के ग्यरह बज रहे थे। गरमी तो थी नहीं। वैसे भी आजकल मौसम ने भी यह ठान रखी थी, ठान क्या रखी थी आजकल अपनी मनमानी करने लगा था। भगवान को भी न सब विभागों के मंत्रियों का कार्य भार अब आपस में बदलवा देना चाहिए। कभी बिन मौसम बरसात हो रही है, कभी बिन मौसम गर्मी पड़ जाती है और कभी बिन मौसम ठंड पड़ जाती है। लोग भी परेशान। कभी आदमी बादलों का रूख देख घर से जब छाता लेकर जाता है और थोड़ी ही देर में बादलों का तो नामोनिशान रहता नहीं, लेकिन उस छाते को कहीं भूल कर जब घर पहुंचता है तो घरवाली से झाड़ें तो पड़तीं हैं ही जो छाते के खोने से नुकसान होता वह अलग। और कभी अचानक ही बरसात पड़ जाती है तो छाता नहीं होता। यह मौसम अब मट्टी से बनाने वाले कुम्हार के लिए अनुकूल रहता है न ही समय पर आस लगाए किसान के लिए।

आज हवाएं भी सामने धौलाधर से इस तरह से चल रहीं थीं जो निराला की जूही की कली की याद दिलाने लगीं थीं वासन्ती निशा थी, विरह- विधुर-प्रिया- संग छोड़ / किसी दूर देश में था पवन / जिसे कहतें हैं मलयानिल कौन कहे? /निर्दय उस नायक ने /निपट निठुराई की/कि झोंको की झड़ियों से/ सुन्दर सुकुमार देह झकझोर डाली,/ मसल दिये गोरे कपोल गोल,

अक्सर जब जब निराला जी याद आतें है कुछ अवश्य घटित हो जाता है। आज जब हवाएं तेज चलने लगी तो लगा कि कुछ आज होगा, देर रात हो गई थी कुछ आंखें अब आराम करना चाहतीं थी। मुंदने जो लगीं थीं और शरीर भी चाह रहा था कि अब आराम किया जाए। सितम्बर के ग्यारह बजे बड़ा समय लगता है। आज न मालूम इतनी देर हो गई हम इस समय तक सो ही जाते थे। अब अधिक कुछ न सोच कर लेट गए और निंदिया रानी की मेहरबानी हमेशा रही जब चाहे सो गए जब चाहे उठ गए।

नींद की झपकी आई ही थी कि मोबाइल की घंटी बज उठी।

“आपको कितनी बार बोलना पड़ेगा कि रात को मोबाइल बंद नहीं करना तो साइलैंट तो कर लिया करो”

पत्नी की नींद खराब हो गई।

मालूम था कि जूही की कली कुछ रंग लाएगी। फोन उठाया स्क्रीन पर वीरेंद्र

अरे वाह यह क्या ? कभी भी फोन नहीं आया ! यह वही बचपन का दोस्त जिसकी साइकल की ब्रेक फेल यही दोस्त जो ओवरसियर की इंटरव्यू के लिए चौधरी पीरू राम के साथ शिमला गया था, वही दोस्त राजेद्र की शादी में जिसके पिता जी की चाय के कप में लड्डू गिर गया था। मैं बिस्तर से झट उठ बैठा बहुत सालों बाद दोस्त का फोन

““हैलो”

““जी सर एक कम्पलेंट है”

मैं झट समझ गया विरेंद्र ने अपनी ओर से कंम्पलेंट सेल में ही फोन मिलाया होगा, फिर भी मैं सतर्क हो गया था। हमारे दोस्त इस तरह की तफरी किया ही करते हैं। मैंने झट से अपनी जुबान भी बदल ली।

“जी बोलिऐं मैं आपकी क्या सेवा कर सकता हूं?”

“सर, हमारे घर के बाहर जो स्ट्रीट लाइट है न, वह कई महीने से जलती नहीं है मैं आज ही उत्तरा खंड अपने बेटे के पास से लौटा हूं यहां अंधेरा पड़ा है”

“जी सब जान गया हूं पहले आप बताइए कहां से बोल रहे हैं”

“जी मैं संजोली शिमला से बोल रहा हूं”

मैं मजा लेने लगा था। मेरी नींद जूही की कली ने उड़ा दी थी दोस्त को कुछ पता नहीं चल रहा था कि कहां बात कर रहा है। पत्नी इशारों से पूछ रही थी कि कौन है मैंने उसे चुप रहने का इशारा किया और मोबाइल का स्पीकर ऑन कर दिया, बोला

“देखिए श्री मान रात हो गई है”

“जी तभी तो मैं कंपलेंट कर रहा हूं”

“आप एक काम कर सकते हैं ”

“बोलिए”

“आपके घर में कोई लम्बा सा डंडा है?”

“जी है जाले उतारने वाला डंडा है”

“चलेगा उसे लेकर आप बल्ब की तार को एक हूजा लगाओ”

फोन ऑन ही था उसने अपनी पत्नी को आवाज लगाकर डंडा मंगवाया और तार तक नहीं पहुंचने पर एक कुर्सी मंगवाई, उस पर खड़ा हुआ, हुजा मारने लगा, मारता रहा। पत्नी ने कुर्सी पकड़ी हुई थी। वह हुजा भी मारी जा रहा था और उसकी पत्नी संजय की

तरह आंखों देखा हाल भी सुना रही थी। हम दोनों यहां मजा ले रहे थे। मैंने पूछा,

"सर लाइट आई"

"जी लाइट तो अभी नहीं आई मेरे पति कुर्सी पर खड़े होकर तारों को हुजा लगा रहे हैं परन्तु बात नहीं बन रही है"

साफ जाहिर था कि विरेंद्र डंडे से हुजा लगा रहा था और उसकी पत्नी कुर्सी पकड़े हुए थी दूसरे हाथ से फोन को लेकर कान के साथ लगाकर मेरी इनस्ट्रक्शन को फोलो भी कर रही थी। मैंने यह सोचा कि बहुत देर से लगे हैं इन्हें हटा देना चाहिए बहुत हो गया अब।

"हेलो लाइट जली सर?"

"जी नहीं अभी नहीं"

"आपने खाना खा लिया?"

"जी अभी नहीं हम अभी तो पहुंचे हैं "

"आप पहले खाना खा लो फिर हुजा लगाते रहना और अगर आप से ठीक नहीं हुई तो मैं सुबह सुंदर नगर से गंगा राम को भेज कर ठीक करा दूंगा आपकी कंम्पलेंट मैंने नोट कर दी है"

और मैंने फोन काट दिया।

मैं बहुत देर तक हंसता रहा तब तक पत्नी सो चुकी थी। अब मेरे को नींद नहीं आ रही थी क्योंकि मैं अपनी हंसी नहीं रोक पा रहा था यह सोच कर कि सुबह वह लाइनमैन का इंतजार करेगा।

सुबह जब मैं उठा तो मोबाइल अपने पास ही रखा कि विरेंद्र का फोन आएगा लाइन मैंन को बुलाएगा। घंटी करेगा

मैंने जूही की कली का वाचन एक बार फिर किया।

47.

इसी तरह से मेरे जीवन में जलेस के राष्ट्रीय अध्यक्ष डॉ. शिव कुमार मिश्र जी आए। वे मेरे लिए एक आदर्श हैं उनसे मेरा संपर्क घनिष्ठता में परिवर्तित हो गया। एक निर्मल व्यक्तित्व के अभूत पूर्व गौरवशाली व्यक्ति जो सबके उत्थान की कामना करतें हैं और सोचता हूँ अंह की जिसमें लेशमात्र की झलक भी नहीं है। फोन पर बात होती थी, एक दिन फोन नहीं मिला,विद्वत्व से परिपूर्ण व्यक्तित्व जिससे एक तेज झलकता है किसी को भी अपनी ओर आकर्षित कर सकता है मैंने उन्हें एक निमंत्रण पत्र 16.07.2010 को लिखा उसका कुछ अंश यहां दे रहा हूं।

"वर्षा ऋतु आपके यहां और हमारे यहां भी आरम्भ हो गई है। वर्षा ऋतु में पहाड़ों पर वास करना चाहिए क्योंकि वर्षा चाहे कितनी भी क्यों न हो पानी टिकता नहीं है। इसलिए तो राम ने वर्षा ऋतु किशकिंधा में गुजारी थी। आप आएंगें तो घनघोर घटाएं अच्छी लगेंगी डरावनी नहीं। '

उनका आत्मीयता से भरा पत्र जो उन्होंने 23.07.2010 को लिखा मुझे प्राप्त हुआ, वे दूसरों को कितना अपनापन देते हैं मैं उनके पत्र का अंश यहां उद्धृत कर रहा हूं।

प्रिय भाई, "आपका अत्यन्त प्यारा, आत्मीयता से भरा पत्र मिला। कई बार पढ़ा, कहां मिलता है इतना सद्भाव और सौजन्य आज के जमाने में लोगों से। आप बहुत सहृदय हैं - सचमुच, मन भर आया, आपका पत्र पढ़कर, आपके निमंत्रण को पाकर। भाग्यशाली हूँ कि ऐसे आत्मीय हैं जो मेरे प्रति चिन्ताशील है- सद्भावनाओं से भरे हैं।'

निश्छल ह्रदय,दूसरों के लिए भला सोचना, नए लेखकों को प्रोत्साहन देना आदि उनके चरित्र के गुण हैं।उनके लिए कहा जाए-

"किसी को न हो सके उसके कद का अंदाजा,
वो आसमां था,मगर सिर झुका के फिरता था।'

इसी तरह से डा. लल्लन राय जी से मेरी मुलाकात हिमाचल प्रदेश विश्वविद्यालय

शिमला के प्रांगण में हुई। उनसे स्नेह और अपनत्व जो मुझे मिला उसका वर्णन मेरे लिए संभव नहीं।ऐसे व्यक्ति जो दूसरों के लिए प्रेरणा स्रोत बनते हैं साहित्यिक जगत् में बहुत कम मिलेंगे।मैं उनको कैसे भूल सकता हूं।

मेरे लेखन में कुछ वर्षठहराव रहा या इसे लेखन का शून्य काल कहें। मन कई बार बहुत छटपटाता भी रहा परन्तु इस प्रसूती वेदना केपरिणाम कुछ नहीं निकले। डॉ.शिव कुमार मिश्र जी के मिलनेकेचार महीनेबाद ही विपाशा के संपादक तुलसी रमण मुझे शिमला के लोयर बाजार में लगभग एक दशक बाद अचानक मिले। उनका मुस्कुराहट वाला चेहरा और साथ में मुझे फिर से लेखन में सक्रीय होने की सलाह,मालूम नहीं मुझे कैसे जादू वाले शब्दों से प्रेरित किया मेरा कहानीकार सीधे पटड़ी पर आ गया, जिस के परिणामस्वरूप "चक दे इंडिया' विपाशा के जनवरी -फरवरी 2008 के अंक 132 में छपी।

तुलसी रमण मुझे गोष्ठियों में,सम्मेलनों में बुलाते रहे और मेरी बैटरी चार्ज़ होती रही।

मेरे अन्दर का लेखक सक्रीय हो चुका था। हर पड़ाव में मुझे कहानी मिलती गई। "चक दे इंडिया' कहानी संग्रह शिवकुमार मिश्र जी की प्रेरणा का परिणाम है। पत्नी तृप्ता जो मेरे हर काम में सहयोगी रही है इस काम में वह पीछे कैसे रह सकती है।

48.

सेवा निवृति के बाद कुछ ऐसी इच्छा जागृत हुई कि कोई काम ऐसा किया जाए जो जीविका से बढ़ कर मानव सेवा का रास्ता हो। मेरे एक बहुत भावुक हृदय वाले व्यक्ति इंद्र सैनी ने एक अस्पताल खोलने का प्रस्ताव रखा जो मैंने बिना सोचे समझे मान लिया। इंद्र सैनी न जाने इस व्यक्ति से पिछले जन्म का संबंध था अनायास ही हमारी मित्रता प्रगाढ़ता में बदल गई। यह तो बाद में पता चला उसकी मां मेरी अम्मा की सेहली रही थी। भले ही दोनों का आपस में आयु का अंतर रहा हो। अब जब आम्मा की याद आती है तो मैं इंद्र की मां से मिल आता हूं। बहुत ही सकून मिलता है।

इंद्र ने जो प्रस्ताव रखा था उसे अंजाम देते हुए सुन्दरनगर में संजीवनी नाम के अस्पताल की नींव रखी, जो अच्छी तरह से चल पड़ा। परन्तु कुछही दिनों बाद जब अस्पताल का काम सेवा से अधिक व्यापारिक आधार पर हो गया तो चार महीने बाद ही मैंने अस्पताल छोड़ दिया यहां तक की कमाई उस समय ठीक हो रही थी, इस काम से मेरे दिमाग पर कुछ बोझ सा रहने लगा था।

इंद्र एक साफ हृदय का व्यक्ति है और इस तरह के पुरूष मुझे अच्छे लगते हैं और फिर उनसे दोस्ती हो जाती है। इस तरह के पुरूषों की अब कमी होती जा रही है एक स्वार्थपन लोगों में आता जा रहा है। " पहले आपना फिर बापना ' एक लोक कहावत भी तो है जिसका अर्थ पहले अपने को पाओ उसके बाद दूसरे के लिए।

इंद्र सैनी है और सैनी के गुण उसमें पैदाइशी हैं। घर के पास ही इनके चार पांच खेत हैं जहां पर वे विभिन्न प्रकार की फसलें उगाते रहते हैं। बात पिछली शताब्दी के आठवें दशक की होगी। लोग अपने पशु खुले में छोड़ने लग गए थे। आधुनिक पीढ़ी ने मेहनत करना छोड़ दिया है। पुरानी पीढ़ी के लोग जो खेतों में मेहनत करते थे आज की पीढ़ी खेतों में मेहनत नहीं करना चाहती। उन्हें अब गाय का दूध नहीं चाहिए उन्हें मशीनी दूध चाहिए चाहे उसमें कितनी मिलावट क्यों न हो।

जब नई पीढ़ी इन पशुओं की सेवा टहल नहीं कर सकती तो पुरानी पीढ़ी क्यों पशुओं के साथ हाथ लगाए। दोनों पीढ़ियों के टकराव में पशुओं को घर से निकालना आरम्भ हो गया था। अब पशुओं ने तो अपना पेट भरना ही है।

पशुभी तो आज के समय ऐडवांस हो गए हैं। दिन में पशु लोगों के खेतों को अच्छी तरह से देख आते और जहां उन्हें हरी हरी कनक की लहलहाती खेती आकर्षित करती, रात के अंधेरे में उस पर टूट पड़ते, फसल को चट कर जाते। पशु भी समझ रखते हैं यह सिद्ध हो चुका है। यह प्रक्रिया इंद्र के घर के समीप खेत में होने लगी थी। इंद्र ने यह बात समझी क्योंकि सुबह ही उनकी नजर अपने खेत पर पड़ती तो सारी कनक चट हो गई होती। उनके उठने से पहले ही, सुबह होते ही गाय, बैल खेत से बाहर सड़कपर आ जाते थे।

यह इंद्र की समझ में आ गया था। उनके पड़ौसी नरपत सैनी के खेत भी उसके साथ ही थे उनका भी यही हाल था। रात को दोनों पहरा देने लगे। जब उन्होंने देखा कि गाय और बैल चुपके चुपके उनके खेतों में घुस गए हैं उसी समय उन्होंने उन पशुओं को बाहर सड़क पर इकट्ठा किया और खदेड़ते हुए,उन्हें मारते हुए दस किलो मीटर जड़ौल तक रात के दो बजे छोड़ कर घर वापिस आ गए और आराम से निंश्चिंत होकर सो गए थे, इस उम्मीद से कि अब कोई भी पशु उनके खेतों में नहीं आएगा।

सुबह दोनों उठ कर अपने कारनामें का जिक्र अपने परिवार के सदस्यों से करना चाहाते थे, अपनी बहादुरी के व्याख्यान के लिए शब्दों का चयन कर रहे थे कि उनकी नजर बाहर अपने खेतों पर पड़ी तो देखा कि वही गाय बैल उनके खेतों में घूस गए हैं बड़े आराम से अपना पेट भरने में लगे हैं। कहां अपनी बहादुरी अपने परिवार को सुनाते वे अपने सर पर हाथ रख कर वहीं बैठ गए थे।

एक बार वही इंद्र का पडौसी नरपत बिमार हो गया था और उसे रातों रात पी जी आई चंडीगढ़ में शिफ्ट करना पड़ा था। इंद्र ने मुझे कहा कि उसकी पूछ-ताछ करने चंडीगढ़ जाना है और शाम को लौट भी आना है। पी.जी.आई में साय के समय ही रोगी को देखने की इजाज़त होती है। शाम को देखेगे तो हमें लौटने में देरी हो जाएगी। मैंने कहा कोई बात नहीं अपने हास्पिटल से एक स्टैथोस्कोप पकड़ लाना।

"उसका क्या करेंगे?"

"अगला काम मेरा है कोई चिंता मत करें।"

हम पी.जी.आई पहुंचे मैने स्टैथोस्कोप अपने गले में डाला उसे कहा कि वह मेरे पीछे आता रहे। डरते डरते वह वैसा ही करता रहा जैसा मैंने उसे कहा था। मैंने उसे यह भी

कहा था कि थोड़ी सी भी चूक हो जाएगी तो घर पहुंचने के बदले यहीं थाने में ही रात गुजारनी पड़ेगी। मुझे डॉक्टर समझ स्क्योरिटी वाले मेरे को स्लूट मारते रहे। उसे भी एक दो जगह रोक लिया परन्तु मेरे कहने पर कि मेरे साथ है वह मेरे पीछे आता गया। हमने नरपत की संभाल ली और घर को लौट आए। आते आते वह खूब हंसता रहा। कहता रहा, 'गुरू मान गए'

मैंने उससे पूछा, " पहले यह बता पैशाब कितनी बार गया था ' वह फिर हंसा था। और गप-शप में हम सुन्दरनगर दिन छूपने से पहले ही पहुंच गए थे।

इसी तरह से फिर एक अस्पताल सी.एन.जी.एम. के नाम से खोला। सी का मतलव चंद्रशेखर,एन का मतलव नरेश और जी का गंगा राम, एम का मुनी लाल अर्थात् चार सांझीं दार, लोग इस नाम को लेकर कई अटकलें भी लगाते रहे।

यह बड़ा अस्पताल सौ बिस्तर वाला था। मैंने अपने रसूख से अच्छे डॅक्टर लाए थे। डॉक्टर पराशर शिमला इंद्रा गांधी मैडिकल कालेज से सेवानिवृत मैडिसन के प्रोफैसर,यही पास के गांव केरन के रहने वाले। सारे प्रदेश में प्रसिद्ध। प्रदेश और प्रदेश से बाहर उनके पढ़ाए डॉक्टर अपनी सेवाएं दे रहे हैं।

उन्हें इस अस्पताल में लाना मेरे लिए चैलेंज था। यहां तक कि उनके बड़े भाईने भी कह दिया था कि वह नहीं आ सकता। मैंने हिम्मत नहीं हारी। कोई बात नहीं इनकार ही करेगा,एक बार कोशिश कर ही लेनी चाहिए। मैं उनके पास गया,

"डॉक्टर पराशर जी, आप इतने अच्छे डाक्टर हैं, जब आप डाक्टर बने थे गांव वालों को आप पर बहुत नाज़ हुआ था, आपकी मां आपके डाक्टर बनने पर खुश हुई थी सारे गांव में जाकर अपने होनहार बेटे की प्रशंसा करते थकती नहीं थी। यह सब आप जानते हैं" डॉक्टर मेरे चेहरे को देख रहे थे और मुस्कुरा रहे थे। मेरी बातों से सहमति में अपना सर भी हिला रहे थे।

"फिर डाक्टर आपके गांव के लिए आपके इलाके लिए आपकीउस जगह के लिए जहां आपने बचपन गुजारा था। जिस मिट्टी की गंध ने आपको इस योग्य बनाया, उसके प्रति आपका कोई उतरदायित्व नहीं है ? अपने आस पास के जो आपको हमेशा उठते-बैठते शुभकामनाऐं देते थे उन लोंगों को तो आपने अपनी योग्यता से वंचित रखा आप अभी तय कीजिए और बिस्तर बांधिए मेरे साथ चलिए आपका गांव, आपके शुभ चिंतक आपका इंतजार कर रहे हैं''

उन पर मेरी बात का ऐसा प्रभाव पड़ा किवे अगले महीने की पहली तारीख को हमारे अस्पताल में थे। चारों ओर उनका बोल बाला था। मेरे बहुत नज़दीकी, सारे उत्तर भारत में नम्बर एक डॉक्टर टी. सी. मंहत जो आजकल फोरटीज़ में हैं से मैंने उदघाटन कराया।

बस फिर क्या था अस्पताल तुरन्त ही पटरी पर दौड़ने लगा था। यहां भी सेवा भावना से कुछ और ही निकला, हमारे दो पार्टनर पैसे के पीछे कुछ भी करने को तैयार रहते थे। आज भी पैसा उनका देवता है उसे ही पूजते हैं मैंने इसे भी सात महीने बाद अलविदा कह दिया। लगा कि सेवा अब कहीं नहीं है। पैसा ही देवता है पैसा ही पूजा बन चुका है मैंने इस तरह से भटकनेका इरादा ही छोड़ दिया।

अंत में फिर भी एक पालीटैकनिक खोला वह भी छोड़ दिया। मालूम नहीं क्यों भटकता रहा। मुझे अपना रास्ता ही नहीं दिखाई दे रहा था। मैं खाली नहीं बैठ सकता था, मुझे कुछ करना था। रास्ता ही नहीं मिल रहा था तो मंजिल कैसे मिलती।

कलम मेरा इंतजार कर रही थी, पुस्तकें मेरी राह देख रही थीं परन्तु केवल मात्र मैं ही भटका हुआ था। अब मुझे रास्ता मिल गया है। अब लगता है कि भटकाव नहीं होगा। सब को तिलांजलि देकर हिन्दी साहित्य की सेवा में दिन व्यतीत कर रहा हूं। मैं अब स्थाई हूं, कोई भटकाव नहीं। कभी एक काम पकड़ना उसे छोड़ना फिर दूसरा काम पकड़ना उसे छोड़ना। सब जाने पहचाने, मित्र गण सब कहने लगे थे कि मैं भटकता रहता हूं एक जगह तसल्ली क्यों नहीं ? परन्तु वे नहीं जानते कि "गणित में फार्मूला गलत स्थान पर लगाओ तो प्रश्न हल नहीं होता ? सही फार्मूला सही जगह पर लगा हो तो प्रश्न तुरन्त ही हल भी हो जाता है और तसल्ली भी हो जाती है।'

अब सही रास्ते पर हूं, मंज़िल सामने है। अब कोई चिंता नहीं कभी न कभी तो पहुंच ही जाऐंगे विश्वास है।

जब मैं सेवा निवृत हुआ, मेरे विद्वान साथियों ने मेरा मूल्यांकन मेरे को समर्पित मान पत्र में किया मुझे उसी से ही समझ लेना चाहिए था कि मेरा रास्ता कौन सा था, उन्होंने मेरे भविष्य का मार्ग निदेशन कर दिया था। उस मान पत्र के कुछ अंश मैं यहां प्रस्तुत कर रहा हूं।

"अखिल-कला-कलाप-कलन-कौशल-कुशल,आख्यान-आख्यायिका आलेख अथवा मंचनोपयुक्त नाटक-नाटिका-एकांकी, प्रहसन,भाण आदि विधाओं सहित ग्राम्य-ग्रामीण-प्रहास- हास के शब्दिक चित्रक अनेक -आयामी व्यक्तित्व सम्पन्न सर्वदा प्रसन्नवदन उन्मुक्त स्वभाव- मण्डन- मण्डित "और आगे उल्लेख करते हुए लिखा,-

"डॉ. गंगा राम शर्मा ने तमाम प्रकार के एंठन रूपी कर्दमसे स्वयं को बड़ी सहजता से बचाकर आवाल वृद्ध हर सधन-अधन साक्षर-निरक्षर सुदूर-अदूर केमानस में भाव-मय स्थान सहेजने में कतई संयम नहीं बरता।"व्यक्तिगत मूल्याकन के बाद मेरी साहित्यिकता पर भी टिप्पणी की,- आपके अन्तःकरण में बसने वाली महापण्डित राहुलसांकृत्यान की टीस कविवर निराला की संवेदनीयता और कबीर की सुधारकता आपको गौरव देने से नहीं

चूकती। यह सब सहज ही झलक पड़ता है आपकी फुटकर रचनाओं व कृतियों में।" फिर आगे लिखते हैं-"आपके सुर-सूर के वात्सल्य से पृथक देव अथवा घनानन्द के श्रृंगार की झंकार से भिन्न हाथरसी के हास्य रस से विरस, महादेवी वर्मा अथवा सुभद्रा कुमारी चौहान से हट कर झनझनाए जिनमें अन्तर्निहित है- किसी थके हारे असहाय, निराश्रित के लिए सघन सदाबहार वृक्ष की सी घनी छांव।"

मैं मानता हूं कि यह ऊपरोलिखित मेरा अतिशयोक्ति वर्णन है। मेरी तुलना साहित्य क्षेत्र के दिग्गजों से की है जिसके योग्य मैं अपने को नहीं समझता हूं। यह काम आचार्य हेम प्रभ और डॉ.लीला धर वातस्यान ने किया है। यदि वह दोनों लेखन के क्षेत्र में आते तो निश्चय ही वे आज शिखर पर होते।

इसी बीच मेरी भेंट मेरे बचपन के मित्र रवि सिंह राणा शाहिन के माध्यम से भाई दीनू कश्यप से हुई। दीनू जी मेरे पहले भी परिचित थे परन्तु घनिष्टता नहीं थी। भाई कश्यप के मिलन से जैसे दो और दो चार हो गए, लेखन जगत के दिग्गजों से मुलाकातें होती गई। नामवंर सिंह, खगेद्र ठाकुर,ज्ञान रंजन, काशी नाथ सिंह, अरूण कमल,राजेंद्र सिह, संजय श्रीवास्तव,जय प्रकाश धूमकेतु, प्रभाकर चौबे, कवि राजेश जोशी, लालित्य ललित, प्रेम जनमजेय, दीपिक रमेश, सुभाष, चौथी राम यादव आदि दिग्गजों से समीप से परिचय और घनिष्ठता की नींव डली। मुम्बई के महान लेखक जलेस के मित्र वृंद शैलेश सिंह,सूरज प्रकाश, डॉ विजय कुमार, हृदेश मंयक, एम के बारी, डॉ. राज हंस, राकेश शर्मा, रमण मिश्रा, रवि शेखर, रूस्तम घायल, संजय बैंस, सत्य देव त्रिपाठी, अनूप सेठी, और धर्मयुग के डब्बू आबिद सूरती, पुष्पा भारती, आदि इन महान हस्तियों के सानिध्य से लेखनी को इंधन मिलता गया और गाड़ी द्रुत गति से चलती रही है। जयपुर राजस्थान से कवि परेम चंद गांधी, ईश मधु तलवार, फारूख अफरिदी। इसी बीच मेरा परिचय डॉक्टर संजय श्रीवास्तव से हुआ। मेरी आयु में बहुत छोटे परन्तु लेखकीय मान दंण्डों में उतने ही ऊंचे। उन से मुलाकात होते ही एक सानिध्य से पारिवारिक रिश्ता जैसे जुड़ा। जवान कंधों पर लेखकीय भार मेरा ही नहीं सभी प्रगतिशील लेखकों का भार उठाने की क्षमता उनमें है और उसी तरह से सबको जोड़ने की कला और क्षमता उनमें है अद्वितीय है और उसका वाहन भी वे अपना कर्त्तव्यनिष्ठा से कर रहे हैं। मैं सौभाग्य शाली हूं उन्हें पाकर।

काशी नाथ जी से मुलाकात से मेरा लेखकीय जीवन में निखार आया, उनके आमित्य मिलन से जो उदगार मेरे हृदय में उमड़े हैं उसका संस्मरण यहां अगले अंक में दे रहा हूं। एक पारिवारिक रिस्ता बना।

49.

काशी नाथ सिंह एक अविस्मर्णीय मुलाकात

काशी नगरी का कार्यक्रम बनते ही मन में एक लहर सी जागृत होने लगी। गंगा के तीर पर बसी काशी को आदि काल में शंकर ने पंसद किया, बहुत से ऋषि मुनियों ने पंसद किया, आज के युग के साधरण पुरूष ने पंसद किया यहां तक कि मोदी ने अपना संसदीय क्षेत्र चुना। कुछ तो बात होगी जो आदिकाल से लेकर अब तक इस नगरी के दिवाने रहे हैं लोग।

मनुष्य का जन्म तो कहीं भी हुआ हो अंत काल में काशी आना और वहां पर ही स्वर्ग सिधारने की इच्छा भारत में आदिकालीन से लेकर वर्तमान तक रही है, भले ही बीच में से कबीर ने इस पाखंड की भर्त्सना की हो परन्तु अभी भी अडियल लोग अपने अंतिम दाह संस्कार की बसीयत काशी के मणीकर्णिका घाट की ही करते आए हैं। लोगों के मन में स्वर्ग जाने की बात की अपेक्षा राजा हरिश्चंद्र की कथा में उनके पुत्र रोहित के पुनर्जीवित होने को लेकर यह संशय बना रहता हो कि वे भी शायद फिर से जिंदा हो जाएं। परन्तु मेरी ऐसी कोई इच्छा सपने में भी नहीं रही मेरा तो उद्‌देश्य ही कुछ और था।

जैसे किसी को मंदिर से बुलाया आ जाता है उसी तरह से हमे भी बुलावा आ गया। वास्तव में बनारस से 125 किलो मीटर दूरी पर एशिया के सबसे बड़े गांव गहमर से मुझे कहानी विधा पर "गंगेश्वर उपाध्याय स्मृति कहानी सम्मान' का पुरूस्कार देने के लिए मुझे आंमत्रण था। तृप्ता की इच्छा बनारस देखने की थी और मेरी इच्छा काशी नाथ जी से मिलने की थी। क्योंकि काशी में ही एक सम्मेलन में अपने मित्र भाई दीनू कश्यप, प्रकाश पंत के साथ गया था। प्रकाश पंत का स्वस्थय इतना खराब हो गया कि हम दो में से एक को उसके पास रूकना ही था सो मैं उसके पास रूका इस कारण भी मैं उनसे न मिल सका। तब से मन में था कि चाहे मुझे एक बार फिर क्यों न आना पड़े आऊंगा ही। और अब यह मौका आन पड़ा था तो इसे कैसे रहने देता।

और कार्यक्रम बनते ही तैयारी होने लगी। मेरी तैयारी को तो कुछ नहीं अपन तो पहाड़ी कहावत, "तीन मिंया दे कपड़े, नाड़ा सुथनु कच्छा।' लेकिन पत्नी को साथ जाना था। वास्तव में यह कार्यक्रम बना ही उसके लिए था। और मेरी काशी की नगरी में काशी नाथ जी से मिलन की उत्सुकता तो थी ही।

मेरा इस नगरी से मोह तो नहीं परन्तु जब भी यहां आने का मौका मिलता तो छोड़ता नहीं। 1984 में गुरू वर डॉ. लल्लन राय, डॉ. अनिल राकेषी, डॉ धर्म पाल कपूर, डॉ. विजय विशाल आदि मित्रों के साथ यहां तीन दिनों के आवास में रहे थे। जिस सैमिनार में हम थे उसी सैमीनार में बाबा नागार्जुन भी थे। बस मेरे लिए उस समय सैमिनार के साथ एक आकर्षण बन गया था बाबा नागार्जुन। मैं उन में व्यस्त हो गया था। उनके साथ अपनी आत्मीयता भरी बातें एक ही दिन में आरम्भ हो गई थी। घुमक्कड़ बाबा यहां हमारे मंडी में भी रहे। उन्होंने चाय कॉफी बनाने वाले मित्र "महाशा' के बारे में मेरे से पूछा। मैं जब घर लौटा तो मैं महाशे से मिलने जब गया तो पता चला कि वे तो कब के स्वर्ग सिधार गए थे। उन्होने मेरे यहां आने का वायदा किया था जो कभी पूरा नहीं हुआ।

वाराणसी जाने की उत्सुक्ता में मैंने बेटी नीना ;उज्जैन विश्वविद्यालय में प्रौफैसर के पद पर काशी नाथ जी की मंझली बेटी को व्हट्सऐप पर बताया था कि हम वाराणसी जा रहे हैं पापा को सरपराइज़ देंगे बताना मत। फिर क्या था उसे भी हमारी बनारस जाने की खुशी हो रही थी, इसलिए वह भी कहां मानने वाली थी उसने घर सबको बता दिया और उनके फोन आने लगे।

4 सितम्बर 2017 को मुझे कहानी पर पुरूस्कार मिला और हम उसी दिन बनारस सूर्या होटल लौट आए थे जबकि वहां अभी कार्यक्रम शेष था ही। अगले दिन होटल में ही मुझे डॉ. संजय श्रीवास्तव जी मिल गए। उन्होंने बनारस देखने का सारा कार्यक्रम, प्रेम चंद का जन्म स्थल लहमी से लेकर काशी जी के मिलन, एक समय सारिणी बना डाली जो हमारे बहुत काम आई। यहां उनका धन्यवाद अवश्य करूंगा ही।

7 सितम्बर 2017 को सांय काशी नाथ जी से मिलने का समय तय हुआ। होटल सूर्या से हम छह बजे चल पड़े थे। कुछ ही आगे निकले होंगे, रास्ते में जैम लगा था। हम उस जैम में लगभग आध घंटे से फंसे हुए थे, धीरे धीरे सरकते हुए जब बीच में पहुंचे तो देखा एक कार बीच रास्ते के एक ओर खड़ी थी। ड्राइवर कार में बैठा ए.सी का आंनद ले रहा था। सारी ट्रैफिक इसी कार के कारण जैम में फंस रही थी, मैंने उस ड्राइवर को कहा,

"भाई साहब एक ओर कार खड़ी कर दो, जैम लग रहा है।"

ड्राइवर ने मेरी ओर देखा, कोई प्रतिक्रिया नहीं हुई। गाड़ी के शीशे बंद होने के कारण शायद उसे सुनाई नहीं दिया। मैं कुछ और बोलने वाला था तो बीच में ही स्कूटर चालक बोला,

"अरे अरे साहब क्या कर रहे हो। यह कार किसी बड़े आदमी या किसी नेता की होगी, साला एक दम से गोली चलाएगा या छुरा चलाएगा। कितनी गाड़ियां निकली किसी ने इसे कुछ नहीं कहा साहिब"

मैं चुप हो गया। मैं कोई खतरा मोल नहीं ले सकता था क्योंकि पत्नी साथ थी। सोचने लगा, "अरे कैसी नगरी है तेरी बाबा भोले, हम बाहर से कुछ आकर्षण के आते हैं, कैसी संस्कृति बन गई है रे ' लेकिन कार वाले का व्यवहार देख मुझे बहुत बुरा लगा हमारी ओर कोई भी कितना ही ताकतवर क्यों न हो इस तरह का काम कर ही नहीं सकता, जय हिमाचल।

उधर काशी नाथ जी के बीच बीच में फोन आने लगे। हमारी देरी से वे भी परेशान होने लगे थे। खैर कुछ देर के बाद जब उनके यहां पहुंचे तो वे घर के बाहर ही हमारा इंतजार कर रहे थे। हमें देख उन्हें तसल्ली हुई मिलन की प्रसन्नता की रेखाएं दोनों ओर चेहरों पर झलकने लगीं जैसे सूर्य की किरणों से फूल खिल उठा हो। मन प्रफुल्लित होने लगे वातावरण संगीतमय हो उठा जैसे किसी झरने से संगीत की लहरियां रोमांचित करने में व्यस्त हो रहीं हो।

मैं पहली बार उनके घर पर पहुंचा था, बैठक में हम बैठे। बातों के बीच बीच में एक नजर मैं बैठक के चारों ओर दौड़ा ही लेता था। एक ओर किताबों की अलमीरा, रैक पर ढेरों पुस्तकें जो इठलाने लगीं थी कि इनकी प्रतिष्ठा यहीं पर है। दूसरी ओर एक अलमीरा में उनको साहित्य के क्षेत्र में मिले पुरस्कारों से सजे मोमेंटो, प्रतीक चिन्ह रखे थे। सामने की दीवार के सबसे ऊपर एक ओर नामवर सिंह जी और उसी के दूसरी ओर काशी नाथ सिंह जी के बहुत बड़े बड़े फोटो लगे थे। हमारे सामने की दीवार पर उनके बेटे द्वारा चीन से लाई हुई एक बहुत बड़ी फ्रेम में पेड़ की तस्वीर जो बेहद आकर्षक लग रही थी और संकेत कर रही थी कि किसी बड़े का साया जब घर-वर पर हो तो सुख संपन्नता बनी ही रहती है।

खाना खाने से पूर्व हमारी बातों का सिलसिला आरम्भ हो गया। हमारे बीच बातें कभी पारिवारिक तो कभी अपने सांझे मित्रों के बारे चलने लगी। कुछ ही देर में बात हिन्दी कहानियों पर भी आ गई। कौन क्या लिख रहा है, आज की कहानी कहां जा रही है आदि आदि।

उनकी साहित्यिक यात्रा आज के लेखकों के लिए सही दिशा चुनने के लिए एक गीता जैसा उपदेश सिद्ध होगी। उनके बड़े भाई नामवर सिंह जी उन्हें बीच बीच में टोकते तो रहते ही। पिछली शताब्दी के सातवें दशक में जब उन्होंने पहली कहानी लिखी," बैलून' बड़े भाई नामवर को दिखाई। उन्होंने उस पर जगह जगह पेंसिल के निशान लगा दिए। उसमें एक वाक्य था, " ऊपर की ओर जरा-सा इधर, नीचे की ओर जरा-सा उधर।' यह एक सपाट शरीरवाली लड़की के सयानी होने के बाद की देह का वर्णन था। इशारा स्तन और नितम्ब की ओर था।

इस पर प्रतिक्रिया देते हुए नामवर सिंह जी ने पहले कालिदास का श्लोक सुनाया, फिर बिहारी का दोहा और बोले - " ढूंढ़ों तो संस्कृत, अपभ्रंश, हिन्दी-तमाम पुराने-नए साहित्य में सैंकड़ों उदाहरण मिल जाएंगे जो इससे बेहतर हैं। यह उसी स्थिति की पुनरावृति है और वह भी हल्की और घटिया। उनसे आगे बढ़कर कोई बात की होती तो एक बात थी।'

इसी संदर्भ में उन्होंने एक किस्सा और सुनाया। इसके बाद लगभग बारह साल हुए होंगे जब काशी नाथ सिंह जी का पहला उपन्यास "अपना मोर्चा' प्रकाशित हुआ था। " मैं उत्साहित था। मैं भाई को रिसीव करने स्टेशन गया था। रिक्शे पर बैठने के बाद बोले " आपने एक नई थीम ली, बहुत अच्छा किया। नए ढंग से लिखा, यह भी अच्छा। लेकिन कल कोई इन्हीं विश्वविद्यालयों और छात्र- आन्दोलनों को लेकर उपन्यास लिखे - बड़ी साईज़ का और उन सारी बातों को समेटते हुए जिन्हें आपने छोड़ दिया है, तब ? देखो, किसी भी चीज को छू देना ही काफी नहीं होता, उसे पकड़ो और इस तरह से पकड़ो कि दूसरा सिर्फ देखता रहे। यह नहीं कि तुम्हारे हाथ से छूट जाए या फिसल जाए और पकड़ने का श्रेय दूसरा ले जाए। गांव पर लिखा तो है लोगों ने लेकिन " मैला आंचल' के आगे वह क्या है ? लिखते रहें लोग।'

साफ जाहिर है यह काशी नाथ जी के लिखने के आरम्भिक पल थे। उन्होंने बड़े भाई के दिशा निर्देशन में अपनी कलम को दिशा दी। वे आगे बढ़ते गए। मन में अपने मूल्यांकन कराने की एक लौ तो जाग ही रही थी। अब आगे देखिए-

एक दिन त्रिलोचन और नागानन्द घर आए। नामवर जी ने प्रयाग शुक्ल का कहानी संग्रह," अकेली आकृतियां ' खत्म किया था। बोले,

" ओडेन ने कविता के लिए कहा है कि " पोएट्री इज़ द गेम आव नालेज।' विटिगिंस्टाइन ने भी ऐसा ही कहा है। लेकिन यह कविता पर ही नहीं, सम्पूर्ण साहित्य पर लागू होता है। कहानी भी एक तरह का गेम है। उसे प्रसन्न, सहज, जीवन्त और जिन्दगी से भरपूर होना चाहिए। डल राइटिंग कभी जीवित नहीं रहती।'

बात को आगे बढ़ाते हुए वे बोले, तीनों के बीच बैठे काशी नाथ जी सब सुनते हुए रसास्वादन कर रहे थे। अवसर लगते ही उन्होंने अभी हाल ही में लिखी अपनी ताजा कहानी,"बिमारी' सुना डाली।

नामवर जी ने कहा-" इसमें जो औरत है - "सोनी' वह स्टाक चरित्र है। पुराना घिसा पिटा। उसके बारे में लिखने की क्या जरूरत पड़ी आपको।, पहले यह बताइए।'

वहीं पर बैठे त्रिलोचन को आपत्ति कहानी से नहीं, कहानी की भाषा से थी, उसके कुछ वाक्यों से थी। जैसे यह वाक्य - " वह कमजोर होती गई। मैं चिन्तित होता गया।' त्रिलोचन बोले ऐसा होना चाहिए - " वह कमजोर होती गई और मैं चिन्तित।'

काशी नाथ जी बोले वे, सबकी सुनते गए। बात आगे भी चलती गई। अब जो नामवर जी ने कहा वह किसी भी कहानीकार के लिए उपयोगी है -

"देखो बड़ा कथाकार वह होता है जो " जोवियल मूड में लिखे, जो लिख रहा हो, उस पर छा जाए। जैसे प्रेमचन्द जब "बूढ़ी काकी' में खाने का वर्णन करते हैं - पूड़ी, तरकारी, चटनी, रायता तो ऐसा लगता है जैसे खुद खा रहे हैं या थाली सामने परोस रखी हुई हो और उनके मुंह में पानी आ रहा हो। इसी तरह "पूस की रात' कहानी में जब हलकू झबरा कुत्ते के साथ रात को सोता है तो प्रेमचन्द खुद इतना रम जाते हैं कि कहानी कहां जाकर खत्म होगी- पढ़नेवाला भूल जाता है। तोलस्ताय के साथ भी यही बात थी।'

अब इसी बात को आगे बढ़ाते हुए त्रिलोचन बोले," कोई बड़ा आलोचक - चाहे वह रामचन्द्र शुक्ल ही क्यों न हो - कोई बड़ा कवि या कहानीकार पैदा नहीं कर सका। वह ऊंट की तरह बलबलाता चला जाता है, कोई जरूरी नहीं कि तुम उसकी हर बात पर ध्‍ यान ही दो।'

फिर हंसी में बातें डूब गई।

और काशी नाथ सिंह जी ने कहा कि मैं सुनते सबकी रहा और अपनी गति से आगे बढ़ते भी रहा। करता मन की रहा।

उन्होंने आगे भी कहानी पर बहुत सी बातें कहीं। पत्नी भी बातों का आनन्द ले रही थी। वह मुझ से बोले, "भाई राजी मैंने यह सारी बातें " घर का जोगी जोगड़ा में कही हैं।'' कहते हुए वे उठे और पुस्तकों के भंडार से यह पुस्तक निकाल ली, साथ ही पड़े पैन से उसमें लिखा, मेरे पारिवारिक मित्र गंगा राम जी के लिए प्यार के साथ ' मुझे भेंट की।

सच कहूं मैं गदगद हो गया था। इस तरह के मेरे जिंदगी में बहुत ही कम क्षण आए हैं। अपने आम्मा बापू से कुछ मिलने पर या शिव कुमार मिश्र जी आदि के इसी तरह के भाव विभोर वाले मिलन के क्षण ही अब जहन में रमें हैं।

उन्होंने तीन चार पुस्तकें पत्नी तृप्ता और मुझे और दी लेकिन घर आकर मैंने सबसे

पहले " घर का जोगी जोगड़ा' ही पढ़ी। यह वह पुस्तक है जिसे सभी लेखकों को पढ़ना चाहिए। मैंने भी इसी पुस्तक के संदर्भ से यहां कुछ अंश जो उन्होंने वार्ता में चर्चित किए थे प्रस्तुत किए हैं।

बातें दूध नाथ सिंह से लेकर विनोद तिवारी संपादक पक्षधर तक जिन्होंने हाल ही में प्रकाशित मेरे उपन्यास, 'एक थी रानी खैरीगढ़ी' का आमुख लेख लिखा है, चलती रही। एक थी रानी खैरीगढ़ी पर जब मुझे हिमाचल साहित्य अकादमी का पुरस्कार मिला तो वे बोले थे, 'मुझे इस उपन्यास पर बहुत बड़े पुरस्कार की उम्मीद थी।' उनकी यह बात मेरे लिए बहुत बड़ा पुरस्कार था।

साहित्यिक चर्चा के बाद बात बेटी नीना पर आ गई। नीना की बात करते ही उनकी और साथ ही बैठी उनकी पत्नी की आंखे भर आईं थीं। वे कुछ देर के लिए अटक गए। मुझे लगा कि मुझे नीना का प्रसंग ही नहीं उठाना चाहिए था। वे बोले, "मेरी होनहार बेटी सभी परिक्षाओं में प्रथम रहने वाली क्या हो गया'' वे आगे कुछ नहीं बोल पाए थोड़ी देर के लिए हम सब चुप हो गए नीना बीमार रहने पर भी हमेशा मेरी पत्नी और मेरे से बात करती रहती है।

विषय को बदलना ही उपयुक्त समझा, "खाना बहुत ही अच्छा बना और बहुत कुछ खाने में बना लिया बहुत ही सुन्दर खूब खाया भर पेट''

साथ खड़ी बहू मुस्काने लगी थी। बहू एक अच्छे सांस्कृतिक घर की बहू का दायित्व निभा रही थी।

लेखक जमात भी अपनी ही किस्म की होती है। तरह तरह के लोग इसमें हैं। कोई फन्ने खां समझता है, तो कोई तीस मार खां है। यह लेखकीय समाज है यहां भी ईर्ष्या, द्वेश बना ही है। अपनी डफली बजाने वाले अधिक मिलेंगे फेस बुक जो आ गई है। सुबह से लेकर शाम तक इस पर राग अलापते रहते हैं चाहे राग बेसुरा ही हो अपने लाईक की गिनती करेंगे, लेखन पर चर्चा नहीं मुझे इस समाज में बहुत ही कम लोग काशी नाथ जी की तरह मिले हैं। मैं उनसे उनके परिवार से मिलकर अपने को धन्य समझने लगा हूं। वे एक महान उपन्यासकार होने के साथ वे एक महान हस्ती हैं, महान इनसान हैं। कोई भी उनसे मिलकर गंगा नहाने जैसा संतोष का अनुभव पा सकता है, उनसे मिलने पर बृहद आनन्द आता है, एक संतुष्टि की अनुभूति होती है।

मेरा मिलन सफल हुआ। मैं एक सोपान और ऊपर चढ़ गया हूं।

50.

इसी बीच एक साहित्यिक गोष्ठी में सत पाल सहगल अध्यक्ष हिंदी विभाग पंजाब विश्वविद्यालय के साथ मुलाकात हुई। इनकी मुलाकात भी मेरी साहित्यिक गति विधियों को ईंधन देने का काम करने लगी। इतना तो मैं जानता ही था कि जो आदमी स्नातकोतर विद्यार्थियों के पठन पाठन का काम प्रतिदिन करता हो उसे साहित्य से रूचि और आधुनिकता का परिवेश का मूल्यांकन करने की कला का विशेष चातुर्य की परख अवश्य होगी ही और मेरी घनिष्ठता उनके साथ होने क्या लगी वे मेरी रचनाओं को परखने और उस पर चर्चा भी करने लगे जो मेरे लिए मार्गदर्शक का काम करने लगी।

पहली ही मुलाकात में उनमें मुझे अपनी एक झलकता दिखाई दी और वह समरूपता थी हमारी मूछों की। हम दोनों की एक जैसी मूंछें निकली जिन पर समय का प्रभाव देखा जा सकता है।हम दोनों की मूंछों का झुकाव नीचे ओंठ की ओर होने से मूंछ नीची होने के मुहावरे की पुष्टि करती थीं। सहगल एक भावुक किस्म के व्यक्ति हैं जो एकदम से देखने पर नहीं लगते। शादी तो उन्होंने नहीं की कारण क्या रहा होगा मुझे मालूम नहीं परन्तु मैं जब भी उनसे मिलने जाता तो उनके पिता जी मेरे से एक ही प्रश्न करते थे,"इस मेरे मुंडे दी शादी तो करवा दों" मैं इस बात को हंसी में टाल देता। लेकिन वे इस बात को बड़ी गंभीरता से लेते रहे। बाद में पता चला कि वे सहगल से मिलने जो भी आता सबसे एक ही बात के लिए कहते। एक पिता का पुत्र के प्रति मोह और भविष्य के प्रति चिंता सामने झलकती थी।

हम सर्दियों में अपने बेटे के पास मुम्बई चले जाते हैं वहां पर एक सुबह प्रिय ग़ज़लकार प्रकाश बादल का संदेश मिला कि सहगल के पिता नहीं रहे। संदेश सुनकर उनकी पुत्र वधु की अधूरी कामना पर मेरा एक दम से ध्यान गया। सोचने लगा कि एक बाप की मनो कामना उसका एकमात्र पुत्र पूरी नहीं करा सका। अब जब भी सहगल से मिलता हूं तो उनके पिता की कामना की बात याद हो आती है सोचता हूं कि उनकी कामना कितनी

ठीक थी क्योंकि सहगल अपने पिता की याद की दर्द भरी स्मृतियों को अभी तक भी अपने सीने से लगाए हुए हैं। बात करते ही उनकी आखों में अपने पिता की स्मृतियां साफ तौर पर देखी जा सकती हैं जो कभी अधिक कुरेदने पर गंगा यमुना बन जाती हैं।

मेरी रचनाओं को निखार देने में उनका मुझे सहयोग मिलता रहा है,घर में बैठे मेरी रचनाओं का मुल्यांकन होता रहा है। अब चाहता हूं कि इस उम्र में भी उन्हें कोई जीवन साथी मिल जाए तो उनके बापू की इच्छा जो पुत्र वधु की रही है या उनके वशं की वृद्धि की रही हो पूरी हो जाती तो मेरे साथ साहित्यिक दोस्तों को भी खुशी हो जाती।

मुझे लगता है कि लिखने के क्षेत्र में फिर से लौट आने में देरी तो कर दी परन्तु “देर आए दरूस्त आए’। इसलिए आजकल मैं पढ़ने और लिखने में अधिक से अधिक समय साहित्य के लिए दे रहा हूं। प्रातः चार बजे उठ जाता हूं। यह समय अध्ययन के लिए उपयुक्त होता है,इसका मैं सदुपयोग कर रहा हूं। फिर भी मैं अपने को सौभाग्य शाली मानता हूं कि पत्नी तृप्ता के प्रोत्साहन व लेखन की हर मदद से ठीक डैफोडिल की कविता की तरह जिसकी अंतिम दो पंक्तियां विलियम वर्डज़वर्थ की पत्नी ने पूरी की थी तृप्ता भी जो उसे अच्छा लगता है जोड़ती रहती है। मैं आगे साहित्य की सेवा करता रहूंगा और वे मेरी सहायता करतीरहेंगी,बस थक न जाऊंतब तक दौडूंगा ही।

उपन्यास लिखने की इच्छा में कहानियां स्वतः ही कलम से फूट पड़तीं हैं उपन्यास साथ साथ चल रहा है जो मेरे अपने अनुभव से ठीक नहीं है क्योंकि उसके कई प्रसंग बीच में हीछूट जाते हैं और एक रूपता लाने के लिए फिर कुछ समय लग जाता है। जब कहानियां पत्रपत्रिकाओं में छप कर इकट्ठी हो जाती हैं तो उसे पुस्तक का रूप देने के लिए मन लालायित हो जाता है। “भैरों कभी मरा नहीं ’ उपन्यास जब पूरा हुआ तो कुछ कहानियां जो इसी उपन्यास के लिखने में वाधा डालती रहीं को पुस्तकीय रूप देने में प्रयत्नशील हो गया।

51.

स्पंदन साहित्यिक संस्था जयपुर द्वारा आयोजित अखिल भारतीय कुमुद टिक्कू कहानी पुरस्कार समारोह में भाग लेने मैं जयपुर में 10 मार्च 2018 को ही पहुंच गया था। ठहरने और कार्यक्रम की व्यवस्था राजस्थान विश्वविद्यालय के परिसर में थी। 11 मार्च को कार्यक्रम था। कार्यक्रम में पहुंचे प्रतिष्ठित महिला लेखिकाएं, मृदुला गर्ग, चंद्रकांता जी कार्यक्रम की शोभा बढ़ाने पहले से ही पहुंची हुई थीं। उनसे अविस्मरणीय मुलाकात रही। चंद्रकांता जी के सरल स्वभाव ने मुझ पर अमिट छाप छोड़ी है।

जयपुर का नाम आते ही हुसैन बंधुओं का चित्र दिमाग में बार बार सामने झांकियां मारने लगा था। पिछली शताब्दी के 9वें दशक में उनसे मिलन की यादों के चलचित्र दिमाग के सामने क्या आने लगे, यू ट्यूब में उनकी गज़ल गायकी को बार बार सुनने और देखने से दिमाग में उनसे मिलने की ललक ने जोर पकड़ लिया था। जयपुर का कार्यक्रम तय करते ही मैंने तुरन्त ही हुसैन बंधुओं के और मेरे मित्र भाई प्रेमचंद गांधी को फोन पर आने की सूचना तो दी ही साथ में हुसैन बंधुओं से मिलने के उद्देश्य को बताने की देर भी न की और फिर क्या कवि मित्र प्रेम चंद गांधी ने मिलन की सारी व्यवस्था कर भी दी थी।

फिर क्या था स्पंदन कहानी पुरस्कार कार्यक्रम के समाप्त होने के साथ ही भाई फारूख अफरीदी को लेकर परिसर से निकल पड़े। रास्ते के बीच में कन्हैया लाल जेएनयू का कार्यक्रम चल रहा था, समय हमारे पास था ही और भाई गांधी भी तो वहीं पर हमारा इंतजार कर रहे थे। बस फिर क्या था चल पड़े वहीं कम्यूनिस्ट पार्टी के आफिस में वहीं उसी का भाषण हो रहा था।

इतनी बड़ी भीड़ और भीड़ से भी अधिक पुलिस, स्थान स्थान पर पुलिस की घेरा बंदी लोगों को जाने में असुविधा का ख्याल वंसुधरा सरकार ने पूरा किया था। यहां तक कि जहां कन्हैया भाषण दे रहा था वह रास्ता ही गाड़ियों के लिए बंद कर दिया गया था। जिसने भी जाना हो वह पैदल ही जाए क्योंकि स्कूटर तक को वहां से जाने की इजाज़त

नहीं थी। मन में प्रश्न उठा कि इसका कार्यक्रम खुले में क्यों नहीं किया गया तो उत्तर मिला कि बसुंधरा सरकार ने कन्हैया को भाषण देने की इजाज़त नहीं दी थी।

जब मैंने पूछा, "क्यों ? '

तो उत्तर मिला,

"क्योंकि इस सरकार के कानों को अपने विरूद्ध सुनने की आदत नहीं है।'

"कबीर को मान सम्मान देने वाली यह सरकार कबीर के बताए हुए मार्ग पर नहीं चल सकती, "निंदक नीअरे राखिए ' सब कबीर आदि तो इनके लिए नाटक ही हैं। अपने से आगे किसी को नहीं मानते।

"सब हाथी के दांतों की तरह है खाने के और दिखाने के और"

इन सब बातों से मेरे दिमाग में कुछ कुछ आने लगा कि सरकार तो सब समझ गई है कि कोई बड़ी क्रांति उनके द्वार पर दस्तक देने जा रही है। उसी के खौफ से यह सरकार हर तानाशाही की तरह सब बंद कराना चाहती है जैसे कृष्ण के डर से कंस मामा ने सबका संहार करने के लिए कोई कसर नहीं छोड़ी थी।

वर्तमान सरकार के बड़े सेवक से लेकर उनके सेवकाई में, ऐशोआराम करने वाले भी आज के इस कन्हैया से डरने लगे हैं और हर कन्हैया को किसी न किसी बहाने "मेमना और भेड़िए' की कहानी की तरह दोषी करार देकर उसकी भर्त्सना करके उसके विरूध जनमत तैयार करने में लगी है।

हम कन्हैया का भाषण सुनते रहे। दर्शक तालियों पर तालियां बजाते रहे, कन्हैया के बहुत सी मनोरंजक बातों पर ठहाके लगाते रहे। एक घंटा बीस मिनट के भाषण के समय का हमें कोई आभास ही नहीं हुआ। लोगों में जोश और वर्तमान सरकार के विरूध आक्रोश देखने को मिल रहा था।

आज देश में जिस तरह से सांप्रदायिक माहौल तैयार किया जा रहा है वह देश हित में नहीं है। लोकतंत्र में सरकार का दायित्व हर नागरिक का सम्मान और उसके उत्थान के लिए कटिबद्ध होना है। भारत का नागरिक होने की हैसियत से अगर हम अपने आप को, "मैं सिर्फ हिंदू हूं, मुसलमान हूं, सिख हूं, पारसी या ईसाई हूं उस पर भी उसे एक भारतीय नागरिक होने की प्रतिबद्धता है, हम इस विशाल देश के आंचल में पल रहे लोग अपने होने में मात्र अपने कुल,वंश जाति, क्षेत्र, धर्म, समुदाय के प्रतीक मात्र नहीं हैं बल्कि अपने राष्ट्र के भूगोलिक सीमाओ के साथ एतिहासिक धरोहर को, उसकी सांस्कृतिक विरासत को जो यहां के प्रत्येक नागरिक की थाती है, अपने में समाए हुए हैं। यह इस राष्ट्र में हर सांस लेने वाले नागरिक की अस्मिता का प्रतीक है। यह सब उस नागरिक में मूर्त होती है जो राष्ट्र के इतिहास और भूगोल को जीता है अपने नागरिक की संज्ञा को अपनी

रूह, अपनी आत्मा में महसूस करता है। धर्म-निरपेक्ष राष्ट्र की प्रशस्ति नहीं,उसके मूल्यों का गुणगान है, जिसे हर नागरिक अपनी सामर्थ्य के अनुसार जीता है।

मानवता की रक्षा करना उसी तरह से है जिस तरह से किसान अपनी खेती की फसल के लिए भूमि को उर्वरा बनाने के लिए खेत से खरपतवार को उखाड़ फैकता है और उसे पुष्ट करने के लिए खाद,पानी आदि देकर फसल को तैयार कराना है ठीक उसी तरह से समाज में फैल रहे खरपतवार को निकाल कर समाज को मानवता के अनुरूप बनाना पड़ता है। आज हमारे देश में, विभाजनकारी ताकतों द्वारा जो अलगाव वाला माहौल तैयार किया जा रहा है वह एक चिंतनीय ही नहीं एक खतरनाक मोड़ पर खड़ा होने लगा है। वह भारतीय नागरिक को चुनौती देने वाला एक गंभीर खतरे की घंटी बजाने का काम कर रहा है, यह एक चिंतनीय प्रमुख विषय है।

कन्हैया इसी काम में लोगों को जागृत करने के लिए सारे देश में प्रचार करने निकला है। लोगों को जागृत कर अपने अभियान को जन जन तक पहुंचाना चाहता है लेकिन सरकार है कि उसकी वाणी को जन जन तक पहुंचाने ही नहीं देना चाहती है क्योंकि उसे डर है कि कहीं जनता उसके विरूध न हो जाए जो युगों से तानाशाही राजाओं में होती आ रही है, लोकतन्त्रिक प्रशासक में नहीं।

मन पर बहुत अघात लगा कि लोकतांत्रिक सरकार तानाशाही रूप धारण किए जा रही है। फिर क्या था भारी मन से भाई प्रेम चंद गांधी और भाई फारूक अफरिदी के साथ हुसैन बंधुओ से मिलने चल पड़े। मुझे चुप देख गांधी ने चुप्पी को तोड़ना चाहा और विषय को बदलते हुए हुसैन बंधुओ के बारे बातें करने लगे तो मेरा ध्यान भी उन्हीं की ओर चला गया।

बंधुओं के घर पहुंचे। घर शाहजंहा के समय की शैली का बना हुआ था। यह घर उनका पैत्रिक घर है। जहां अब भी दोनों भाई एक साथ बड़े प्रेम से रहते हैं। हम उनके स्वागत कक्ष में बैठ गए। स्वागत कक्ष में बच्चे अपनी अपनी परीक्षा की तैयारी में लगे थे। दोनों भाइयों के पोते पोतियां नाती नातिने लगभग पांच से दस ग्यारह वर्ष तक के बच्चों से सारा का सारा स्वागत कक्ष भरा पड़ा था। कुछ बच्चे तो सच में ही पढ़ाई करने में व्यस्त थे और छोटे एक दूसरे से हाथा पाई में लगे थे। हमें देख वे सहम गए थे। आगंतुक को देख अपनी आजादी में खलल पड़ने पर वे चुप तो हो गए थे परन्तु हाई कमांड से सभी बच्चों को वहां से उठने का आदेश होने से अपनी अपनी पुस्तकें समेटने में लग गए और पल ही में सब ऐसे भागे कि जैसे मानों स्कूल में छुट्टी होते ही अपने घर की ओर बच्चे दुम दबा कर भागते हैं। मैं तो उनसे बात करता रहा परन्तु उन्हें तो पढ़ाई से छुट्टी हो गई थी वे कहां किस की सुनने वाले थे। हमारी ओर नजरे भी नहीं उठाई। हां एक छोटे ने

हमें " सलाम' कहा वह भी लखनवी अंदाज में और चला गया। कुछ ही क्षण में बड़े भाई अहमद हुसैन ने मुगलिय संस्कृति से स्वागत कक्ष में प्रवेश किया। हमने तो उठ कर उन्हें प्रणाम किया ही उधर अहमद भाई मुस्कुराते हुए एक एक से गले मिलने लगे। अपना तो मन भर आया।

"अरे भाई मुहमद कहां खो गए" अहमद हुसैन ने अपने छोटे भाई को आवाज क्या लगाई सामने दरवाजे पर मुस्काता चेहरा जैसे कोई गजल का अलाप ले रहा हो हंसी के साथ हमें बारी बारी से अपने आगोश में लेने लगा।

देश और विदेश के उर्दू व गज़ल प्रिय जगत में जाने पहचाने करोड़ों दिलों में बसने वाले इतने विनम्र मैंने सोचा भी नहीं था। मैं उनसे यहां सुन्दर नगर में वर्षों पहले मिला था। खैर उस समय वे इतने प्रसिद्ध नहीं थे जितने अब वे बुलंदियों पर हैं। वह दौर उनका शुरूआत का दौर था लेकिन तब भी वे गज़ल के चहेतों में प्रसिद्धि पा चुके थे, उस समय जिस तरह से वे हमें मिले थे आज भी उसी अंदाज से अपने पन से मिले।

मैं सोचने लगा कि जिस भी शक्सियत को इतनी शोहरत, इज्जत सारे संसार में मिले, जिसको लोग अपने हृदय में बैठाकर रखते हों उस पर परमात्मा की जरूर कृपा होती है उसकी कृपा के बिना कुछ नहीं संभव। और जब मनुष्य उसकी कृपा को अपने हृदय की गहराइयों में प्रेम आदर से बैठा कर रखता है सबमें उस शक्ति का वास देखता है और अपने गले लगाने में कोई अंहकार की बू नहीं रखता वह अवश्य ही बुलंदियों पर चढ़ता जाएगा। मैं उनसे मिलकर अपने को सौभाग्यशाली समझने लगा। वह दिन भूला नहीं जाता और जब भी मुझे जयपुर जाना होता है उनके दर्शन अवश्य कर आता हूं। आनंद मिलता है।

52.

जब से सर्दियों में हम पति-पत्नी ने मुम्बई जाना शुरू किया है तब से सर्दियां अब हम दोनों को काटने को दौड़तीं हैं। 2004 से हम दिसम्बर के महीने में ही मुम्बई चले आते हैं। वैसे भी वरिष्ठ नागरिकों के लिए ठंड अच्छी नहीं मानी जाती, बचना होता है। अब हमारे पास ऑपशन है तो उसका हम लाभ उठा ही लेते हैं और पहुंच जाते हैं छोटे बेटे के पास, तीन महीने के लिए और नौ महीने बड़े के पास सुन्दरनगर में ही मस्ती।

वही सर्दियों के दिन हम मुम्बई में थे। इन दिनों हम यारी रोड स्थित अमृततारा सोसाइटी में रहते थे। अपना तो वहां कोई घर ही नहीं, किराए पर रहते हैं। मुम्बई में एक ही मकान में अधिक से अधिक तीन वर्ष तक रह सकते हैं। कब्जा होने के डर से चौथे वर्ष मकान मालिक किराएदार को मकान बदलने के लिए बोल देता है। इस तरह से कई मकान बदल चुके हैं। फिल्म लाइन के अधिकांश लोग इधर आस पास, यारी रोड़, वर्सोवा, चार बंगला, सात बंगला, जुहू अर्थात् पश्चिम अंधेरी के आस पास ही रहते हैं। यहां से उन्हें आने जाने में सुविधा भी रहती और एक दूसरे से मिलना जुलना भी तो हो ही जाता।

उन दिनों लव रंजन भी यहीं पास ही रहता था। और प्रतिदिन मिलना जुलना बना ही रहता था। उसे तृप्ता के बनाए हुए चने की दाल के सटफूड परांठे बहुत पंसद थे, मुझे भी बहुत पंसद हैं और वह बड़े हक से अपनेपन से परांठे के लिए अपनी आंटी तृप्ता को फोन करके बता देता कि आज वह परांठे खाने आ रहा है, पहुंच भी जाता और देर तक फिर बात चीत चली रहती। मुझे भी परांठे मिल जाते, बहुत दिनों बाद कोई चीज़ मिले तो उसका अपना ही आनंद रहता है। वही आनंद मैं भी इन बच्चों के साथ भोग लेता हूं।

आज वह अपने साथ एक विदेशी लड़की लेकर आया था जो उसके पास मेहमान थी। हमारे साथ उसका परिचय कराया।

"अंकल यह लड़की लीडिया जर्मन से है। मेरे दोस्त अंकुर की फ्रैंड है यहां पर कत्थक नृत्य सीखने जर्मनी से आई है।"

सब देशों की अपनी अपनी संस्कृति को लेकर पहचान होती है हमारे देश की भी बहुत सी बातों को लेकर सारे विश्व में एक अलग सी पहचान बनी है, शास्त्रीय संगीत, शास्त्रीय नृत्य आदि उसी में कत्थक की भी अपनी ही अलग पहचान है और बहुत से कला प्रेमी यहां पर सीखने आते रहते हैं यह लड़की भी इसी सिलसिले में आई होगी।

"बहुत अच्छा, फिर तो इससे कुछ टिप्स मैं भी लूंगा। हम दोनों भी इससे सीख लेंगे लींडिया"

"अंकल लींडिया नहीं लीडिया"लव ने मेरे उच्चारण में दरूस्ती की।

मैंने भी अपने अंदाजे से गप-शप मारने में दो-चार बातें की। वह अंग्रेजी बोलती थी। उसके साथ हिंन्दी भी बोलती। कुछ शब्दों पर वह अटक जाती थी परन्तु उसका हिन्दी बोलने का जो अंदाज था वह मुझे अच्छा लगा और मैं उससे हिन्दी बोलने के लिए कहता गया।

लड़की पर हमने नजर डाली। खुश मैं सोचने लगा, हमारे यहां लड़कियों को इतने दूर बाहर भेजने से मां बाप तो डरते हैं ही हमारे बच्चे भी इस तरह का जोखिम स्वयं भी नहीं उठा सकते। विशेष कर जहां हम हिमाचल में रहते हैं वहां तो संभव ही नहीं। विदेश के या यह कहा जाए कि योरोप के लोगों में इस तरह बाहर जाने की प्रवृति बहुत है और ये बच्चे अपने मां बाप पर भी निर्भर नहीं रहते स्वयं अपनी इच्छा से सब करते हैं।

"लिंडिया तुम ने लिंडी"

"यस"

मेरी पत्नी मुझे टोकती रहती है जब कभी मैं मस्ती में बोलने लगता हूं ज्यों ही मैंने उसे लिंडी कहा तो पत्नी तृप्ता ने मुझे टोका

"चुप करो"

हम तो बच्चों में मस्त हो जाते हैं। हमारे यहां शब्द लिंडी अच्छा नहीं माना जाता शर्मनाक सा शब्द है, शौच को मंडायली में लिंडी कहते हैं परन्तु उसके लिए लिंडिया लिंडी कोई अर्थ नहीं रखता।

"हां लिंडिंया वटस यू लर्न शो अस डांस" मैंने डांस का इशारा करते हुए बोलने लगा था। वह मुस्कराने लगी थी।

मैं भी अंग्रेजी उसी तरह से बोलता हूं जिस तरह से लिंडिया परन्तु मुझे देख, सुन बच्चे मजा लेते हैं मैं भी तो उनमें मजा लेता हूं।

"य य यस''

और वह उठी अपने मोबाइल से शास्त्रीय संगीत की धुन लगाई और शुरू ता थई थई हमें सबको उसका डांस अच्छा लगा।

"अंकल यह हमारी मेहमान है और मैं इसे नहीं नचा सका यह तो अच्छा नाचती है अंकल आप तो कमाल कर लेते हैं कभी कभी आपने तो इसे नचा भी दिया "

लव बोलने लगा। यह लड़की इसी के पास तो रहती थी।

"मैंने तेरी आंटी से सब सीखा है वह मुझे एक उंगली पर नचाती है"राजी ने मुझे अपनी कोहनी मारी। सब हंसने भी लगे थे।

"देखो अंकल इसका डांस अच्छा लगा हमें भी अच्छा लगा मैं इसे आपके पास डांस कराने नहीं लाया हूं। एक प्राब्लम है"

जब उसने प्राब्लम की बात की तो मैं सीरियस हो गया। बच्चे कोई प्राब्लम लेकर हमारे पास इसलिए ही आते हैं कि हम कोई समाधान करें मैंने बड़ी उत्सुकता और उत्साह से पूछा,

"क्या प्राब्लम है यहां सभी का हल है बोलो बोलो बताओ"

"अंकल जहां यह लड़की रहती है वहीं यह कत्थक नृत्य सीखती है अब यह वहां से जाना चाहती है और वे इसका एक लाख रूपए मार के बैठ गए हैं दे नहीं रहे हैं यह समस्या है"

मैं कुछ क्षण सोचने लगा और उनसे कुछ प्रश्न पूछे फिर बोला,

"कोई प्राब्लम नहीं होने का हम बैठे हैं आर या पार"

"अंकल व्हट बोलता"

"अंकल ठीक बोलता नो प्राब्लम बोलता" मैंने ही लिंडिया को जबाब अपने अंदाज में दिया।

"अंकल यह लड़की मेरे दोस्त की फैंड है और हमारे पास समाधान के लिए आई है"

"आई है तो हमारी ड्यूटी बनती है समाधान करने की नो प्राब्लम कल ठीक तीन बजे यहां से चलेंगे कोई बात नहीं नो प्राब्लम" मैंने कहा।

लव मेरी ओर देखने लगा। उसे विश्वास हो रहा था या नहीं परन्तु वह कुछ तो लिंडिया के लिए करना ही चाहता था इसलिए वह तुरन्त ही तैयार हो गया। मैंने एक विश्वास की रंगत उसके चेहरे पर देखी।

फिर हम कभी उसका लिडिंया का डांस कभी गप-शप और फिर परांठे रात के एक बजने को होने लगे, हमें समय का पता ही नहीं चला।

अगले दिन हम चार लोग लव, लिंडिया, श्वेता और मैं उसके कत्थक सीखाने वाले के घर पहुंच गए। मैंने सारी प्लान, हमने क्या करना है, लव ने क्या करना है और श्वेता ने क्या करना है सारी स्क्रिप्ट तैयार कर ली। सारी टीम मेरी अध्यक्षता में उनके घर पहुंच

गई।

घंटी बजाई,

"जी"

एक महिला ने दरवाजा खोला। शायद वह इस घर में काम करती हो या कत्थक की टीचर हो या घर की मालकिन कुछ भी थी परन्तु पढ़ी लिखी लग रही थी। पहले तो शायद उसने कत्थक की एडमिशन के लिए हमें समझा हो वह मुस्कुरा दी थी। वह शायद हमें वैलकम बोलने वाली ही होगी क्योंकि उसके मुंह से यह शब्द निकलने वाला ही था उसकी नजर लीडिया पर पड़ी तो वह कुछ सहम गई और उसके मुहं से केवल जी शब्द का ही उच्चारण हुआ।

अपने दरवाजे पर चार आदमी देख वह थोड़ा सहम गई।

"मिस्टर रावत हैं?"

"जी नहीं, ही इज नॉट हेयर"

"कोई बात नहीं हम अम्बैसी से है। वी विल वेट डौंट वरी"

बोलते ही उसकी इजाज़त के बिना हम घर के अंदर आ गए। लव हमें ऐस्कोर्ट कर रहा था जिससे लग रहा था कि मैं टीम का बड़ा ऑफिसर हूं।

अम्बेसी का नाम सुन कर वह घबरा गई और हमें उसने ड्राईंग रूम में बैठा दिया। मैं झूठ मूठ में बिज़ी लगने जैसा फोन से बात करते रहा वह भी चुपके चुपके हां अंत का वाक्य मैंने ऊंचे बोला, " सर वी आर इन साइड दा हाउस, आई विल टैल यू दैन यू विल मूव ओ के '

घर की महिला मेरी बात को ध्यान से सुनती रही थी। मैं जानता था कि वह इस बात को जान गई थी कि जो आदमी घर के अंदर बिना इजाज़त बैठ गए हैं वे कोई साध ारण आदमी नहीं हो सकते। उस लेडी को मैं यह संदेशा देना चाहता था और लीडिया को हमारे साथ देख वह शायद सब समझ गई होगी। वह तुरन्त ही अंदर जाकर अपने पति को फोन करने लगी थी, कुछ बातें बाहर सुन रही थी क्योंकि मेरे कान और आंखें सबको पढ़ और देख रही थीं। वह यहां की स्थिति से अपने पति देव को पूरा अवगत करा भी रही होगी। कुछ बात अवश्य हुई क्योंकि वही महिला हमें पानी के गिलास ले कर आई थी।

"सर चाय लोगे"

मेरी ओर इशारा कर पूछा, मैंने मुस्करा कर कहा,

"नहीं आप अपने हज़बैंड को फोन लगाइए जल्दी से"

"जी करती हूं"

यह सब देख मुझे आभास हो गया था कि हमारा काम हो गया है उठ कर बाहर,

नीचे झांक कर देखा तो नीचे पुलिस की गाड़ी खड़ी थी। मैंने यूं ही उनकी ओर हाथ हिलाकर इशारा किया तो महिला ने मुझे यह करते सब देख लिया, यही तो मैं चाहता था। मैं अपने स्थान पर आकर बैठ गया। इसके बाद महिला ने भी चोरी से नीचे झांक कर देखा। उसे भी पुलिस की गाड़ी दिखाई दी होगी क्योंकि उसने उसी समय अपने हसबैंड को जल्दी से आने के लिए फिर फोन किया था।

बस उसके पांच मिनट में ही वे लोग आ पहुंचे मतलव डर का मैसेज वहां भी पहुंच ही गया था। हो सकता है वे बीच रास्ते से ही अपना काम छोड़ लौट आए हों। उन्होंने आते ही मुझे नमस्कार की। मैंने अपना परिचय उन्हें दिया।

“जी मैं ऑफिस ऑफ फोरन अफेयर डीपूटि एडवाज़र टू पी एम शर्मा”लास्ट शब्द मैं धीरे से बोला था। उसकी हिम्मत थोड़े हो सकती थी मुझ से पूछने की।

उसने नमस्कार किया मैंने हाथ मिलाया।

“आप इस लड़की को जानते हैं”

“जी सर यह हमारे पास कत्थक सीखने आई है”

तभी मैंने अपना मोबाइल पकड़ कर बाहर की ओर सुनने के लिए उठा, बात करने लगा,

“सर आई एम प्रोसींडिंग, दा परसन इज नाऊ अवेलेबल आई विल टैल यू” मैं झूठ में ही इतने ऊंचे से बोल रहा था कि वे मेरी बात को सुन सकें बाद में मैं और धीरे से कुछ यूं ही बोलने लगा मैं अपने स्थान पर लौट आया “वैल सर आप सब समझ गए होंगे कि हम क्यों आए हैं फॉरन का मामला है सरकार इसके लिए विशेष घ्यान देती है”बोलते बोलते मैं खिड़की से नीचे पुलिस की गाड़ी को इशारा करने गया था परन्तु अब गाड़ी नीचे नहीं थी मैंने फिर भी इशारा किया ही वह सब देख रहा था।

“यस मि. रावत”

“हम तो इसे पहले ही बोल रहे थे कि हिसाब कर लेंगे लीडिया कम हेयर”

यह सब देखने के बाद उसने आगे कुछ भी नहीं पूछा, वह लीडिया को एक किनारे ले गया और उसे सब पैसे दे दिए लीडिया खुश नजर आ रही थी। मैंने लिडिया को पूछा,

“आर यू सैटेस्फाइड ”

“यस सर”

“ओ के मि. रावत वी हैव टू डू अवर डयूटी हम तो फिर भी कुछ सब्र करते हैं कि हम सब तो एक ही देश के हैं। आपके घर के चारों ओर पुलिस तैनात थी अगर आप

कुछ अकड़ दिखाते तो अभी हमने आपके घर में रेड करनी थी सब कागज सील करने थे पहले हम यह सोच रहे थे कि एक बार आपको मौका तो देना चाहिए वैल डन”

“थैंक्यू सर पुलिस तो आते हुए मैंने भी देख ली थी नीचे ही खड़े हैं और मेरी वाइफ ने भी सब फोन पर बता दिया था हम तो इस लड़की को कभी भी इनकार नहीं करते यह अपने आप ही चले गई”

वह बोलता गया हम लिफ्ट के कैबिन में चले गए थे। वह तब तक हाथ जोड़े खड़ा रहा जब तक लिफ्ट का दरवाजा बंद नहीं हुआ।

53.

सर्दियां शुरू होने से पहले हम अपने बेटे अंशुल के पास मुम्बई चले गए थे। अब सर्दियां सहन नहीं होती। मौसम का रात दिन का अंतर। यहां सुन्दरनगर में हीटर और मुम्बई में ए.सी वाह रे तेरी माया माया नगरी में हम पहुंच कर अपने को राहत महसूस करने लगे थे। वैसे भी इस आयु में सर्दी से अपने को बचाना ही चाहिए।

बेटा सांय के समय जब ऑफिस में काम न हो तो जल्दी आ जाता और गप-शप का दौर शुरू हो जाता। कभी उसके दोस्त भी आ जाते तो हम दोनों का और भी अच्छा लगता। हम दोनों उनके साथ मस्त होकर उन्हीं जैसे ही हो जाते। अपनी आयु को भूल जाते।

एक दिन बेटे का दोस्त अंकित घर पहुंचा। मुझे वह परेशान सा लगा मैंने उसे पूछ ही लिया,

"अंकित आज कुछ न कुछ तो है?"

"हां अंकल मैंने नेक्स्ट वीक कोलकाता जाना है, हमारे परिवार में शादी है। रेलवे का टिकट करवा रखा था वेटिंग चल रही है अभी तीन सौ से ऊपर है नहीं मिल पाएगी सीट और मैं ज्यादा पैसे भी तो नहीं खर्च कर सकता, हम पांच लोग हैं एक होता तो भी देखते नहीं अंकल क्या करें शादी में जाना भी जरूर चाहता हूं"

वह परेशानी से बोल रहा था लगा और मुझे लगा कि सुनाते हुए वह और भी परेशान हो गया।

वह मेरे पास ही बैठा था मैंने उसके कंधे पर हाथ रखा,

"देख अंकित कोई बात नहीं, तेरा काम हुआ समझो। एक बात बता मैंने यहीं कहीं राजीव शुक्ला राज्य सभा सदस्य का बोर्ड पढ़ा था "

"हां यहीं है पास मैं ही मुझे मालूम है"

"बस फिर तेरा काम हो गया समझो तेरा टिकट पक्का "

वह घर जाने के लिए उठ गया था, यह सुन कर फिर बैठ भी गया। मेरे और समीप आ गया बोला,

"अंकल आप राजीव शुक्ले को जानते हो?"

"भाई, ऐसा कौन सा मशूहर शक्स है जिसको मैं नहीं जानता सबको जानता हूं जब पंडित नेहरू थे उनको जानता था, जब इंदिरा गांधी थीं उन्हें जानता था, जब राजीव गांधी आए उनको जानता था, नरसिंह राव को जानता था, मनोमहन सिंह तो अपने ही सरदार हैं सबको जानता हूं''

और अब वह चुप हो गया उसने समझा कि अंकल उसको ऐसे ही झांसा दे रहा है, उसका मज़ाक कर रहे हैं, वह फिर मायूस हो गया। जाने के लिए फिर खड़ा हो गया।

"क्या बोल रहे हो अंकल"

"अरे मैं सच कह रहा हूं मैं सबको जानता हूं"

सभी हंसे उसके चेहरे पर भी मुस्कराहट आई मैं आगे बोला,

"देख अंकित मैं सच में तेरे को पूछ रहा हूं कि तूने राजीव शुक्ला का बोर्ड पढ़ा है"

"अंकल वह मेरे घर के पास ही रहते हैं वर्सोवा जूह लींक रोड़ पर ही है सात बंगला भी कहतें हैं इसे''

"बस तेरा काम समझो हो गया कल आप इधर से मेरे को दस बजे ले चलना फिर देखना"

अब उसे कुछ तसल्ली होने लगी थी फिर भी लग रहा था कि शंका का एक बादल अभी भी उसके दिमाग के आसमान में छाया हुआ था।

अगले दिन वह दस बजे से पहले ही आ गया। मैं तो तैयार बैठा था हम चल पड़े। रास्ते में वह बार बार पूछता रहा,

""अंकल आप जानते हैं शुक्ला को?"

मैं गंभीर नेता की तरह चुप रहा।

सात बंगला के पास उनके रैजीडैंस की सोसाइटी में हम पहुंच गए। बाहर वाचमैंन खड़ा था हमने राजीव शुकला जी के बारे में पूछा।

"सर शुक्ला जी तो दिल्ली में हैं वैसे वे यहां नहीं आते उनका सैक्टरी यहीं हैं आप उनसे मिल लो"

वह बोल ही रहा था कि उनके सैक्टरी कार में बैठ ही रहे थे और हमारी ओर आने लगे

"कार में उनके सैक्टरी आ रहे हैं" वाच मैंन बोलने लगा। कार हमारे सामने रूकी।

"सर यह लोग आपसे मिलना चाहते हैं"

सैक्टरी मुझ वरिष्ठ नागरिक को देख, कार से नीचे उतर आए।

"बोलिए"

मैंने नमस्ते के बाद अपना परिचय देकर काम भी बता दिया तो उन्होंने एक ही प्रश्न हम से किया,

"आप यहां कैसे आए हो, मेरा मतलब,क्या आपके पास अपनी गाड़ी है?"

"जी "

"तो आप मेरे पीछे पीछे आओ ऑफिस में बात करते है। आफिस हमारा अंधेरी इस्ट में है मेरे पीछे आओ"

हम उनके पीछे पीछे चलने लगे।

अंधेरी ईस्ट में पहुंचे एक बहुत बड़ी बिल्डिंग के आगे उनकी कार खड़ी हो गई हमारी कार को अंदर आने के लिए सैक्टरी ने वाच मैंन को बोला।

हमें कहा,

"यह सारी बिल्डिंग शुक्ला जी की है। यहां पर उनकी पत्नी फिल्म का प्रोडक्शन का काम करती हैं और एक सैट में हम लोग बैठते हैं आप मेरे साथ आइए। "

आफिस में पहुंच गए। हमें बड़े आदर से बैठा दिया गया। हमारा स्वागत चाय के एक एक प्याले से हुआ। अंकित को अब कुछ तसल्ली होने लगी। तो उसके चेहरा भी खिलने लगा।

उसने फिर मेरे से धीरे से पूछा, "अंकल आप शुक्ला जी को जानते हैं?"

मैंने उसकी ओर देखा और फिर से सारा दोहरा दिया जवाहर लाल, इंदिरा से लेकर सरदार मनमोहन तक जानता हूं उसे कुछ कुछ तसल्ली होने लगी थी।

सैक्टरी ने अपना सैक्टरी बुलाया और उन्होंने अंकित के टिकट का पूरा ब्यौरा लिखा और कहा,

"देखिए आप ठीक समय पर आए है दो दिन पहले ही हमारी लिस्ट रेलवे के आफिस जाती है अभी गई नहीं है अब देखते हैं आपका नाम टिकट सब चला जाएगा। आपको सूचना मिल जाएगी। "

उसने बहुत कुछ और भी बोला और हम खुश हो कर घर की ओर उनका धन्यावाद करके चल पड़े।

दो दिन बाद उसने जाना था। दो दिन बीत गए। आज आखिरी दिन कोई सूचना नहीं अंकित हमारे घर बैठा बड़ा मायूस, यहां तक कि कोई बात भी नहीं कर रहा था। वह अब भी मुझ से थोड़ी थोड़ी देर बाद पूछ ही लेता कि आप शुक्ला जी को जानते हैं और मैं फिर से बार बार सारा दोहरा कर कहता हूं कि पंडित जवाहर लाल, इंदिरा से लेकर

सरदार तक सबको जानता हूं "फिर अब तक क्यों नहीं हो रहा है?" कई कुछ उदासी में पूछता रहा वह।

मैं उसके साथ मजाक भी करता रहा परन्तु अब वह चुप ही रहा न हंस रहा था न ही रो ही रहा था। रात को ग्यारह बजे वह अपने घर जाने लगा। मैं भी मायूस हो गया था कि उसका काम नहीं हुआ उसे हम लिफ्ट तक छोड़ने आए। तभी उसके मोबाइल पर टूं की आवाज हुई उसने मोबाइल देखा, रेलवे वालों का मैसेज उसके टिकट कन्फर्म, सीट नम्बर तक दिए गए थे। वह इतना खुश हुआ। खुश मैं भी हुआ उस जैसा नहीं। लिफ्ट रूक कर चली गई। वह खुश था लिफ्ट को उसने जाने दिया उसने मेरे पांव छुए। मुझे मेरी जीत जैसा ही लग रहा था जैसे एक नेता चुनाव जीत जाता है वैसा ही।

"सच में अंकल आप सबको जानते हैं"

अंकित तो बहुत ही खुश था खुशी में उसने मेरे को किस कर लिया मैने उसे कहा,

"अरे तू क्या कर रहा है मैं पूरे खानदान को जानता हूं"

वह खुश था उसकी खुशी में हम भी खुश थे। वह अब लिफ्ट का इंतजार नहीं कर पा रहा था वह सीढ़ियों से ही उतरने लगा ग्याहरवी मंजिल से अरे खुशी वाह !

"वाह गंगा राम वाह '' मेरी पत्नी भी वहीं उसे सी आफ करने बाहर आई थी बोल पड़ी।

"अच्छा एक बात बताओ तुम झूठ क्यों बोलते हो कि तुम इंदिरा गांधी से लेकर मनमोहन सिंह तक जानते हो तुम्हें झूठ नहीं बोलना चाहिए''

"प्रिय मैंने कब झूठ बोला ? मैं तो यही बोल रहा था न कि मैं इन सबको जानता हूं सो मैं जानता तो हूं ही, मेरी तरह तुम भी जानती हो, वह भी जानता है हम सब जानते हैं। उसने यह तो नहीं पूछा कि वे भी तुम्हें जानते हैं''

बस सबके दिमाग में बात आ गई अब सब खूब हंसे बच्चे भी राजी भी और मैं तो खूब हंसा ही।

54.

सर्दियों में मुम्बई।

ऐ दिल है मुश्किल जीना यहां,

जरा हटके ज़रा बच के

ये बम्बई मेरी जान

मुम्बई का शहर हर युग में महत्वपूर्ण रहा है। देश की प्यापारिक नगरी संसार में अपना एक विशेष महत्व रखती है। इस शहर में हमेशा ही जीना जितना मुश्किल रहा है उतना ही आसान भी रहा है। यह शहर करोड़ों लोगों को राजी रोटी देने की क्षमता रखता है। जहां गरीब आदमी पांच रूपए की पाव भाजी से अपना पेट भर लेता है वहीं अमीर पांच हजार रूपए से भी डीनर करने में अपनी शान बनाता फिरता है। सब होते हुए भी मुझे मुम्बई शहर बहुत अच्छा लगता है। मेरे कई कहानियों के पात्र मुम्बई से हैं। हमारी संस्कृति इसी शहर में सुरक्षित है। लाजबाव लोग सड़क पार करते जब हम कहीं बीच में फंस जाएं तो दोनों ओर की ट्रैफिक थम जाती है सलाम बम्बे सी.आई.डी. फिल्म का यह गाना मैं 1956 से ही गा लेता आया हूं, भले ही इस गाने में दिए बहुत सी बातों से मैं भले ही सहमत न हूं फिर भी आज तक कभी कभी गा लेता हूं बेसुरा ही सही।जॉनीवाकर पर फिल्माया यह गाना घर बैठ अपने पर ही फिल्माता रहता हूं। इसलिए इसे यहां दे रहा हूं।

मुम्बई शहर, जनवरी 2020, यह क्रिकेट की भाषा में कहा जाए टवंटी-टवंटी, हम भी इस बार 20-20 मनाने की जिद करने लगे थे यह बात हमारे मन में ही चल रही थी हमारे का मतलब मेरे और पत्नी के मन में, मैंने उसे कहा,

“तुम ठीक कह रही हो मैं तो तुम्हारे साथ हमेशा ही 20-20 का आनंद लेता हूं।”

““हर बात को टालना भी कोई तुम से सीखे। जिसमें रूचि नहीं हो उसे इस तरह से टालते हो कि अगले वाले को कोई पता भी नहीं चले और बात भी टल ही जाए तुम्हें मैं अच्छी तरह से जानती हूं”

मुझे उसकी प्रतिक्रिया पर हंसी आई, फिर कुछ ख्याल करके जोर से भी हंसा और फिर हंसी रूकने का नाम ही नहीं ले रहीथी तो कुछ सोचते हुए कि वह मांइड ही न कर जाए, चुप हो गया। जानता हूं स्त्रियों का स्वभाव एक बार रूठ गई फिर मनाने में बहुत समय जी हजूरी में आखिरकार एक लम्बी सी बात पत्नी ने मेरे से कह ही दी, कह ही क्या दी कुछ नाराज भी हो गई। मुझे यह भी मालूम है उसके नाराज होने का अंदाजे बयां कुछ और ही जैसा होता है, मेरे कहने का अर्थ मुझे केवल वही जान सकती है और उसी तरह उसके रूठने का अंदाज केवल मैं ही जान सकता हूं। बाहर वालों को तो पता ही नहीं चल सकता इधर तो घर में बच्चों तक नहीं पता चलता तो।

खैर हम मार्निंग चाय पीते रहे, मैं उसे मनाता भी रहा, थोड़ा चलता भी रहा। कुछ देर बाद कुछ देर का मतलव दो तीन घंटे बाद बेटा बहू हमारे पास आए। वे अक्सर देर रात सोते और देर सुबह उठते यह उनकी दिन चर्या में शामिल है।

हमारे बच्चे छोटा बड़ा, पोते, बहुएं सुबह उठते ही हम दोनों के पांव छूते, हमसे आशीर्वाद लेते, हम दोनों खुश हो जाते और बच्चों पर हमें नाज़ होने लगता, चाहे थोड़ी देर ही सही जब तक वे दिन में किसी बात पर मेरे साथ बहसे नहीं। मेरे से मतलब उनकी मां हमेशा उनकी साइड ही लेती रही है इसलिए बहस के लिए एक मैं ही रहा हूं, थोड़ी देर में मैं भी तो चुप हो जाता हूं। आज तो कुछ बात ही और लग रही थी। मैंने विष्णु की तरह अपना दाहिना हाथ ऊपर उठाया आशीर्वाद दिया और अपने कान उनकी ओर लगा दिए।

"पापा, आज हम आपके लिए एक कार्यक्रम लेकर आए हैं प्लीज़ डौंट से नो"

मैंने एक नजर पत्नी पर डाली वह भी मेरी ओर देख मुस्काई इस समय उसका हाथ भी उन्हें आशीर्वाद देने के लिए उठा हुआ था।

"आज तक हुआ है कि मैंने नो की हो नेवर माई डीयर सन"

"मम्मी, आज हम माथेरान नाम का यहां का हिल स्टेशन है वहां जा रहे हैं लंच करने के बाद"

"अरे वाह तुम्हारी मां के साथ पहले ही कोई बात तो नहीं हुई है?"

"नहीं पापा अभी हमारे मन में ख्याल आया और बस आपके पास यह प्रपोज़ल ले कर आ गए, क्यों ? "

"तेरी मां अभी ही कहीं घूमने की बात कर रही थी 20-20 मनाते हैं 2020 में"

सब जोर से हंसे सबने एक बार बच्चों के साथ चाय फिर से पी ली। और पत्नी खुश, मैं भी खुश। मैं तो सबकी खुशी में खुश रहता ही हूं। तैयारी करने लग गए।

शनिवार था लोग अक्सर वहां सप्ताहांत ही जाते हैं हम भी लंच के बाद चल पड़े। मुम्बई से निकलने में दो घंटे से ऊपर का समय लग गया। भीड़ वाला शहर ट्रेफिक का बोल बाला। लम्बी लम्बी गाड़ियों की कतारें सबमें आगे निकलने की होड़ और कई जगह पर जाम दो घंटे ठाने तक तो लगने स्वाभाविक थे ही।

पूना रोड़ पर परन्तु पूना हाई वे पर नहीं। चलते रहे करगत पहुंचे यहां हम रूके पता चला कि यही पर एन. डी. फिल्म स्टुडियो है जहां अक्सर फिल्मों की शूटिंग हुआ करती हैं, 52 एकड़ (210,000वर्ग मीटर) में फैला हुआ है।

फिल्म जोधा अकबर की अधिकांश फिल्म की शूटिंग यहीं पर हुई थी और बड़ी बात यह कि इस फिल्म के सैट जैसे के तैसे अभी भी मौजूद हैं। 2005 में यह स्टुडियो बन कर तैयार हो गया था जो अब दर्शकों के आकर्षण का केंद्र बना हुआ है। यहां पर फिल्मों की शूटिंग के साथ टी वी सीरियल की, सलमान का बिग बॉस की शूटिंग के साथ अंग्रेजी फिल्मों की भी शूटिंग होती है। अभी हम यहां रूके नहीं क्योकि हमें माथेरान में पहुंचने में देरी हो रही थी।

इस स्टुडियों में प्रसिद्ध हिन्दी, अंग्रेजी फिल्मों का निर्माण हुआ है। यहां पर योरोप, भारत के बड़े शहरों व मुम्बई शहर के सैट बने हुए है। यह अपने में एक अनोखा स्टुडियो है, और दर्शनीय है।

मुम्बई से 110 किलोमीटर दूर रायगढ़ जिले में माथेरान प्राकृतिक सुंदरता ने लाजवाब छोटा सा हिल स्टेशन, पश्चिमी पर्वत श्रृंखला का एक खूबसूरत पहाड़ी क्षेत्र जो समुद्रतल से 800 मीटर अर्थात 2625 फुट की ऊंचाई पर बसा हुआ है बिलकुल हिमाचल के सुंदर नगर की ऊंचाई जैसा। पूने और मुम्बई महानगरों के समीप होने के कारण सप्ताहांत बिताने के लिए इन शहरों के नागरिकों के लिए यह बहुत ही लोकप्रिय स्थल रहा है। यह स्थल हिमाचल और उतरांचल की पहाड़ियों की याद दिला तो देता है हिमाचल जैसी शांति भी यहां देखने को मिल जाती है। लगा कि हिमाचल पहुंच गए हैं। सरकार ने यहां पर सभी वाहनों पर रोक लगा रखी है, केवल पुलिस और एबुंलैंस और फायर ब्रिगेड की गाड़ियों को छोड़ कर कोई भी गाड़ी यहां पर नहीं चलती है।

हजारों की संख्या में लोग यहां सप्ताहांत पहुंचते हैं, आज की मारा-मारी जिंदगी के कुछ पल प्रकृति की गोद में सुकून से बिताने का सुंदर मौका यहीं पर ही मिलता है, यह जानकर पूना और मुम्बई से बहुत से लोगों का जमघटा लगना शुरू हो गया है।

इस सबसे छोटे हिल स्टेशन की खोज 1850 में ठाणे जिले के कलैक्टर ह्यूज पोयन्ट्स मलेट ने की थी। फिर क्या था अंग्रेजों को ऐसे स्थानों की खोज में रूचि हमेशा से ही थी और तत्कालीन गवर्नर लॉड ऍल्स्टिोन ने यहां भविष्य के हिल स्टेशन की नींव रखी और

गर्मियों के समय यहां दिन गुजारने के लिए सरकार ने इसे विकसित किया। माथेरान का शब्दिक अर्थ होता है माथे अर्थात पर्वत हमारे यहां माथे, चेहरे के ऊपरी भाग को कहते हैं। "माथा' शब्द वैष्णु देवी के रास्ते पड़ी पहाड़ी का नाम भी "हाथी माथा' कहलाता है, यहां इस शब्द का अर्थ हुआ पर्वत पर स्थित अरण्य। स्थान के हिसाब से अधिकांश जगहों के नामकरण हुए ही हैं। माथेरान भी इसी श्रृंखला की एक कड़ी है।

यह स्थान स्वचलित वाहन मुक्त हिल स्टेशन है। लोग इसे एशिया का एक मात्र वाहन मुक्त स्टेशन मानते हैं परन्तु उनकी जानकारी के लिए मैं यह बता दूं कि हिमाचल में एक स्टेशन ऐसा है जहां किसी भी किस्म का वाहन नहीं चलता है, तीन किलोमीटर हरि हरि दूब घास वाली सड़क पर पैदल चलकर एक झील सीरोलसर है उसे देखने भारतीय कम विदेशी अधिक जाया करते हैं। उस झील का मुख्य आकर्षण,उस झील में आस पास से कोई पता जब भी गिरता है तो एक चिड़िया आभी नामक आती है उस पते को अपनी चोंच से बाहर निकाल कर फैंक देती है, बहुत ही आश्चर्यजनक, पर्यावरण का पाठ सिखाने वाली चिड़िया आभी। यह स्थान समुद्र तल से लगभग 10000 फीट की ऊंचाई पर स्थित है। इस झील और चिड़िया आभी की बात फिर कहीं आज तो माथेरान की ही बात की जाए। यहां पर देखने के लिए 38 व्यू पॉइंट हैं जहां से वादियों में दूर तक फैली सुंदरता को अपनी आंखों के माध्यम से अपनी स्मृतियों में कैद किया जा सकता है, अभूतपूर्व सौंदर्य ! इस स्थान को रेल द्वारा भी जाया जा सकताहै। रेल पूना और मुबंई दोनों जगह से चलती है। रेल मार्ग केवल नरेल तक ही है। नरेल तक आती हुई बलखाती, बड़े सांप की तरह रेंगती हुई ट्रेन का दृश्य आदमी को अभिभूत कर देता है। मानों चारों ओर प्रकृति अपने सौंदर्य का प्रदर्शन यहीं करती है। इसकी शारलॉट लेक, इसके दायीं ओर पीसरीनाथ का मंदिर दूसरी ओर पिकनिक पॉइंट, इको पॉइंट जहां पर प्रेमी जोड़े एक दूसरे को आवाजे लगाते दिखाई देते हैं।

हनीमून पॉइंट जहां पर रस्सी के द्वारा घाटी को पार करना एक साहसिक,रोमांचकारी, दिलचस्प जहां प्रेमी अपनी माशूका को अपने साहस का परिचय देने की पेशकश करता है परन्तु सभी आशिक इस कार्य को नहीं कर पाते।

और भी बहुत सी जगहें, एलेक्जेंडर पॉइंट, रामबाग पॉइंट, लिटिल चौक पॉइंट, वन ट्री हिल पॉइंट, लॉर्डस पॉइंट, सेसिल पॉइंट, पनोरमा पॉइंट से सूर्योदय और सूर्यास्त का नजारा बहुत मनोरम लगता है। ओलंपिया रेसकोर्स आदि स्थान प्रकृति प्रेमी पर्यटकों को मोह लेने में सक्षम हैं। बहुत से पॉइंट जिन अंग्रेजों ने खोजे थे उन्हीं के नाम पर रखे गए हैं। माथेरान की खिलौना गाड़ी का भी अपना ही आंनद है जो इसकी भव्यता को चार चांद लगाने का काम करती है।

रेल गाड़ी, टैक्सी सब छोड़, हम अपनी गाड़ी से चले फिर भी पांच घंटे लग ही गए। मुम्बई की ट्रैफिक से निकलते हुए ही दो तीन घंटे तो लग ही गए। हमने पूने वाले रोड़ पर जाना था। एक बार उस रोड़ पर पहुंचे तो हमारी गाड़ी भी तेज दौड़ने लग गई।

इस स्थान पर जाने के लिए मुम्बई से रेलगाड़ी नेरल स्टेशन तक जाती है। यहां से माथेरन लगभग 9 किलोमीटर है। वहां से टैक्सी मिलती है जो प्रत्येक व्यक्ति 80 रूपए लेती है। यह टैक्सी माथेरान की सीमा तक ही जाती है वहां से पैदल,घोड़ा, आदमी द्वारा चालित रिक्शा जिसे चार या तीन आदमी धक्का देकर चलाते हैं, मिलते हैं या टॉए ट्रेन जिसमें फस्ट क्लास, सैंकड क्लास के केवल तीन ही बोग्घी होती है। इस टॉय ट्रेन की स्पीड पांच से सत किलो मीटर प्रति घंटा ही होती है। यह टाय ट्रेन अंग्रेजों के समय से ही है अभी ही इसे बने, चले हुए 100 वर्ष पूरे हुए हैं।

माथेरान पहुंचते ही यहां का वातावरण, शुद्ध हवा मन को ताजगी और स्फूर्ती से भरने में सक्षम है, पहुंचने पर एक राहत का आभास हो जाता है।

इस स्थान से माथेरान का मुख्य स्थल केवल तीन किलोमीटर ही है। हल्की हल्की चढ़ाई है जहां आसानी से चला जा सकता है। हम वहां सूर्य छिपने के साथ ही पहुंचे आगे का अनुमान लगाना कि कितना दूर है समय ही नहीं था अंधेरे ने अपना प्रभाव डालना आरम्भ कर दिया था। हमने घोड़े किए और पत्नी घोड़े पर नहीं बैठ सकती थी डरने लगी। प्रति घोड़ा 500 रूपए में किया बाद में पता चला कि सौदा भी किया जा सकता था, लोग दो सौ से तीन सौ रूपए में भी आए। खैर छोटा बेटा इनके साथ कोई बारगेनिग नहीं करता, न ही रेहड़ी की दुकान पर न रेलवे के कुली के साथ, परन्तु मुझे तो आदत है, अब बच्चों के सामने हमारी थोड़े चलती।

पत्नी राजी ने जब घोड़े पर बैठने के लिए डर का आभास जताया तो मैंने उसे समझाया,

"रानी झांसी ने तो घोड़े पर बैठ कर युद्ध लड़ा था तुम कैसी हो जो डर रही हो।"

वह उसी समय तपाक से बोली,

"जब युद्ध की स्थिति होती है तो स्त्रियां घोड़े पर क्या शेर पर भी चढ़ कर युद्ध जीतती आई हैं, देखा नहीं जब दुर्गा शेर पर बैठती है तो शेर की जीभा कितनी आगे निकली हुई होती है, शांति पक्ष में शांति से ही रहने की आदी होती हैं स्त्रियां, अपनी बड़ी मत झाड़ो " सुन कर मैं चुप हो गया था। चुप क्या हो गया मेरी तो शेर की तरह जीभ ही बाहर नीकल आई थीं मैं पोते के साथ घोड़े पर चुपके से बैठ गया। दो पोते एक मेरे साथ और एक पत्नी राजी के साथ रिक्शे में।

मैं घोड़े पर बैठते ही अपने को राणा प्रताप ही समझ बैठा। घोड़े को घोड़े का मालिक आगे से पकड़ा था लगाम मेरे एक हाथ में और दूसरे हाथ से मैं पोते को संभाले था। घोड़ा अपनी ठुमक-ठुमक चाल से चलने लगा जो खतरनाक लगा मैं पतीले में चूल्हे पर उबलने रखे आलुओं की तरह उछलने लगा। अच्छा हुआ राजी घोड़े पर नहीं बैठी। मैं तो खामख्हा रानी झांसी की बात करने लगा था यहां तो राणा प्रताप को भी मुश्किल होने लगी, अपने को संभालता या पोते को। पोता जब दादू की बाहों में हो तो अपने को सुरक्षित समझ ही रहा था परन्तु उसने तो मेरे से अपनी आदत के कारण कई प्रश्नों की झड़ियां लगा दी,

घोड़ा दौड़ता क्यों नहीं ?

घोड़ा ठुमक-ठुमक कर क्यों चल रहा है ?

लड़ाई में कैसे दौड़ते हैं ?

घोड़े डरते नहीं ?

राणा प्रताप के घोड़े का नाम चेतक था न ?

चेतक इस घोड़े से बड़ा था ?

आदि आदि कई प्रश्नों की जानकारी वह चाहने लगा था परन्तु मेरे से कोई भी उत्तर नहीं दिया जा रहा था। इसी उधेड़बुन में डरते उसे थामें हम अपने रिजोर्ट "बाईक हैरिटेज' में लगभग आध घंटे में पहुंच गए।

बहुत सुंदर रिजोर्ट अलग अलग हटस बने हुए चार कमरे वाले, दो कमरे वाले तीन कमरे वाले, और अलग से बहुत से कमरों वाली अलग सी बिल्डिंगज़ हम देर से पहुंचे थे अब तो माथेरन नहीं देखा जा सकता था। रिजोर्ट में ही रहे। चाय पी। फिर बाहर की ओर एक चक्कर लगाया। यह रिजोर्ट ऐसे स्थान पर है जहां से नीचे की ओर देखें तो लगता तारे जमीन पर आ पहुंचे हैं, एक भव्य नजारा।

"वाह" अनायास ही मुंह से निकला' सब खुश हुए इस नजारे को देख।

यहां पर दूसरे लोग भी ठहरे थे। लगभग पचास के आसपास लोग बाहर हमारी तरह ही नजारा देख रहे थे। बच्चे अपनी मस्ती में भागदौड़ करने में व्यस्त।

वहीं एक ओर बफे के लिए टेबल आदि लगने लगे थे। तभी मालूम हुआ कि यहां पर ही डिनर के साथ संगीत, गाना डांस आदि 8 बजे से 10 बजे तक होता है। जानकर मुझे तो अच्छा लगा। मस्ती मारने तो आए थे ही, थोड़ी देर में मारेंगे मस्ती, बच्चों के साथ बच्चे बनकर।

हम डिनर लांज में 9 बजे से पहले ही पहुंच गए थे। संगीत चल रहा था। एक सुंदर महिला, हरी साड़ी में सजी संवरी, हैंडीकैप्ड व्हील चेयर पर बैठी मुस्कुराते हुए मीठे स्वर

में गा रही थी। उसकी शायद टांगे नहीं चलती होंगी, लेकिन वह मधुर स्वर में लता जैसी गा रही थी। उसके गाने के साथ संगीत चल रहा था। सभी गाने फिल्मों से थे। बहुत से युवक युवतियां उसके गाने पर झूम रहे थे। चारों ओर एक संगीतमय, रसिक वातावरण बना हुआ था।

हमने भी एक टेबल ले लिया। हम सात थे दो पोते, दो बेटे, एक बहू, एक बहू आ नहीं सकी और दो हम। दो टेबल जोड़ कर हम बैठ गए। संगीत का आंनद लेने लगे। अब कुछ गाने लोगों की फरमाइश पर चलने लगे और युवा उस पर डांस करने उठ खड़े होने लगे। देखते ही देखते सारे लॉन में डांस चल पड़ा, मस्ती का आलम छा गया। हम दोनों भी मन ही मन झूमने लगे और तभी हमारे मन पंसद गाने की धुन, "तुझे चांद के बहाने देखुं" उस भद्र महिला के मीठे स्वरों से गूंजने लगी तो मेरे पांव भी थिरकने से नहीं रूके मैं अपनी पत्नी के साथ उठ खड़ा हुआ और अपने पुराने अंदाज़ में हम दोनों जब नाचने लगे तो सारे युवा हमारे चारों ओर खड़े हो गए तालियां बजाने लगे, हमें उत्साहित करने लगे मेरा छोटा बेटा हमारे नाचने की फिल्म बनाने लगा। हमें भी मज़ा आने लगा सारा माथेरान हमारी ओर देखने लगा, हम उत्साह में और भी झूमने लगे थे, वाह क्या माहौल बन गया था, हम अपनी युवावस्था में पहुंच गए, युवाओं के बीच मैंने ऐसा कभी सोचा ही नहीं था।

गाना खत्म होते ही सारे युवा हमारे चारों ओर खड़े हो गए। तालियां बजाने लगे, हमारे साथ फोटो लेने लगे, हम दोनों आज के नायक बन गए थे। बाद में पता चला कि बेटे ने हमारा यह डांस का विडियो यूटयूब पर डाल दिया है अब हमें जब भी उस क्षण की याद आती है तो टयूब को मोबाइल पर ही देख लेते हैं, अविस्मरणीय पल याद करते हुए हमारी आंखें सजल हो उठतीं हैं मेथारान हमारे लिए एक याद गार लम्हां बन गया है।

55.

हर बात का अपना महत्व होता है। यह जीवन ही ऊंट की करवट की तरह है पता ही नहीं चलता कहां और कब किस ओर बैठ जाए। और कभी कभी ऐसा भी हो जाता है कि ऊंट स्वयं ही पहाड़ के नीचे आ जाता है। जीवन की राह में कई बार ऐसा हो जाता है कि हाथ के तोते उड़ जाते हैं तो कभी ऐसा घट जाता है जैसे सोने पर सुहागा पड़ गया हो। आज का जीवन संघर्ष पूर्ण हो गया है मेहनत करनी पड़ती है हाथ पर कभी सरसों नहीं जमती,किसी काम के लिए कभी लोहे के चने भी चबाने पड़ते हैं। जीवन को उलझनों से मुक्त करने के लिंए प्रेम का रास्ता अपनाना चाहिएइसलिए यह रास्ते हैं प्यार के चलना यहां संभल संभल के, जीवन सुखमय हो जाएगा। कामनीकार ने भी लिखा है -

ज्ञान दूर कुछ क्रिया भिन्न है
इच्छा क्यों पूरी हो मन की।
एक दूसरे से न मिल सके
क्या यही विडम्बना है जीवन की।

जीवन चलने का नाम है चलना चाहिए कभी समय मिला तो इसके बाद भी मिलेंगे ही।लग रहा है जीवन का दौर अभी चलता ही रहेगा। कड़ी कभी समाप्त नहीं होगी। मैं नहीं तो और सही और नहीं तो और सही। मुझे आभास रहता है कि मेरे पोते मेरे साथ इस कड़ी को जारी रखेंगे।

अगले अंक में मिलने की आशा में यहीं विराम ले लेते हैं।

www.ingramcontent.com/pod-product-compliance
Lightning Source LLC
LaVergne TN
LVHW090316051026
849518LV00005B/1804
* 9 7 8 8 1 9 4 6 6 6 2 6 4 *